JUEGO
DE
MENTIRAS

RUTH WARE

JUEGO
DE
MENTIRAS

novela

salamandra

Traducción del inglés de
Gemma Rovira Ortega

Título original: *The Lying Game*

Ilustración de la cubierta: Alan Dingman

Copyright © Ruth Ware, 2017
Publicado por primera vez por Harvill Secker,
un sello editorial de Vintage, Penguin Random House.
Copyright de la edición en castellano © Ediciones Salamandra, 2018

Publicaciones y Ediciones Salamandra, S.A.
Almogàvers, 56, 7º 2ª - 08018 Barcelona - Tel. 93 215 11 99
www.salamandra.info

ISBN: 978-84-9838-879-4
Depósito legal: B-13.791-2018

1ª edición, junio de 2018
Printed in Spain

Impresión: Romanyà-Valls, Pl. Verdaguer, 1
Capellades, Barcelona

A mi querido Hel,
con (¿setenta?) toneladas de amor

Esta mañana el Estero está despejado y tranquilo, con el cielo azul claro y veteado con altocúmulos de vientre rosado, y una brisa suave que apenas riza la superficie del bajío, de ahí que los ladridos del perro alteren la calma como si fueran disparos y provoquen que echen a volar bandadas de gaviotas que graznan y aletean en el aire.

Chorlitos y golondrinas de mar estallan cuando el perro corretea alegremente por la ribera, brincando por el margen surcado de pequeños riachuelos, donde las dunas, cubiertas de una vegetación con púas, se convierten en un terreno fangoso y salpicado de juncos, donde el agua fluctúa entre dulce y salada.

El molino de marea monta guardia a lo lejos, negro y deteriorado contra la calma fría del cielo matutino, y es la única estructura artificial de un paisaje que se desmorona poco a poco y va regresando al mar.

—¡Bob! —La voz de la mujer resuena por encima de los ladridos cuando, jadeante, intenta alcanzar al perro—. Bob, granuja. Suéltalo. Te digo que lo sueltes. ¿Qué has encontrado?

Se le acerca un poco más y el perro vuelve a tirar del objeto que sobresale del fango, tratando de liberarlo.

—Eres un guarro, Bob. Te has puesto perdido. Suéltalo. Dios mío, no será otra oveja muerta, ¿verdad?

Tras un último y heroico tirón, el perro se tambalea hacia atrás por la orilla del río con algo en la boca. Triunfante, sube con dificultad por el banco de arena y deja el objeto a los pies de su dueña.

La mujer, estupefacta, se queda allí, sin moverse, mientras el perro resuella a sus pies; el silencio regresa a la bahía como las aguas con la marea alta.

9

REGLA NÚMERO UNO

Di una mentira

El sonido es una simple alerta de mensaje de texto, un débil «bip, bip» que no llega a despertar a Owen y que a mí tampoco me habría despertado si no hubiese estado ya desvelada, tumbada en la cama, con la mirada fija en la oscuridad y la cría gimiendo en el pecho, sin mamar, pero sin desengancharse tampoco.

Me quedo allí un momento, pensando en el mensaje, preguntándome quién puede ser. ¿Quién me habrá mandado un mensaje a estas horas? Mis amigas no están despiertas tan tarde... a menos que Milly se haya puesto de parto. Pero no, no puede ser ella, ¿no? Prometí quedarme a Noah si los padres de Milly no llegaban a tiempo desde Devon para cuidarlo, pero la verdad es que no pensé...

Desde donde estoy no alcanzo el teléfono y al final hago que Freya me suelte el pezón posándole un dedo en la comisura de la boca, y la tumbo con cuidado boca arriba, saciada de leche; pone los ojos en blanco, como si estuviese drogada. La observo un momento y apoyo suavemente la palma de la mano en su firme cuerpecito, y noto el tamborileo de su corazón contra la jaula de su pecho a medida que se va calmando. Entonces me doy la vuelta y cojo el teléfono; mi corazón también se acelera un poco y mis latidos son el débil eco de los de mi hija.

Mientras introduzco el PIN, entornando los ojos deslumbrada por la luz de la pantalla, me digo que no puede ser, que me comporto como una tonta, a Milly todavía le faltan cuatro semanas para salir de cuentas, seguro que sólo es un mensaje basura del estilo: «¿Se ha planteado reclamar un reembolso por su seguro de protección de pagos?»

Pero cuando desbloqueo el teléfono veo que no es Milly. Y el mensaje contiene sólo dos palabras.

«Os necesito.»

Son las tres y media de la madrugada y, completamente despierta, me paseo por la fría cocina, mordiéndome las uñas para tratar de calmar las ganas de encender un cigarrillo. Hace casi diez años que no fumo, pero a veces, en momentos de estrés y temor, me asalta la necesidad de hacerlo.

«Os necesito.»

No hace falta que me pregunte qué significa, porque ya lo sé, del mismo modo que sé quién me ha enviado el mensaje, a pesar de que lo ha hecho desde un número que no reconozco.

Kate.

Kate Atagon.

El mero sonido de su nombre basta para devolvérmela y desencadenar una avalancha de imágenes y sensaciones: el perfume del jabón que utilizaba, las pecas en el puente de la nariz, canela sobre aceituna. Kate. Fatima. Thea. Y yo.

Cierro los ojos y me las imagino a las tres mientras el teléfono, todavía caliente en mi bolsillo, espera a que lleguen los mensajes.

Fatima debe de estar durmiendo junto a Ali, acurrucada contra su espalda. Su respuesta llegará hacia las seis de la mañana, cuando se levante para prepararles el desayuno a Nadia y Samir y para vestirlos e ir al colegio.

Thea... a Thea me cuesta más imaginármela. Si ha tenido turno de noche, estará en el casino, donde los empleados tienen prohibido usar el teléfono, que deben dejar en las taquillas hasta que terminan la jornada. Calculo que la suya acabará sobre las... ¿ocho de la mañana? Entonces se tomará una copa con las otras chicas y luego contestará, acelerada y satisfecha tras otra noche lidiando con clientes, recogiendo fichas y alerta por si aparecen tramposos o jugadores profesionales.

Y Kate. Kate debe de estar despierta, pues ha sido ella quien ha enviado el mensaje. Estará sentada a la mesa de su padre —supongo que ahora debe de ser suya— junto a la ventana con vistas al Estero, cuyas aguas se tornan gris claro bajo la primera luz del alba y reflejan las nubes y la silueta oscura del molino de marea. Seguro que está fumando, porque siempre ha fumado mucho. Debe de tener la vista fija en las mareas, en el movimiento incesante de las aguas que se arremolinan constantemente, en el paisaje que no cambia nunca y que, sin embargo, nunca es el mismo. Igual que Kate.

Debe de llevar la larga melena apartada de la cara, lo que deja al descubierto sus finas facciones y las arrugas que treinta y dos años de viento y mar han grabado en las comisuras de sus ojos. Tendrá los dedos manchados de pintura al óleo, pintura incrustada en las cutículas, debajo de las uñas, y los ojos de un azul pizarra muy oscuro, profundos e insondables. Estará esperando nuestras respuestas. Pero ya sabe qué vamos a contestar: lo que siempre hemos dicho, cada vez que hemos recibido ese mensaje, una sola palabra.

Voy.

Voy.

Voy.

—¡Voy! —grito por la escalera cuando Owen me dice algo desde arriba, por encima de los quejidos adormilados de Freya.

Entro en el dormitorio y lo veo con la niña en brazos, paseándose arriba y abajo; todavía tiene una mejilla un poco roja y las arrugas de la almohada.

—Lo siento —dice, reprimiendo un bostezo—. He intentado calmarla, pero no hay manera. Ya sabes cómo se pone cuando tiene hambre.

Me subo a la cama y me siento con la espalda apoyada en el cabecero, recostada en las almohadas. Owen me pasa a Freya, que, colorada e indignada, me mira como si la hubiera ofendido y arremete contra mi pecho con un gruñido débil de satisfacción.

No se oye nada salvo el ruidito que hace la pequeña glotona al succionar. Owen vuelve a bostezar, se revuelve el pelo y mira la hora, y entonces empieza a ponerse la ropa interior.

—¿Ya te levantas? —le pregunto, sorprendida. Me dice que sí con la cabeza.

—Qué más da. No tiene sentido que vuelva a meterme en la cama si, de todas formas, tengo que levantarme a las siete. Vaya mierda de lunes.

Miro la hora y me sorprendo al ver que ya son las seis. Debo de llevar más rato del que creía paseándome por la cocina.

—¿Cómo es que estabas levantada? —me pregunta Owen—. ¿Te ha despertado el camión de la basura?

—No, es que no podía dormir.

Una mentira. Casi había olvidado esa sensación de tener algo blando e impuro en la lengua. Noto el bulto caliente del teléfono en el bolsillo de la bata. Podría vibrar en cualquier momento.

—Ya veo. —Contiene otro bostezo y se abrocha la camisa—. ¿Tomarás café si preparo para mí?

—Sí, claro —le contesto. Y cuando está saliendo de la habitación, añado—: Owen...

Pero ya se ha marchado y no me oye.

Al cabo de diez minutos regresa con el café y esta vez he tenido tiempo de ensayar mi papel, de preparar lo que voy a decir y el tono más bien despreocupado con el que voy a decirlo. Aun así, trago saliva y me paso la lengua por los labios que los nervios han dejado secos.

—Ayer recibí un mensaje de Kate.

—¿De tu compañera de trabajo? —Deja el café y, sin querer, derrama un poco. Con la manga de la bata seco el charquito para proteger mi libro, y gano de paso un poco de tiempo para contestar.

—No, Kate Atagon. ¿Te acuerdas? Íbamos juntas al colegio.

—Ah, esa Kate. ¿La que se llevó a su perro a esa boda a la que fuimos?

—Exacto. *Shadow*.

Pienso en él. *Shadow*: un pastor alemán blanco con el hocico negro y motitas grises en el lomo. Pienso en cómo se planta en el umbral, gruñe a los desconocidos, o se tumba y ofrece la barriga a los que quiere.

—¿Y...? —pregunta Owen, y me doy cuenta de que me he quedado callada y he perdido el hilo.

—Ah, sí. Bueno, me ha invitado a ir unos días a su casa y creo que debería hacerlo.

—Suena bien. ¿Cuándo?

—Pues... ya. Me ha propuesto que vaya ya.

—¿Y Freya?

—Me la llevaría.

«Por supuesto», estoy a punto de añadir, pero no lo digo. Freya todavía no ha tomado ningún biberón, a pesar de que tanto Owen como yo lo hemos intentado muchas veces. La única noche que salí para ir a una fiesta, estuvo berreando desde las siete y media de la tarde hasta las doce menos dos minutos de la noche, cuando irrumpí en el piso, abrí una puerta tras otra y se la arranqué a Owen de los brazos cansados y sin fuerzas.

Se produce otro silencio. Freya echa la cabeza hacia atrás y me observa con el ceño ligeramente fruncido, suelta un pequeño eructo y prosigue con la tarea crucial de alimentarse. Por la mente de Owen pasan pensamientos que se reflejan en su cara: que nos echará de menos..., que tendrá toda la cama para él solo..., que podrá dormir hasta tarde...

—Podría aprovechar para preparar el cuarto de la niña —dice por fin.

Asiento con la cabeza, aunque sea la continuación de una larga discusión entre los dos: a Owen le gustaría recuperar el dormitorio, y a mí, y está decidido a que Freya duerma en su habitación a partir de los seis meses. Y yo... no opino igual que él. En parte, ésa es la razón por la que todavía no he encontrado tiempo para vaciar la habitación de invitados, sacar de allí todos los trastos y pintarla de colores adecuados para un bebé.

—Claro —le digo.

—Bueno, pues ve, ¿no? —dice Owen por fin. Se da la vuelta y empieza a escoger una corbata—. ¿Quieres llevarte el coche? —me pregunta.

—No, no lo necesito. Iré en tren. Kate dice que me recogerá en la estación.

—¿Estás segura? Tendrás que cargar con todas las cosas de Freya en el tren. ¿Lo ves bien?

—¿Qué? —En un primer momento no sé qué ha querido decir, y entonces caigo: el nudo de la corbata—. Ah, sí, está recto. No, en serio. No me importa ir en tren. Será más fácil, podré darle el pecho a Freya si se despierta. Meteré sus cosas en la parte de abajo del cochecito.

Owen no dice nada y me doy cuenta de que ya está pensando en la jornada que tiene por delante, repasando mentalmente una lista, como hacía yo hace sólo unos meses, aunque ahora esos momentos parezcan pertenecer a otra vida.

—Bueno, entonces, si te parece bien, me marcharé hoy.

—¿Hoy? —Coge unas monedas de encima de la cómoda y se las mete en el bolsillo, y luego se acerca a mí y se despide con un beso en la coronilla—. ¿Por qué tienes tanta prisa?

16

—No tengo prisa —miento.

Noto que me sonrojo. Odio mentir. Antes me parecía divertido, hasta que no tuve más remedio que hacerlo. Ya no pienso demasiado en ello, quizá porque lo he hecho durante mucho tiempo, pero siempre está ahí, en el fondo, como una muela que no deja de dolerte y de repente te da una punzada.

Pero sobre todo odio mentirle a Owen. De una forma u otra, siempre me las había ingeniado para mantenerlo apartado de la red, y ahora la red lo está atrapando. Pienso en el mensaje de Kate, que sigue en mi teléfono, y es como si de él saliera un veneno que estuviera filtrándose en la habitación y amenazara con estropearlo todo.

—Kate tiene unos días de descanso entre un proyecto y otro, por lo que es buen momento para ella y... Bueno, dentro de pocos meses empezaré a trabajar otra vez, así que para mí también es un buen momento.

—Vale —dice él, desconcertado, pero sin sospechar nada—. En ese caso, será mejor que me despida de ti con un beso de verdad.

Me besa de verdad, con pasión, y hace que me acuerde de por qué lo quiero, de por qué odio engañarlo. Entonces se aparta de mí y besa a Freya. Ella lo mira de reojo, con recelo, y para de mamar un momento; luego sigue succionando con esa determinación firme que yo tanto admiro.

—A ti también te quiero, pequeña vampira —le dice Owen con cariño. Y entonces se dirige de nuevo a mí—: ¿Cuánto tardarás en llegar?

—Unas cuatro horas, más o menos. Depende de cómo vayan las conexiones.

—Vale, pásalo bien y mándame un mensaje cuando llegues allí. ¿Cuánto tiempo piensas quedarte?

—No lo sé, unos días —me aventuro—. Volveré antes del fin de semana. —Otra mentira. No lo sé. No tengo ni idea. Me quedaré el tiempo que Kate me necesite—. Ya lo veré cuando llegue allí.

—Vale —dice Owen otra vez—. Te quiero.

—Yo también te quiero. —Por fin puedo decir algo que es verdad.

Recuerdo con exactitud el día que conocí a Kate; incluso la hora y el minuto. Era septiembre. Iba a coger uno de los primeros trenes hacia Salten, para llegar al colegio a tiempo para la comida.

—¡Perdona! —grité, nerviosa, en el andén, con una voz aflautada por la ansiedad. La chica que iba delante de mí se dio la vuelta. Era muy alta y de una belleza extraordinaria; su rostro alargado, de expresión ligeramente arrogante, parecía sacado de un cuadro de Modigliani. Tenía el pelo negro y largo hasta la cintura, un negro que se difuminaba cerca de las puntas, teñidas de rubio; vestía unos vaqueros con desgarrones en las perneras.

—¿Sí?

—Perdona, ¿sabes si este tren va a Salten? —le pregunté, jadeante.

Me miró de arriba abajo, evaluándome, y se detuvo en mi uniforme de Salten House: la falda azul marino, recién estrenada, y el blazer impoluto que había descolgado de la percha por primera vez esa mañana.

—No lo sé —contestó por fin y se volvió hacia otra chica que estaba detrás de ella—. Kate, ¿éste es el tren de Salten?

—No seas gilipollas, Thee —contestó la tal Kate, con una voz ronca que no encajaba mucho con su edad, pues no me parecía que tuviera más de dieciséis o diecisiete años. Tenía el pelo castaño claro; lo llevaba muy corto y le enmarcaba la cara. Cuando me sonrió, las pecas de color nuez moscada de su nariz se arrugaron—. Sí, es el tren de Salten. Pero ten cuidado, no te equivoques de mitad, porque se divide en Hampton's Lee.

Entonces se dieron la vuelta y no se me ocurrió que no les había preguntado qué mitad del tren era la buena hasta que ya se habían alejado por el andén.

Miré la pantalla de información.

«Utilicen los siete coches delanteros si viajan en dirección a Salten», leí, pero ¿qué entendían por «delanteros»? ¿Eran los que quedaban más cerca de los torniquetes, o los que estarían a la cabecera del tren cuando éste saliera de la estación?

No había ningún empleado cerca a quien pudiera preguntárselo, pero el reloj del andén indicaba que no me quedaba mucho tiempo, así que al final me monté en el último vagón, que era hacia donde se habían dirigido aquellas chicas, y subí mi pesada maleta tirando de ella con fuerza.

Entré en un compartimento de seis asientos, todos vacíos. Acababa de cerrar la puerta cuando sonó el silbato del jefe de estación y, sin haberme librado de la idea aterradora de que podía encontrarme en la parte del tren equivocada, me senté y noté en las piernas el roce áspero de la lana del asiento.

El tren salió de la caverna oscura de la estación tras un traqueteo y un chirrido de metal contra metal, y el sol inundó mi compartimento de forma tan repentina que me deslumbró. Apoyé la cabeza en el respaldo y cerré los ojos para protegerme del resplandor, y cuando empezamos a ganar velocidad me sorprendí imaginando qué pasaría si no aparecía en Salten, donde estaría esperándome la responsable de las alumnas del internado. ¿Y si el tren me llevaba a Brighton, o Canterbury, o a cualquier otro lugar? O peor aún, ¿y si yo también me partía por la mitad al dividirse el tren y tenía dos vidas que desde ese momento seguirían divergiendo, separándose cada vez más una de otra, del yo en el que debería haberme convertido?

—Hola —dijo una voz, y abrí los ojos de golpe—. Veo que has conseguido subir al tren.

Era la chica alta del andén, a la que la otra había llamado Thee. Estaba en la puerta de mi compartimento, apoyada en el marco de madera, haciendo rodar entre los dedos un cigarrillo sin encender.

—Sí —contesté un poco resentida, porque ni ella ni su amiga se habían molestado en explicarme en qué parte del tren debía subirme—. Bueno, eso espero. Éstos son los coches que van a Salten, ¿verdad?

—Sí —me confirmó lacónica. Me miró de arriba abajo otra vez, dio unos golpecitos con el cigarrillo en el marco de la puerta y entonces, con el aire de quien se dispone a conceder un favor, dijo—: Mira, no quiero parecer una arpía, sólo quiero que sepas que nadie lleva el uniforme en el tren.

—¿Cómo?

—Nos cambiamos en Hampton's Lee. Es... no sé, la costumbre. He pensado que debía decírtelo. Sólo las alumnas de primero y las nuevas lo llevan puesto durante todo el viaje. Si vas así, llamas la atención.

—Entonces... ¿tú también vas a Salten House?

—Sí. Para expiar mis pecados.

—A Thea la han expulsado —dijo una voz detrás de ella y vi en el pasillo a la otra chica, la del pelo corto, con una taza de té en cada mano—. De otros tres colegios. Salten es su última oportunidad. No la aceptarían en ningún otro sitio.

—Al menos a mí no tiene que pagarme la matrícula la beneficencia —dijo Thea, pero por el tono enseguida me di cuenta de que eran amigas y de que aquel sarcasmo era puro teatro—. El padre de Kate es el profesor de dibujo —me explicó—. El contrato incluye una plaza gratis para su hija.

—A Thea nunca le concederían una beca —replicó Kate y, moviendo los labios por encima de las tazas, añadió: «Es de buena familia.» Me guiñó un ojo e intenté no sonreír.

Kate y Thea se miraron. Tuve la impresión de que se consultaban algo sin hablar y entonces Thea preguntó:

—¿Cómo te llamas?

—Isa —dije.

—Bueno, Isa. ¿Por qué no vienes con Kate y conmigo? —Arqueó una ceja y añadió—: Tenemos un compartimento un poco más allá.

Inspiré hondo y, con la sensación de que me disponía a saltar desde un trampolín muy alto, asentí brevemente. Cuando cogí mi maleta y seguí a Thea por el pasillo del vagón, no tenía ni idea de que algo tan sencillo iba a cambiar mi vida para siempre.

Me resulta extraño volver a estar en la estación Victoria. El tren actual de Salten es nuevo; no hay compartimentos y las puertas son automáticas, no como aquellas viejas puertas de los convoyes que cogíamos para ir al colegio, que se abrían con una especie de manivela. El andén, sin embargo, apenas ha cambiado y me doy cuenta de que llevo diecisiete años evitando de manera inconsciente este sitio y cualquier cosa relacionada con aquella época.

Sujetando como puedo el café para llevar, subo el cochecito de Freya al tren, dejo el café en una mesa libre y, a continuación, inicio la larga lucha de siempre para separar el capazo de las ruedas, mientras me peleo con cierres que se resisten a soltarse y pestillos que se niegan a deslizarse. Por suerte, el tren está tranquilo y mi vagón casi vacío, así que no paso el bochorno habitual de que se forme una cola delante o detrás de mí, o de tener que abrirme paso a empujones por un espacio reducido. Por fin, justo en el momento en que suena el silbato del jefe de estación y el tren se balancea, suspira y se pone en marcha, cede el último pasador y el liviano capazo de Freya se suelta de golpe y lo sujeto con ambas manos. Pongo a la niña a salvo, todavía dormida, al otro lado del pasillo y de la mesa donde he dejado mi café.

Vuelvo a coger el vaso y me ocupo de mis bolsas. Me asaltan imágenes aterradoras: el tren da una sacudida y el café caliente se derrama sobre Freya. Sé que es un miedo irracional, pues la niña está al otro lado del pasillo, pero desde que nació me he vuelto así. Todos mis miedos —el que me inspiraban los trenes que se dividían, las puertas de los ascensores, los taxistas sospechosos y la perspectiva de hablar con desconocidos—, todas mis ansiedades han acabado recayendo sobre mi hija.

Por fin estamos cómodas las dos: yo con mi libro y mi café, Freya dormida, arropada en su mantita. Tiene un rostro angelical bajo la intensa luz del mes de junio, con una piel asombrosamente fina y clara, y me sobreviene un arrebato de amor por ella, un calor que me abrasa, casi doloroso, como si el café se derramara sobre mi corazón. Durante unos instantes soy sólo su madre y no existe nadie más en el mundo, sólo nosotras dos, juntas en esta isla de sol y amor.

Entonces me doy cuenta de que me ha sonado el teléfono.

«Fatima Chaudhry», leo en la pantalla. Y el corazón me da un pequeño vuelco.

Abro el mensaje con dedos temblorosos.

«Voy para allá —leo—. Iré en coche esta noche, cuando los niños se hayan acostado. Llegaré entre las nueve y las diez.»

Esto ya ha empezado. Todavía no hay noticias de Thea, pero sé que llegarán. Se ha roto el hechizo, la ilusión de que Freya y yo nos vamos de vacaciones a la playa las dos solas. Recuerdo el verdadero motivo por el que estoy aquí. Recuerdo lo que hicimos.

«Yo he cogido el tren de las 12.05 h en Victoria —les escribo a las otras—. ¿Me recoges en Salten, Kate?»

No me contesta, pero sé que no me dejará tirada.

Cierro los ojos. Le pongo una mano sobre el pecho a Freya para saber que está ahí. Y entonces intento dormir.

Me despiertan unas sacudidas, unos chirridos que me aceleran el corazón, y mi primer impulso es coger a Freya. Tardo casi un minuto en darme cuenta de qué son esos ruidos que me han sobresaltado: hemos llegado a Hampton's Lee y el tren se está dividiendo. Freya se mueve, malhumorada, en su capazo; con un poco de suerte volverá a dormirse, pero entonces el tren da otra sacudida, más violenta que las anteriores, y Freya abre los ojos, asustada, y de pronto su rostro se contrae antes de lanzar un gemido de disgusto y hambre.

—Chist... —canturreo. La cojo en brazos y la saco, caliente y bien envuelta, del capullo de mantitas y juguetes—. Chist... No pasa nada, corazón. Tranquila, bonita. No pasa nada.

Me mira enfadada y seria y pega su carita contra mi seno en cuanto me desabrocho la camisa. Noto cómo fluye la leche, una sensación que todavía me resulta extraña, pese a que ya se ha convertido en una rutina.

Mientras le doy de mamar, oigo otro golpetazo y otro chirrido, suena un silbato y poco a poco salimos de la estación; los andenes dan paso a apartaderos y luego a casas, y por fin a campos y postes de teléfono.

Me impresiona lo familiar que me resulta todo. Londres, a lo largo de los años que he vivido allí, no ha parado de transformarse. Igual que Freya, que cambia todos los días. Abren una tienda, cierran un pub. Brotan edificios —el Gherkin, el Shard—, un supermercado ocupa un solar y los bloques de pisos nacen como setas, surgen de la noche a la mañana de la tierra húmeda y del asfalto resquebrajado.

Pero esta línea, este trayecto... Aquí no ha cambiado nada.

El olmo calcinado.

El fortín semiderruido de la Segunda Guerra Mundial.

El puente desvencijado y el sonido hueco que hace el tren al pasar por él.

Cierro los ojos y es como si volviera a estar en el compartimento con Kate y Thea, riendo mientras se ponían la falda del colegio encima de los vaqueros, se abrochaban la camisa con la camiseta de tirantes debajo y se anudaban la corbata. Thea llevaba medias y la recuerdo subiéndoselas por aquellas piernas increíblemente largas y delgadas, y luego metiendo las manos debajo de la falda del uniforme para abrocharse las ligas. Recuerdo que se me arrebolaron las mejillas, porque le vi un poco de muslo desnudo, y que aparté la mirada y me quedé contemplando los campos otoñales de trigo, con el corazón acelerado mientras ella se reía de mi mojigatería.

—Date prisa —le dijo Kate a Thea con indolencia. Ella ya estaba vestida y había guardado sus vaqueros y sus botas en la maleta, que descansaba en la rejilla portaequipajes—. Estamos a punto de llegar a Westridge y ahí siempre sube un montón de gente que va a la costa; supongo que no querrás provocarle un infarto a ningún turista.

Thea se limitó a sacarle la lengua, pero acabó de abrocharse las ligas y de alisarse la falda justo cuando el tren entraba en la estación de Westridge.

Tal como había predicho Kate, había bastantes turistas en el andén y Thea soltó un resoplido cuando el tren se detuvo en un apeadero. La puerta de nuestro vagón había quedado a la altura de una familia formada por una madre, un padre y un crío de unos seis años que llevaba un cubo y una pala en una mano y un helado de chocolate chorreante en la otra.

—¿Hay sitio para tres? —preguntó en tono jovial el padre, mientras abría la puerta de nuestro compartimento. Entraron los tres y la volvieron a cerrar. De pronto, el lugar estaba abarrotado.

—Lo siento mucho —dijo Thea con un tono de voz que denotaba una aflicción sincera—. Nos encantaría que se quedaran aquí, pero a mi amiga —me señaló— le acaban de conceder su primer permiso de día y una de las condiciones de su libertad vigilada es que no tenga contacto con menores de edad. La sentencia del tribunal era muy específica respecto a eso.

El hombre parpadeó y la mujer soltó una risita nerviosa. El niño, que no escuchaba la conversación, estaba entretenido pellizcando trocitos de chocolate de su camiseta.

—Lo digo por su hijo —continuó Thea, muy seria—. Y, evidentemente, Ariadne tampoco quiere volver al reformatorio.

—Aquí al lado hay un compartimento vacío —intervino Kate, y vi que se esforzaba para contener la risa. Se levantó y abrió la puerta corredera que daba al pasillo—. Lo siento mucho. No queremos causarles molestias, pero creo que será lo mejor, por el bien de todos.

El hombre nos miró a las tres con desconfianza e hizo salir a su mujer y a su hijo al pasillo.

Thea se echó a reír a carcajadas en cuanto se fueron, casi sin esperar siquiera a que se hubiera cerrado la puerta del compartimento, pero Kate negó con la cabeza.

—No ha valido. No cuenta —dijo. Seguía aguantándose la risa—. No se lo han creído.

—¡Oh, vamos! —Thea sacó un cigarrillo del paquete que llevaba en el bolsillo del blazer, lo encendió y le dio una honda calada con la que desafió al letrero de «PROHIBIDO FUMAR» de la ventana—. Se han marchado, ¿no?

—Sí, pero porque han pensado que estás loca de atar. ¡Eso no cuenta!

—¿Es... un juego? —pregunté con timidez.

Se hizo el silencio.

Thea y Kate se miraron y vi que volvían a comunicarse sin hablar, como si una carga eléctrica fluyera entre las dos, como si estuvieran decidiendo cómo contestar. Y entonces Kate esbozó una sonrisa confidencial, se inclinó hacia delante sobre el espacio que había entre los asientos y se acercó tanto a mí que vi las motitas oscuras de sus ojos azul grisáceos.

—No, no es *un* juego —dijo—. Es *el* juego. El juego de las mentiras.

El juego de las mentiras.

Lo recuerdo con tanta claridad y tanta intensidad como el olor del mar y los graznidos de las gaviotas que sobrevolaban el Estero, y no puedo creer que casi lo hubiera olvidado. Olvidado la hoja que Kate tenía colgada en la pared, encima de su cama, donde anotaba las crípticas puntuaciones de su complejo sistema de clasificación. Esto por una víctima nueva. Esto otro por alguien que te creía a pies juntillas. Los extras se concedían por incluir detalles especialmente elaborados, o por acabar convenciendo a alguien que había estado a punto de descubrir el farol. Hacía muchos años que no pensaba en eso, pese a que, de alguna manera, he seguido jugando todo este tiempo.

Suspiro, bajo la cabeza y miro el rostro apacible de Freya mientras mama, concentrada por completo en el momento. Y no sé si voy a poder. No sé si voy a poder volver a todo eso.

¿Qué habrá pasado para que Kate nos haya llamado tan de repente y con tanta urgencia, en plena noche?

Sólo se me ocurre una cosa y no quiero ni pensarlo.

Justo cuando el tren entra en la estación de Salten, mi teléfono vuelve a pitar. Lo saco creyendo que será Kate, que me confirma que irá a recogerme. Pero no es ella. Es Thea.

«Voy.»

El andén de la estación está casi vacío. Al cesar el ruido del tren, la paz del campo vuelve a invadirlo todo y oigo los sonidos del verano de Salten: el canto de los grillos, el trino de los pájaros, el rumor lejano de una cosechadora trabajando las tierras. Antes, cuando llegaba aquí siempre estaba esperándonos el microbús de Salten House, con sus colores distintivos: azul marino y azul claro. Ahora el aparcamiento no es más que una extensión vacía y polvorienta donde no veo a nadie, ni siquiera a Kate.

Empujo el cochecito de Freya por el andén hacia la salida, con una bolsa muy pesada colgada del hombro y preguntándome qué debería hacer. ¿Llamar por teléfono a Kate? Tendría que haber hablado con ella para confirmar la hora. He dado por hecho que había recibido mi mensaje, pero ¿y si se ha quedado sin batería? De todas formas, en el molino no hay teléfono fijo, así que no puedo llamar a ningún otro número.

Pongo el freno del cochecito y saco mi teléfono para ver si ha llegado algún otro mensaje y para mirar la hora. Cuando estoy introduciendo la contraseña, oigo el rugido de un motor, amplificado porque el camino está hundido, y al darme la vuelta veo entrar un coche en el aparcamiento de la estación. Esperaba encontrarme con el Land Rover enorme y destartalado con el que Kate fue a la boda de Fatima hace siete años, con sus largos asientos corridos, y a *Shadow* asomando la cabeza por la ventana, con la lengua fuera. Pero no es así. Se trata de un taxi. Al principio no estoy segura de que sea ella, pero entonces la veo abrir la puerta trasera; me da un pequeño vuelco el corazón y ya no soy una abogada de la Administración pública y madre de una hija, sino sólo una chica que corre por el andén al encuentro de su amiga.

—¡Kate!

Está exactamente igual. Las mismas muñecas flacas y huesudas, el mismo cabello castaño, la misma tez de color miel, la misma nariz respingona y salpicada de pecas. Lleva el pelo más largo, recogido con una goma, y veo arrugas en la fina piel de alrededor de sus ojos y su boca, pero por lo demás es Kate, mi Kate, y cuando nos abrazamos inspiro, y su particular olor a cigarrillos, aguarrás y jabón es tal como lo recordaba. La separo de mí sujetándola por los hombros y, a pesar de todo, no puedo evitar sonreír como una tonta.

—Kate —repito, embobada, y ella me abraza otra vez, hunde la cara en mi pelo y me aprieta con tanta fuerza que puedo notar sus huesos.

Entonces oigo un gritito y recuerdo quién soy, en quién me he convertido y todo lo que ha ocurrido desde la última vez que ella y yo nos vimos.

—Kate —digo una vez más, y el sonido de su nombre se me antoja perfecto—. Kate, te presento a mi hija.

Aparto la capota del cochecito, cojo a la niña, que se retuerce, molesta, y la saco.

Kate la coge en brazos con gesto de inquietud, pero entonces su rostro delgado y versátil dibuja una sonrisa.

—Qué guapa eres —le dice a Freya, con esa voz suya, suave y ronca, tal como yo la recordaba—. Igual que tu mamá. Es preciosa, Isa.

—¿Verdad que sí? —Miro a Freya, que, desconcertada, levanta la vista hacia el rostro de Kate y fija sus ojos azules en las pupilas azules de mi amiga. Lleva una mano regordeta hacia el pelo de Kate, pero entonces se detiene, cautivada por alguna peculiaridad de la luz—. Tiene los ojos de Owen —digo. De pequeña, yo siempre quise tener los ojos azules.

—Vamos —dice Kate, pero no se dirige a mí, sino a Freya. Le coge una mano y acaricia sus deditos gorditos y sedosos y sus nudillos con hoyuelos—. Vámonos ya.

• • •

—¿Qué le ha pasado a tu coche? —quiero saber, mientras caminamos hacia el taxi. Kate lleva a Freya en brazos y yo empujo el cochecito con la bolsa encima.

—Ah, se ha vuelto a estropear. Lo llevaré a arreglar, pero ahora no tengo dinero, como siempre.

—Pero Kate...

Pero Kate, ¿cuándo piensas buscarte un trabajo en condiciones?, podría preguntarle. ¿Cuándo piensas vender el molino e irte a algún otro sitio donde la gente valore tu obra, en lugar de depender de los turistas, cada vez más escasos, que escogen Salten para pasar las vacaciones? Pero ya sé la respuesta: nunca. Kate nunca se marchará del molino de marea. Nunca se marchará de Salten.

—¿De vuelta al molino, señoritas? —pregunta el taxista por la ventana y Kate asiente.

—Gracias, Rick.

—Meteré el cochecito en el maletero —dice él, saliendo del vehículo—. Se pliega, ¿verdad?

—Sí. —Vuelvo a pelearme con el mecanismo y entonces caigo en la cuenta—. Maldita sea, no he cogido la sillita para coche. Sólo he traído esto porque pensaba que necesitaría el capazo para ponerla a dormir.

—No te preocupes, por aquí no hay muchos policías —afirma Rick con tranquilidad, mientras cierra la puerta del maletero, donde ha metido el armazón plegado—. Salvo el hijo de Mary, y te aseguro que no va a detener a una pasajera mía.

A mí no era la policía lo que me preocupaba, pero me llama la atención oír ese nombre y me distraigo.

—¿El hijo de Mary? —Miro a Kate y añado—: No se referirá a Mark Wren, ¿verdad?

—El mismo —dice Kate con una media sonrisa un tanto seca—. Ahora es el sargento Wren.

—¡No puedo creer que ya tenga edad suficiente para ser policía!

—Sólo es un par de años más joven que nosotras —me recuerda Kate y me doy cuenta de que tiene razón.

Treinta años son más que suficientes para ser policía. Pero no consigo imaginarme a Mark Wren como un hombre de treinta años; todavía pienso en él como un chico de catorce, con acné y pelusilla en el labio superior, que caminaba encorvado para disimular su metro noventa de estatura. Me pregunto si se acordará de nosotras. Si se acordará de nuestro juego.

—Lo siento —dice Kate cuando nos metemos en el taxi, y me pasa a Freya—. Póntela en el regazo, aunque ya sé que no es lo ideal.

— Conduciré con cuidado —asegura Rick y empezamos a dar bandazos por el aparcamiento lleno de baches hasta salir al camino hundido—. Además, son sólo unos pocos kilómetros.

—Es más corto atravesando la marisma —explica Kate. Me aprieta la mano y sé que está pensando en todas las veces que hicimos ese trayecto, atajando por la marisma para ir al colegio, o al revés—. Pero eso no podemos hacerlo con el cochecito.

—Hace mucho calor para ser junio, ¿verdad? —comenta Rick para darnos conversación, mientras tomamos la primera curva.

Los árboles dejan pasar una luz intensa, moteada; noto su calor en la cara. Parpadeo y me pregunto si habré cogido las gafas de sol.

—Un calor abrasador —coincido—. En Londres no hacía tanto.

—¿Y qué te trae por aquí? —Rick me mira por el espejo retrovisor—. Ibas al colegio con Kate, ¿verdad?

—Así es —confirmo. Y entonces guardo silencio.

¿Qué me trae por aquí? ¿Un mensaje de texto? ¿Dos palabras? Miro a Kate y comprendo que delante de Rick no puede contarme nada.

—Isa ha venido para la reunión de ex alumnas —dice Kate de pronto—. La reunión de Salten House.

Parpadeo y ella me coge la mano y me la aprieta con cariño, pero entonces pasamos por el paso a nivel, el coche traquetea al atravesar las vías y tengo que soltarme para sujetar a Freya con ambas manos.

—Las cenas de Salten House son muy pijas, según tengo entendido —comenta Rick—. Mi hijo pequeño ha trabajado allí varias veces de camarero y me ha contado cosas de todo tipo. Carpas, champán, ¡qué sé yo!

—Yo nunca he ido a ninguna —dice Kate—. Pero nos graduamos hace quince años y pensé que este año podría ser una buena ocasión para empezar.

¿Quince? Al principio creo que ha calculado mal, pero entonces comprendo que no. Han pasado diecisiete años desde que nos marchamos, después del último curso de secundaria, pero si nos hubiéramos quedado y hubiéramos hecho los dos años de bachillerato, habrían pasado quince. Para el resto de las alumnas de nuestro curso será el decimoquinto aniversario.

Volvemos a torcer para salir a la carretera y, muerta de miedo, sujeto a Freya con más fuerza y me arrepiento de no haber traído la sillita para el coche. Ha sido una estupidez no pensar que la necesitaría.

—¿Vienes mucho por aquí? —me pregunta Rick mirándome por el espejo.

—No. Hacía... tiempo que no venía. Ya sabes lo que pasa. —Cambio de postura, incómoda, consciente de que estoy apretando demasiado a Freya, pero incapaz de soltarla ni un poco—. Nunca encuentras el momento.

—Es un sitio muy bonito —me responde Rick—. Yo no podría vivir en ninguna otra parte, pero supongo que si no has nacido ni crecido aquí, es diferente. ¿De dónde son tus padres?

—Mis padres son... eran... —Titubeo, pero entonces siento la presencia tranquilizadora de Kate a mi lado, su apoyo, y me recupero—. Mi padre ahora vive en Escocia, pero yo crecí en Londres.

El coche traquetea al pasar por encima de un guardaganado, y entonces se acaban los árboles y aparece la marisma.

Ahí está: el Estero. Ancho y gris y salpicado de juncos, en sus aguas rizadas por el viento se reflejan perezosos jirones de nubes blancas, desteñidas por la luz, y todo es tan amplio y claro y reluciente que se me hace un nudo en la garganta.

Veo que Kate me observa y sonríe.

—¿Te habías olvidado? —me pregunta en voz baja.

—Nunca —le contesto. Pero no es verdad: me había olvidado. Me había olvidado de que fuera así. No existe nada como el Estero. He visto muchos ríos, he cruzado otros estuarios, pero ninguno tan bonito como éste, donde la tierra, el cielo y el mar se funden unos con otros, se empapan unos a otros, mezclándose y confundiéndose hasta que resulta difícil saber qué es qué, dónde terminan las nubes y dónde empieza el agua.

La carretera va estrechándose hasta reducirse a un solo carril y luego a un camino de guijarros, con una franja de hierba entre las dos roderas.

Y entonces lo veo: el molino de marea, una silueta negra que se recorta contra el agua que refleja las nubes, más desvencijado y torcido de como lo recordaba. Más que un edificio parece un montón de maderas a la deriva que el viento ha amontonado y da la impresión de que en cualquier momento ese mismo viento podría derrumbarlas. Me da un vuelco el corazón y, de forma espontánea, los recuerdos me asaltan y aletean por mi mente con sus alas cubiertas de plumas.

Thea nadando desnuda en el Estero a la puesta de sol, su piel dorada bajo la luz del crepúsculo, las sombras de árboles raquíticos, negras y alargadas, proyectándose sobre las aguas del color de las llamas y convirtiendo el Estero en una espectacular piel de tigre.

Kate asomada a una ventana del molino una fría mañana de invierno que había dejado una gruesa capa de escarcha en los cristales y recubierto los carrizos y las eneas, abriendo los brazos y gritando y lanzándole el vaho al cielo.

Fatima en verano, tumbada en la pasarela de madera con un bañador diminuto, muy bronceada, con la piel de color caoba y unas gafas de sol gigantescas, en las que se reflejaba la luz parpadeante de las olas mientras ella disfrutaba del calor del sol.

Y Luc. Luc. Pero aquí mi corazón se contrae y no puedo continuar.

Hemos llegado ante una cancela que nos cierra el paso.

—Será mejor que nos dejes aquí —dice Kate a Rick—. Anoche hubo marea alta y algo más allá el suelo aún está muy fangoso.

—¿Seguro? —Él inclina la cabeza hacia un lado y añade—: No me importa intentarlo.

—No, iremos andando. —Kate coge el tirador de la puerta y con la otra mano le tiende un billete de diez al taxista, pero él lo rechaza con un ademán.

—Guárdate tu dinero, guapa.

—Pero Rick...

—Ni Rick ni nada. Tu padre era un buen hombre, digan lo que digan otros por aquí, y tú has tenido el valor de quedarte a pesar de los rumores. Ya me pagarás otro día.

Kate traga saliva y veo que intenta decir algo y no puede, así que hablo yo por ella.

—Gracias, Rick. Pero yo sí quiero pagar. Por favor.

Y le tiendo un billete de diez libras que saco de mi bolso.

El taxista vacila, así que dejo el billete en el cenicero y salgo del coche con Freya en brazos, mientras Kate saca mi bolsa y el cochecito del maletero. Por fin, cuando Freya ya está otra vez segura en su capazo, Rick asiente.

—De acuerdo. Pero chicas, si necesitáis un coche para algo, llamadme, ¿vale? A cualquier hora del día o de la noche. No me gustaría que os quedaseis por aquí solas y sin transporte. Eso se va a derrumbar cualquier día —señala el molino con un gesto de la cabeza—, así que si necesitáis un coche para ir a algún sitio, no dudéis en llamarme, tengáis o no tengáis dinero. ¿Entendido?

—Entendido —le contesto.

Ese pensamiento me tranquiliza un poco.

Cuando Rick se marcha, Kate y yo nos miramos inexplicablemente cohibidas, con el sol abrasándonos la coronilla. Quiero preguntarle qué significaba su mensaje, pero hay algo que me frena.

Antes de que consiga decir nada, Kate se da la vuelta y abre la cancela; pasamos y, mientras ella vuelve a cerrarla, voy hacia la pequeña pasarela de madera que conecta el molino de marea con la orilla.

El molino se levanta sobre un pequeño banco de arena casi tan grande como el edificio; supongo que en otros tiempos debía de estar unido a la orilla. En algún momento, durante la construcción del molino, excavaron un canal estrecho para separarlo de la tierra firme y canalizar las subidas y bajadas de la marea hacia la rueda hidráulica instalada en el cauce de agua. La rueda ya no está, sólo quedan unos trozos de madera renegrida que sobresalen de la pared formando ángulos rectos y que señalan donde estuvo en su día. Ahora, allí está la pasarela de madera, tendida sobre los tres metros de agua que separan el molino de la orilla. Recuerdo haber corrido por ella hace diecisiete años, a veces las cuatro a la vez, y ahora me cuesta creer que confiáramos en que soportaría nuestro peso.

Es más estrecha de como la recordaba, con los tablones descoloridos por la sal y un poco podridos. Desde la última vez que la vi no han instalado ningún pasamanos, pero Kate echa a andar por ella sin temor, con mi bolsa a cuestas. Inspiro hondo y trato de ignorar las imágenes que pasan por mi mente (tablones que ceden, el cochecito cayendo al agua), y la sigo con el corazón latiéndome con fuerza cuando paso las ruedas del cochecito por encima de los huecos, y no expulso el aire hasta que llegamos a la relativa seguridad del otro lado.

La puerta no está cerrada con llave, antes tampoco lo estaba nunca. Kate la abre y se aparta para dejarme pasar. Levanto un poco el cochecito de Freya para salvar el escalón de madera y entro en el molino.

Han pasado siete años desde que vi por última vez a Kate, pero más del doble desde que me marché de Salten. Al principio es como si hubiera retrocedido en el tiempo, como si tuviera quince años y la belleza destartalada del lugar me impresionara por primera vez. Vuelvo a ver las ventanas, altas y asimétricas, con los cristales agrietados, que dan al estuario; el techo abovedado y, en lo alto, las vigas ennegrecidas; la escalera que gira como borracha por el interior, llevando de un rellano a otro, todos igual de desvencijados, de una habitación a otra, hasta el desván semiescondido entre las vigas. Veo la estufa, negra de humo, con su tubería serpenteante; el sofá, bajo y con los muelles rotos, y casi todos los cuadros, cuadros por todas partes. Algunos no los reconozco, deben de ser de Kate, pero entre ellos veo también cerca de un centenar que son como viejos amigos o como nombres recordados a medias.

Encima del fregadero oxidado, con un marco dorado, está Kate de bebé, con la cara redonda y mofletuda, muy concentrada mientras intenta alcanzar algo que no llegamos a ver.

Colgado entre las dos ventanas alargadas está el lienzo inacabado del Estero una mañana de invierno, cubierto de escarcha, con una sola garza real sobrevolando las aguas a escasa altura.

Junto a la puerta que conduce al aseo exterior hay una acuarela de Thea, cuyas facciones se disuelven en los bordes del papel rugoso.

Y encima del escritorio veo un boceto a lápiz, un retrato de Fatima y mío, con los brazos entrelazados formando una hamaca improvisada, riendo, riendo como si en el mundo no hubiera nada que temer.

Un millar de recuerdos me asaltan a la vez, todos intentando agarrarme con sus dedos y arrastrarme al pasado, y entonces oigo un fuerte ladrido, miro hacia abajo y veo a *Shadow*, que salta sobre mí, un remolino blanco y gris. Lo esquivo y le acaricio la cabeza cuando me empuja la pierna con ella, pero él no forma parte del pasado y el hechizo se rompe.

—¡Esto no ha cambiado nada! —digo, pese a saber que estoy diciendo una tontería.

Kate se encoge de hombros y empieza a sacar a Freya del cochecito.

—Un poco sí. He tenido que cambiar la nevera de sitio. —Señala una que está en un rincón y que parece aún más vieja y tiene aún peor aspecto que su antecesora—. Y también he tenido que vender muchos de los mejores cuadros de mi padre, claro. He ido llenando los huecos con los míos, pero no son lo mismo. Tuve que desprenderme de algunos de mis favoritos: el esqueleto de chorlito, el del galgo en las dunas... Pero no he sido capaz de deshacerme del resto.

Por encima de la cabecita de Freya mira los cuadros que quedan y los acaricia uno a uno con la mirada.

Le quito a Freya de los brazos y me la apoyo en el hombro, y no digo lo que estoy pensando: que este sitio parece un museo, o esas habitaciones de las casas de hombres famosos, congeladas en el momento en que sus inquilinos salieron de ellas por última vez. El dormitorio de Marcel Proust, fielmente reconstruido en el Musée Carnavalet. El estudio de Kipling en Bateman's, conservado tal como lo dejó el escritor.

Sólo que aquí no hay cordones para mantener a raya a los visitantes; aquí sólo está Kate, que sigue viviendo en este monumento a su padre.

Voy hasta la ventana para disimular mis pensamientos, acariciando la espalda cálida y firme de Freya, no tanto para tranquilizarla a ella como a mí misma, y me quedo contemplando el Estero. Hay marea baja, pero la pasarela, orientada hacia la bahía, sólo esta unos palmos por encima del suave oleaje. Me doy la vuelta y miro a Kate sorprendida.

—¿Qué le ha pasado a la pasarela? ¿Se ha hundido?

—No es sólo la pasarela —me contesta ella, compungida—. Ése es el problema. Se está hundiendo todo. Hice venir a un perito y me dijo que el edificio no tiene cimientos, y que si tuviera que pedir una hipoteca nadie me la concedería.

—Pero... un momento, ¿qué quieres decir? ¿Hundiéndose? ¿No puedes clavarlo? O apuntalarlo o como se diga. ¿Se puede hacer?

—Pues no. El problema es que debajo sólo hay arena. No hay nada en lo que apoyar los puntales. Se podría aplazar lo inevitable, pero al final todo esto desaparecerá.

—¿Y no es peligroso?

—No mucho. Bueno, sí, está provocando cierto movimiento en las plantas superiores, y el suelo está un poco desnivelado, pero no va a desaparecer esta noche, si es eso lo que te preocupa. Afecta más bien a otras cosas, como la instalación eléctrica.

—¿Qué? —Me quedo mirando el interruptor de la pared, como si en cualquier momento fueran a empezar a saltar chispas.

Kate se echa a reír.

—No te preocupes, cuando las cosas empezaron a ponerse feas hice instalar un interruptor eléctrico con toma de tierra acojonante. En cuanto algo empieza a chisporrotear, salta el diferencial. Pero la verdad es que las luces tienen una cierta tendencia a apagarse cuando hay marea alta.

—Entonces te será muy difícil asegurarlo.

—¿Asegurarlo? —Me mira como si acabara decir algo curioso y extravagante—. ¿Qué demonios iba a hacer yo con un seguro?

Niego con la cabeza, desconcertada.

—¿Qué haces aquí, Kate? Esto es una locura. No puedes vivir así.

—Isa —replica ella, con paciencia—, no puedo irme. ¿Cómo quieres que me vaya? Es imposible vender esto.

—Pues no lo vendas. Márchate y punto. Entrégale las llaves al banco. Si hace falta, declárate insolvente.

—No puedo irme —insiste, obstinada. Va hasta la cocina, gira la llave de la bombona de gas y enciende el pequeño fogón. El hervidor de agua que hay encima empieza a silbar suavemente mientras ella saca dos tazas y una lata abollada de té—. Tú ya sabes por qué.

Y no puedo rebatírselo, porque es verdad. Sé por qué. Y ésa es justo la razón por la que he vuelto aquí.

—Kate... —Noto un extraño vacío en el estómago—. Kate, ese mensaje...

—Ahora no. —Está de espaldas a mí y no le veo la cara—. Lo siento, Isa, pero... no sería justo. Tenemos que esperar a que lleguen las otras.

—Vale, me parece bien —digo en voz baja. Pero de pronto no me parece del todo bien.

Fatima es la siguiente en llegar.

Está anocheciendo; una brisa templada y suave se cuela por las ventanas abiertas mientras paso las páginas de una novela tratando de distraerme de mis suposiciones. Me dan ganas de zarandear a Kate y sonsacarle la verdad, pero por otra parte me asusta hacer frente a lo que va a pasar.

De momento todo está tranquilo: yo con mi libro, Freya durmiendo en su cochecito, Kate en la cocina; de la sartén en precario equilibrio sobre el fogón salen sabrosos aromas. Me gustaría aferrarme a eso todo el tiempo posible. Si no hablamos de ello, tal vez podamos fingir que esto no es más que una reunión de viejas amigas, como le he dicho a Owen.

Me sobresalto al oír chisporrotear lo que se está cocinando en la sartén y en ese mismo instante *Shadow* suelta una serie de ladridos entrecortados. Vuelvo la cabeza y oigo el sonido de unos neumáticos que abandonan la carretera principal y entran en el camino que lleva hasta el Estero.

Me levanto del asiento de la ventana, abro la puerta del molino que da a tierra firme y veo unos faros que iluminan la marisma. Un gran todoterreno negro baja dando tumbos por el camino, con la música a todo volumen, lo que hace que los pájaros aleteen y revoloteen alarmados. Se acerca cada vez más, hasta que se detiene en medio de crujidos de guijarros y el ruido del freno de mano. Se apaga el motor y de pronto vuelve a imperar el silencio.

—¿Fatima? —llamo desde lejos.

Se abre la puerta del conductor y corro por la pasarela para reunirme con ella. Ya en la orilla, Fatima me echa los brazos al cuello y me abraza tan fuerte que casi no puedo respirar.

—¡Isa! —Tiene los ojos chispeantes y tan negros como los de un petirrojo—. ¿Cuánto hacía que no nos veíamos?

—¡No me acuerdo! —La beso en la mejilla, semioculta bajo un pañuelo de seda que le cubre la cabeza y que todavía conserva el frescor del aire acondicionado del coche, y entonces me echo hacia atrás para mirarla bien—. Me parece que fue cuando nació Nadia. Fui a verte, así que debe de hacer... Jolines, ¿seis años?

Asiente y se lleva las manos a las horquillas que le sujetan el pañuelo, y por un momento supongo que va a quitárselo, dando por hecho que se trata de un complemento a lo Audrey Hepburn. Pero no se lo quita, sino que se coloca bien las horquillas, y de repente lo entiendo. No es un simple pañuelo: es un *hijab*. Esto supone una novedad. Una novedad desde la última vez que la vi y no sólo respecto a nuestra época de estudiantes.

Fatima repara en mi desconcierto, ve que ato cabos y sonríe mientras empuja la última horquilla para colocarla en su sitio.

—Ya lo sé. Qué cambio, ¿verdad? Estuve mucho tiempo dudando y entonces, cuando nació Sam... No sé, pensé que era lo acertado.

—¿Ha sido...? ¿Tiene Ali...? —empiezo a decir, pero Fatima me lanza una mirada torva e inmediatamente me arrepiento.

—Isa, cariño, ¿alguna vez me has visto obedecer a un hombre y hacer algo que yo no quisiera hacer? —Entonces suspira. Pienso que el suspiro tiene que ver conmigo, aunque quizá tenga que ver con todas las veces que le han hecho esa pregunta—. No sé —continúa—. Quizá tener hijos me hizo replantearme cosas. O tal vez sea algo que llevaba toda la vida queriendo hacer. No lo sé. Lo único que sé es que nunca había sido tan feliz.

—Ostras, me dejas...

Me interrumpo y trato de entender cómo me siento. Miro su camiseta abrochada hasta arriba, y el pañuelo doblado con pulcritud, y no puedo evitar recordar su hermoso cabello, que le caía como una cascada sobre los hombros y le tapaba la parte de arriba del bikini de tal modo que parecía que no llevara nada puesto. Lady Godiva, la había llamado una vez Ambrose, aunque yo no entendí esa referencia hasta más tarde. Y ahora... lo ha hecho desaparecer. Lo ha escondido. Pero creo que entiendo que haya querido dejar atrás esa parte de su pasado.

—Impresionada, supongo —añado finalmente—. ¿Y Ali? ¿Él también...? Bueno, ¿él también hace todo lo que le toca? ¿El ramadán y todo eso?

—Sí. Supongo que hemos llegado juntos a esta decisión.

—Tus padres deben de estar contentos.

—No lo sé. No lo tengo muy claro... Bueno, sí. —Se cuelga la bolsa del hombro y cruzamos la pasarela, pisando con cuidado, bajo los últimos rayos de la puesta de sol. Fatima continúa—: Supongo que sí; mi madre siempre insistía mucho en que no le importaba que yo no llevara el pañuelo, pero creo que, en el fondo, aunque no lo admita, está contenta de que haya decidido ponérmelo. Los padres de Ali, curiosamente... no tanto. Su madre es muy graciosa, no para de decirme: «Pero Fatima, en este país a la gente no le gustan los *hijabs*, llevarlo te perjudica a nivel profesional, las otras madres del colegio de los niños pensarán que eres una radical.» He intentado explicarle que en mi consulta están todos encantados de tener a una médico de familia mujer, que habla urdu y está dispuesta a trabajar a jornada completa, y que la mitad de los amigos de mis hijos son de familia musulmana, pero ella no me cree.

—¿Y cómo está Ali?

—Muy bien. Acaba de conseguir un puesto de especialista. En fin, trabaja demasiado, pero eso nos pasa a todos, ¿no?

—A mí no. —Río un poco avergonzada—. Yo soy una privilegiada, todavía tengo la baja por maternidad.

—Sí, claro. —Me sonríe con ironía—. Ya me acuerdo de los privilegios que conlleva esa baja: falta de sueño, pezones agrietados... Antes me encargaría de la consulta de podología de mi clínica, la verdad. —Mira a su alrededor y añade—: ¿Dónde está Freya? ¡Quiero conocerla!

—Está durmiendo. Me parece que el viaje la ha dejado agotada. Pero no tardará en despertarse.

Hemos llegado a la puerta del molino y Fatima se detiene con la mano encima del picaporte.

—Isa... —dice, dubitativa, y sé lo que piensa y lo que me va a preguntar antes de que lo diga. Niego con la cabeza.

—No lo sé. Se lo he preguntado a Kate, pero quiere esperar a que hayamos llegado todas. Dice que lo contrario no sería justo.

Baja los hombros y de pronto lo que he dicho me parece vacío; siento esa fórmula vacua de cortesía como polvo seco en los labios. Sé que Fatima está tan nerviosa como yo y que las dos estamos pensando en el mensaje que hemos recibido de Kate y tratando de no especular sobre lo que podría significar. O, mejor dicho, sobre lo que significará.

—¿Preparada? —pregunto.

Ella suelta el aire frunciendo los labios y asiente con la cabeza.

—Lo más que lo puedo estar. Joder, esto va a ser muy raro.

Entonces abre la puerta y el pasado la envuelve, como antes me ha envuelto a mí.

Aquel primer día, cuando me bajé del tren en Salten, en el andén no había nadie aparte de Thea y Kate y, al fondo, una niña morena y menuda de unos once o doce años. La niña miró a un lado y a otro, indecisa, y entonces echó a andar hacia nosotras. Cuando se nos acercó vi que llevaba el uniforme de Salten House y que era mucho mayor de lo que me había parecido al principio: por lo menos tenía quince años, sólo que era bajita y delgada.

—Hola, ¿vais a Salten House? —nos preguntó.

—No, somos una pandilla de pedófilas y llevamos estos uniformes para disimular —contestó Thea mecánicamente, y entonces negó con la cabeza—. Perdóname, qué estúpida soy. Sí, nosotras también vamos a Salten. ¿Eres nueva?

—Sí. —Se unió a nosotras y fuimos juntas hacia el aparcamiento—. Me llamo Fatima. —Tenía acento de Londres y eso hizo que enseguida me sintiera cómoda con ella—. ¿Dónde están las demás? Creía que en el tren habría muchas chicas de Salten.

Kate negó con la cabeza.

—La mayoría de los padres llevan a sus hijas en coche, sobre todo después de las vacaciones de verano. Y las alumnas que no se quedan internas y las que sólo lo están entre semana no empiezan hasta el lunes que viene.

—¿Hay muchas alumnas que no están internas?

—Casi una tercera parte del colegio. Yo estoy interna sólo entre semana. Si he venido en tren es porque he pasado unos días en Londres con Thea y hemos vuelto juntas.

—¿Y dónde vives? —le preguntó Fatima.

—Allí. —Kate señaló con el dedo más allá de la marisma, hacia una reluciente extensión de agua que se veía a lo lejos. Parpadeé. No vi ninguna casa, pero quizá sí se entreveía algo escondido detrás de una duna, o de los raquíticos árboles que flanqueaban las vías del tren.

—¿Y tú? —Fatima se volvió hacia mí. Tenía una cara redonda y simpática, y la melena negra, preciosa, recogida en las sienes con un pasador—. ¿Llevas mucho tiempo aquí? ¿Qué curso haces?

—Tengo quince años y voy a empezar quinto. Soy... soy nueva, igual que tú. Y también estaré interna.

No me apetecía contarle toda la historia: la enfermedad de mi madre, los largos ingresos hospitalarios que nos dejaban a mi hermano Will, de trece años, y a mí solos, mientras mi padre trabajaba hasta tarde en el banco... El golpe inesperado, a traición, de enviarnos internos, que nos pilló a los dos totalmente desprevenidos. Yo nunca había causado problemas en casa. No era rebelde, no consumía drogas, no me portaba mal. De hecho, la enfermedad de mi madre me había vuelto aún más diligente. Me esforzaba y ayudaba más en casa. Cocinaba, hacía la compra y me acordaba de pagar a la asistenta cuando mi padre se olvidaba.

Y de repente aquella charla: «Lo mejor para los dos... más divertido que estar solos... continuidad... vuestro rendimiento escolar no debe resentirse... el último curso de secundaria es muy importante...»

No había sabido qué replicar. De hecho, todavía estaba perpleja. Will se había limitado a asentir y había mantenido el tipo, pero por la noche lo oí llorar. Mi padre iba a llevarlo ese día en coche a Charterhouse y por eso yo había ido sola en tren.

—Mi padre tenía trabajo —me oí decir. Las palabras salieron sin esfuerzo, casi como si las hubiera ensayado—. Si no, supongo que a mí también me habría traído en coche.

—Mis padres están en el extranjero —explicó Fatima—. Son médicos y están colaborando en un programa de voluntariado. Van a trabajar un año fuera, sin cobrar.

—Joder —exclamó Thea, impresionada—. No me imagino a mi padre regalando un fin de semana, y mucho menos un año entero. Pero ¿no les pagan nada?

—No, nada. Bueno, reciben un estipendio, me parece que se llama así. Una especie de asignación. Aunque la calculan según los salarios locales, así que no creo que sea gran cosa. Pero a mis padres no les importa. Para ellos es algo que tiene que ver con la religión, su versión de la *sadqa*.

Mientras Fatima hablaba, rodeamos el pequeño edificio de la estación hasta donde esperaba un microbús azul; junto a la puerta había una mujer con falda y chaqueta y, en la mano, una tablilla con unos papeles sujetos.

—Hola, chicas —saludó a Thea y a Kate—. ¿Cómo ha ido el verano?

—Muy bien, señorita Rourke. Gracias —respondió Kate—. Le presento a Fatima e Isa. Las hemos conocido en el tren.

—¿Fatima...? —El bolígrafo de la señorita Rourke fue bajando por la lista.

—Qureshy —dijo Fatima—. Se lo deletreo: Q, U, R...

—Ya lo tengo —la cortó la señorita Rourke, marcando un nombre—. Y tú debes de ser Isa Wilde.

Lo pronunció tal cual, «isa», pero no dije nada y asentí con docilidad.

—¿Lo he pronunciado bien?

—En realidad es «aisa».

La señorita Rourke no hizo ningún comentario, pero anotó algo en la hoja y a continuación cogió nuestras bolsas y las metió en la parte trasera del vehículo, luego subimos nosotras, una tras otra.

—Cerrad la puerta —dijo la señorita Rourke volviendo la cabeza, y Fatima agarró el tirador de la puerta corredera y la cerró. Nos pusimos en marcha, dando tumbos por el aparcamiento lleno de baches, hasta salir al camino hundido en dirección al mar.

Thea y Kate iban charlando en la parte de atrás del microbús, mientras que Fatima y yo, que nos habíamos sentado juntas, tratábamos de aparentar normalidad.

—¿Has estado alguna vez interna? —le pregunté a Fatima en voz baja.

—No. La verdad es que no tenía muy claro si quería venir aquí. Me habría gustado más marcharme a Pakistán con mis padres, pero mi madre se negó en rotundo. ¿Y tú?

—También es la primera vez —contesté—. ¿Viniste a visitar Salten House antes de matricularte?

—Sí, vine con mis padres a finales del año pasado, cuando estaban buscándome un colegio. ¿A ti qué te pareció?

—Es que yo no vine. No hubo tiempo.

Mi padre me lo presentó como un hecho consumado; ya era demasiado tarde para apuntarse a los días de puertas abiertas o para hacer una visita. Quizá a Fatima le extrañara, pero disimuló y no dijo nada.

—No está mal —me dijo—. Parece... A ver, no me malinterpretes, porque ya sé que va a sonar fatal: parece un poco una cárcel pero con clase.

Reprimí una sonrisa y asentí. Entendía a qué se refería, había visto fotografías en el folleto y verdaderamente el colegio tenía cierto aire de prisión, con aquella gran fachada blanca y rectangular, orientada hacia el mar, y las rejas de hierro... La fotografía de la portada del folleto informativo mostraba un exterior de una austeridad casi dolorosa, con las proporciones, de precisión matemática, acentuadas, en lugar de atenuadas, por cuatro pequeñas torrecillas que resultaban un poco absurdas, una en cada esquina, como si el arquitecto hubiera dudado en el último momento del edificio que había imaginado y las hubiera añadido con el fin de rebajar la dureza de la fachada. Una hiedra, o incluso unos líquenes, habrían suavizado las esquinas de la estructura, pero supuse que en un lugar tan castigado por el viento debía de ser difícil que nada sobreviviera.

—¿Crees que nos dejarán escoger con quién queremos compartir habitación? —pregunté.

Eso era algo que me tenía preocupada desde que había salido de Londres. Fatima se encogió de hombros.

—No lo sé. Supongo que no. ¿Te imaginas el caos si todas fuésemos por ahí escogiendo compañera de habitación? Seguramente ya nos habrán asignado a alguien.

Volví a asentir. Había leído con atención lo que decía el folleto respecto al alojamiento, porque en mi casa estaba acostumbrada a tener intimidad, y me había dejado muy consternada enterarme de que Salten House no ofrecía habitaciones individuales a las alumnas hasta el bachillerato. Las de cuarto y quinto compartían habitación con una compañera. Al menos no tendríamos que dormir en los dormitorios comunes, como las alumnas de los cursos inferiores.

Después nos quedamos calladas. Fatima se puso a leer una novela de Stephen King y yo a mirar por la ventana y ver pasar las marismas, las grandes extensiones de agua, los pequeños diques y las acequias serpenteantes, y luego las dunas que flanqueaban la carretera de la costa, sintiendo el viento de mar, que zarandeaba el microbús.

Redujimos la marcha al acercarnos a una curva y vi que la señorita Rourke señalaba algo; entonces el vehículo torció para dejar la carretera de la costa y entrar en el largo camino cubierto de guijarros blancos que conducía hasta el colegio.

Resulta curioso, ahora que tengo Salten House tan grabado en la memoria, recordar que hubo un tiempo en que me era del todo extraño, pero aquel día permanecía callada en la furgoneta mientras subíamos por el camino sinuoso detrás de un Mercedes y un Bentley, y lo observaba todo con atención.

La gran fachada blanca, deslumbrante, que destacaba contra el azul del cielo igual que en la portada del folleto; las ventanas perfectamente alineadas, cuadradas y relucientes, distribuidas por el edificio a intervalos regulares, y las escaleras de incendios, negras, que trepaban por los lados y se enroscaban alrededor de las torrecillas como hiedra industrial y que aún realzaban más la severidad del conjunto. Los campos de hockey y las pistas de tenis que se extendían hacia la lejanía, y los kilómetros y kilómetros de prados que se perdían en las marismas por detrás del colegio.

Conforme nos acercábamos, vi que la puerta principal, que era negra, estaba abierta de par en par, y tuve la impresión abrumadora de que había una bandada de niñas de todas las formas y tamaños corriendo de aquí para allá, gritándose unas a otras, abrazando a sus padres, chocando las palmas con sus amigas, saludando a las profesoras.

El microbús se detuvo y la señorita Rourke nos dejó a Fatima y a mí con otra profesora, a la que nos presentó como la señorita Farquharson E. F. (deduje que se refería a que era la profesora de educación física). Thea y Kate se perdieron entre el gentío, y a Fatima y a mí nos absorbió aquella masa de niñas bulliciosas que buscaban en las listas colgadas en el tablón de anuncios y proferían exclamaciones relativas a los lugares y los grupos que les habían asignado, dejaban en el suelo cajas y maletas y comparaban el contenido de sus fiambreras y sus nuevos cortes de pelo.

—No es nada habitual que haya dos alumnas nuevas en quinto —nos iba diciendo la señorita Farquharson, su voz elevándose sin esfuerzo por encima del griterío mientras nos precedía hasta un vestíbulo de techos altos, con revestimiento de madera y una escalera curva—. Normalmente intentamos mezclar a las alumnas nuevas y emparejarlas con veteranas, pero a vosotras dos hemos acabado poniéndoos juntas por diversas razones. —Consultó su lista y prosiguió—: Estáis... en la torre 2B. Connie... —Agarró a una niña que estaba dándole a otra en la cabeza con una raqueta de bádminton—. Connie, ¿puedes acompañar a Fatima y a Isa a la torre 2B? Llévalas por la cantina, así sabrán adónde tienen que ir a la hora de comer. Chicas, la comida se sirve a la una en punto. Oiréis un timbre, pero suena sólo cinco minutos antes, así que os aconsejo que salgáis nada más oírlo, porque desde las torres hay un buen trecho. Connie os mostrará el camino.

Fatima y yo asentimos, un poco aturdidas por el barullo de tantas voces, y, arrastrando nuestro equipaje, seguimos a Connie, que ya casi desaparecía entre la multitud.

—Normalmente no podemos usar la entrada principal —nos explicó por encima del hombro, mientras la seguíamos entre grupos de niñas y al final nos colábamos por un pasillo que había al fondo del vestíbulo—. Sólo nos dejan el primer día del curso, o si eres Hon.

—¿Qué es Hon? —pregunté.

—Si estás en el cuadro de honor. Si eres delegada de curso, capitana de tu equipo, monitora... Esas cosas. Si os ponen en el cuadro de honor ya os enteraréis. Si dudáis, no utilicéis esa puerta. Es una lata, porque es la forma más rápida de volver de la playa y de los campos de hockey, pero no vale la pena arriesgarse, porque te cae una buena bronca. —Sin avisar, se coló por otra puerta y señaló un pasillo largo con suelo de piedra—. Eso del fondo es la cantina. No abren hasta la una, pero no lleguéis tarde, porque es difícil conseguir sitio. ¿Es verdad que estáis en la torre dos?

No parecía que hubiera una respuesta a esa pregunta, pero Fatima habló por nosotras dos.

—Eso ha dicho la profesora.

—Qué suerte —dijo Connie con envidia—. Las habitaciones de las torres son las mejores, todo el mundo lo sabe. —Y sin darnos más explicaciones, empujó una puerta camuflada en el revestimiento de madera y empezó a subir enérgicamente una escalera estrecha y oscura que quedaba escondida detrás. Yo intentaba seguirla, jadeando, mientras la maleta de Fatima golpeaba en cada escalón—. Vamos —dijo Connie, impaciente—. Le he dicho a Letitia que nos veríamos antes de comer y a este paso no me va a dar tiempo.

Volví a asentir, esta vez seria, subí mi maleta un tramo más y la arrastré por otro rellano.

Por fin llegamos ante una puerta con un letrero que decía «TORRE 2» y Connie se detuvo.

—¿Os importa que os deje aquí? No hay pérdida, sólo tenéis que subir y encontraréis dos habitaciones, A y B. La vuestra es la B.

—No hay problema —dijo Fatima, casi sin aliento, y Connie desapareció sin pensárselo dos veces, como un conejo que se esconde bajo tierra, dejándonos a Fatima y a mí jadeantes y perplejas.

—Caray, qué complicado —dijo ella cuando nos quedamos solas—. No sé cómo vamos a encontrar el camino para volver a la taberna.

—Creo que ha dicho «cantina» —contesté sin pensar, y enseguida me arrepentí, pero Fatima no me había oído, o, en cualquier caso, no se había ofendido por el hecho de que la hubiera corregido.

—¿Subimos? —preguntó, abriendo la puerta por la que se accedía a la torre. Asentí y ella dio un paso atrás e hizo una reverencia—. Después de ti...

Miré dentro y vi otra escalera, esta vez de caracol. Suspiré y agarré el asa de mi maleta con firmeza. Si tenía que hacer ese recorrido todos los días, acabaría poniéndome muy en forma.

La primera puerta que encontramos resultó ser la de un cuarto de baño (lavabos, dos cubículos con sendos retretes y otro cubículo con una bañera), y seguimos subiendo. En el segundo rellano había otra puerta marcada con una simple «B». Miré a Fatima, que subía detrás de mí, y arqueé una ceja.

—¿Qué te parece?

—Adelante —dijo ella alegremente, y llamé con los nudillos.

Dentro no se oyó nada, así que empujé la puerta con cautela y entré.

Era una habitación sorprendentemente bonita, adaptada a la forma curvada de la pared de la torre. Tenía dos ventanas, una daba al norte, a las marismas, y la otra al oeste, a varios kilómetros de campos de deporte y a la carretera de la costa, y comprendí que debíamos de estar en la esquina trasera izquierda del edificio. Más abajo, desperdigados, se veían varios edificios anexos más pequeños y reconocí algunos que había visto en el folleto: el laboratorio, el centro de educación física. Bajo cada ventana había una cama individual de estructura metálica, con sencillas sábanas blancas y una manta roja doblada a los pies; ambas con su mesita de noche. Entre las dos ventanas había dos muebles más altos, aunque no lo bastante anchos como para llamarlos «armarios». «I. WILDE», rezaba la etiqueta de uno de ellos, y «F. QURESHY» la del otro.

—Al menos no tendremos que pelearnos por las camas —observó Fatima. Levantó su maleta y la puso encima de la que estaba al lado del mueble marcado con su nombre—. Todo muy bien organizado.

Yo estaba mirando las hojas que había encima de la mesa, junto a la puerta, entre las que destacaba el «Contrato alumna-colegio. Todas las alumnas deben devolvérselo firmado a la señorita Weatherby», cuando un sonido estridente resonó por el pasillo.

Fatima se sobresaltó, visiblemente sorprendida, como yo, y se volvió hacia mí.

—¿Qué demonios ha sido eso? No me digas que vamos a tener que oírlo antes de todas las comidas —dijo.

—Me temo que sí. —Me había asustado tanto que se me había acelerado el corazón—. Maldita sea. ¿Crees que nos acostumbraremos?

—Lo dudo, pero será mejor que nos demos prisa en bajar, ¿no? No creo que encontremos la bodega esa en menos de cinco minutos.

Asentí y abrí la puerta que daba al pasillo con la intención de desandar el camino, pero entonces oí pasos por encima de mí y miré hacia arriba con la esperanza de que bajara alguien a quien pudiéramos seguir hasta el comedor.

Pero las piernas que vi descender por la escalera de caracol de piedra eran largas, muy largas, e inconfundibles. De hecho, sólo unas horas atrás había visto cómo las enfundaban en unas medias que, con toda certeza, no eran las reglamentarias.

—Vaya, vaya —dijo una voz y vi a Thea y detrás de ella a Kate llegar a nuestro rellano de la escalera de caracol—. Mira quiénes están en la torre 2B. Parece que este año va a ser divertido, ¿a que sí?

—¿De verdad ya no bebes? —le pregunta Kate a Fatima, mientras llena de nuevo mi vaso y luego el suyo. La mira con cierta extrañeza y frunce las cejas con un gesto un tanto inquisitivo, pero sin llegar a poner ceño—. Pero... ¿nada de nada?

—Nada de nada. Un trato es un trato, ¿no? —Fatima aparta su plato y sonríe, como si se burlara de su propia forma de expresarse.

—¿Lo echas de menos? —le pregunto yo—. Me refiero a beber.

Fatima toma un sorbo de la limonada que llevaba en el coche y se encoge de hombros.

—La verdad es que no mucho. Bueno, sí, me acuerdo de lo divertido que era a veces, y del sabor del gin-tonic y demás, pero el alcohol...

Se interrumpe. Creo que sé qué iba a decir. El alcohol tiene sus desventajas. Quizá, de no ser por el alcohol, nosotras no habríamos cometido algunos errores que cometimos.

—Estoy muy bien así —dice por fin—. Estoy contenta. Y, de alguna manera, todo es más fácil. Ya sabéis: conducir, los embarazos... Dejar de beber no me ha supuesto un gran esfuerzo.

Tomo un sorbo de vino tinto y pienso en Freya, que duerme en el piso de arriba, y en que el alcohol está filtrándose de mi sangre a mi leche.

—Yo intento no pasarme —digo—. Por Freya, claro. Me puedo tomar un par de copas, pero nada más, porque todavía estoy dándole el pecho. Pero no voy a mentir: no beber ni una gota durante nueve meses fue durísimo. Lo único que me animaba era pensar en la botella de Pouilly-Fumé que tenía preparada en la nevera para después del parto.

—Nueve meses. —Kate, pensativa, hace girar el vino en el vaso—. Yo hace un montón que no paso ni nueve días sin beber. Pero tú has dejado de fumar, ¿verdad, Isa? Eso tiene mucho mérito.

Sonrío.

—Sí, lo dejé cuando conocí a Owen, y eso lo llevo bastante bien. Pero ya está. No puedo dejar más de un vicio a la vez. Tú tienes suerte de no haber empezado a fumar nunca —le digo a Fatima.

Ella ríe.

—La verdad es que sí, así me resulta más sencillo sermonear a mis pacientes sobre los peligros del tabaco. A nadie le gusta que su médico de cabecera apeste a tabaco y le diga que tiene que dejar de fumar. Pero Ali todavía se fuma alguno de vez en cuando. Él cree que no me he dado cuenta, pero claro que lo sé.

—¿Y no le dices nada? —le pregunto, pensando en Owen.

Fatima se encoge de hombros.

—Allá él con su conciencia. Me pondría furiosa si fumara delante de los niños, pero aparte de eso, lo que haga con su cuerpo queda entre él y Alá.

—Es tan... —dice Kate, y se echa a reír—. Lo siento, no quiero que me malinterpretes. Es que no me hago a la idea. Eres la Fatima de siempre y sin embargo... —Señala el *hijab*. Fatima se lo ha quitado de la cabeza, pero se lo ha dejado sobre los hombros, como un recordatorio de hasta qué punto las cosas han cambiado—. Quiero decir que me parece muy bien, en serio. Sólo que... me va a costar un poco acostumbrarme. Y supongo que a Isa con Freya también. —Me sonríe y veo las finas arrugas de las comisuras de su boca—. Ha sido rarísimo verte en la estación con esa cosita. Y cuando te veo paseándola por aquí, limpiándole la cara, cambiándole el pañal como si lo hubieras hecho toda la vida... Cuando te veo aquí sentada, en la misma silla de siempre, me cuesta recordar que eres madre. Estás exactamente igual que antes, es como si nada hubiera cambiado, y sin embargo...

Y sin embargo todo ha cambiado.

• • •

Son más de las once cuando Fatima mira la hora y retira su silla de la mesa. Hemos hablado por los codos: de los pacientes de Fatima, de los cotilleos del pueblo, del trabajo de Owen, pero siempre esquivando la pregunta que ninguna de las dos ha formulado: ¿por qué nos ha hecho ir Kate con tantas prisas?

—Voy a tener que acostarme —dice Fatima—. ¿Puedo ir al cuarto de baño?

—Por supuesto —contesta Kate sin levantar la cabeza. Está liando un cigarrillo, y sus dedos, delgados y bronceados, le dan forma con una destreza que revela mucha práctica. Se lo lleva a los labios, pasa la lengua por el papel y lo deja, terminado, encima de la mesa.

—¿Y dónde duermo? ¿En la parte de atrás?

—Ay, lo siento. Debería habértelo dicho ya. —Kate niega con la cabeza como si se reprendiera a sí misma—. No, Thea dormirá en el cuarto de abajo. A ti te he puesto en mi antigua habitación. Ahora yo duermo en el piso de arriba.

Fatima asiente y sube al cuarto de baño. Nosotras dos nos quedamos solas. Observo a Kate, que coge el cigarrillo y da unos golpecitos en la mesa con uno de los extremos.

—Por mí no te cortes —le digo, porque sé que se está reprimiendo por mí, pero ella niega con la cabeza.

—No, no me parece bien. Saldré a la pasarela.

—Te acompaño.

Abre la puerta desvencijada por la que se accede a la pasarela y salimos juntas. Hace una noche agradable y templada. Está bastante oscuro y una luna preciosa asciende sobre el Estero. Kate va hacia el lado izquierdo de la pasarela, la parte orientada hacia la cabecera del río y hacia el pueblo, y al principio no entiendo por qué, pero entonces caigo. El otro extremo de la pasarela, el lado sin barandilla donde solíamos sentarnos con los pies en el agua cuando había marea alta, está completamente sumergido. Kate se da cuenta de que me he fijado y se encoge de hombros, resignada.

—Pasa siempre que hay marea alta. —Mira la hora—. Pero ya no subirá más. Pronto empezará a descender.

—Pero... Kate, no tenía ni idea. ¿Te referías a esto cuando has dicho que el molino se estaba hundiendo?

Asiente con la cabeza, enciende el cigarrillo con un mechero Bic y da una calada profunda.

—Pero... esto es grave. ¡Se está hundiendo literalmente!

—Ya lo sé —dice ella con voz monótona mientras expulsa una larga bocanada de humo hacia la oscuridad.

Las ganas de fumar me retuercen las tripas. Casi puedo notar el sabor del tabaco.

—Pero ¿qué quieres que haga? —Me hace esa pregunta retórica con el cigarrillo en la comisura de la boca.

De pronto no lo soporto ni un minuto más. No puedo esperar.

—Dame una calada.

—Pero ¿qué dices? —Kate se vuelve y me mira, y la luz de la luna cubre su rostro de sombras—. No, Isa. ¡Vamos, lo has dejado!

—Sabes a la perfección que nunca se es ex adicto, sólo un adicto que lleva un tiempo sin consumir —digo sin pensar, y entonces me doy cuenta de qué acabo de decir, a quién estoy citando, y es como si me clavaran un puñal en el corazón. Si yo, después de tantos años, todavía pienso en él, ¿cómo debe de estar pasándolo Kate?

—Lo siento, Kate. Yo... —Alargo la mano.

—No pasa nada —me asegura, pero ha dejado de sonreír y de pronto las pequeñas arrugas de alrededor de su boca parecen más marcadas y profundas que antes. Da otra larga calada y luego me pone el cigarrillo entre los dedos—. Pienso en él constantemente. Un recordatorio más o menos no importa.

Cojo el cigarrillo, liviano como una cerilla, lo sostengo un momento con dos dedos y entonces, como si me sumergiera en una bañera de agua caliente, me lo pongo entre los labios e inspiro con fuerza para llevar el humo hasta el fondo de mis pulmones. Dios mío, qué sensación tan maravillosa...

Y entonces suceden dos cosas. En la parte alta del Estero, cerca del puente, el haz de luz de unos faros ilumina la superficie rizada del agua. Un coche se ha detenido al final del camino lleno de baches que lleva hasta el molino.

Y del intercomunicador para bebés que llevo en el bolsillo sale un grito, débil y breve, que me hace dar un respingo. Levanto la cabeza como si me hubiera dado un tirón la cuerda invisible que me une a Freya.

—Dame. —Kate me tiende la mano y me apresuro a devolverle el cigarrillo.

No puedo creer que haya hecho lo que acabo de hacer. Una cosa es una copa de vino, pero ¿de verdad pensaba coger en brazos a mi hija apestando a tabaco? ¿Qué diría Owen?

—Ve con Freya —me dice ella—. Voy a ver quién es.

Me apresuro a entrar y subo la escalera hasta el dormitorio donde he dejado a Freya; sé quién ha llegado. Lo sé perfectamente.

Thea prometió que vendría y así lo ha hecho. Por fin estamos todas.

En el rellano casi tropiezo con Fatima, que sale de su habitación, la antigua habitación de Kate.

—Lo siento —le digo, acalorada—. Freya se ha...

Se aparta para dejarme pasar y entro a toda prisa en la habitación del fondo del pasillo, donde Kate ha puesto la cuna de madera alabeada donde dormía ella cuando era un bebé.

La habitación es muy bonita; la mejor, quizá, sin contar la que usa ahora Kate: un dormitorio con estudio que ocupa todo el desván del molino y que antes era la habitación de su padre.

Cuando cojo a Freya en brazos la noto caliente y húmeda y, mientras le retiro el saco de dormir, me doy cuenta del calor que hace ahí dentro. La acurruco sobre mi hombro para calmarla y entonces oigo un ruido detrás de mí; me doy la vuelta y veo a Fatima en el umbral, mirando a su alrededor, sorprendida, y me doy cuenta de que al pasar por su lado en el rellano no me he fijado en un detalle: que todavía va vestida.

—¿No habías ido a acostarte?

—No. Estaba rezando. —Habla en voz baja para no alterar a Freya—. Me parece tan raro, Isa. Verte aquí, en su habitación.

—A mí también.

Me siento en la silla de mimbre al tiempo que entra Fatima y lo observa todo: las ventanas bajas y abuhardilladas, el suelo de madera oscura, bien pulido, los esqueletos de hojas que cuelgan de las vigas y tiemblan agitados por la brisa cálida que entra por la ventana abierta.

Kate ha retirado casi todos los objetos personales de Luc, sus pósteres de música, la montaña de ropa por lavar de detrás de la puerta, la guitarra acústica apoyada en la repisa de la ventana, el tocadiscos viejo, de los años setenta, que estaba siempre en el suelo, junto a la cama. Sin embargo, todavía se percibe su presencia y para mí no ha dejado de ser la habitación de Luc, aunque Kate la haya llamado «el dormitorio del fondo» cuando me ha acompañado.

—¿Habéis seguido en contacto? —me pregunta Fatima.

—No. ¿Y tú?

—No. —Se sienta en el borde de la cama—. Pero debes de haber pensado en él, ¿no?

No contesto enseguida. Me demoro un momento y le recoloco a Freya la muselina junto a la mejilla.

—Un poco. Alguna vez.

Pero es mentira, y no sólo eso: estoy mintiendo a Fatima. Ésa era la regla más importante del juego de las mentiras. Podíamos mentir a quien fuera, pero nunca mentirnos unas a otras.

Pienso en todas las mentiras que repetí una y otra vez a lo largo de los años, hasta que arraigaron y empezaron a parecer verdades: me marché porque necesitaba cambiar de aires. No sé qué fue de él; sencillamente desapareció. Yo no hice nada malo.

Fatima sigue callada, pero sus brillantes ojos de pájaro están clavados en mí, y bajo la mano con la que hasta hace un momento jugueteaba con el pelo. Cuando ves mentir a otros con la frecuencia con que mentíamos nosotras, acabas reconociendo las señales de cada uno. Thea se muerde las uñas. Fatima evita el contacto visual. Kate se queda inmóvil y ausente, inalcanzable. Y yo... me toco el pelo, y sin darme cuenta de lo que hago, me lo enrosco alrededor de los dedos, formando una maraña tan enredada como nuestras falsedades.

Entonces me esforzaba mucho para controlarme. Y ahora veo, por la sonrisa comprensiva de Fatima, que mi antiguo tic ha vuelto a traicionarme.

—No es verdad —admito—. Sí que he pensado en él. Mucho. ¿Y tú?

—Pues claro.

Nos quedamos calladas y sé que las dos estamos pensando en Luc: en sus manos largas y estrechas, con unos dedos fuertes con los que pulsaba las cuerdas de la guitarra, primero despacio, como un amante, y luego tan deprisa que no podías seguir sus movimientos. En sus ojos, cambiantes como los de un tigre, que pasaban del color cobre bajo la luz del sol al castaño dorado cuando apenas había claridad. Tengo su cara grabada en la memoria y en estos momentos lo veo con tanta nitidez que es como si lo tuviera delante: la nariz de puente prominente, que volvía su perfil tan peculiar; la boca grande y expresiva; la curva de sus cejas, con los extremos ligeramente inclinados hacia arriba, que hacían que pareciera que estaba siempre a punto de fruncir el ceño.

Suspiro y Freya se remueve en su sueño ligero.

—¿Quieres que me marche? —me pregunta Fatima en voz baja—. Si la molesto...

—No, quédate. —Freya cierra los ojos poco a poco y luego los abre de golpe, pero noto sus extremidades lacias y pesadas y sé que está a punto de quedarse dormida otra vez.

La vence el sueño y la dejo con cuidado en la cuna.

Justo a tiempo, porque oigo pasos abajo, el ruido de una puerta que se abre de golpe y la voz de Thea, que resuena por la casa, por encima de los ladridos de *Shadow*.

—¡Ya estoy aquí, chicas!

Freya, sobresaltada, agita los bracitos, como una estrella de mar, pero le pongo una mano sobre el pecho y se le vuelven a cerrar los ojos. Entonces, Fatima y yo salimos de la habitación de Luc y bajamos la escalera para reunirnos con Thea, que nos espera.

Cuando pienso en Salten House, me acuerdo, sobre todo, de los contrastes. La intensa luminosidad del mar los días soleados de invierno y la negrura de las noches del campo, más impenetrable que la oscuridad de Londres. La concentración silenciosa en las clases de arte, y el bullicio y el griterío de la cantina, donde trescientas chicas hambrientas esperaban a que les sirvieran la comida. Y, sobre todo, la intensidad de las amistades que surgieron tras sólo unas pocas semanas en aquella atmósfera enrarecida... y las enemistades que llegaron con ella.

Aquella primera noche, lo que más me llamó la atención fue el ruido. Cuando sonó el timbre que anunciaba la cena, Fatima y yo estábamos deshaciendo el equipaje y nos movíamos por la habitación en un silencio que ya nos resultaba cómodo y agradable. Al oír aquella alarma ensordecedora y salir presurosas al pasillo, nos envolvió un alboroto como nunca había oído en el colegio al que había asistido antes de llegar a Salten, y la sensación no mejoró cuando entramos en la cantina. Durante la comida ya habíamos tenido que soportar mucho bullicio, pero habían seguido llegando alumnas a lo largo de todo el día y ahora el comedor estaba lleno a rebosar. La algarabía de trescientas voces agudas hablando a la vez me hizo temer que fueran a estallarme los tímpanos.

Fatima y yo estábamos allí plantadas, indecisas, buscando un sitio donde sentarnos, mientras las chicas que iban a reunirse con sus amigas nos empujaban sin miramientos por todos lados. Entonces vi a Thea y a Kate sentadas a un extremo de una de aquellas mesas largas de madera pulida. Estaban la una frente a la otra, cada una con un sitio vacío a su lado. Le hice una señal a Fatima y fuimos hacia allí, pero entonces otra chica se nos adelantó y me di cuenta de que ella también iba hacia el mismo lugar. Las tres no cabríamos.

—Ve tú —le dije a Fatima, e intenté que pareciera que no me importaba—. Ya me busco yo otra mesa.

—No seas tonta. —Fatima me dio un empujoncito cariñoso—. ¡No pienso abandonarte! Ya encontraremos dos sitios juntos en otra mesa.

Pero no se movió. Había algo extraño en la forma en que la otra chica caminaba hacia Kate y Thea: con determinación, con una hostilidad que yo no acababa de entender.

—¿Buscas un sitio? —le preguntó Thea, con cordialidad, cuando la chica llegó a su lado.

Más tarde me enteré de que se llamaba Helen Fitzpatrick y era una chica alegre y chismosa, pero entonces rió con amargura e incredulidad.

—No, gracias, preferiría sentarme en los retretes. ¿Por qué demonios me dijiste que la señorita Weatherby estaba embarazada? Le mandé una tarjeta de felicitación y se puso hecha una fiera. Me han castigado seis semanas sin salir.

Thea no dijo nada, pero me di cuenta de que estaba conteniendo la risa, y Kate, que estaba sentada de espaldas a Helen, miró a Thea y dijo «diez» moviendo los labios. Luego, sonriente, levantó las dos manos con los dedos extendidos.

—¿No me vas a contestar? —insistió Helen.

—Fallo mío. Debí de entenderlo mal.

—¡Y un cuerno! Eres una mentirosa de mierda.

—Fue una broma —explicó Thea—. Yo no te dije que lo supiera con seguridad. Te dije que me lo habían dicho. La próxima vez, comprueba los hechos.

—¿Los hechos? Mira, a mí también me han contado ciertas cosas de tu último colegio, Thea. En el campamento de tenis conocí a una chica que había estudiado contigo. Me dijo que estás mal de la cabeza y que por eso tuvieron que expulsarte. Y si quieres saber mi opinión, creo que hicieron muy bien. Por mí, cuanto antes te echen de aquí, mucho mejor.

Al oír eso, Kate se levantó y se dio la vuelta hacia Helen. Su cara ya no tenía aquella expresión traviesa y simpática que yo había visto en el tren, sino que transmitía una rabia fría e intensa que me asustó un poco.

—¿Sabes cuál es tu problema? —Se inclinó hacia delante y Helen retrocedió de forma involuntaria—. Que pasas demasiado tiempo escuchando rumores. Si no te creyeras todos los asquerosos cotilleos que pululan por ahí, no te habrían castigado.

—Vete a la mierda —le espetó Helen, y entonces todas las chicas dieron un respingo al oír una voz detrás del grupito. Era la señorita Farquharson, Educación Física.

—¿Va todo bien por aquí?

Helen le lanzó una mirada a Thea y se mordió la lengua.

—Sí, señorita Farquharson —contestó, muy seria.

—¿Thea? ¿Kate?

—Sí, señorita Farquharson —respondió Kate.

—Muy bien. Mirad, hay dos alumnas nuevas detrás de vosotras buscando sitio y nadie las ha invitado a sentarse. Fatima, Isa, podéis sentaros en este banco. ¿Tú también buscas sitio, Helen?

—No, señorita Farquharson. Jess me está guardando uno.

—En ese caso, te sugiero que vayas a sentarte con ella. —La señorita Farquharson se dio la vuelta, pero antes de marcharse se detuvo un momento y su expresión cambió. Se agachó y olfateó el aire por encima de la cabeza de Thea—. ¿A qué hueles, Thea? No me digas que has vuelto a fumar dentro del colegio. La señorita Weatherby dejó muy claro el curso pasado que si volvíamos a encontrarte fumando llamaríamos a tu padre y te arriesgarías a una expulsión temporal.

Se hizo un silencio. Vi que Thea se agarraba al borde de la mesa. Intercambió una mirada con Kate y entonces fue a decir algo, pero para mi sorpresa, yo me adelanté:

—Nos ha tocado un vagón de fumadores, señorita Farquharson. En el tren. Había un hombre fumando un puro. La pobre Thea iba sentada a su lado.

—Ha sido asqueroso —intervino Fatima—. Repugnante. Me he mareado hasta yo, que estaba sentada al lado de la ventana.

La señorita Farquharson se volvió y nos miró, y me di cuenta de que nos estaba evaluando a las dos: yo con mi cara infantil, franca y sonriente, y Fatima con su mirada inocente y cándida. Me llevé las manos al pelo, nerviosa, pero enseguida me di cuenta y me las cogí detrás de la espalda, como si me hiciera a mí misma una llave para inmovilizarme. La señorita Farquharson asintió despacio con la cabeza.

—Realmente desagradable. Bueno, no insistiré, Thea. Por esta vez. Y ahora, sentaos, niñas. Las encargadas están a punto de empezar a servir.

Nos sentamos y la señorita Farquharson se marchó.

—Maldita sea —dijo Thea en voz baja. Estiró un brazo por encima de la mesa hacia donde yo estaba y me apretó la mano; noté sus dedos, fríos y todavía temblorosos por los nervios que había pasado, rodeando los míos—. Y... joder, no sé qué decir. ¡Gracias!

—En serio —dijo Kate, negando con la cabeza con una expresión que era mezcla de alivio, remordimiento y admiración; la cólera que yo había visto en su semblante cuando le había plantado cara a Helen había desaparecido por completo, como si nunca hubiera existido—, os habéis comportado como dos profesionales.

—Bienvenidas al juego de las mentiras —dijo Thea, y miró a Kate—. ¿No?

Kate asintió.

—Bienvenidas al juego de las mentiras. Ah... —Una sonrisa iluminó su rostro—. Y diez puntos.

Fatima y yo no tardamos mucho en descubrir por qué se considerraba que las habitaciones de la torre eran las mejores; de hecho, lo averiguamos aquella misma noche. Yo había vuelto a nuestra habitación después de ver una película en la sala común. Fatima ya estaba allí, recostada en la cama, escribiendo lo que parecía una carta en un papel muy fino, con la melena de color caoba colgando a ambos lados de su cara como oscuras cortinas de seda.

Cuando entré, levantó la cabeza y bostezó, y vi que ya llevaba puesto el pijama: una camiseta minúscula y unos pantalones cortos de franela rosa. La camiseta se le subió cuando se desperezó y dejó al descubierto una franja de vientre plano.

—¿Vas a acostarte? —me preguntó, incorporándose un poco.

—Ya lo creo. —Me senté en el colchón, cuyos muelles crujieron, y me quité los zapatos—. Madre mía, estoy hecha polvo. Tantas caras nuevas...

—Sí, ya lo sé. —Fatima se echó el pelo hacia atrás, dobló la carta y la dejó en la mesita de noche—. Yo he subido aquí después de cenar porque no soportaba conocer más gente. ¿Crees que soy horrible?

—No digas tonterías. Seguramente es lo que debería haber hecho yo. Además, en realidad no he hablado con nadie. Casi todas las chicas eran de cursos inferiores.

—¿Qué película daban?

—*Fuera de onda* —contesté, conteniendo un bostezo, y entonces me di la vuelta para empezar a desabrocharme la camisa.

Creía que en la habitación habría algún tipo de vestidor separado con cortinas, como daban a entender las historias sobre internados que me habían contado, pero resultó que eso sólo existía en los dormitorios comunes. Las alumnas que compartían dormitorio doble tenían que apañárselas para proporcionarse un poco de intimidad la una a la otra cuando fuera necesario.

Ya me había puesto el pijama y estaba hurgando en mi armarito, buscando mi neceser, cuando un ruido me hizo detenerme y volver la cabeza. Había sonado como si unos nudillos hubieran llamado a la puerta, pero el ruido no provenía del lado de la habitación donde estaba la puerta.

—¿Has sido tú? —le pregunté a Fatima.

—No. Iba a preguntarte lo mismo. Me ha parecido que el ruido venía de la ventana.

Las cortinas estaban corridas y las dos nos quedamos quietas y aguzamos el oído, sintiéndonos extrañamente tensas y un poco ridículas. Justo cuando yo iba a quitarle importancia con una risa y un comentario sobre Rapunzel, volvimos a oír el ruido, esta vez más fuerte, y soltamos un grito las dos a la vez y luego una risa nerviosa.

Ya no había ninguna duda de que el ruido provenía de la ventana que estaba más cerca de mi cama, así que crucé la habitación con un par de zancadas y descorrí la cortina.

No sé qué esperaba encontrar, pero desde luego no era lo que vi: una cara pálida, rodeada de oscuridad, mirando a través del cristal. Me quedé boquiabierta por un momento y entonces me acordé de lo que había visto desde el microbús aquella mañana al llegar al colegio: las escaleras de incendios de hierro negro, que trepaban por las fachadas del edificio y alrededor de las torres como si fueran enredaderas. Me acerqué un poco más. Era Kate.

Sonrió e hizo un movimiento con la muñeca, como si girara algo, y comprendí que me estaba pidiendo que abriera la ventana.

El cierre estaba oxidado y duro y tuve que pelearme con él un momento, pero al final cedió con un chirrido.

—Por fin —dijo Kate, haciendo una seña hacia la precaria estructura metálica negra que tenía debajo, que destacaba sobre el fondo algo más pálido del mar—. ¿A qué esperáis?

Miré a Fatima, que se encogió de hombros y asintió. Entonces tiré de la manta que había a los pies de mi cama, me subí al alféizar de la ventana y salí a la oscura y fría noche de otoño.

Fuera, la noche estaba en calma, no soplaba brisa, y mientras Fatima y yo seguíamos a Kate en silencio por los temblorosos peldaños metálicos de la escalera de incendios, se oía el lejano romper de las olas en la orilla de guijarros y los chillidos de las pardelas que sobrevolaban el mar.

Thea nos esperaba en lo alto de la escalera de incendios. La vimos al dar la última vuelta a la torre. Llevaba puesta una camiseta que apenas le tapaba los muslos, largos y delgados.

—Extiende esa manta —me dijo, y yo la desplegué sobre el suelo de malla metálica y me senté a su lado.

—Bueno, ahora ya lo sabéis —comentó Kate esbozando una sonrisa cómplice—. Nuestro secreto está en vuestras manos.

—Pero lo único que podemos ofreceros a cambio de vuestro silencio —continuó Thea, arrastrando las palabras— es esto... —levantó una botella de Jack Daniel's—... y esto. —Y levantó un paquete de cigarrillos Silk Cut—. ¿Fumáis? —Le dio unos golpecitos al paquete hasta que de éste asomó un cigarrillo y nos lo ofreció.

—No, gracias —dijo Fatima—. Pero probaré un poco de lo otro.

Señaló el bourbon y Kate le pasó la botella. Fatima bebió un trago largo, se estremeció y, sonriente, se secó los labios con el dorso de la mano.

—¿Isa? —Thea seguía ofreciéndome el cigarrillo.

Yo no fumaba. En mi colegio de Londres lo había probado un par de veces y no me había gustado. Además sabía que a mis padres no les haría ninguna gracia enterarse de que fumaba, sobre todo a mi padre, que había fumado de joven y sufría recaídas periódicas en los puros y en el odio a sí mismo.

Sin embargo, allí... allí ya no era la misma, era... otra persona, una Isa nueva.

Allí no era la colegiala aplicada que siempre entregaba los deberes a tiempo y que pasaba la aspiradora antes de salir con sus amigas.

Allí podía ser quien yo quisiera. Podía ser alguien completamente diferente.

—Gracias. —Cogí el cigarrillo del paquete que me tendía Thea y, cuando Kate encendió el mechero Bic, me incliné hacia la llama que ella protegía con las manos ahuecadas. Mi pelo se deslizó sobre su brazo de color miel como una caricia y di una calada con precaución, parpadeando porque me escocieron los ojos, con la esperanza de no ponerme a toser.

—Gracias por lo de antes —dijo Thea—. Por lo del olor a tabaco. Me habéis salvado el pellejo. No sé qué pasaría si volvieran a expulsarme. Creo que mi padre me encerraría en algún sitio.

—De nada. —Expulsé el humo y lo vi ascender por encima de los tejados del colegio, hacia la espléndida luna, blanca y casi llena—. Pero... ¿qué habéis querido decir antes, en la cena, con eso de los puntos?

—Es que llevamos un registro —explicó Kate—. Diez puntos por engañar a alguien. Cinco por una historia original o por hacer que a otra jugadora se le escape la risa. Quince puntos por colársela a alguien muy engreído. Pero los puntos no sirven para nada importante, sólo... no sé, para que el juego sea más divertido.

—Es una versión de un juego que practicábamos en uno de mis anteriores colegios —explicó Thea, dándole una calada al cigarrillo con languidez—. Se lo hacíamos a las nuevas. El propósito era que hicieran el ridículo. Por ejemplo, les decíamos que había que llevarse la toalla de baño a la hora de estudio, porque así las duchas de antes de cenar eran más ágiles; o las convencíamos de que las alumnas de primero sólo podían caminar en el sentido de las agujas del reloj alrededor del patio. Chorradas. En fin, cuando llegué aquí, volví a ser otra vez la nueva y pensé: a la mierda, esta vez mentiré yo. Y haré que sirva para algo. No escogeré a las nuevas, las que no pueden defenderse. Se lo haré a las que sí pintan algo: a las profesoras, a las alumnas más populares. A las que se creen que están por encima de todo. —Expulsó el humo—. Pero la primera vez que le mentí a Kate, ella no se enfadó ni amenazó con chivarse para que me hicieran el vacío, sino que se echó a reír. Y entonces comprendí que ella no era como las demás.

—Y vosotras tampoco —añadió Kate con complicidad—, ¿verdad?

—Verdad —confirmó Fatima. Tomó otro trago de la botella y sonrió.

Me limité a asentir con la cabeza. Me llevé el cigarrillo a los labios y di otra calada, esta vez inhalando profundamente, hasta que noté que el humo entraba en mis pulmones y la nicotina se filtraba por mi torrente sanguíneo. Me dio vueltas la cabeza y me tembló la mano con la que sostenía el cigarrillo cuando fui a apoyarla en la malla metálica de la plataforma de la escalera de incendios, pero no dije nada confiando en que las otras no hubieran reparado en mi mareo repentino.

Noté que Thea me observaba y tuve la extraña convicción de que, pese a mis esfuerzos por disimular, no la había engañado y sabía exactamente lo que yo estaba pensando y lo mal que lo estaba pasando al tener que fingir que estaba acostumbrada a todo aquello, pero no se burló de mí y se limitó a tenderme la botella.

—Bebe —dijo con aspereza, y entonces, como si se diera cuenta de su brusquedad, sonrió y suavizó el tono imperioso de aquella orden—. Necesitas algo para relajarte después del primer día.

Me imaginé a mi madre durmiendo en una cama de hospital, con un gotero que le introducía veneno en las venas; a mi hermano, solo en su nueva habitación de Charterhouse; a mi padre volviendo en coche, por la noche, a nuestra casa vacía de Londres... Me sentía los nervios tensos como las cuerdas de violín, de modo que asentí y alargué la mano que tenía libre.

Cuando el whisky me llegó a la boca, me quemó como si fuera fuego y tuve que frenar las arcadas y el impulso de toser, pero me tragué el líquido y noté que me abrasaba el esófago hasta llegar al estómago, y sentí que toda la tensión acumulada aflojaba un poco. Entonces le pasé la botella a Kate.

Ésta la cogió, se la llevó a los labios y no dio un trago breve y prudente, como habíamos hecho Fatima y yo, sino dos, y luego tres sorbos bien largos, sin pausas entre ellos y sin parpadear; cualquiera habría dicho que estaba bebiendo leche.

Cuando terminó, se secó los labios y sus ojos destellaron en la oscuridad.

—Por nosotras —dijo levantando la botella, y la luz de la luna se reflejó en el cristal—. Por que nunca nos hagamos mayores.

De las tres, Thea es a quien hace más tiempo que no veo, y por eso la imagen que tengo de ella cuando bajo la escalera es la de la chica de hace diecisiete años, con su hermoso rostro y aquel pelo que parecía un frente de tormenta invadiendo un cielo soleado.

Al doblar el primer recodo de la maltrecha escalera, antes de ver a Thea me fijo en la acuarela que pintó Ambrose de ella y que está allí colgada: Thea nadando en el Estero. Ambrose supo captar el sol sobre su piel y la luz descompuesta en los colores del arco iris al atravesar el agua. Thea tiene la cabeza echada hacia atrás y la larga melena, lacia y adherida al cráneo, hace que su belleza sea aún más deslumbrante.

Con esa imagen en la mente, doblo la última curva preguntándome con qué voy a encontrarme, y Thea está allí, esperando.

Está aún más guapa que antes; jamás habría creído que eso fuera posible, pero lo es. Tiene la cara más delgada, las facciones, más definidas, y lleva el pelo muy corto. Se diría que su belleza se ha quedado desnuda, una vez despojada de aquella cascada de cabello sedoso y bicolor, de maquillaje y de joyas.

La veo más mayor, más guapa, más delgada incluso; demasiado delgada. Y sin embargo está exactamente igual.

Pienso en el brindis que hizo Kate aquella noche, mucho tiempo atrás, cuando apenas nos conocíamos. «Por que nunca nos hagamos mayores.»

—Thee —susurro.

Y entonces la abrazo y se me clavan sus huesos, y Fatima también la abraza y ríe, y Thea dice:

—¡Por favor, que me vais a aplastar! Y cuidado con mis botas, ese desgraciado me ha echado del taxi muy lejos del Estero. Prácticamente he tenido que vadear hasta aquí.

Huele a tabaco... y a alcohol, ese otro olor, dulce como la fruta pasada, se nota en su aliento cuando ríe junto a mi pelo, antes de soltarnos e ir hacia la mesa de la ventana.

—No puedo creer que las dos tengáis hijos —nos dice a Fatima y a mí. Su sonrisa es la misma de siempre: torcida, un poco burlona, una sonrisa que esconde secretos. Aparta una silla, la misma que utilizaba cuando nos sentábamos a esa mesa y fumábamos y bebíamos hasta altas horas, se sienta y se pone un cigarrillo Sobranie, negro y con la boquilla dorada, entre los labios—. ¿Cómo permiten que unas depravadas como vosotras se reproduzcan?

—Tienes razón. —Fatima aparta también su silla y se sienta enfrente de Thea, de espaldas a la cocina—. Eso mismo le dije yo a Ali en el hospital, cuando me dieron a Nadia para que me la llevara a casa. «¿Y ahora qué demonios se supone que tengo que hacer?»

Kate coge un plato y se lo ofrece a Thea; tiene una ceja arqueada.

—¿Sí? ¿No? ¿Has comido? Ha sobrado mucho cuscús.

Thea niega con la cabeza y, antes de contestar, enciende el cigarrillo y echa una bocanada de humo.

—No, gracias. Sólo quiero beber algo. Y saber qué diablos hacemos todas aquí.

—Tenemos vino... vino... —dice Kate. Busca bien en la alacena torcida—. Y... vino. Nada más.

—Joder, qué mal me tratas. ¿Ningún licor? Pues dame vino, qué remedio.

Kate sirve como mínimo un tercio de la botella en un vaso azul verdoso, rajado, y se lo da a Thea, que lo levanta y observa la vela que hay en el centro de la mesa a través del líquido de color rubí.

—Por nosotras —dice por fin—. Por que nunca nos hagamos mayores.

Pero no quiero brindar por eso. Yo sí quiero ser mayor. Quiero hacerme mayor, ver crecer a Freya, que me salgan arrugas en la cara.

Pero no hago ningún comentario, porque Thea se detiene antes de que el vaso llegue a tocar sus labios y señala con un dedo la limonada de Fatima.

—Un momento, un momento. ¿Qué es esta mierda? ¿Limonada? No puedes brindar con limonada. No me digas que estás embarazada otra vez.

Fatima sonríe, niega con la cabeza y señala el pañuelo que se ha dejado sobre los hombros.

—Los tiempos cambian, Thea. Este pañuelo no es un simple accesorio.

—¡Anda ya! ¡Llevar *hijab* no te convierte en una monja! Al casino vienen muchos musulmanes, y una vez una mujer me aseguró que si bebes gin-tonic no cuenta como alcohol: se considera bebida medicinal, porque la tónica contiene quinina.

—Uno: esa opinión es lo que, en los círculos teológicos, se califica técnicamente como «chorrada» —dice Fatima. Todavía sonríe, pero bajo su tono desenfadado se nota cierta frialdad—. Y dos: deberías cuestionar la capacidad de raciocinio de cualquiera que vaya a un casino con *hijab*, teniendo en cuenta las enseñanzas del Corán respecto al juego.

Se hace un silencio en la habitación. Miro a Kate y tomo aire para hablar, pero no se me ocurre nada, aparte de decirle a Thea que cierre el pico de una puta vez.

—Antes no eras tan mojigata —prosigue ésta por fin, bebiendo un sorbo de vino, y noto que Kate se pone tensa a mi lado. Pero Thea sonríe torciendo ligeramente la boca con un gesto burlón—. De hecho... puede que me equivoque, pero creo recordar cierta partida de *strip poker*... ¿O ésa era otra señora Qureshy?

—Antes no eras tan gilipollas —le contesta Fatima, pero lo dice sin rencor, y ella también sonríe.

Se inclina un poco sobre la mesa y golpea con suavidad a Thea en un brazo. Ésta sonríe y, quizá a su pesar, sus labios dibujan una sonrisa de verdad, su sonrisa sincera; esa sonrisa amplia, generosa y llena de sorna.

—Mentirosa —dice sin dejar de sonreír, y la tensión se evapora del ambiente, como cuando la electricidad estática se descarga en el suelo con un chasquido inofensivo.

· · ·

No sé qué hora es cuando me levanto de la mesa para ir al cuarto de baño. Debe de ser mucho más tarde de la medianoche. Al volver paso a ver a Freya y la encuentro durmiendo plácidamente, con los brazos y las piernas extendidos, relajada.

Cuando bajo la escalera para sentarme de nuevo con mis amigas, tengo un *déjà vu* abrumador. Fatima, Thea y Kate están sentadas donde siempre se sentaban y, al verlas con las cabezas inclinadas alrededor de la llama titilante de una vela, juraría que todavía tienen quince años. Tengo una sensación extraña: como si la aguja de un gramófono saltara al llegar a determinado surco del disco y reprodujera una y otra vez los ecos de nuestros yos adolescentes, y siento que los fantasmas del pasado se amontonan: Ambrose, Luc... El corazón se me encoge en el pecho y me invade un dolor casi físico, y por un instante —un instante breve y demoledor— pasa una imagen ante mis ojos, una escena que he intentado olvidar por todos los medios.

Cierro los ojos, me tapo la cara con las manos e intento borrarla, y, cuando vuelvo a abrirlos, compruebo que aquí sólo están Thea, Fatima y Kate. Pero el recuerdo pervive: un cadáver tendido sobre la alfombra, cuatro caras conmocionadas, surcadas de lágrimas...

Noto que algo frío me toca la mano, me doy la vuelta con brusquedad y el corazón se me acelera mientras escudriño la escalera, que asciende hacia la oscuridad de las plantas superiores.

No sé a quién esperaba ver —al fin y al cabo, aquí no hay nadie más, estamos solas—, pero fuera quien fuese, no está aquí, aquí sólo hay sombras y las caras de nuestros yos adolescentes mirando desde los cuadros colgados en las paredes.

Entonces oigo la risa suave de Kate y lo entiendo. No es ningún fantasma, sino una sombra mucho más sólida: *Shadow*, su perro, que me ha rozado la mano con el hocico húmedo y ahora me mira compungido y confuso.

—Cree que es la hora de irse a dormir —me explica Kate—. Espera que alguien lo saque a dar un último paseo.

—¿Un paseo? —repite Thea. Coge otro Sobranie y se pone la boquilla dorada entre los labios—. ¿Por qué no un baño?

—Yo no me he traído el traje de baño —digo de manera mecánica y luego descifro el significado de su ceja arqueada y su expresión provocadora y pícara, y me echo a reír, un poco a regañadientes—. Ni hablar. Y además Freya está arriba durmiendo. No puedo dejarla sola.

—¡Pues no te alejes mucho! —dice Thea—. ¡Toallas, Kate!

Kate se levanta, toma un último sorbo del vaso de vino que tiene encima de la mesa y se dirige hasta un armario que hay cerca de la cocina. Coge unas toallas de varios tonos de gris pastel, raídas y desteñidas. Nos lanza una a Thea y otra a mí. Fatima levanta las manos.

—Gracias, pero...

—No seas plasta —le recrimina Thea—. Todas somos mujeres, ¿no?

—Ya, eso es lo que se dice siempre, hasta que aparece algún borracho que vuelve del pub. Os espero aquí, gracias.

—Como quieras. Vamos, Isa, Kate, no me falléis, fracasadas.

Se levanta también y empieza a desabrocharse la camisa. Enseguida veo que no lleva sujetador.

No quiero desnudarme. Sé que Thea se reiría de mi timidez, pero no puedo dejar de pensar en mi cuerpo deformado por el embarazo, en mis pechos surcados de venas azules y llenos de leche, en las estrías de mi vientre, todavía flácido. Si Fatima también nos acompañara a nadar sería diferente, pero no va a hacerlo; sólo iremos Thea, Kate y yo, y ellas dos tienen el cuerpo esbelto y ágil de una chica de diecisiete años. Sin embargo, sé que no voy a librarme, o al menos no sin ser objeto de las burlas de Thea. Además, una parte de mí quiere bañarse. No sólo porque me note el pelo pegajoso en la nuca, ni porque se me pegue el vestido a la espalda sudada. Es algo más. Estamos aquí, juntas, las cuatro. Una parte de mí quiere revivir eso.

Cojo una toalla y salgo a la oscuridad. Cuando éramos adolescentes, nunca tuve el valor para meterme en el agua la primera. No sé por qué; alguna superstición extraña, miedo a que hubiera algo acechando en el fondo. Si estaban las otras, me sentía segura. Siempre eran Kate o Thea las que lideraban la carga, en general corriendo por la pasarela y chillando antes de lanzarse de bomba en medio del Estero, donde la corriente era más fuerte. Ahora, en cambio, soy demasiado cobarde para no saltar la primera.

Llevo un vestido fino de algodón elástico, me lo quito con un solo movimiento y lo dejo en el suelo; luego me desabrocho el sujetador y me deshago también de las bragas. Respiro hondo y me meto en el agua deprisa, antes de que las otras salgan y vean mi cuerpo desnudo y fofo.

—¡Eh, Isa ya se ha metido! —las oigo decir al salir a la superficie, resoplando de frío. Hace una noche templada, incluso un poco bochornosa, pero hay marea alta y el Estero lleva agua salada que entra directamente desde el Canal.

Thea camina por la pasarela mientras yo me mantengo a flote en el agua, jadeando hasta que mi piel se aclimata. Está desnuda, y veo que su cuerpo también ha cambiado, en ciertos aspectos de un modo tan drástico como el mío. Siempre ha sido delgada, pero ahora parece anoréxica, tiene el vientre cóncavo y los pechos son dos protuberancias mínimas sobre las costillas, que están muy marcadas. Sin embargo, hay una cosa en la que no ha cambiado: la desinhibición absoluta con que camina hasta el borde de la plataforma, donde la luz de la farola proyecta una sombra fina y alargada sobre el agua. Thea nunca se ha avergonzado de su desnudez.

—¡Apartaos de mi camino, zorras! —dice, y se zambulle de cabeza, un salto perfecto, largo y plano. Y también estúpido y suicida. El Estero no tiene mucha profundidad y en el fondo y en las orillas hay ramas puntiagudas, restos de antiguos embarcaderos y postes de amarre, trampas para langostas, basura arrastrada por la corriente, bancos de arena que se desplazan y cambian con las mareas y con el paso de los años. Con facilidad, podría haberse partido el cuello y veo que Kate, que también ha salido a la pasarela, hace una mueca de pavor y se tapa la boca con las manos, pero entonces Thea emerge y se sacude el agua del pelo como un perro.

—¿A qué esperas? —le pregunta a Kate, que exhala un suspiro largo de alivio.

—Eres idiota —dice Kate, y en su voz hay algo muy cercano a la ira—. Ahí en medio hay un banco de arena. Podrías haberte matado.

—Pero no me he matado —le contesta Thea. Resuella de frío y le brillan los ojos. Cuando saca un brazo del agua para hacerle señas a Kate, veo que tiene la piel de gallina—. ¡Venga, métete ya!

Kate titubea y por un momento creo saber qué está pensando. Aparece una imagen en mi mente: un hoyo poco profundo que se llena de agua y cuyas paredes de arena se desmoronan... Entonces endereza la espalda y adopta una postura desafiante.

—Muy bien. —Se quita la camiseta y los vaqueros, se da la vuelta para desabrocharse el sujetador y, por último, antes de entrar en el agua, coge la botella de vino que ha sacado a la pasarela y bebe un gran trago. En su forma de echar la cabeza hacia atrás y en el movimiento de su garganta hay algo insoportablemente joven y vulnerable, y por un instante los años se difuminan y vuelve a ser Kate, sentada en la escalera de incendios de Salten House, echando la cabeza hacia atrás para apurar la botella de whisky.

Entonces deja caer la botella de vino sobre su montón de ropa y se prepara para saltar. Noto las ondas cuando entra en el agua, a sólo unos palmos de mi cuerpo, y se sumerge bajo la superficie moteada por la luz de la luna.

Espero, creyendo que aparecerá cerca de mí, pero... no lo hace. No veo burbujas y es imposible saber dónde está, pues la luz de la luna se refleja en el agua y hace que sea muy difícil distinguir nada que pudiera haber debajo.

—¿Kate? —Floto en el agua y siento que mi ansiedad aumenta a medida que pasan los segundos y sigue sin haber ni rastro de ella—. ¡Thea! ¿Dónde demonios está Kate?

Y entonces noto que algo me agarra un tobillo, me lo aprieta con fuerza y tira de mí hacia abajo, hacia el fondo del Estero. Tomo aire para gritar, pero antes de que pueda hacerlo tengo la cabeza debajo del agua, e intento zafarme de esa cosa que tira de mí hacia abajo.

De repente me suelta y salgo a la superficie, jadeando y parpadeando, con los ojos irritados por el agua salada. A mi lado veo la cara sonriente de Kate, que me levanta abrazándome por la cintura.

—¡Imbécil! —jadeo, sin saber si quiero abrazarla o ahogarla—. ¡Podrías avisar!

—Entonces no habría tenido gracia —replica ella. Me mira con ojos chispeantes y risueños.

Thea está más lejos, en el centro del Estero, donde la corriente es más fuerte y el agua más profunda, flotando boca arriba y dejándose mecer por el vaivén que provoca el cambio de la marea, moviendo los brazos para mantenerse en el sitio.

—¡Venid aquí! —nos llama—. ¡Es precioso!

Mientras Fatima nos observa desde la pasarela, Kate y yo nadamos hasta donde está Thea, suspendida bajo la luz de las estrellas, y nos ponemos también boca arriba. Noto que sus manos se entrelazan con las mías y flotamos juntas, una constelación de cuerpos pálidos bajo la luz de la luna, con las extremidades enredadas; nuestros dedos se encuentran, rebotan, se sueltan y vuelven a engancharse.

—¡Ven, Fati! —grita Thea—. ¡Se está de maravilla!

Es verdad. Ahora que me he acostumbrado a la temperatura, no tengo nada de frío, y la luna está casi llena. Cuando me sumerjo, sigo viéndola, reluciente, refractada en un millar de fragmentos que traspasan las aguas fangosas y blanquecinas del Estero.

Salgo a la superficie y veo que Fatima se ha acercado más a uno de los lados de la pasarela y se ha sentado en el borde; mete una mano en el agua y agita los dedos con añoranza.

—Sin ti no es lo mismo —se lamenta Kate—. ¡Ven! ¡Si lo estás deseando!

Fatima niega con la cabeza y se levanta, supongo que ha decidido volver dentro. Pero me equivoco. La miro desde el agua y veo que de pronto coge aire y salta sin quitarse la ropa; las puntas de su pañuelo se agitan un momento como las alas de un pájaro en la oscuridad y entonces golpea la superficie del agua con un sonido que recuerda al de una bofetada.

—¡Toma! —grita Thea—. ¡Se ha tirado!

Nos impulsamos con los brazos para avanzar por el agua hacia ella, riendo y temblando, dominadas por una especie de histeria. Fatima también se ríe, retuerce su pañuelo y nos abraza para mantenerse a flote, porque le pesa la ropa empapada.

Volvemos a estar juntas.

Y durante un breve instante, eso es lo único que importa.

Es tarde. Hemos salido del agua riendo y renegando, nos hemos arañado las pantorrillas con la madera podrida y astillada de la pasarela y, con la piel de gallina, nos hemos secado el cuerpo y el pelo. Fatima se ha quitado la ropa mojada, reconociendo su propia estupidez, y ahora estamos tumbadas en el sofá raído de Kate, en pijama y con bata, adormiladas, una maraña de extremidades cansadas y mantas suaves y gastadas, contando chismes, rememorando, repasando viejas historias: «¿Te acuerdas de...?»

Fatima lleva el pelo suelto, húmedo y alborotado alrededor de la cara; así parece más joven, me recuerda mucho más a la chica de antes. Cuesta creer que tenga un marido y dos hijos. Mientras la veo reír por algo que ha dicho Kate, el reloj de pie que hay en la pared del fondo toca dos débiles notas y ella se da la vuelta y lo mira.

—Caray, son las dos de la madrugada. No me lo puedo creer. Necesito acostarme y dormir un poco.

—No aguantas nada —se burla Thea. No parece cansada en absoluto, es más, se diría que podría continuar despierta durante horas; le brillan los ojos cuando apura su vaso de vino—. Anoche, no empecé el turno hasta las doce.

—Bueno, pues por eso. Tú no tienes problema —dice Fatima—. Pero hay otras que llevamos años condicionadas por un horario rígido de nueve a cinco y un par de niños de parvulario. No es tan fácil cambiar de ritmo. ¡Mira, Isa también bosteza!

Se vuelven todas y me miran, e intento sin éxito reprimir el bostezo; entonces me encojo de hombros y sonrío.

—Lo siento. ¿Qué queréis que os diga? Perdí el aguante al mismo tiempo que la cintura. Pero Fatima tiene razón: Freya se despertará a las siete. Necesito dormir unas horas.

—Vamos —dice Fatima, levantándose y desperezándose—. ¡A la cama!

—Un momento —pide Kate en voz baja, y entonces me doy cuenta de que, de las cuatro, ella es la que ha estado más callada durante esta parte de la velada.

Fatima, Thea y yo hemos contado nuestras historias favoritas, anécdotas en las que aparecíamos una u otra, recuerdos desenterrados; Kate, en cambio, ha guardado silencio y no ha revelado sus pensamientos. Ahora nos sorprende su voz y la miramos. Está acurrucada en el sillón, el pelo suelto le oculta parcialmente el rostro, y en su expresión hay algo que nos hace detenernos a todas. Noto un vacío en el estómago.

—¿Qué? —pregunta Fatima con una voz que denota desasosiego. Se sienta de nuevo, pero esta vez en el borde del sofá, y enrolla con los dedos una punta del pañuelo, que ha colgado a secar en la pantalla protectora de la estufa—. ¿Qué pasa?

—Pues... —empieza Kate, y se queda callada. Baja la vista y, como si hablara para sí misma, añade—: Madre mía, no sabía que esto iba a ser tan difícil.

De repente sé lo que está a punto de decir y no estoy segura de querer oírlo.

—Suéltalo ya —la apremia Thea sin miramientos—. Dilo, Kate. Llevamos horas esquivando el tema. Ya va siendo hora de que nos digas por qué.

«¿Por qué qué?», podría replicar Kate. Pero no hace falta. Todas sabemos a qué se refiere Thea. Por qué estamos aquí. Qué significaba su breve mensaje, aquellas dos palabras: «Os necesito.»

Kate respira hondo y levanta la cabeza; la luz de la lámpara proyecta sombras en su cara.

Pero no dice nada y eso me sorprende. Se levanta y va hasta la pila de periódicos que hay en el cubo para el carbón, junto a la estufa, y que ella utiliza para encender el fuego. Coge el que está encima del montón, el *Salten Observer*, y nos lo tiende. Su semblante refleja todo el miedo que nos ha estado ocultando en esta larga y alcohólica velada.

Lleva fecha de ayer y el titular de la primera página es muy escueto:

«HALLADO UN HUESO HUMANO EN EL ESTERO.»

REGLA NÚMERO DOS

Cíñete a tu relato

—Mierda. —La voz de Fatima rompe el silencio y me sorprende por su vehemencia—. ¡Mierda!

Cuando Kate deja el periódico, lo cojo y leo el texto con urgencia. «La policía procederá a la identificación de los restos encontrados en la orilla norte del Estero, en la población de Salten...»

Me tiembla tanto la mano que casi no puedo leer y una serie de frases inconexas se me mezclan a medida que recorro la página con la mirada: «El portavoz de la policía ha confirmado... restos óseos humanos... testigo no identificado... mal estado de conservación... examen forense... vecinos conmocionados... zona cerrada al público...»

—¿Han...? —Thea vacila, lo que no es nada habitual en ella, y vuelve a empezar—. ¿Saben...?

No continúa.

—¿Saben quién es? —termino por ella con voz dura, crispada, y miro a Kate, que está sentada con la cabeza gacha, abrumada por el peso de nuestras preguntas. El periódico que tengo en la mano tiembla y hace un ruido semejante al de las hojas secas al caer—. ¿Ese cadáver?

Kate niega con la cabeza, pero no hace falta que diga las palabras que sé que todas estamos pensando: «Todavía no.»

—Sólo es un hueso. Podría no tener ninguna relación, ¿no? —dice Thea, pero luego tuerce el gesto—. Joder, ¿a quién pretendo engañar? ¡Mierda! —Da un puñetazo en la mesa con la mano con que sujeta el vaso, que se rompe, mandando fragmentos de vidrio por todas partes.

—¡Thea! —dice Kate en voz muy baja.

—No seas tan dramática, Thee —interviene Fatima, enfadada. Va al fregadero y coge un paño y un cepillo—. ¿Te has cortado? —pregunta por encima del hombro.

Thea niega con la cabeza; está pálida, pero deja que Fatima le examine la mano y le limpie los restos de vino con un paño. Cuando Fatima le retira la manga a Thea, veo lo que, fuera, la luz de la luna nos ha ocultado: un rastro de cicatrices blancas en la cara interna del brazo, ya curadas, pero todavía visibles. Me estremezco y desvío la mirada al recordar que, años atrás, sus cortes eran recientes y estaban en carne viva.

—Eres idiota —dice Fatima, pero cuando le quita los fragmentos de cristal de la palma de la mano con el cepillo lo hace con cuidado, y le tiembla un poco la voz.

—Yo no voy a poder —susurra Thea, negando con la cabeza, y por primera vez me doy cuenta de lo borracha que está, a pesar de que sabe llevarlo bien—. Otra vez no, ahora no. Bastaría un rumor para... Los casinos son jodidamente estrictos, ¿no os dais cuenta? Y si interviene la policía... —Se le quiebra la voz y un sollozo intenta abrirse paso desde su garganta—. Mierda, podría incluso perder la licencia. Podría no volver a trabajar nunca.

—Mira, estamos todas en el mismo barco —le recuerda Fatima—. ¿Crees que a alguien le gustaría tener una médico de cabecera sobre la que pesaran semejantes sospechas? ¿O una abogada? —Me apunta con la barbilla—. Isa y yo tenemos tanto que perder como tú.

No menciona a Kate. No hace falta.

—¿Y qué hacemos? —pregunta Thea por fin. Me mira y luego mira a Kate y a Fatima—. Mierda. ¿Por qué demonios nos has hecho venir?

—Porque teníais derecho a saberlo —contesta Kate. Le tiembla la voz—. Y porque no se me ocurría ninguna otra manera más segura de explicároslo.

—Tenemos que hacer lo que debimos hacer años atrás —dice Fatima con ímpetu—. Debemos contarles nuestra historia antes de que nos interroguen.

—La historia no ha cambiado, es la misma de siempre. —Kate me quita el periódico, lo dobla de forma que no se vea el titular y refuerza el doblez pasándole la uña. Le tiemblan las manos—. La historia es que no sabemos nada. No vimos nada. Lo único que podemos hacer es ceñirnos a eso. No podemos cambiar nuestra versión.

—Pero ¿qué hacemos ahora? —interviene Thea—. ¿Nos quedamos? ¿Nos marchamos? Fatima ha venido en coche. Nada nos retiene aquí.

—Os quedáis —dice Kate, y su voz tiene ese timbre que tan bien recuerdo; es tan tajante que resulta imposible discutir con ella—. Os quedáis, porque se supone que habéis venido para la cena de mañana por la noche.

—¿Cómo? —Thea arruga la frente y entonces caigo en que las demás no lo saben—. ¿Qué cena?

—La cena de ex alumnas.

—Pero si no nos han invitado —objeta Fatima—. ¿Cómo iban a dejarnos volver después de lo que pasó?

Kate se encoge de hombros y, en lugar de contestar, va hasta el tablero de corcho que hay junto al fregadero, desclava una chincheta con la que estaban sujetas cuatro invitaciones de cartulina blanca y vuelve con ellas en la mano.

—Por lo visto, sí —dice, y nos las tiende.

La asociación de ex alumnas de Salten House invita a

....

a la fiesta de verano.

Sobre la línea de puntos de cada una de las tarjetas están escritos nuestros nombres, a mano, con tinta azul marino de pluma estilográfica:

Kate Atagon
Fatima Chaudhry (de soltera Qureshy)
Thea West
Isa Wilde

Kate las sujeta en forma de abanico, como si fueran naipes, como si nos invitara a coger una y hacer una apuesta.

Arte era una asignatura optativa para la mayoría de las alumnas de Salten House, «enriquecimiento», como lo llamaban en el colegio, a menos que tuvieras que estudiarlo para presentarte a determinado examen, y ése no era mi caso; de modo que ya llevábamos varias semanas de clase y la vida en Salten casi se había convertido en una rutina cuando descubrí los talleres de arte y conocí a Ambrose Atagon.

Como sucede en la mayoría de los internados, Salten agrupa a las alumnas en «casas», y allí cada casa lleva el nombre de una diosa griega. A Fatima y a mí nos habían puesto en la misma, la de Artemisa, diosa de la caza, de modo que nuestro «enriquecimiento» coincidió en el tiempo y las dos fuimos a buscar los talleres una mañana gélida de octubre, después del desayuno. Íbamos de un lado a otro del patio, intentando encontrar a alguna alumna mejor informada que nosotras para preguntarle dónde estaban.

—¿Dónde demonios están? —preguntó Fatima por enésima vez, y por enésima vez le contesté:

—No lo sé, pero los encontraremos. No te pongas histérica.

Acababa de decir eso cuando una alumna de segundo que llevaba un bloc enorme de papel para acuarela pasó corriendo en dirección a las aulas de matemáticas y le grité:

—¡Eh, tú! ¿Vas a la clase de arte?

La chica se dio la vuelta; estaba acalorada, porque tenía prisa.

—Sí, pero llegó tarde. ¿Qué pasa?

—Nosotras también vamos y nos hemos perdido. ¿Podemos seguirte?

83

—Sí, pero daos prisa.

Pasó a toda velocidad por debajo de un arco recubierto de sinforina y se metió por una puerta de madera que nunca habíamos visto, porque quedaba semiescondida bajo la sombra del arbusto.

Dentro había un tramo de escalera, como en todas partes —no he vuelto a estar tan en forma como en Salten—, y subimos detrás de la chica, como mínimo dos o tres pisos, hasta que empecé a preguntarme adónde demonios estábamos yendo.

Por fin, la escalera desembocó en un pequeño rellano con una puerta de vidrio laminado, que la chica abrió de par en par. Detrás de aquella puerta había una galería alargada y abovedada; las paredes no eran muy altas, pero el techo se elevaba en un arco triangular. Por encima de nuestras cabezas había un entramado de puntales y vigas de refuerzo, de los que colgaban bocetos puestos a secar y extraños objetos que supuse que debían de utilizarse para componer bodegones: una jaula vacía, un laúd roto, un monito disecado de mirada triste y sabia.

No había ventanas, porque las paredes eran demasiado bajas, sólo claraboyas en el techo abovedado, y comprendí que debíamos de hallarnos en los desvanes que había encima de las aulas de matemáticas. Un sol invernal inundaba el espacio, lleno de objetos y cuadros y distinto de las otras aulas que yo había visto hasta entonces, pintadas de blanco y escrupulosamente limpias, casi asépticas. Me quedé inmóvil en el umbral, parpadeando ante aquella visión asombrosa.

—Lo siento, Ambrose —dijo la niña de segundo con voz entrecortada, y volví a parpadear.

¿Ambrose? Eso también me pareció extraño. El resto de las profesoras de Salten eran todas mujeres y nos dirigíamos a ellas llamándolas «señorita», independientemente de su estado civil, y utilizando siempre su apellido.

Nadie, nadie en absoluto usaba el nombre de pila.

Me di la vuelta para ver quién era la persona a la que se había dirigido la alumna en aquel tono tan informal.

Y entonces vi por primera vez a Ambrose Atagon.

· · ·

Una vez intenté describir cómo era Ambrose a un novio que tuve antes de conocer a Owen, pero me fue casi imposible. Tengo fotografías, pero en ellas sólo aparece un hombre de mediana estatura, con el pelo oscuro y áspero y la espalda redondeada de tanto encorvarse sobre sus bocetos. Tenía el rostro delgado y expresivo, igual que Kate, y tantos años dibujando bajo el sol y entrecerrando los ojos para protegerlos de la luz intensa de la bahía habían trazado en su cara unas arrugas que, paradójicamente, hacían que aparentara menos de cuarenta y cinco, que era la edad que tendría entonces, no más. Los ojos de color azul pizarra, como los de su hija, eran el único rasgo notable que poseía. Sin embargo, sus ojos tampoco parecen tan vivaces en las fotografías como en mi memoria; porque Ambrose era enormemente vital, siempre estaba trabajando, riendo, amando... Siempre tenía las manos ocupadas, ya fuera para liar un cigarrillo, dibujar un boceto o apurar un vaso de aquel vino tinto que guardaba en botellas de dos litros debajo del fregadero del molino, un vino tan recio que nadie más lo tocaba.

Sólo un artista del calibre de Ambrose podría haber atrapado toda esa vida, las contradicciones de su sosegada capacidad de concentración y una energía inagotable, su misteriosa atracción magnética con un físico del todo normal.

Pero nunca dibujó ningún autorretrato. Al menos, que yo sepa. Y tiene gracia, porque dibujaba cualquier cosa que viera a su alrededor: los pájaros del río, las alumnas de Salten House, las frágiles flores de la marisma, que la brisa veraniega hacía temblar y volar, la superficie rizada del Estero cuando soplaba el viento...

Dibujaba a Kate de forma obsesiva y llenaba la casa de bocetos en los que su hija aparecía comiendo, nadando, durmiendo, jugando. Después nos dibujó a mí, a Thea, a Fatima, aunque siempre nos pedía permiso. Todavía me acuerdo de su voz titubeante, un tanto áspera, muy parecida a la de Kate. «¿Te... importa si te dibujo?»

Y a nosotras nunca nos importaba. Aunque quizá debería habernos importado.

Una larga tarde de verano me dibujó sentada a la mesa de la cocina, con el tirante del vestido caído de un hombro, la barbilla apoyada en las manos y los ojos fijos en él. Y todavía recuerdo la caricia del sol en la mejilla y el calor de mi mirada sobre Ambrose, la pequeña descarga eléctrica que sentía cada vez que él alzaba la vista del boceto para mirarme y nuestros ojos se encontraban.

Me regaló aquel dibujo, pero no sé qué fue de él. Se lo di a Kate, porque en el colegio no tenía dónde esconderlo y no me parecía adecuado enseñárselo a mis padres ni a nuestras compañeras de Salten House. No lo habrían entendido. Nadie lo habría entendido.

Tras su desaparición circularon muchos rumores: su pasado, sus condenas por consumo de drogas, el hecho de que no podía acreditar ni un solo título que le permitiera ejercer la docencia. Sin embargo, aquel primer día yo no sabía nada de todo eso. No tenía ni idea del papel que Ambrose desempeñaría en nuestras vidas, ni del nuestro en la suya, ni de que las repercusiones de nuestro encuentro seguirían reverberando a lo largo de los años. Me quedé allí plantada, sujetando la correa de mi bolso y jadeando, mientras él, que estaba encorvado sobre el caballete de una alumna, se enderezaba. Me miró con aquellos ojos tan azules y me sonrió, y su sonrisa hizo aparecer las arrugas de su piel por encima de la barba y en las comisuras de los ojos.

—Hola —dijo con amabilidad, y dejó el pincel que había tomado prestado y se limpió las manos en el delantal de pintor—. Creo que no nos conocemos. Me llamo Ambrose.

Fui a decir algo, pero no me salían las palabras. Creo que fue por la intensidad de su mirada. Cuando te miraba, tenías el convencimiento de que le importabas de una forma total y absoluta. De que en todo el universo no había ni una sola persona que le importara tanto como tú. De que estabas sola en medio de una habitación abarrotada de gente.

—Me llamo... Isa —dije por fin—. Isa Wilde.

—Y yo Fatima —añadió mi amiga. Soltó el bolso, que dio un golpecito al llegar al suelo, y vi que miraba a su alrededor; estaba tan maravillada como yo ante aquella cueva de los tesoros de Aladino, tan diferente de las aulas sencillas del resto del colegio.

—Me alegro de conoceros, Fatima, Isa —contestó Ambrose.

Me cogió una mano, pero no me la estrechó, como esperaba. Me apretó un poco los dedos como si nos prometiéramos algo de forma mutua. Tenía las manos tibias y fuertes, y la pintura estaba incrustada tan profundamente en las arrugas de los nudillos y en la piel que le enmarcaba las uñas, que dudaba mucho que pudiera eliminarla por mucho que frotara.

—Pasad —dijo, señalando con un ademán la habitación que tenía detrás—. Escoged un caballete. Y lo más importante, sentíos como en vuestra casa.

Y eso fue lo que hicimos.

Las clases de Ambrose eran diferentes, de eso nos dimos cuenta enseguida. Al principio me fijé en las cosas más obvias: que lo llamábamos por su nombre de pila, por ejemplo, o que ninguna alumna llevaba corbata ni blazer.

—No hay nada peor que una corbata arrastrándose por tu acuarela —nos dijo aquel primer día cuando nos invitó a quitárnoslas.

Pero no era sólo eso, había algo más aparte del mero sentido práctico. Un relajamiento de la formalidad. Un espacio para respirar, muy necesario en medio de la conformidad estéril de Salten House.

En clase era un profesional, a pesar de que muchas alumnas lo provocaban desabrochándose la camisa hasta que se les veía el sujetador cuando se inclinaban hacia el lienzo. Él mantenía la distancia, tanto física como metafóricamente. Aquel primer día, cuando me vio batallar con el boceto que estaba haciendo, se me acercó y se colocó detrás de mí. En ese momento me acordé mucho de mi antigua profesora de arte, la señorita Driver, que solía inclinarse sobre el hombro de sus alumnas para hacer correcciones, de modo que notabas su calor cuando se apoyaba en tu espalda y olías su sudor.

Ambrose, en cambio, se quedó de pie a cierta distancia, un palmo detrás de mí, callado y pensativo, mirando la hoja y luego el espejo que yo había puesto encima de la mesa, delante de mi caballete. Estábamos haciendo un autorretrato.

—Es una mierda, ¿verdad? —pregunté, desanimada. Y enseguida me mordí la lengua, porque pensé que me reprendería por malhablada. Pero Ambrose ni se inmutó. Se quedó quieto con los ojos entrecerrados, como si apenas me viera, con toda la mirada fija en la hoja de papel. Le ofrecí el lápiz, creyendo que haría correcciones, como la señorita Driver. Él lo cogió, distraído, pero no anotó nada en mi hoja. Torció la cabeza y me miró.

—No, no es ninguna mierda —respondió, muy serio—. Pero no miras, sino que dibujas lo que crees que tienes delante. Has de mirarte. Mírate en el espejo, pero de verdad.

Me di la vuelta y me esforcé por mirarme y no mirar la cara curtida y con arrugas de Ambrose que veía también detrás de mí, junto a mi hombro. Lo único que percibía eran defectos: los granos de la barbilla, un poco de grasa infantil alrededor de la mandíbula, el pelo suelto, rebelde, que se escapaba de la goma.

—La razón por la que no te convence es que estás dibujando las facciones en lugar de dibujar a la persona. Eres algo más que incertidumbre y un montón de líneas de expresión. La persona a la que veo cuando te miro... —Se interrumpió y yo esperé, sintiendo sus ojos fijos en mí e intentando no morirme de vergüenza bajo la intensidad de su mirada—. Veo a una persona valiente —dijo por fin—. Veo a una persona que se esfuerza mucho. Veo a una persona insegura, pero más fuerte de lo que cree. Veo a una persona preocupada, pero que no debería estarlo.

Me ardían las mejillas, pero esas palabras, que habrían resultado insoportablemente cursis de haber procedido de otra persona, sonaban muy naturales en boca de Ambrose, con aquella voz cascada.

—Dibuja eso —me propuso. Me devolvió el lápiz y entonces esbozó una sonrisa que arrugó sus mejillas y las comisuras de sus ojos, como si alguien estuviera dibujándoselas en ese mismo momento—. Dibuja a la persona que veo yo.

No supe qué decir y me limité a asentir.

Todavía me parece oír su voz, tan semejante a la de Kate. «Dibuja a la persona que veo yo.»

Aún conservo ese dibujo, el de una chica cuya cara rebosa franqueza, una chica que no tiene nada que esconder, aparte de sus inseguridades. Pero aquella persona, la persona que Ambrose vio y en la que creyó, ya no existe.

Es posible que nunca existiera.

Freya se despierta cuando entro de puntillas, sin hacer ruido, en la habitación de Luc —para mí siempre será la habitación de Luc—, y aunque la arrullo e intento que vuelva a dormirse, enseguida veo que no lo conseguiré, así que al final me la llevo a mi cama, la cama de Luc, y le doy el pecho tumbada, protegiendo con un brazo su compacto cuerpecito para no aplastarla cuando me quede dormida.

Allí tumbada, observándola y esperando a que me venza el sueño, pienso en Ambrose, y en Luc, y en Kate, que ahora vive sola en esta casa que se desmorona lentamente, cargando con esta preciosa cruz. Se le escapa poco a poco hacia las arenas movedizas del Estero y, a menos que la suelte, la arrastrará a ella también.

La casa se mueve y chirría golpeada por el viento, y suspiro y le doy la vuelta a mi almohada para apoyar la mejilla en el lado más fresco.

Debería estar pensando en Owen y en mi casa, pero no lo hago. Pienso en el pasado, en los días de verano largos y lánguidos que pasamos aquí, bebiendo, nadando y riendo mientras Ambrose dibujaba y Luc nos observaba con sus ojos almendrados y perezosos.

Tal vez sea porque estoy en esta habitación, pero siento a Luc muy presente, como no lo ha estado para mí en los últimos diecisiete años, y en la cama, con los ojos cerrados, rodeada de los fantasmas de sus antiguas posesiones y con sus sábanas contra la piel, tengo la extraña sensación de que está tumbado a mi lado, un desconocido tibio y delgado, con las extremidades muy bronceadas y el pelo alborotado.

La sensación es tan real que me obligo a darme la vuelta y abrir los ojos para tratar de romper el hechizo. Evidentemente, en la cama sólo estamos Freya y yo. Niego con la cabeza.

¿Qué me está pasando? Estoy tan mal como Kate, perseguida por los fantasmas del pasado.

Pero me recuerdo tumbada aquí una noche, hace años, y vuelvo a tener esa sensación de la aguja que salta en un disco rayado, reproduciendo una y otra vez los mismos sonidos, las mismas voces.

Luc, Ambrose, están aquí, pero no sólo ellos, sino también nosotras, los fantasmas de nuestro pasado, las chicas risueñas y esbeltas que éramos antes de que aquel verano terminara en cataclismo y nos dejara a todas marcadas, cada una a su manera, tratando de seguir adelante, mintiendo ya no por diversión, sino más bien para sobrevivir.

Aquí, en esta casa, los fantasmas de nuestro pasado son reales, tan reales como las mujeres que duermen bajo este mismo techo. Y siento su presencia y entiendo por qué Kate no puede marcharse.

Estoy quedándome dormida, me pesan los párpados. Cojo mi teléfono por última vez y miro la hora antes de abandonarme al sueño. Cuando estoy dejándolo, la luz de la pantalla alumbra el suelo de madera, inclinado y con resquicios, y me fijo en una cosa. En la esquina veo un trozo de papel que sobresale entre dos tablones, con algo escrito en él. ¿Será una carta? ¿Algo que Luc escribió y que se perdió, o que él escondió aquí?

El corazón me late con fuerza, como si estuviera entrometiéndome en su intimidad, lo que de alguna manera es cierto. Aun así tiro suavemente de la esquina y el trozo de papel, lleno de polvo y con telarañas, sale de su escondite.

La hoja está cubierta de líneas, parece un dibujo, pero con la débil luz de la pantalla de mi teléfono no logro distinguirlo. No quiero encender la luz y despertar a Freya, así que acerco el papel a la ventana abierta, cuyas cortinas se mueven agitadas por la brisa del mar, lo levanto y lo inclino hacia la luz de la luna.

Es una acuarela de una chica, creo que de Kate, y parece obra de Ambrose, aunque no podría asegurarlo. La razón por la que no puedo estar segura es porque el retrato está garabateado y pintarrajeado por encima una y otra vez con lápiz negro; la cara de la chica está tachada con unas líneas tan gruesas y fieras que en algunos sitios se ha roto el papel. Donde deberían estar los ojos, aunque no se distinguen debajo de tanto garabato, le han clavado la punta de un lápiz hasta agujerearlos. La han borrado, rayado, destruido por completo.

Durante un minuto me quedo allí de pie, con la brisa marina agitando la hoja de papel, tratando de entender qué significa esto. ¿Lo hizo Luc? Pero no puedo creer que hiciera una cosa así, porque él adoraba a Kate. ¿Fue Kate? Aunque parezca imposible, eso me cuesta menos creerlo.

Sigo allí de pie, tratando de descifrar el misterio de este pequeño objeto lleno de odio, cuando de pronto una ráfaga de viento hace ondear la cortina y la hoja se me escapa de las manos. Intento atraparla, pero el viento se la ha llevado y lo único que puedo hacer es ver cómo revolotea hacia el Estero y se hunde en sus aguas blanquecinas y fangosas.

Fuera lo que fuese y significara lo que significase, ha desaparecido. Vuelvo a la cama, un poco temblorosa pese a que hace una noche templada, y no puedo evitar pensar que quizá sea mejor así.

Creía que, con lo cansada que estoy, dormiría como un tronco, pero me equivocaba. Me duermo con la imagen de esa cara garabateada, pero cuando sueño veo los largos pasillos y las escaleras de caracol de Salten House, y reproduzco la búsqueda incesante de aulas que no podía encontrar, de lugares inexistentes. En mis sueños sigo a mis amigas por un pasillo tras otro y oigo la voz de Kate, que va delante: «¡Es por aquí! ¡Casi hemos llegado!» Y, detrás de ella, el grito quejumbroso de Fatima: «¡Estás mintiendo otra vez!»

En algún momento, *Shadow* se despierta y ladra, y oigo una voz que lo hace callar, pasos, el sonido de una puerta... Kate está sacando al perro a pasear.

Y luego silencio. O lo más parecido al silencio que puede haber en esta casa vieja y habitada por fantasmas, con su sonora e inquietante resistencia a la fuerza de los vientos y las mareas.

Cuando vuelvo a despertarme es porque oigo voces fuera, susurros tensos que sugieren preocupación, y me incorporo, desconcertada y soñolienta. Es de día, el sol se filtra a través de las finas cortinas, y Freya se mueve a mi lado, adormilada, en una isla de luz. Cuando se queja, la cojo y le doy de mamar, pero las voces que se oyen fuera nos distraen a las dos. Ella no para de levantar la cabeza para mirar a su alrededor, preguntándose qué será esta habitación extraña y por qué la luz tiene esa apariencia tan rara, tan distinta a la de los polvorientos haces de luz amarilla que, en las tardes de verano, entra en nuestro piso de Londres. Ésta es una luz limpia y brillante, que te daña los ojos, movida por el río, que danza en el techo y en las paredes y dibuja aguas y motitas.

Y no dejan de oírse esas voces: amortiguadas, que denotan preocupación, con el triste contrapunto musical de los gemidos de *Shadow*.

Al final me rindo: envuelvo a Freya en su muselina, me pongo la bata y bajo, descalza, agarrándome bien con los pies a los listones de madera gastados de la escalera. La puerta del molino que da a la orilla está abierta y el sol entra a raudales, pero ya antes de recorrer el último tramo de la escalera me doy cuenta de que pasa algo. Hay sangre en el suelo de piedra.

Me detengo antes del último tramo y aprieto a Freya contra mi corazón acelerado, como si ella pudiera calmar los dolorosos latidos. No me doy cuenta de lo fuerte que la sujeto hasta que protesta, y entonces veo que le estoy hincando los dedos en los muslos blandos y regordetes. Relajo los dedos y obligo a mis pies a seguir bajando la escalera hasta el suelo de losas de la planta baja, donde están las manchas de sangre.

Al acercarme más, veo que no son unas gotas que hayan caído al azar, como me había parecido desde lo alto de la escalera, sino huellas de patas. Huellas de las pezuñas de *Shadow*. Entran por la puerta principal, describen un círculo y salen enseguida otra vez, como si alguien hubiera echado al perro de la casa.

Las voces provienen de la parte delantera del molino, la que da a tierra firme, así que me calzo las sandalias y, parpadeando, salgo fuera.

Kate y Fatima están allí de pie, de espaldas a mí; *Shadow* está sentado al lado de Kate y todavía gimotea. Por primera vez desde que llegué aquí, lleva puesta la correa: una muy corta que Kate sujeta firmemente con la delgada mano.

—¿Qué ha pasado? —pregunto, alterada.

Ellas se dan la vuelta y me miran, y entonces Kate se aparta y veo lo que sus cuerpos me impedían ver hasta ahora.

Inspiro con fuerza y me tapo la boca con la mano que tengo libre. Cuando consigo hablar, me tiembla un poco la voz.

—Dios mío. ¿Está... muerta?

No es la imagen en sí —no es la primera vez que veo un cadáver—, sino la conmoción, lo inesperado, el contraste de la masa sanguinolenta que tenemos delante con el esplendor azul y dorado de la mañana veraniega. La lana está mojada, la marea alta debe de haber empapado el cuerpo y ahora la sangre gotea por los listones negros de la pasarela y cae en el bajío fangoso. La marea se ha retirado, por lo que sólo quedan unos charcos de agua, y hay suficiente sangre para teñirlos de un rojo herrumbroso.

Fatima asiente con gravedad. Ha vuelto a ponerse el pañuelo para salir fuera y ya no parece la colegiala de anoche, sino la doctora treintañera que es en realidad.

—Sí, lo está.

—¿La han... la ha...? —No sé muy bien cómo terminar la frase, pero desvío la mirada hacia *Shadow*.

El perro tiene sangre en el hocico y gañe cuando se le posa una mosca, se sacude para ahuyentarla y luego se relame con su lengua larga y rosada.

Kate se encoge de hombros. Está muy seria.

—No lo sé. No puedo creerlo. Jamás le ha hecho daño ni a una mosca, pero... poder sí puede. Tiene fuerza suficiente.

—Pero ¿cómo? —Sin embargo, nada más pronunciar esas palabras, se me va la mirada más allá de la pasarela de madera, hasta la parte de orilla vallada que señala la entrada del molino. La cancela está abierta—. Mierda.

—Ya. Si me hubiera dado cuenta, no lo habría dejado salir.

—Oh, Kate, lo siento mucho. Thea se debe de haber...

—Thea se debe de haber ¿qué? —dice una voz adormilada detrás de nosotras.

Me doy la vuelta y veo a Thea con los ojos entornados debido a la luz intensa del sol, despeinada y con un Sobranie sin encender entre los dedos.

Oh, Dios.

—Thea, yo no quería... —Me interrumpo, abochornada, pero es verdad, aunque pueda parecer lo contrario, no pretendía culparla a ella, sino sólo entender cómo ha podido pasar.

Entonces Thea ve la masa de carne y lana ensangrentada que tenemos delante.

—Mierda. ¿Qué ha pasado? ¿Y yo qué tengo que ver?

—Alguien se ha dejado la cancela abierta —explico, apesadumbrada—, pero yo no quería decir que...

—Lo de menos es quién se ha dejado la cancela abierta —me corta Kate—. La culpa la tengo yo por no comprobar si estaba cerrada antes de dejar salir a *Shadow*.

—¿Eso lo ha hecho tu perro? —Thea está pálida y da un paso atrás de manera involuntaria, apartándose de *Shadow* y de su hocico manchado de sangre—. ¡Madre mía!

—Bueno, no lo sabemos —dice Kate con aspereza.

Pero Fatima parece preocupada y sé que está pensando lo mismo que yo: si no ha sido *Shadow*, ¿quién ha sido?

—Vamos —dice Kate por fin, y se da la vuelta; de las tripas de la oveja muerta, desparramadas por la pasarela, se alza una nube de moscas que luego vuelven a descender para seguir con su banquete—. Vamos dentro. Llamaré a los granjeros para ver quién ha perdido una oveja. Joder. Sólo nos faltaba esto.

Y entiendo a qué se refiere. No es sólo la oveja, a la que tenemos que enfrentarnos en plena resaca y con falta de sueño, sino todo lo demás. El olor que se respira. El agua que acaricia nuestros pies, y que ya no es nuestra amiga, sino que está contaminada de sangre. La sensación de muerte que se cierne sobre el molino.

Kate hace cuatro o cinco llamadas hasta dar con el dueño de la oveja; esperamos a que llegue, tomando café y tratando de no prestar atención al zumbido de las moscas que se oye al otro lado de la puerta que da a la orilla, y que hemos cerrado. Thea se ha vuelto a la cama y Fatima y yo nos distraemos con Freya, le cortamos trozos de tostada para que juegue con ellos, aunque no se los come, sólo los desmenuza con las encías.

Kate se pasea por la habitación, nerviosa, igual que un tigre enjaulado; va desde las ventanas con vistas al Estero hasta el pie de la escalera y luego vuelve, y así una y otra vez. Fuma, y el humo del cigarrillo que se ha liado se eleva dibujando volutas; es la única señal de que le tiemblan un poco los dedos.

De pronto levanta la cabeza con un movimiento que recuerda al de un perro y al cabo de un instante oigo lo que ella ya ha oído: unos neumáticos por el camino. Se da la vuelta con brusquedad, sale fuera y cierra la puerta del molino. Oigo voces a través de la madera, una de ellas es grave y está cargada de frustración, y la otra, la de Kate, es débil y contrita.

—Lo siento —oigo, y luego—: ¿... la policía?

—¿Qué hacemos? ¿Salimos? —pregunta Fatima, inquieta.

—No lo sé. —Me doy cuenta de que estoy retorciendo el dobladillo de mi camisón con los dedos—. No parece exactamente enfadado... ¿Y si dejamos que Kate lo maneje a su manera?

Como Fatima tiene a Freya en brazos, me levanto y me acerco a la ventana que da a la orilla. Veo a Kate y al granjero de pie, a ella cerca de él, con las cabezas inclinadas, mirando la oveja muerta. El hombre parece más triste que enfadado, y Kate le pasa un brazo por los hombros un momento y lo acerca hacia ella con un gesto de consuelo, casi un abrazo.

El granjero dice algo que no entiendo y Kate asiente con la cabeza; luego se agachan los dos a la vez y levantan la oveja agarrándola por las patas delanteras y traseras. Llevan al pobre animal por la pasarela destartalada y, sin ceremonias, lo lanzan a la parte posterior de la camioneta del granjero.

—Voy a buscar mi cartera —le oigo decir a Kate cuando el granjero cierra la puerta de la camioneta, y cuando se vuelve hacia la casa, veo que lleva una cosa pequeña y manchada de sangre en la mano, que se guarda en el bolsillo de la chaqueta antes de llegar al molino.

Me aparto rápidamente de la ventana en cuanto se abre la puerta. Kate entra en la habitación y sacude la cabeza como quien intenta librarse de un recuerdo desagradable.

—¿Todo bien? —le pregunto.

—No lo sé. Creo que sí —dice. Se lava las manos, manchadas de sangre, en el grifo del fregadero y luego va hasta la alacena para coger su cartera, pero cuando mira dentro, muda la expresión y exclama—: ¡Mierda!

—¿Necesitas dinero? —se apresura a preguntarle Fatima. Se levanta y me pasa a Freya—. Tengo el bolso arriba.

—Yo también tengo dinero —digo, contenta de poder hacer algo para ayudar—. ¿Cuánto necesitas?

—Creo que doscientas —dice Kate, escueta—. Una oveja no vale tanto, pero él está en su derecho de ir a la policía, y la verdad es que no me interesa que lo haga.

Asiento y luego me doy la vuelta y veo que Fatima baja por la escalera con su bolso en la mano.

—Tengo ciento cincuenta —dice—. Me acordé de que en Salten no hay cajero automático y saqué un poco en la gasolinera al pasar por Hampton's Lee.

—Déjame poner la mitad. —Me levanto, apoyo a Freya sobre mi hombro y meto la mano en el bolso que dejé colgado en el poste de la escalera. Dentro está mi cartera, repleta de billetes—. Tengo de sobra, espera... —Saco uno a uno cinco billetes nuevecitos de veinte libras, que Freya intenta atrapar, jugando, cuando pasan por delante de su cara.

Fatima pone sus cien encima. Kate sonríe, algo compungida.

—Gracias, chicas. Os lo devolveré en cuanto vayamos a Salten. Han puesto un cajero automático en la oficina de Correos.

—No hace falta —dice Fatima, pero Kate ya ha cerrado la puerta del molino tras de sí y la oigo hablar fuera; percibo los murmullos del granjero cuando mi amiga le da el dinero y luego el crujido de los neumáticos sobre la grava cuando da marcha atrás por el camino, con la oveja muerta en la trasera de la camioneta.

Cuando regresa, Kate está pálida, pero se la ve aliviada.

—Menos mal. No creo que llame a la policía.

—Entonces ¿no crees que haya sido *Shadow*? —pregunta Fatima, pero Kate no contesta. Va hasta el fregadero y se lava las manos otra vez.

—Tienes sangre en la manga —le digo, y ella se mira.

—Joder, sí. ¿Quién iba a pensar que esa oveja vieja pudiese tener tanta sangre dentro? —Esboza una sonrisa y sé que está pensando en la señorita Winchelsea y en la función de final de curso de *Macbeth*, en la que nunca llegó a participar. Se quita la chaqueta, la tira al suelo y llena un cubo de agua.

—¿Te ayudo? —le pregunta Fatima.

—No, no hace falta, voy a baldear un poco la pasarela y luego quizá me dé un baño. Me siento asquerosa.

Sé lo que quiere decir. Yo también me siento asquerosa, como si lo que he visto me hubiera ensuciado, y eso que ni siquiera he ayudado al granjero a subir el cadáver a la camioneta. Me estremezco mientras Kate sale y cierra la puerta, y entonces la oigo echar el agua del cubo y luego el roce de una escoba. Me levanto y dejo a Freya en su cochecito.

—¿Crees que ha sido *Shadow*? —pregunta Fatima en voz baja, al tiempo que arropo a Freya.

Me encojo de hombros y las dos miramos al perro, que está acurrucado en una alfombrilla delante de la estufa apagada. Parece avergonzado y tiene la mirada triste, y al notar que lo observamos levanta la cabeza, intrigado, y vuelve a relamerse y gañe un poco. Sabe que pasa algo.

—No lo sé —contesto, pero lo que sí sé es que no volveré a dejarlo a solas con Freya.

La chaqueta de Kate está tirada en el suelo, junto al fregadero, y de pronto siento la necesidad de ayudar de alguna forma, de hacer algo, por insignificante que sea.

—¿Sabes si Kate tiene lavadora?

—Creo que no. —Fatima mira en torno a ella—. Antes siempre llevaba la ropa a la lavandería del colegio. ¿Y no te acuerdas de que Ambrose lavaba todos sus trapos de pintar a mano en el fregadero? ¿Por qué lo dices?

—Iba a meter la chaqueta en la lavadora, pero si no hay, la pondré en remojo, ¿no?

—De todas formas, la sangre es mejor lavarla con agua fría.

Como no veo la lavadora por ninguna parte, le pongo el tapón al fregadero, abro el grifo del agua fría y recojo la chaqueta de Kate del suelo. Antes de sumergirla en el agua, reviso los bolsillos para asegurarme de que no voy a estropear nada de valor. Cuando mis dedos se cierran alrededor de algo blando y pegajoso, recuerdo que he visto a Kate recoger algo de la pasarela y guardárselo con disimulo en el bolsillo.

Cuando lo saco no distingo lo que es —un amasijo blanco y rojo—, y, sin querer, suelto un ruidito de asco y me enjuago los dedos en el agua fría. La cosa se despliega como los pétalos de una flor y flota suavemente hasta el fondo del fregadero, y entonces la pesco.

No sé qué creía que podía ser, pero desde luego no esperaba esto.

Es una nota. El papel está empapado de sangre y tiene los bordes comidos; las letras, escritas con bolígrafo, están borrosas, pero todavía son legibles. Dice:

¿Por qué no la tiras también al Estero?

Me invade una sensación que no había tenido nunca. Es puro pánico.

Durante un minuto no me muevo, no digo nada, ni siquiera respiro. Me quedo quieta, con el agua sanguinolenta resbalándome por los dedos, el corazón palpitando errático en el pecho, las mejillas coloradas y calientes por efecto de una oleada de remordimiento y temor.

Lo saben. Alguien lo sabe.

Busco a Fatima, que en ese momento no está mirando y no tiene ni idea de lo que acaba de pasar. Está inclinada sobre su teléfono, seguramente enviándole un mensaje a Ali. Abro los labios, pero una especie de instinto me hace callar.

Mis dedos se cierran alrededor de la bola de papel reblandecido y lo aplasto, lo machaco hasta hacerlo papilla; me clavo las uñas en la palma de la mano a medida que voy desmenuzando el papel, reduciéndolo a pedacitos blancos y rojos hasta que desaparece casi del todo y ya no queda ni una sola palabra.

Con la mano libre retiro el tapón y dejo que el agua manchada de sangre se escurra de la chaqueta, y cuando empieza a desaparecer por el desagüe, sumerjo los dedos y dejo que la masa de papel desmenuzado flote libremente en el remolino. Entonces abro el grifo de agua fría y limpio los últimos restos de la nota, las últimas fibras, los últimos vestigios de acusación, hasta que es como si nunca hubiera existido.

Necesito salir.

Son las diez de la mañana. Kate está en la bañera, Thea se ha vuelto a la cama y Fatima está trabajando: tiene el ordenador portátil abierto encima de la mesa, delante de la ventana, y con la cabeza inclinada revisa atentamente sus correos electrónicos.

Freya está sentada en el suelo e intento jugar con ella sin hacer ruido para no molestar a Fatima. Le leo un libro que le encanta, con ventanitas de las que salen bebés que juegan al cucú, pero me olvido continuamente de pasar la página y ella golpea el libro con la mano y gorjea como diciéndome: «¡Venga, más deprisa!»

—¿Dónde está el bebé? —le pregunto en voz baja, pero estoy distraída y no acabo de entrar en el juego.

Shadow sigue tumbado en el rincón, con aire triste, y sigue lamiéndose el hocico, y me muero de ganas de coger a Freya, abrazarla con fuerza y largarme de aquí.

Fuera de la casa se oye el zumbido de los insectos y vuelvo a pensar en las tripas de la oveja esparcidas por la pasarela. Estoy a punto de abrir una ventanita para que aparezca la cara de sorpresa de un bebé, cuando, justo al lado de la piernecita perfecta y regordeta de Freya, veo una astilla de madera que sobresale de uno de los tablones del suelo.

De repente, este sitio donde he pasado tantas horas felices está lleno de amenazas.

Me levanto y cojo a Freya, que da un gritito de sorpresa y suelta el libro.

—Me parece que voy a dar un paseo —digo en voz alta. Fatima apenas desvía la mirada de la pantalla.

—Buena idea. ¿Adónde piensas ir?

—No lo sé. Seguramente al pueblo.

—¿Estás segura? Son cinco o seis kilómetros.

Contengo mi irritación. Sé tan bien como ella qué distancia hay hasta Salten. La he recorrido muchas veces.

—Sí, ya lo sé —contesto, modulando la voz—. No te preocupes, llevo buen calzado y el cochecito de Freya es bastante robusto. Si a la vuelta estamos cansadas, siempre puedo tomar un taxi.

—Vale, vale. Pasadlo bien.

—Gracias, mamá —replico, dejando que se note mi fastidio, y Fatima levanta la cabeza y sonríe.

—Vaya, ¿me he pasado? Lo siento, prometo no recordarte que te pongas una chaqueta ni preguntarte si has hecho pipí.

Sonrío mientras coloco a Freya en el cochecito. Fatima siempre ha sabido hacerme reír y es difícil sonreír y estar enfadada al mismo tiempo.

—Lo del pipí no es un mal consejo —admito, y me pongo las sandalias de caminar—. Mi suelo pélvico ya no es lo que era.

—A mí me lo vas a contar —señala ella distraída, mientras responde un mensaje—. Acuérdate de los ejercicios de Kegel. ¡Y aprieta!

Vuelvo a reír y miro por la ventana. El sol cae de lleno sobre las aguas vítreas y relucientes del Estero, y el calor crea la ilusión de que las dunas ondulan. Tengo que acordarme de ponerle protector solar a Freya. ¿Dónde lo metí?

—Lo he visto en tu bolsa de aseo —dice Fatima, sin quitarse de la boca el lápiz que sujeta con los dientes. Levanto la cabeza de golpe.

—¿Qué dices?

—El protector solar. Acabas de murmurar mientras hurgabas en la bolsa de los pañales de Freya. Lo he visto en el cuarto de baño, arriba.

¿En serio he hablado en voz alta? Debo de estar volviéndome loca. A lo mejor es que, desde que tengo la baja de maternidad, paso tantas horas con Freya en ese piso silencioso que he empezado a expresar mis pensamientos en voz alta cuando estamos las dos solas.

Es una idea bastante inquietante. ¿Qué más puedo haber dicho?

—Gracias —le digo a Fatima—. ¿Me vigilas a Freya un segundo?

Fatima asiente y subo corriendo al cuarto de baño, con la suela de las sandalias resonando en la escalera de madera.

Intento abrir la puerta, pero está cerrada por dentro. Oigo ruido de agua al otro lado y me acuerdo de que Kate está dentro.

—¿Quién es? —Su voz suena un poco amortiguada y resonante por la puerta.

—Lo siento —le contesto—. No me acordaba de que estabas aquí. Me he dejado el protector solar de Freya dentro, ¿me lo puedes pasar?

—Un momento. —Oigo un chapoteo y a continuación el chasquido del pestillo, luego otro chapoteo cuando Kate vuelve a meterse en la bañera—. Pasa.

Abro la puerta con cautela, pero ella ya está completamente sumergida bajo icebergs de espuma, con el pelo recogido en un moño alto e informal que deja al descubierto su nuca larga y grácil.

—Perdona —vuelvo a decir—. Sólo será un momento.

—No te preocupes. —Kate saca las piernas de la bañera y empieza a afeitárselas—. No sé por qué he cerrado con llave. No sería la primera vez que me ves desnuda. ¿Vas a salir?

—Sí, voy a dar un paseo. A lo mejor llego hasta Salten, no estoy segura.

—Oye, si te doy mi tarjeta, ¿podrías sacar doscientas libras para que pueda devolveros el dinero a Fatima y a ti?

Ya he encontrado el protector solar y me quedo de pie abriendo y cerrando el tapón.

—Kate, yo... Mira, Fatima y yo... no queremos...

Joder, qué difícil es. ¿Cómo decirlo? Kate siempre ha sido muy orgullosa y no quiero ofenderla. ¿Cómo puedo decir lo que estoy pensando, que con su casa destartalada y su coche averiado no puede permitirse desembolsar doscientas libras así como así, mientras que Fatima y yo sí podemos?

Mientras busco las palabras adecuadas, aparece una imagen vívida en mi mente y me distrae, como el pinchazo de un alfiler perdido cuando metes la mano en el bolso para coger el monedero.

Es la nota, manchada de sangre. «¿Por qué no la tiras también al Estero?»

De pronto siento náuseas.

—Kate, cuéntame lo que ha pasado ahí fuera —le suelto—. Con *Shadow*.

De pronto, la cara se le vuelve inexpresiva, indescifrable. Es como si alguien hubiera bajado una persiana.

—Debería haber cerrado bien la cancela —dice con voz monótona—, nada más. —Y sé que me miente; no tengo ninguna duda. Kate está distante como una estatua, y sé que miente.

Juramos no mentirnos nunca.

La miro fijamente, observo la mueca de intransigencia de sus labios mientras ella permanece medio sumergida en la bañera de agua jabonosa y humeante: sus delicados y finos labios, cerrados y bien apretados para retener la verdad. Pienso en la nota que he destruido. Las dos sabemos que miente y estoy a punto de echárselo en cara, pero al final no me atrevo. Si miente, será por algo, y me da miedo averiguar cuál puede ser esa razón.

—Muy bien —digo al fin. Me doy la vuelta y me dispongo a marcharme, consciente de mi cobardía.

—La tarjeta está en mi cartera —dice Kate cuando salgo y cierro la puerta—. El pin es ocho, cuatro, tres, uno.

Bajo ruidosamente la escalera y voy hacia donde están Fatima y Freya, ésta adormilada, y ni siquiera intento recordarlo. No tengo la menor intención de llevarme su tarjeta ni de aceptar su dinero.

Fuera, mientras empujo el cochecito de Freya por el sendero arenoso que discurre paralelo a la orilla del Estero, noto que la sensación de opresión disminuye a medida que me alejo del molino.

Hace un día apacible y las gaviotas se mecen tranquilamente en la marea que sube. Las aves zancudas acechan por la marisma, muy concentradas, y de vez en cuando agachan con rapidez la cabeza y atrapan con el pico gusanos y escarabajos desprevenidos.

Noto el calor del sol en la nuca y ajusto la capota del cochecito de Freya. Le retiro el sobrante de protector solar con que le he embadurnado brazos y piernas y me lo aplico en la nuca.

Todavía tengo el olor de la sangre metido en la nariz y estoy deseando que una ráfaga de viento se lo lleve. ¿Ha sido *Shadow*? No lo sé. Intento recordar las tripas desparramadas y los gemidos del perro. Aquellas heridas ¿eran mordiscos o más bien cortes de navaja? No lo sé.

Sin embargo, sí hay una cosa que no deja lugar a dudas: *Shadow* no puede haber escrito esa nota, así que... ¿quién ha sido? Me estremezco bajo el sol y la perversidad de semejante acto me traspasa. Siento la necesidad imperiosa de coger a mi pequeña durmiente, apretármela contra el pecho y abrazarla como si pudiera volver a meterla dentro de mi cuerpo para protegerla de esta red de secretos y mentiras que va cerrándose a mi alrededor, arrastrándome hacia un error del pasado del que creía que ya nos habíamos librado. Empiezo a darme cuenta de que ninguna de nosotras escapó de él. Llevamos diecisiete años corriendo y escondiéndonos, cada una a su manera, pero no ha funcionado, ahora lo sé. Quizá siempre lo haya sabido.

El camino va a parar a una carretera que por un lado conduce a la estación y por el otro, tras atravesar el puente, a Salten. Me detengo en el puente y, mientras muevo con suavidad el cochecito de Freya adelante y atrás, observo ese paisaje que conozco tan bien. Por aquí el terreno es bastante llano y desde ese punto ligeramente elevado del puente se alcanza a ver cierta distancia. Delante de mí, negro contra las aguas brillantes del Estero, está el molino, que parece pequeño a lo lejos. A la izquierda, al otro lado del río, entreveo las casas y los callejones del pueblo.

A la derecha, a lo lejos, asoma una forma blanca por encima de las copas de los árboles, casi invisible contra el horizonte luminoso: Salten House. Desde aquí es imposible divisar la ruta que utilizábamos para atravesar la marisma cuando nos escapábamos del colegio. Quizá esté cubierta de vegetación, pero ahora me asombro de nuestra estupidez al recordar la primera vez, aquella fría noche de octubre, cuando salimos por la ventana y bajamos la escalera de incendios, sujetando las linternas con los dientes, con las botas de agua en la mano para no hacer ruido por la estructura de hierro y no despertar a las profesoras.

Una vez abajo, nos calzamos las botas («nada de zapatos», recuerdo que nos dijo Kate, «estará fangoso, a pesar del verano que hemos tenido») y nos pusimos en marcha. Atravesamos corriendo los campos de hockey, conteniendo la risa hasta que nos hubimos alejado lo suficiente de los edificios como para estar seguras de que nadie podría oírnos.

Aquélla era siempre la parte peligrosa, sobre todo cuando los días se hacían más largos y fuera había luz mucho después de la hora del toque de queda. A partir de Pascua, cualquier maestra que hubiera mirado por la ventana nos habría visto a las cuatro corriendo por el prado. Thea en cabeza, con sus largas piernas, Kate en medio, y Fatima y yo resoplando detrás.

La primera vez, sin embargo, ya estaba oscuro como boca de lobo y corrimos al amparo de la noche hasta llegar a la franja de árboles raquíticos y matorrales que señalaban el borde de la marisma; una vez allí, pudimos dar rienda suelta a nuestra risa y encender las linternas.

Kate iba delante, y las demás la seguíamos por un laberinto oscuro de acequias y canales llenos de agua negruzca y salobre que relucía cuando la iluminábamos con las linternas.

Salvamos vallas con y sin peldaños, y saltamos acequias, muy atentas a las instrucciones que nos iba dando Kate en voz baja y sin detenerse: «Sobre todo, pegaos bien a este lado, lo de la izquierda es un cenagal... Esta valla tenéis que sobrepasarla por los peldaños: si abrís la cancela, es imposible volver a cerrarla y se escaparían las ovejas... Para saltar esta zanja podéis poneros en esta mata de hierba, ¿veis donde estoy yo ahora? Es la parte más firme de la orilla.»

Ella había corrido libremente por la marisma desde que era una cría y, si bien era incapaz de decirte el nombre de una sola flor o identificar ni la mitad de los pájaros a los que asustábamos al pasar, se conocía cada mata de hierba, cada parte peligrosa de ciénaga, cada arroyo, cada acequia y cada montículo, y pese a ser de noche, nos guiaba de modo infalible por el laberinto que formaban los senderos de las ovejas, los lodazales y los apestosos canales de drenaje, hasta que por fin trepamos por una valla y lo vimos: el Estero, cuyas aguas brillaban bajo la luz de la luna, y más allá, a lo lejos, en la arena de la orilla, el molino, con una luz encendida en una ventana.

—¿Está tu padre en casa? —preguntó Thea.

Kate negó con la cabeza.

—No, ha salido. Creo que tenía que hacer no sé qué en el pueblo. Debe de ser Luc.

¿Luc? Era la primera vez que oía hablar de Luc. ¿Sería un tío de Kate? ¿Un hermano? Estaba casi segura de que me había dicho que era hija única.

Sólo tuve tiempo de intercambiar con Fatima una mirada de desconcierto, porque Kate se había puesto en marcha de nuevo, y esta vez caminaba a grandes zancadas por el sendero, sin mirar atrás para comprobar si las demás la seguíamos, porque ya estábamos en terreno firme y arenoso. Corrí para alcanzarla.

Al llegar ante la puerta del molino, Kate se detuvo un momento y esperó a Fatima, que era la más rezagada y jadeaba ligeramente, y entonces abrió la puerta.

—Bienvenidas a casa.

Y entré en el molino por primera vez.

· · ·

Apenas ha cambiado, eso es lo que más me sorprende cuando recuerdo la primera vez que lo vi: los cuadros que había colgados en la pared eran un poco diferentes y el edificio estaba menos torcido, menos ruinoso, pero la escalera curva de madera, las ventanas desiguales, que proyectaban su luz dorada sobre las aguas del Estero... Todo eso estaba igual. Era una fría noche de octubre y había una estufa de leña encendida. Lo primero que me llamó la atención cuando Kate abrió la puerta fue la bofetada de calor y la luz del fuego, el olor a humo de leña mezclado con el de aguarrás, pintura al óleo y agua de mar.

Había alguien sentado en una mecedora de madera delante del fuego, leyendo un libro, y cuando entramos levantó la cabeza, sorprendido.

Era un chico de nuestra edad, o, para ser exactos, cinco meses más joven que yo, como supe más tarde. De hecho, sólo tenía un año más que mi hermano, pero eso era lo único que tenía en común con Will, que era rubito y sonrosado. Luc, sin embargo, era larguirucho y tenía los brazos y las piernas muy bronceados, y el pelo castaño oscuro cortado de cualquier manera, como si se lo hubiera cortado él mismo; iba un poco encorvado, como la gente que es lo bastante alta para tener que preocuparse de si pasa o no por las puertas.

—¿Qué haces aquí, Kate? —Tenía la voz grave y un poco ronca, con un deje que no supe identificar, un acento un tanto diferente del de Kate—. Papá ha salido.

—Hola, Luc. —Kate se puso de puntillas y le dio un beso fraternal en la mejilla—. Perdona que no te haya avisado. Necesitaba salir de allí, y... bueno, no podía dejar a mis amigas pudriéndose en el colegio. A Thea ya la conoces. Y ésta es Fatima Qureshy.

—Hola —saludó Fatima con timidez. Le tendió la mano y Luc se la estrechó, un poco cohibido.

—Y ella es Isa Wilde.

—Hola. —Luc se volvió y me sonrió y vi que tenía unos ojos felinos, casi dorados.

—Chicas, os presento a Luc Rochefort, mi... —Se interrumpió y Luc y ella se miraron y se sonrieron, y en la bronceada piel de las comisuras de la boca de Luc aparecieron arrugas—. Hermanastro, supongo. Bueno, da lo mismo. El caso es que aquí estamos todos. No te quedes ahí plantado, Luc.

Él volvió a sonreír y luego bajó la cabeza, cohibido, antes de irse hacia el fondo de la habitación para dejarnos sitio.

—¿Os apetece beber algo? —nos preguntó él conforme entrábamos.

Fatima y yo estábamos muy cortadas ante la presencia inesperada de un desconocido, que, además, era un chico, porque llevábamos semanas encerradas sólo con chicas.

—¿Qué tienes? —le pregunté.

—Vino —me contestó—. Côtes du Rhône.

Y de pronto me di cuenta de qué acento tenía y de que su nombre era una pista: Luc era francés.

—Perfecto —dije—. Gracias. —Cogí el vaso que me ofreció y me lo bebí de un trago sin pensármelo.

Era tarde y estábamos borrachos y relajados por el alcohol, riendo y bailando con los discos que ponía Kate, cuando de pronto oímos el ruido del picaporte y todos volvimos la cabeza hacia la puerta. Ambrose entró con el sombrero en la mano.

Fatima y yo nos quedamos paralizadas, pero Kate avanzó tambaleándose de lo borracha que estaba, tropezó con la alfombra y rió cuando su padre la sujetó y la besó en las mejillas.

—Prométeme que no te chivarás, papá.

—Dame una copa y haré como si no hubiera visto nada —dijo él, dejando el sombrero encima de la mesa y alborotándole el pelo a Luc, que estaba repantingado en el sofá.

Pero nos había visto, claro. Y lo delata un boceto, un pequeño dibujo hecho a lápiz y a toda prisa, que está colgado en el rellano de la escalera, enfrente del antiguo dormitorio de Kate. Lo hizo aquella misma noche: Luc, Thea y yo en el sofá, enredados como una camada de cachorros, abrazados y enroscados hasta tal punto que cuesta distinguir qué extremidades son las mías y cuáles las de Thea o las de Luc. Encaramada en el brazo del sofá está Fatima, y sus piernas desnudas sirven de respaldo para que Thea se apoye en ellas. Y a nuestros pies está Kate, con la espalda contra el maltrecho sofá, las piernas recogidas y la barbilla apoyada en las rodillas, con los ojos fijos en el fuego. Tiene un vaso de vino en la mano y yo tengo los dedos hundidos en su pelo.

Fue la primera noche que pasamos riendo y bebiendo en el sofá, acurrucadas y abrazadas, con el calor del fuego y el del vino en la cara; pero no fue la última. Volvimos una y otra vez, atravesando campos donde la escarcha crujía bajo nuestros pies, o prados llenos de corderitos; atraídas una y otra vez como mariposas nocturnas por la llama que brillaba en la oscuridad de la marisma. Regresábamos al colegio bajo los amaneceres pálidos de primavera y se nos cerraban los párpados en la clase de francés; o regresábamos por la marisma ya de día las mañanas de verano, despacio y riendo, con el pelo alborotado después de habernos bañado en las aguas saladas del Estero.

No siempre nos escapábamos. Transcurridas las dos primeras semanas de cada trimestre, los fines de semana eran «abiertos», lo que significaba que teníamos libertad para ir a nuestra casa, o a casas de amigas, siempre que nuestros padres nos dieran permiso. Volver a casa estaba descartado en mi caso y en el de Fatima, pues mi padre se pasaba el día en el hospital con mi madre, y los padres de Fatima seguían en Pakistán. Y Thea... Bueno, nunca pregunté por sus circunstancias, pero era evidente que había algo que no funcionaba, algo que significaba que ella no podía o no quería volver a casa con sus padres.

Sin embargo, no había ninguna norma que dijera que no podíamos acompañar a Kate, de modo que nos íbamos con ella. La mayoría de las veces nos preparábamos la bolsa y atravesábamos juntas las marismas el viernes por la noche, después de la hora de estudio, y volvíamos el domingo por la noche, a la hora en que pasaban lista.

Al principio lo hacíamos algún fin de semana suelto; luego, muchos fines de semana, y al final, la mayoría, hasta que el taller de Ambrose se llenó de dibujos de nosotras cuatro, hasta que el molino se convirtió para mí en un sitio donde me sentía tan cómoda como en la pequeña habitación que compartía con Fatima, o incluso más; hasta que mis pies se aprendieron de memoria los senderos de la marisma y llegué a conocerlos casi tan bien como Kate.

—El señor Atagon debe de ser un santo —comentó la señorita Weatherby, la responsable de mi grupo, con una sonrisa un tanto irónica, mientras yo firmaba una vez más para irme con Kate un viernes por la noche—. La semana entera dando clase y luego os acoge en su casa, gratis, todo el fin de semana. ¿Seguro que a tu padre le parece bien esto, Kate?

—Sí, sí —respondió ella con firmeza—. Le encanta que vaya con mis amigas.

—Y mi padre me ha dado permiso —añadí. De hecho, no había tenido que insistir: a mi padre lo aliviaba tanto que me lo pasara bien en Salten y que no le complicara la vida diciéndole que quería volver a casa, que habría estado dispuesto a firmar un pacto con el diablo. En comparación con eso, un montón de permisos firmados por adelantado no eran nada.

—No tengo ningún inconveniente en que pases tu tiempo libre con Kate —me dijo la maestra, observándome con cierta preocupación pasados unos días, cuando fui a su despacho a tomar el té con ella—. Me alegro mucho de que hayas hecho amigas. Pero recuerda que, para ser una persona equilibrada, una chica de tu edad debe tener amistades variadas. ¿Por qué no pasas el fin de semana con alguna otra chica? O aquí; los fines de semana el colegio no se queda vacío ni mucho menos.

—Pero... —dije, tomando un sorbo de té—... ¿el reglamento dice algo sobre el número de permisos de fin de semana que puedo tomarme?

—Bueno, el reglamento no lo especifica.

Asentí, sonreí y continué tomándome el té, y el viernes siguiente volví a firmar para ir a casa de Kate, igual que siempre.

Y el colegio no podía hacer nada.

Hasta que lo hizo.

Cuando llego a la carretera que lleva a Salten estoy acalorada y sudada y me paro a la sombra de unos robles que hay junto a la calzada. Noto las gotas de sudor que resbalan por el canalillo entre mis pechos y se acumulan en el sujetador.

Freya duerme plácidamente, con la boquita entreabierta, y me inclino para darle un beso con mucho cuidado de no despertarla; luego me enderezo y sigo caminando hacia el pueblo con los pies un poco doloridos.

No me doy la vuelta cuando oigo el ruido de un coche detrás de mí, pero el vehículo reduce la velocidad al pasar y el conductor me mira. Veo que es Jerry Allen, el dueño del pub Salten Arms. Va en la vieja camioneta que utilizaba para cargar las cajas de botellas que compraba en la tienda de venta al por mayor, sólo que ahora está más vieja, destartalada y herrumbrosa que nunca. ¿Cómo es posible que Jerry siga con ese cacharro oxidado que tiene al menos treinta años? El pub nunca fue una mina de oro, pero ahora todo parece indicar que las cosas no le van demasiado bien.

Asoma la cabeza por la ventanilla sin disimular su curiosidad, preguntándose, supongo, cómo se le ocurre a esta turista loca caminar por la carretera principal, sola, a la hora más calurosa del día.

Cuando está a punto de adelantarme, muda la expresión y me asusta al tocar brevemente la bocina. A continuación frena en seco en el arcén, con lo que levanta una nube de polvo que casi me asfixia.

—Yo te conozco —dice cuando llego a la altura de la camioneta, que sigue con el motor encendido.

Detecto una pizca de triunfo y malicia en su voz, como si me hubiera pillado en falta. No digo lo que estoy pensando: que nunca he intentado negar ser quien soy.

—Eres una de las del grupo aquel de Kate Atagon, una de las chicas que su padre...

Se da cuenta demasiado tarde de hacia dónde lo lleva la frase y carraspea y se tapa la boca tratando de disimular su confusión con un ataque de tos de fumador.

—Sí —digo con voz monótona, pues no quiero que me vea reaccionar a sus palabras—. Soy Isa. Isa Wilde. Hola, Jerry.

—Te has hecho muy mayor —observa, y se le empañan un poco los ojos a medida que su mirada desciende por mi cuerpo—. ¡Y tienes un bebé!

—Una niña —confirmo—. Se llama Freya.

—Vaya, vaya —dice él, sin ninguna intención en concreto, y sonríe mostrando una boca con más encías que piezas.

Veo el diente de oro que siempre me hacía estremecer por razones que no alcanzaba a identificar. Se queda mirándome en silencio y se fija en mis sandalias cubiertas de polvo y en las manchas de sudor de mi vestido de tirantes, y entonces señala con la cabeza hacia el Estero.

—Malas noticias, ¿eh? Me ha dicho Mick White que han acordonado media orilla, aunque desde aquí no se vea. Hay policías, perros de rastreo, esas tiendas de campaña blancas... No sé qué esperan conseguir con todo eso, la verdad. Sea lo que sea lo que estuviese enterrado ahí, lleva demasiado tiempo expuesto al viento y a la lluvia, por lo que me ha contado el padre de Judy Wallace. Fue ella quien encontró el hueso y, según dice Mick, su perro lo partió por la mitad a la altura del codo, porque estaba seco como un palo. Entre eso y la sal, dudo que quede mucho de él.

No sé qué decir. Estoy empezando a sentir náuseas, así que me limito a asentir, un poco mareada, y entonces a Jerry parece ocurrírsele algo.

—¿Vas al pueblo? Sube, te llevo.

Lo miro: su cara colorada, la camioneta destartalada, con el asiento corrido y sin cinturones de seguridad, y, por supuesto, sin sillita de coche para Freya, y recuerdo que a Jerry siempre le olía el aliento a whisky, incluso a la hora de comer.

—No, gracias. —Intento sonreír—. Me apetecía dar un paseo.

—No seas tonta. —Señala la trasera de la camioneta con un pulgar—. Detrás hay sitio de sobra para el cochecito y faltan casi dos kilómetros para llegar al pueblo. Te vas a asar.

No huele a whisky, o estoy demasiado separada de la camioneta como para que me llegue el olor, pero vuelvo a sonreír y niego con la cabeza.

—En serio, gracias, Jerry. No te preocupes, prefiero ir andando.

—Como quieras. —Sonríe y veo brillar su diente de oro, y entonces vuelve a poner primera—. Pásate por el pub cuando termines tus compras y te invitaré a una cerveza. Al menos eso, ¿de acuerdo?

—Gracias —digo, pero Jerry no me oye, porque arranca y los neumáticos hacen crujir la arenilla del arcén y levantan una nube de polvo de verano. Me aparto el pelo de la cara y sigo caminando por la carretera hacia el pueblo.

Salten Village siempre me ha dado un poco de grima, aunque no sabría explicar por qué. Supongo que, en parte, es por las redes. Salten es un pueblo de pescadores, o al menos lo era. Ahora, del puerto ya sólo zarpan embarcaciones de recreo, aunque hay unas cuantas barcas de pesca comercial que siguen utilizándolo. Quizá a modo de pequeño homenaje, las casas del pueblo están adornadas con redes; supongo que es una forma de mantener viva la historia del lugar. Hay quien dice que es por superstición, y tal vez fuera por eso por lo que empezaron a hacerlo, pero que yo sepa, si siguen decorando las fachadas así es únicamente por los turistas.

Los visitantes que pasan por aquí camino de las playas de arena que hay un poco más al norte se vuelven locos con la decoración marinera, y fotografían las casitas de piedra con entramado de madera y redes colgadas en las fachadas, mientras sus hijos compran helados y cubos de plástico de colores llamativos. Algunas de esas redes están impecables, como si acabaran de comprarlas y nunca hubieran visto el mar, pero otras es evidente que sí han sido utilizadas, y todavía se pueden ver en ellas los desgarrones por los que las descartaron, las pequeñas boyas de corcho y pedazos de algas que quedaron atrapados en la malla.

A mí nunca me han gustado. Les cogí manía nada más verlas. Son tristes y al mismo tiempo hostiles, como telarañas gigantescas que engullen poco a poco las casitas y le dan un aire melancólico al pueblo, como en esas sofocantes poblaciones del sur de Estados Unidos donde cuelgan de los árboles gruesas matas de musgo español, que oscilan agitadas por el viento.

Algunas casas sólo tienen una modesta red entre un piso y otro, pero las hay que están engalanadas con esas grandes guirnaldas podridas que cuelgan de un lado a otro de la fachada, alzadas por encima de las puertas y tapando las ventanas, enredadas en los tiestos, en los cierres y en los postigos.

No quiero ni imaginármelo: abrir la ventana por la noche y encontrarme con esa red asfixiante presionando contra el cristal, impidiendo que pase la luz, y notar que se me enredan los dedos cuando intento abrirla y que la red se rasga cuando tiro de ella para liberar el cierre.

Si de mí dependiera, haría retirar todo vestigio de esas tristes reliquias, como cuando haces limpieza a fondo en la casa y acabas con las arañas.

Quizá sea el simbolismo lo que no me gusta. Porque, al fin y al cabo, ¿para qué sirven las redes sino para atrapar cosas?

Recorro la estrecha calle principal y tengo la impresión de que las redes han crecido y se han extendido y de que el pueblo también está más deteriorado y más encogido. Todas las casas tienen redes colgando, cuando hace diez años apenas las tenían la mitad, y se diría que las han puesto ahí deliberadamente para encubrir el deterioro de Salten, tapando las paredes desconchadas y la madera podrida. Además, hay bastantes tiendas vacías, con letreros de «EN VENTA» que se balancean cuando sopla el viento, y un ambiente general de decadencia que me impresiona. Salten nunca fue bonito, la diferencia entre el pueblo y el colegio siempre fue muy patente. Pero ahora es como si los turistas hubieran desaparecido y se hubieran marchado a Francia y España, y me entristece ver que la tienda de la esquina, donde vendían helados y donde siempre había cubos y palas de plástico de colores, ya no está y que su escaparate vacío se encuentra lleno de polvo y telarañas.

La oficina de Correos sigue allí, aunque la red que cuelga sobre la entrada es nueva: una guirnalda ancha y naranja, con un desgarrón reparado en su día, pero todavía visible.

Miro hacia arriba cuando empujo la puerta con la espalda para abrirla y tiro del cochecito para meterlo en la tienda diminuta. «No te me caigas encima», suplico. Imagino que la maraña asfixiante de hilos nos sepulta a Freya y a mí y nos atrapa como una telaraña.

Cuando entro, la campanilla de la puerta suena con gran alborozo, pero detrás del mostrador no hay nadie, y tampoco aparece nadie cuando me dirijo al cajero automático del rincón, donde antes estaban las cajas de golosinas a granel. No voy a sacar el dinero de Kate, pero después de darle las cien libras me he quedado casi sin nada y quiero asegurarme de que llevo suficiente efectivo en la cartera para...

¿Para qué? La verdad es que no quiero contestar esa pregunta. ¿Para comprar comida? ¿Para devolverle a Kate el dinero de las entradas para el baile de antiguas alumnas? Sí, claro, para las dos cosas, pero ninguna de ellas es la verdadera razón. Quiero tener suficiente efectivo en la cartera para huir de aquí corriendo si fuera necesario.

Cuando estoy marcando mi número PIN, oigo una voz detrás de mí, una voz grave y ronca, casi masculina, pero sé que no es una voz de hombre antes incluso de darme la vuelta.

—¡Qué sorpresa! ¡Mira lo que nos ha traído el gato!

Cojo el dinero del cajero, me guardo la tarjeta en el bolsillo y me doy la vuelta, y entonces veo a Mary Wren detrás del mostrador: la matriarca del pueblo, quizá lo más parecido que hay en Salten a un líder de la comunidad. Cuando yo iba al colegio, ella trabajaba en la oficina de Correos, pero ahora, por alguna razón, me sorprende verla aparecer aquí. Daba por hecho que, en el tiempo transcurrido desde que me marché de Salten, Mary Wren se habría jubilado o se habría dedicado a otra cosa. Por lo visto no es así.

—Hola, Mary. —Me obligo a sonreír mientras me guardo el monedero en el bolso—. ¡Estás igual!

Es verdad y al mismo tiempo no lo es: sigue teniendo la cara redonda, enorme y curtida, y los mismos ojillos negros y penetrantes, pero tiene el pelo canoso, cuando antes era un río largo y oscuro que le llegaba a la cintura. Lo lleva recogido en una trenza, y la gruesa cuerda gris va menguando hasta llegar a la punta, enroscada y apenas lo bastante gruesa para soportar una goma elástica.

—Isa Wilde. —Sale de detrás del mostrador y se planta delante de mí con los brazos en jarras, más enorme e inamovible que nunca, como un menhir—. ¡No puedo creerlo! ¿Qué te trae por aquí?

Vacilo un momento y se me va la mirada hacia un montón de periódicos locales con el titular «Hallado un hueso humano en el Estero».

Entonces recuerdo la mentira que le dijo Kate al taxista.

—Hemos... He... Es el baile de verano —consigo decir por fin—. De Salten House.

—Vaya. —Mary me mira de arriba abajo y se fija en mi vestido de lino y tirantes, empapado de sudor, y en Freya, que duerme apaciblemente en su cochecito Bugaboo—. Reconozco que me sorprende. Nunca habría imaginado que volverías por aquí. Ha habido muchas cenas y muchos bailes y no os hemos visto el pelo ni a ti ni a tu... camarilla.

No escoge esa palabra al azar. «Camarilla.» Lo dice con toda la intención, y no puedo negarlo: Kate, Thea, Fatima y yo formábamos una camarilla. Éramos exclusivistas, estábamos satisfechas de nosotras mismas y no necesitábamos a las demás salvo para convertirlas en el blanco de nuestras bromas y juegos. Creíamos que, mientras nos tuviéramos unas a otras, podríamos enfrentarnos a cualquier cosa o a cualquier persona. Éramos arrogantes y desconsideradas, ésa es la verdad. No me enorgullezco de cómo me comportaba en aquella época y los comentarios sarcásticos de Mary no me hacen ninguna gracia, aunque no puedo negar que ha elegido la palabra adecuada.

—Pero a Kate sí la ve, ¿verdad? —digo con tono ligero, tratando de cambiar de tema, y Mary asiente.

—Sí, claro. No hay ningún otro cajero automático en el pueblo, así que viene por aquí bastante a menudo. Y ella no se ha marchado, que es lo que habrían hecho muchos en su lugar. Eso la gente lo respeta, a pesar de que sea muy suya.

—¿Muy suya? —repito, y no consigo evitar que en mis palabras se filtre una pizca de mordacidad.

Mary suelta una carcajada que le sacude todo el cuerpo, pero su risa carece de alegría.

—Ya conoces a Kate —dice por fin—. No sale mucho de su casa ni se relaciona con nadie. Ambrose no era tan solitario: siempre venía al pueblo, al pub, y tocaba el violín en la banda. A pesar de vivir en el Estero, era uno más de nosotros, eso nadie lo ponía en duda. En cambio, Kate... —Me mira de arriba abajo y entonces repite—: No se relaciona con nadie.

Trago saliva e intento encontrar alguna manera de cambiar de tema.

—Me han dicho que Mark es policía. ¿Es verdad?

—Sí. Y nos viene muy bien, por cierto, que nuestro policía viva en el pueblo. Depende de Hampton's Lee, pero como aquí tiene su casa, pasa por el pueblo más a menudo de lo que lo haría un forastero.

—¿Todavía vive con usted?

—Sí, sí. Ya sabes lo que pasa por aquí. Los propietarios suben mucho los precios y a nuestros jóvenes les cuesta ahorrar para comprarse una vivienda, porque la gente rica de Londres viene aquí y se apropia de las casas.

Vuelve a examinarme y esta vez sus ojos se detienen en la bolsa cambiador de Freya, nada barata, y en mi bolso grande de Marni, un regalo de Owen que debió de costarle, como mínimo, quinientas libras.

—Debe de ser difícil —digo tras un momento de silencio un tanto embarazoso—. Pero supongo que al menos esa gente trae dinero, ¿no?

Mary suelta una risa despectiva.

—¡Qué va! Se traen la comida de Londres en el maletero del coche, las tiendas de por aquí ni las pisan. La carnicería Baldock's ha cerrado, ¿no lo has visto?

Asiento en silencio, abrumada por una extraña sensación de culpabilidad, y Mary niega con la cabeza.

—Y la panadería también, Croft & Sons. Ya no queda apenas ningún comercio, aparte de la oficina de Correos y el pub. Y si la fábrica de cerveza se sale con la suya, el pub tampoco durará mucho. No ganan suficiente dinero y el año que viene por estas fechas la convertirán en pisos. Ya me contarás qué va a hacer Jerry entonces: sin pensión, sin ahorros...

Se acerca más y echa para atrás la capota del cochecito de Freya.

—Así que tienes una niña.

—Sí. —Mary desliza un dedo fuerte y grueso por debajo de la barbilla de mi hija, que sigue dormida. Veo unas manchas de color rojo oscuro bajo sus uñas y en las cutículas. Debe de ser tinta de los tampones de la oficina de Correos, pero no puedo evitar acordarme de la sangre. Intento no estremecerme—. Se llama Freya.

—Así que ya no eres Isa Wilde.

Asiento con la cabeza.

—Sí, sí lo soy, conservo mi apellido. No me he casado.

—Es muy mona. —Mary se endereza—. Seguro que en unos años llevará a los chicos de cabeza.

No puedo evitar que mi boca se contraiga en una mueca de desprecio y con los dedos aprieto el manillar esponjoso del cochecito. Pero hago un esfuerzo, inspiro y me trago el comentario mordaz que me muero de ganas de hacer. Mary Wren es un personaje importante en el pueblo: hace diecisiete años ya procurábamos no hacerla enfadar y no creo que las cosas hayan cambiado mucho desde entonces, sobre todo ahora que su hijo es el policía local.

Creía que me había liberado de todo esto cuando dejé Salten House: esta complicada red de filiaciones locales, esa relación precaria entre el pueblo y el colegio, que Ambrose manejaba sin esfuerzo, en comparación a como lo hacíamos los demás. Me gustaría tirar del cochecito de Freya y apartarlo de Mary, y decirle a esa mujer que no se meta en mis asuntos. Pero no puedo permitirme el lujo de hacerla enfadar. Y no sólo por Kate, que sigue viviendo aquí, sino por todas nosotras. El colegio se lavó las manos al respecto hace mucho tiempo, y si te ha rechazado la comunidad y el colegio, Salten puede ser un lugar muy hostil.

Me estremezco a pesar del calor que hace y Mary me mira.

—¿Qué te pasa? ¿Tienes escalofríos?

Niego con la cabeza e intento sonreír, y ella ríe mostrando los dientes amarillos y manchados.

—Bueno, me alegro de volver a verte —dice con desparpajo y da unas palmaditas en la capota del cochecito de mi hija—. Parece que fue ayer cuando veníais todas aquí a comprar caramelos y qué sé yo. ¿Te acuerdas de aquellos cuentos chinos que explicaba tu amiga? ¿Cómo se llamaba? ¿Cleo?

—Thea —digo en voz baja. Sí, me acuerdo.

—Me contó que a su padre lo buscaban porque había asesinado a su madre, y estuve a punto de creérmelo. —Mary vuelve a reír, sacudiendo todo el cuerpo, y el cochecito de Freya tiembla también—. Pero claro, eso fue antes de que me enterara de que erais todas unas malditas embusteras.

Malditas embusteras: unas palabras lanzadas como si nada en su discurso. ¿Son imaginaciones mías o de pronto hay algo hostil en la voz de Mary?

—Bueno... —Tiro suavemente del cochecito hasta que los dedos de ella sueltan los pliegues de la capota—. Tengo que irme. Freya no tardará en empezar a pedirme la comida.

—Sí, no quiero entretenerte —dice Mary.

Me excuso inclinando la cabeza en un gesto de sumisión y Mary retrocede cuando empiezo a maniobrar con el cochecito para dar la vuelta y salir de la tienda.

Cuando estoy a mitad de la laboriosa maniobra de tres movimientos en el pasillo angosto que forman los estantes, me doy cuenta, aunque demasiado tarde, de que debería haber salido marcha atrás, tal como he entrado, y justo entonces suena la campanilla de la puerta.

Vuelvo la cabeza y al principio no reconozco la figura que veo en el umbral, pero entonces caigo y me da un vuelco el corazón, que me late como un pájaro que aletea inútilmente dentro de la jaula en la que está encerrado.

Lleva la ropa arrugada y sucia, como si hubiera dormido con ella, y tiene un cardenal en el pómulo y cortes en los nudillos. Pero lo que me llama la atención, lo que me golpea como si hubiera recibido un puñetazo en el vientre, es lo mucho que ha cambiado y, al mismo tiempo, lo poco que lo ha hecho. Siempre fue alto, pero aquella delgadez desgarbada ha desaparecido y sus hombros llenan ahora la estrecha entrada, lo que provoca que transmita, sin proponérselo, cierta sensación de fuerza demacrada y contenida.

Pero la cara, los pómulos grandes, los labios delgados y los ojos... Madre mía, los ojos...

Me quedo inmóvil, sobrecogida, tratando de volver a respirar, y al principio él no me ve: saluda a Mary con una inclinación de cabeza, se aparta y espera educadamente a que salga de la tienda. Entonces digo su nombre con voz ronca y titubeante y él levanta la cabeza y me mira, por primera vez me mira, y le cambia la cara.

—¿Isa? —Se le cae algo al suelo; las llaves que llevaba en una mano. Su voz es tal como la recordaba: grave y lenta, con un ligerísimo acento, el único vestigio de su lengua materna—. Isa... ¿De verdad eres tú?

—Sí. —Intento tragar saliva, sonreír, pero la impresión me ha paralizado los músculos de la cara—. Creía... Creía que estabas... ¿No habías vuelto a Francia?

Él me mira con expresión severa, imperturbable, con los ojos dorados e insondables, y percibo cierta tensión en su voz, como si estuviera controlando sus emociones.

—Me fui, pero volví.

—Y ¿por qué?... No lo entiendo. ¿Cómo es que Kate no me ha dicho...?

—Eso tendrás que preguntárselo a ella.

Esta vez no tengo ninguna duda de que no me lo estoy imaginando y de que lo que he detectado en su voz es frialdad.

No lo entiendo. ¿Qué ha pasado? Es como si caminara a tientas por una habitación llena de objetos frágiles y valiosos que oscilan y se balancean con cada paso en falso que doy. ¿Por qué no nos ha dicho Kate que Luc había vuelto? ¿Y por qué él está tan...? Pero aquí me interrumpo, incapaz de ponerle un nombre al sentimiento que irradia de su silenciosa presencia. ¿Qué es? No es sorpresa, o no del todo, no ahora que ha desaparecido la sorpresa de la primera impresión al verme. Es un sentimiento contenido, reprimido, que intenta disimular. Un sentimiento más parecido a...

La palabra me viene a la mente cuando Luc avanza adelante, cerrándome el paso e impidiéndome salir de la tienda.

Odio.

Trago saliva.

—¿Estás... estás bien, Luc?

—¿Bien? —repite riendo, pero sin rastro de alegría—. ¿Que si estoy bien?

—Yo sólo...

—¿Cómo coño puedes preguntarme eso? —dice, levantando la voz.

—¿Qué? —Intento retroceder, pero no tengo adónde ir, porque Mary Wren está detrás de mí, muy cerca.

Luc me bloquea la puerta, con el cochecito entre nosotros, y lo único que puedo pensar es que, si me ataca, será a Freya a quien le haga daño. ¿Qué ha pasado para que haya cambiado tanto?

—Tranquilízate, Luc —le advierte Mary, que está detrás de mí.

—Kate lo sabía. —A Luc le tiembla la voz—. Tú sabías adónde me enviaba.

—Luc, yo no... Yo no podía... —Sujeto con fuerza el manillar del cochecito de Freya y se me ponen los nudillos blancos. Lo único que deseo es salir de esa tienda. Oigo el zumbido de un moscardón que se da repetidamente contra el cristal de la ventana y de pronto me acuerdo de la oveja mutilada y de las moscas que zumbaban alrededor de sus tripas desparramadas.

Luc dice algo en francés que no entiendo, pero suena cruel y lleno de repulsa.

—Luc —dice Mary en voz más alta—, haz el favor de apartarte y calmarte, o tendré que llamar a Mark.

Se produce un silencio, lleno de expectación y roto sólo por el zumbido de la mosca, y noto que mis dedos aprietan aún con más fuerza el manillar del cochecito. Y entonces, muy despacio, Luc da un paso atrás exagerando mucho el movimiento y hace un ademán señalando la puerta.

—*Je vous en prie* —dice con sarcasmo.

Empujo con brusquedad el cochecito y la parte delantera golpea el marco de la puerta; la sacudida hace que Freya se despierte y dé un grito de sorpresa, pero no me detengo. Sigo empujándolo y salimos las dos a la calle. La puerta se cierra detrás de nosotras con un ruido que resuena en mis oídos. Enfilo la calle a buen paso, ansiosa por aumentar la distancia entre nosotras y la tienda, y hasta que los edificios del pueblo no son más que siluetas lejanas que entreveo a través de la calima veraniega, no cojo a mi hija, que llora, y la estrecho contra mi pecho.

—No pasa nada —me oigo murmurarle con voz temblorosa al oído, sujetándola contra el hombro con una mano, mientras empujo el cochecito a trompicones por el camino polvoriento, hasta el molino—. No pasa nada, ese hombre horrible no nos ha hecho nada, ¿verdad? Perro ladrador, poco mordedor, ¿no dicen eso? Ya está, corazón. Ya está, ya está, Freya. No llores, tesoro. No llores, por favor.

Pero Freya, que se ha despertado de repente de su apacible sueño, no se calma, sino que sigue lanzando ese lamento de sirena propio de los niños inconsolables. Y cuando veo caer unas gotas en su cabeza me doy cuenta de que yo también estoy llorando, y ni siquiera sé por qué. ¿Es por la impresión o por la rabia? ¿O simplemente de alivio por haber salido de allí?

—Ya está, ya está —repito de forma mecánica, siguiendo el compás de mis pasos por la calzada, sin saber si le estoy hablando a Freya o si me lo digo a mí misma—. Todo irá bien. Te lo prometo. Todo irá bien.

Pero mientras pronuncio esas palabras y aspiro el olor del pelo suave y sudado de Freya, el olor a bebé limpio y bien atendido, las palabras de Mary resuenan en mis oídos como una acusación:

«Malditas embusteras.»

REGLA NÚMERO TRES

Que no te pillen

Embustera.
Embustera.
La palabra suena una y otra vez al compás de mis pasos sobre el asfalto cuando salgo de Salten casi corriendo, y mi voz va tornándose más aguda a medida que los alaridos de Freya aumentan de volumen.

Cuando ya he recorrido cerca de un kilómetro, no lo soporto más: me duele la espalda de llevar a mi hija en brazos y sus gritos me taladran la cabeza. *Embustera. Embustera.*

Me paro en el arcén de tierra de la carretera, echo el freno del cochecito, me siento en un tronco, me abro el sujetador de lactancia y me acerco a Freya al pecho. La cría da un gritito de alegría y levanta las manos regordetas, pero antes de agarrarse, hace una pausa, me mira con sus ojos brillantes y azules y sonríe, y es tan evidente que me está diciendo: «¡Vaya! Sabía que al final captarías la indirecta», que no puedo evitar devolverle la sonrisa, a pesar de lo mucho que me duele la espalda de llevarla a cuestas, y la garganta, de tragarme la rabia y el miedo que me inspira Luc.

Embustera.
Esa palabra regresa flotando desde el pasado, y mientras Freya mama, cierro los ojos y recuerdo. Recuerdo cómo empezó todo.

Era el mes de enero, un enero especialmente crudo, y yo acababa de regresar de unas tristes vacaciones con mi padre y mi hermano; recuerdo el pavo frío y duro que nos comimos en silencio y también regalos que mi madre no había elegido, con nuestro nombre escrito con la caligrafía de mi padre.

Thea y yo volvimos juntas desde Londres, pero perdimos nuestro tren y, en consecuencia, perdimos también el microbús del colegio que nos habría recogido en la estación. Me quedé debajo de la marquesina de la sala de espera, protegida del viento frío, fumando un cigarrillo mientras Thea llamaba a la secretaría del colegio para preguntar qué teníamos que hacer.

—Llegarán a las cinco y media —me informó después de colgar, y las dos miramos hacia el gran reloj que colgaba sobre el andén—. No son ni las cuatro. Mierda.

—¿No podríamos ir andando? —pregunté, dubitativa.

Thea negó con la cabeza y se estremeció, porque el viento barría el andén.

—Con maletas no.

Mientras esperábamos y decidíamos qué podíamos hacer, llegó otro tren, el de cercanías que venía de Hampton's Lee cargado de alumnos del Hampton Grammar. De forma automática, busqué a Luc con la mirada, pero no lo vi. O se había quedado hasta más tarde haciendo alguna actividad extracurricular o había hecho novillos. Las dos cosas eran igual de probables.

En cambio, sí vi a Mark Wren arrastrando los pies por el andén, encorvado, como siempre. Al inclinar la cabeza se le veía ese acné que le cubría la nuca y que parecía doloroso.

—Eh —dijo Thea cuando pasó por nuestro lado—. Eh, tú, Mark, ¿no? ¿Cómo vas a Salten? ¿Te llevan en coche?

Él negó con la cabeza.

—En autobús. Deja a los chicos de Salten en un pub y continúa hacia Riding.

Thea y yo nos miramos.

—¿Para en el puente? —le preguntó Thea.

—Normalmente no —contestó Mark—, pero si se lo pedís al conductor, a lo mejor lo hace.

Thea arqueó una ceja y yo asentí. Al menos nos ahorraríamos unos tres kilómetros y el resto del camino podíamos hacerlo a pie.

Subimos al autobús. Yo me quedé junto a las maletas, en la rejilla portaequipajes, pero Thea siguió a Mark Wren por el pasillo hasta que él se sentó y se puso la bolsa en el regazo a modo de escudo; su nuez le subía y bajaba sin cesar por el cuello, lo que delataba su nerviosismo. Al pasar por mi lado, Thea me guiñó un ojo.

—¿Vamos a casa de Kate el fin de semana que viene? —preguntó aquella noche Thea junto a mi silla en la sala común. Asentí y ella me guiñó un ojo, lo que me recordó el encuentro en el autobús. Lola Ronaldo cambió de canal con el mando a distancia y puso los ojos en blanco.

—¿Otra vez a casa de Kate? ¿Cómo es que pasáis tanto tiempo allí? Jess Hamilton y yo iremos a Hampton's Lee a ver una película. Cenaremos en Fat Fryer, pero Fatima nos ha dicho que no puede venir porque se va con vosotras a casa de Kate. ¿Por qué os quedáis cada fin de semana en Salten para moriros de aburrimiento? ¿Le habéis echado el ojo a alguien?

Me puse colorada, porque me acordé del hermano de Kate y de la última vez que nos habíamos bañado en el molino. Era una tarde de otoño inusualmente calurosa, el sol vespertino se reflejaba en el agua como pequeñas llamaradas y destellaba en las ventanas del molino, y daba la impresión de que todo ardía a nuestro alrededor. Nos habíamos pasado la tarde holgazaneando, apurando los últimos rayos de sol del año, hasta que al final Kate se había quitado el bikini, como respuesta al desafío de Thea, y se había bañado desnuda en el Estero. No sé dónde estaba Luc cuando ella se zambulló, pero apareció cuando su hermana volvía nadando desde el centro del canal.

—¿No te has olvidado nada? —Luc recogió el bikini de Kate del suelo con una sonrisa burlona en los labios.

Kate soltó un chillido que hizo que las gaviotas que estaban posadas en el agua echaran a volar y con el aleteo agitaran las aguas ribeteadas de reflejos rojos y dorados.

—¡Capullo! ¡Devuélvemelo!

Pero Luc negó con la cabeza y, mientras ella seguía nadando hacia él, empezó a lanzarle algas que recogía de entre los restos flotantes que había arrastrado el agua hasta el molino. Kate lo salpicó para defenderse y entonces, cuando llegó lo bastante cerca, agarró a Luc por un tobillo, le levantó la pierna y forcejeó con él hasta que logró tirarlo al agua. Se sumergieron los dos en la parte honda de la bahía, con los brazos y las piernas entrelazados, y sólo las burbujas que ascendían indicaban dónde estaban.

Al cabo de un momento, Kate salió a la superficie y nadó con energía hasta la pasarela; cuando emergió del agua vi que llevaba en una mano el bañador de Luc. Se echó a reír a carcajadas, triunfante, mientras él se mantenía a flote en el agua, renegando, riendo y profiriendo todas las amenazas que se le pasaban por la cabeza.

Yo intentaba no mirar, seguir leyendo mi libro, escuchar a Fatima, que cotilleaba con Thea, concentrarme en cualquier cosa que no fuera el cuerpo desnudo de Luc, reluciente bajo el agua, pero mi mirada se empeñaba en desviarse una y otra vez hacia él, hacia el cuerpo dorado, bronceado y ágil, bañado por la luz fracturada del sol otoñal.

De pronto, esa imagen volvió a aparecer ante mí y me provocó un sentimiento extraño, a medio camino entre la vergüenza y el anhelo.

—Es Thea —dije. Lola me miraba fijamente y noté que me ruborizaba—. Se ha enamorado de un chico del pueblo. Se pasa el día pendiente de si se lo encuentra, por eso quiere estar allí todo el tiempo que sea posible.

Era mentira. Pero una mentira interesada, una mentira contra una de nosotras. Nada más decirlo, supe que había cruzado una línea roja. Pero ya no podía retirar mis palabras.

Lola miró a Thea, que se alejaba, y luego me miró a mí con cara de no saber qué pensar. A esas alturas ya nos habíamos ganado la fama de bromistas y falsas, y vi que Lola no estaba segura de si aquello era verdad o no, pero tratándose de Thea todo podía ser.

—¿Ah, sí? —dijo por fin—. No me lo creo.

—Es verdad —dije, aliviada al ver que había conseguido despistarla. Y entonces, un impulso estúpido me incitó a añadir un detalle fatal—: Mira, no le digas que te lo he contado, pero... es Mark Wren. Cuando vinimos de la estación se sentaron juntos en el autobús. —Bajé la voz y me incliné hacia ella por encima de mi libro—. Mark le puso una mano en el muslo y el resto ya te lo puedes imaginar.

—¿Mark Wren? ¿Ese chico con la cara llena de granos que vive encima de la oficina de Correos?

—¿Qué quieres que te diga? —Me encogí de hombros—. A ella no le importa el físico.

Lola dio un bufido y se marchó.

No volví a pensar en aquella conversación hasta la semana siguiente. Ni siquiera me acordé de contárselo a Kate para que anotara mis puntos en la tabla. A esas alturas el juego ya no era tanto una competición como un fin en sí mismo. El objetivo no era ganar a Fatima, Thea o Kate, sino burlarnos de todos los demás: «nosotras» contra «ellos».

Pasamos el sábado por la noche en el molino y el domingo por la tarde fuimos las cuatro a Salten. Compramos unos aperitivos en la tienda y tomamos chocolate caliente en el pub, que en temporada baja también era la cafetería del pueblo, si estabas dispuesta a aguantar los comentarios socarrones de Jerry.

Fatima y Kate estaban sentadas junto a la ventana, mientras que Thea y yo nos habíamos acomodado en la barra. Ella estaba pidiendo las tazas de chocolate y yo esperaba para ayudarla a llevarlas hasta la mesa.

—Perdona, el último sin nata, ya te lo he dicho —la oí protestar con aspereza cuando el camarero dejó la última taza, humeante, encima de la barra. Él suspiró y empezó a retirar la capa superior de nata, pero Thea insistió—: No, prepárame otro.

Me impresionó su tono autoritario, cómo aquellas vocales de cristal tallado convertían un comentario normal en una orden pronunciada con altanería.

El camarero renegó por lo bajo cuando se dio la vuelta para tirar el chocolate que había preparado cuidadosamente, y vi que una de las mujeres que esperaban en la barra ponía los ojos en blanco y le comentaba algo a su amiga moviendo los labios. No entendí lo que le decía, pero la mujer nos lanzó una mirada cargada de desprecio a Thea y a mí. Crucé los brazos y traté de hacerme más pequeña e invisible, y al mismo tiempo lamenté haberme puesto el vestido camisero que se abrochaba por delante. Se me había caído el botón de arriba, de modo que el escote era más pronunciado de lo normal; sabía que asomaba un poco la blonda de mi sujetador y me atormentaba que aquellas dos mujeres miraran mi escote y los vaqueros rotos de Thea, que dejaban entrever unas bragas de seda roja entre los desgarrones.

Estaba de pie esperando a que Thea me pasara las tazas cuando Jerry se me acercó por detrás con una bandeja llena de vasos sucios. La llevaba en alto, a la altura de los hombros, para colarse entre la gente, y cuando pasó a mi lado noté la inconfundible presión de su entrepierna en mi trasero. El bar estaba lleno, pero no lo suficiente como para justificar que se frotara contra mí de manera deliberada.

—Perdona —dijo con una risita—. No te preocupes, ya paso.

Me puse colorada y le dije a Thea:

—Voy al servicio. ¿Podrás con las tazas?

—Sí, claro. —Estaba contando el cambio y ni me miró, y yo eché a correr hacia la puerta del servicio de señoras, respirando de forma entrecortada.

Entré en el cubículo a coger un poco de papel higiénico para sonarme la nariz y en ese momento vi una inscripción en la puerta. La habían garabateado con lápiz de ojos y estaba borrosa.

«MARK WREN ES UN PERVERTIDO ASQUEROSO», rezaba. Parpadeé. Parecía una acusación de lo más incongruente. ¿Mark Wren? ¿El tímido y amable Mark Wren?

Había otro mensaje junto al lavamanos, escrito en otro color.

«MARK WREN LES METE MANO A LAS CHICAS DE SALTEN HOUSE EN EL AUTOBÚS.»

Y por último, en la puerta del servicio, con rotulador permanente: «¡MARK WREN ES UN ACOSADOR SEXUAL!»

Cuando salí de allí, tenía las mejillas arreboladas.

—¿Nos vamos? —les dije a Kate, Fatima y Thea con brusquedad. Thea me miró extrañada.

—¿Qué te pasa? ¡Ni siquiera has probado el chocolate!

—Necesito contaros una cosa —dije—. No quiero hablar aquí dentro.

—Claro —contestó Kate. Cogió la última cucharada de malvavisco y Fatima empezó a buscar su bolso. Pero no habíamos tenido tiempo de hacer nada más cuando la puerta del pub se abrió de par en par y por ella entró Mary Wren.

No esperaba que viniera a nuestra mesa. Mary conocía a Kate, por supuesto, y era muy amiga de Ambrose, pero nunca nos había prestado ninguna atención al resto de nosotras.

Se acercó. Vino derecha y nos miró a Thea, a Fatima y a mí, una a una, al tiempo que hacía un gesto de desprecio.

—¿Quién de vosotras es Isa Wilde? —preguntó con su voz grave y ronca.

Tragué saliva.

—Y-yo...

—Vale. —Puso los brazos en jarras y nos miró desde arriba, ya que nosotras estábamos sentadas. Me pareció que cesaba el barullo del pub y vi que mucha gente escuchaba y estiraba el cuello intentando ver más allá de la espalda ancha y musculosa de Mary—. Escúchame bien, jovencita. No sé cómo se comporta la gente donde tú vives, pero por aquí nos importa lo que cuentan de nosotros. Si vuelves a divulgar mentiras sobre mi hijo, te hago papilla. ¿Me has entendido? Te rompo los huesos uno a uno.

Quise decir algo, pero no pude. Me invadió una profunda oleada de vergüenza que me paralizó.

Kate, que estaba sentada a mi lado, parecía conmocionada, y comprendí que no tenía ni idea de qué estaba pasando.

—Mary —dijo—, no puedes...

—No la defiendas —le espetó la mujer—. Aunque me juego algo a que estáis todas en el ajo. Sé qué clase de personas sois. —Cruzó los brazos y recorrió el pequeño círculo que formábamos con la mirada, y me di cuenta de que, de alguna manera, aquello le proporcionaba un placer malsano, de que disfrutaba con nuestra turbación y desconcierto—. Sois unas malditas embusteras, y si de mí dependiera, recibiríais una buena paliza.

Al oír eso, Kate soltó un grito ahogado y empezó a ponerse en pie como si fuera a defenderme, pero Mary le puso una manaza en el hombro y la empujó hacia abajo para impedir que se levantara de los cojines.

—No, ni hablar. Me imagino que ese colegio de lujo es demasiado moderno para esas cosas, y tu padre, demasiado bueno, el pobre, pero yo no, y si vuelves a hacerle daño a mi hijo —me miró otra vez y me taladró con unos ojos negros como el azabache—, te arrepentirás de haber nacido.

Se enderezó, dio media vuelta y se marchó.

La puerta se cerró de golpe y el portazo resonó en el silencio repentino que Mary había dejado atrás; entonces se oyó una carcajada y poco a poco volvieron los sonidos propios de un bar: el tintineo de los vasos, el murmullo de las voces graves de los hombres que se acodaban en la barra. Pero yo notaba los ojos de todos clavados en nosotras; todos especulaban sobre lo que había dicho Mary, y lo único que deseaba era que se me tragara la tierra.

—¡Joder! —exclamó Kate. Estaba pálida y le habían salido unas manchas rojas en los pómulos—. ¿Qué demonios le pasa? Ya verás cómo se pondrá mi padre cuando se lo explique...

—No. —La agarré por el abrigo—. No, Kate, no le digas nada. Ha sido culpa mía. No se lo cuentes a Ambrose.

No lo soportaba. No soportaba la idea de que fueran a enterarse todos de la mentira estúpida y banal que había contado; pensar que fuera a enterarse Ambrose, ver la decepción en su cara.

—No se lo cuentes —insistí. Noté que me brotaban las lágrimas, pero no de pena, sino de vergüenza—. Me lo merezco. Me merezco todo lo que ha dicho Mary.

«Fue una equivocación —me habría gustado decirle a Mary mientras estaba allí sentada, muda ante su ira—. Fue una equivocación y lo siento.»

Pero no se lo dije. Y la siguiente vez que entré en la oficina de Correos, Mary me atendió como siempre y no volvimos a hablar del asunto. Sin embargo, diecisiete años más tarde, mientras amamanto a mi bebé e intento sonreír ante su carita alegre y mofletuda, las palabras de Mary Wren resuenan en mis oídos y me digo: tenía razón. Me lo merecía. Todas nos lo merecíamos.

Malditas embusteras.

Kate, Thea y Fatima están sentadas alrededor de la mesa de madera rústica cuando entro precipitadamente en el molino, acalorada, con los pies doloridos y la garganta seca.

Shadow da unos ladridos de advertencia cuando la puerta golpea la pared y hace vibrar las tazas que hay en la alacena, y los cuadros que cuelgan de la pared rebotan como si se solidarizaran con ellas.

—¡Isa! —dice Fatima, mirándome con cara de sorpresa—. ¡Ni que acabaras de ver un fantasma!

—Es que lo he visto. ¿Por qué no nos lo habías dicho, Kate?

En mi cabeza, esas palabras eran una pregunta; una vez pronunciadas, suenan a acusación.

—¿Deciros qué? —Kate se levanta, preocupada y perpleja—. Isa, ¿has ido a pie hasta Salten y has vuelto en tres horas? Debes de estar agotada. ¿Te has llevado una botella de agua?

—¡A la mierda el agua! —contesto enfadada, pero cuando Kate llena un vaso de agua del grifo y lo deja con cuidado encima de la mesa, tengo que tragar dolorosamente un par de veces antes de poder beber.

Doy un sorbito y luego me bebo el resto del agua de un trago, antes de dejarme caer en el sofá. Fatima me ha servido ensalada en un plato y me lo acerca.

—¿Qué ha pasado? —Se sienta a mi lado en el sofá, sujetando el plato, y su gesto denota preocupación—. ¿Dices que has visto un fantasma?

—Sí, he visto un fantasma. —Miro a Kate por encima de la cabeza de Fatima—. He visto a Luc Rochefort en el pueblo.

Kate hace una mueca antes incluso de que yo haya terminado la frase y se sienta de repente en el borde del sofá, como si no se fiara mucho de sus piernas.

—Mierda.

—¿A Luc? —Fatima desvía la mirada hacia Kate—. Pero ¿no había vuelto a Francia después de...?

Kate hace un gesto de contrariedad con la cabeza; es imposible saber si es afirmativo o negativo, o una combinación de ambos.

—¿Qué le ha pasado, Kate? —Estrecho a Freya con fuerza al acordarme de su semblante, frío e insondable, y de la rabia que irradiaba en la pequeña oficina de Correos—. Estaba...

—Furioso —dice Kate. Está pálida, pero cuando se mete las manos en los bolsillos para sacar el paquete de tabaco, me fijo en que no le tiemblan—. ¿Verdad?

—Furioso es poco. ¿Qué ha pasado?

Kate empieza a liar un cigarrillo con parsimonia y me acuerdo de que en el colegio nunca contestaba con precipitación, sino que siempre se tomaba su tiempo. Cuanto más difícil era la pregunta, más tardaba en responder.

Thea deja el tenedor, coge su vaso de vino y su paquete de tabaco y se acerca a nosotras.

—Vamos, Kate. —Se sienta en el suelo de madera, a nuestros pies, y de pronto me asalta el doloroso recuerdo de las noches que pasábamos así, una sobre otra, acurrucadas en el sofá, observando el río, el fuego, fumando, riendo, hablando...

Ahora no se oyen risas, sino sólo el roce del papel de fumar Rizlas, mientras Kate lía el cigarrillo con las manos apoyadas en una rodilla y se muerde el labio inferior. Cuando termina, pasa la lengua por el borde del papel y entonces empieza a hablar.

—Sí, se marchó a Francia. Pero no... por voluntad propia.

—¿Qué quieres decir? —pregunta Thea. Da unos golpecitos en el suelo con el paquete de cigarrillos y mira a Freya; sé que quiere fumar, pero está esperando a que me lleve a la niña de la habitación.

Kate suspira y sube los pies descalzos al sofá, y los coloca junto a la cadera de Fatima; entonces se aparta el pelo de la cara.

—No sé cuánto sabíais del pasado de Luc. Bueno, que mi padre y la madre de Luc, Mireille, estuvieron juntos hace años, eso sí. Y que vivían aquí con nosotros.

Sí, eso lo sabíamos. Luc y Kate eran muy pequeños, demasiado pequeños para conservar recuerdos de aquella época, dice Kate, aunque ella recordaba vagamente fiestas a la orilla del río y que una vez Luc se cayó al agua cuando todavía no sabía nadar.

—Cuando mi padre y Mireille se separaron, ella se llevó a Luc a Francia y pasamos varios años sin verlo, hasta que un día mi padre recibió una llamada de Mireille. No podía ocuparse de Luc, era un niño muy problemático y habían intervenido los servicios sociales. Le preguntó si podía mandarlo aquí a pasar el verano, así ella podría descansar un poco. Mi padre dijo que sí, por supuesto, ya lo conocíais. Pero cuando Luc llegó, resultó que Mireille no se lo había contado todo a mi padre. Sí, él era ingobernable, pero tenía... motivos. Mireille también tenía problemas: había empezado a pincharse otra vez y, bueno, seguramente no había sido la mejor madre del mundo.

—¿Y el padre de Luc? —pregunta Fatima—. ¿No puso ninguna pega cuando su hijo se marchó a Inglaterra a vivir con un desconocido?

Kate se encoge de hombros.

—No sé ni si tenía padre. Por lo que me contó Luc, Mireille estaba bastante mal cuando lo tuvo. Dudo mucho que supiera siquiera... —No termina la frase, respira hondo y luego continúa—: El caso es que vino a vivir con nosotros cuando teníamos trece o catorce años. Terminaron las vacaciones de verano y empezó el curso, acabó el curso y empezó otro y, casi sin darnos cuenta, Luc estaba matriculado en el instituto de secundaria de Hampton's Lee y vivía con nosotros, y... Bueno, le iban bien las cosas. Supongo que estaba contento.

Eso también lo sabemos, aunque nadie la interrumpe.

—Pero cuando mi padre... —Kate traga saliva y sé que se acerca la parte más difícil, el momento que ninguna de nosotras quiere recordar—, cuando mi padre... desapareció, Luc ya no podía quedarse aquí. Sólo tenía quince años. Yo cumplí dieciséis ese verano, pero a él le faltaban unos meses, todavía era menor de edad, y además, una vez que intervinieron los servicios sociales... —Vuelve a tragar saliva y diversas emociones se reflejan en su cara, como sombras de nubes que se deslizan por un valle.

»Lo obligaron a volver —dice, con brusquedad—. Él quería quedarse aquí conmigo, pero yo no tenía alternativa. —Abre las manos en un gesto de súplica—. Lo entendéis, ¿no? Tenía dieciséis años, era imposible que me dejaran ejercer de tutora legal de un menor francés, cuyos padres vivían fuera del país. ¡Hice lo que tenía que hacer! —repite con tono de desesperación.

—Kate. —Fatima le pone una mano en el brazo y, con voz dulce, le recuerda—: Somos nosotras, no tienes que justificarte. Claro que no tenías alternativa. Ambrose no era el padre de Luc. ¿Qué podías hacer tú?

—Lo obligaron a volver —dice Kate, como si no hubiera oído nada, y se queda con la mirada perdida, recordando—. Me escribía una carta tras otra, no paraba de suplicarme, decía que mi padre le había prometido que siempre se ocuparía de él y me acusaba de traicionarlo, me acusaba de...

Se le llenan los ojos de lágrimas y parpadea, pero de repente su semblante se endurece. *Shadow*, que ha notado su turbación, aunque no la comprenda, se tumba a sus pies y gime débilmente, y Kate posa una mano en su blanco pelaje y lo acaricia.

—Hace unos años volvió. Encontró trabajo de jardinero en Salten House. Creía que con el tiempo habría tomado perspectiva y se habría dado cuenta de que yo no había tenido alternativa. Bastante me costó evitar que me encerraran a mí en un orfanato, como para ocuparme de que no lo encerraran a él. Pero no, no me había perdonado. Una noche vino por el río, me acorraló y... ¡Joder! —Se tapa la cara con las manos—. ¡Qué historias, Fatima! Debes de oírlas todos los días en la consulta, pero yo nunca... Las palizas, los abusos... Madre mía, todo lo que... —Se le quiebra la voz—. Todo lo que había sufrido. No soportaba oírlo, pero él seguía contándomelo, implacable, como si quisiera castigarme: lo que le habían hecho los novios de su madre cuando era pequeño y más tarde, cuando regresó a Francia y lo internaron en una institución, el hombre del orfanato que lo... que lo...

Pero no puede terminar. Los sollozos le impiden seguir hablando y se tapa de nuevo la cara.

Miro los rostros conmocionados de Fatima y de Thea y luego otra vez a Kate. Me gustaría decir algo, consolarla, pero sólo puedo pensar en cómo eran entonces Luc y ella, en sus caras risueñas cuando chapoteaban en el Estero, en su silencio cómplice cuando agachaban la cabeza sobre un tablero de juegos... Estaban tan unidos, mucho más de lo que jamás lo hemos estado mi hermano y yo. Y ahora esto.

Al final es Fatima la que deja el plato de comida con mucho cuidado y se levanta. Abraza a Kate y la mece.

Le dice algo en voz muy baja, pero creo que distingo las palabras.

—No fue culpa tuya —le dice una y otra vez—. No fue culpa tuya.

Debería haberlo sabido. Eso es lo que pienso, sentada junto a la cuna de Freya, tratando de dormirla, con la garganta dolorida del esfuerzo de contener las lágrimas.

Debería haberlo sabido.

Porque era evidente: las cicatrices que Luc tenía en la espalda y que le había visto cuando nadaba en el Estero; o las marcas en los hombros, que había confundido con cicatrices de inoculaciones chapuceras, aunque cuando le pregunté a él de qué eran, torció el gesto y negó con la cabeza.

Ahora soy mayor que entonces y menos inocente. Sé reconocer las cicatrices circulares de pequeñas quemaduras y me siento abochornada de mi propia ceguera.

Eso explica muchas cosas que nunca había entendido: la reserva de Luc, la absoluta adoración que sentía por Ambrose. Que fuera tan reacio a hablar de Francia, por mucho que le insistiéramos, y por qué Kate le apretaba la mano y nos obligaba a cambiar de tema.

Explica, incluso, por qué permitía que los chicos del pueblo se metieran con él y se burlaran y le vacilaran, y por qué él aguantaba y aguantaba y aguantaba... hasta que no podía más y explotaba. Me acuerdo de una noche, en el pub, en que los chicos del pueblo le habían estado tomando el pelo, sin pasarse pero con insistencia, porque salía con las alumnas pijas de Salten House. La posición de Luc siempre había sido difícil, pues no era del pueblo ni forastero. Kate pertenecía claramente al mundo de Salten House y Ambrose sabía moverse sin esfuerzo en ambas esferas. Luc, en cambio, tenía que enfrentarse a la diferencia incómoda de clases entre la escuela pública de Hampton's Lee, donde estudiaba, como la mayoría de los chicos del pueblo, y la relación de su familia con el colegio privado de lo alto de la colina.

Y se las apañaba. Soportaba las pullas, los comentarios del tipo «¿Qué pasa, tío, nuestras chicas no son lo bastante buenas para ti?», y las insinuaciones de que a las chicas pijas les gustaban los «tipos rudos». Aquella noche, en el pub, se había limitado a sonreír y negar con la cabeza, pero luego, a última hora, cuando estaban sirviendo la última ronda, uno de los chicos del pueblo pasó por su lado, se agachó y le dijo algo al oído.

No sé qué fue. Sólo vi que a Kate le cambiaba la cara. Luc se levantó tan deprisa que derribó la silla, como si algo se hubiera partido en su interior, y le pegó un puñetazo fuerte y directo en la nariz a aquel chico, que cayó al suelo jadeando y gimiendo. Luc se quedó de pie con semblante inexpresivo, como si no hubiera ocurrido absolutamente nada, mirándolo mientras el otro sangraba y lloraba.

Alguien del pub debió de llamar a Ambrose. Cuando entramos en el molino, lo encontramos sentado en la mecedora, esperándonos, y en su rostro, por lo general risueño, no había ni rastro de sonrisa. Se levantó al vernos entrar.

—Papá —dijo Kate antes de que Luc pudiera pronunciar palabra—, Luc no ha tenido la...

Pero Ambrose negó con la cabeza y no la dejó terminar.

—Esto es entre Luc y yo, Kate. Luc, ¿podemos hablar en tu habitación, por favor?

Cerraron la puerta de la habitación de Luc, así que nosotras no oímos la discusión que mantuvieron, sólo los altibajos de sus voces: la de Ambrose llena de decepción y de reproche; la de Luc al principio suplicante y al final enojada. Nosotras nos acurrucamos abajo, en el salón, delante de un fuego que en realidad no necesitábamos, porque hacía una noche cálida, pero Kate temblaba cada vez más a medida que, en el piso de arriba, aumentaba el volumen de las voces.

—¡Tú no lo entiendes! —oí decir a Luc con una voz quebrada por la rabia y la incredulidad.

No alcancé a oír lo que le contestaba Ambrose, sólo su tono, calmado y paciente, y luego un golpe cuando Luc lanzó algo contra la pared.

Cuando bajó, solo, Ambrose tenía el pelo, ya crespo de por sí, de punta, como si se hubiera pasado los dedos por él una y otra vez. Parecía cansado, y sacó la botella de vino sin etiqueta de debajo del fregadero y se sirvió un vaso lleno; suspiró y se lo bebió de un trago.

Luego se sentó en la butaca que había frente a nosotras y Kate hizo ademán de levantarse. Pero él sabía adónde iba su hija.

—Yo en tu lugar no lo haría. Está muy alterado.

—Voy a subir —dijo Kate, desafiante.

Se levantó, pero al pasar al lado de Ambrose, él alargó la mano que tenía libre y la agarró por la muñeca. Ella se detuvo y lo miró con gesto de rebeldía.

—¿Qué? ¿Qué pasa?

Esperé, con el corazón en un puño, a que Ambrose estallara, como habría hecho mi padre. Me parecía oírlo, furioso, regañando a Will por haberle contestado mal: «A mí me habrían dado una paliza por contestarle así a mi padre, imbécil», o «Cuando yo te dé una orden, tú me obedeces, ¿entendido?».

Pero Ambrose... Ambrose no gritó, ni siquiera dijo nada. Siguió sujetando a Kate por la muñeca, pero tan suavemente que apenas la tocaba con los dedos, y comprendí que eso no era lo que la retenía.

Ella miró a su padre y escudriñó su cara. Ninguno de los dos se movió, pero Kate mudó la expresión, como si hubiera leído algo en los ojos de él que nosotras no podíamos entender, y entonces suspiró y bajó la mano.

—Vale —dijo.

Y me di cuenta de que, fuera lo que fuese lo que Ambrose había querido decir, Kate lo había entendido sin necesidad de que él lo expresara con palabras.

Se oyó otro golpe que rompió el silencio y todos nos sobresaltamos.

—Está destrozando su habitación —explicó Kate por lo bajo, pero no volvió a hacer ademán de subir, y se sentó en el sofá—. No lo soporto, papá.

—¿No vas a...? ¿No puedes hacer que pare? —le preguntó Fatima a Ambrose, con los ojos muy abiertos de incredulidad. Oímos ruido de cristales rotos y Ambrose se estremeció y negó con la cabeza.

—Lo haría si pudiera, pero hay ciertos tipos de dolor que sólo cesan cuando te desahogas. A lo mejor eso es lo que él necesita. Sólo espero... —Se frotó la cara y de pronto aparentó la edad que tenía—. Sólo espero que no esté rompiendo sus cosas, porque no tiene muchas. Se está haciendo más daño a sí mismo que a mí. ¿Qué ha pasado en el pub?

—Se han metido con él, papá —dijo Kate. Estaba pálida, muy compungida—. En serio, se han pasado. Ya sabes cómo son. Ese chico, Ryan o Roland, o como se llame. El grandote del pelo negro. Siempre la ha tenido tomada con él. Luc estaba aguantando muy bien, se reía y no le daba importancia, pero entonces Ryan ha dicho algo más y Luc... ha perdido el norte.

—¿Qué le ha dicho?

Ambrose se inclinó hacia delante, pero por primera vez vi que el canal de comunicación entre Kate y su padre se cerraba. Kate se quedó quieta, protegida tras una máscara de imperturbabilidad.

—No lo sé —se limitó a contestar, y de pronto su voz sonó monótona y extrañamente recelosa—. No lo he oído.

Ambrose no castigó a Luc. Durante el camino de regreso, Fatima iba negando con la cabeza, porque todas sabíamos que, por muy relajado que fuera Ambrose, nunca habría tolerado aquel tipo de comportamiento por parte de Kate. Habría habido recriminaciones, reproches, le habría descontado dinero de la paga.

En cambio, cuando se trataba de Luc, Ambrose parecía un pozo inagotable de paciencia. Y ahora entiendo por qué.

Freya duerme. Respira suave y acompasadamente. Me levanto y me desperezo, repaso mis recuerdos mientras miro más allá del estuario, hacia Salten, y veo al Luc que conocí, cómo era antes de marcharse, e intento comprender por qué me ha turbado tanto el arrebato que ha tenido en la oficina de Correos.

Al fin y al cabo, ya sabía que esa rabia existía. La había visto dirigida a otros y a veces también hacia sí mismo. Y entonces lo entiendo. Lo que me ha asustado no ha sido su rabia, sino verlo furioso con nosotras.

Porque antes, por muy enfadado que estuviera, a nosotras cuatro siempre nos trataba como si fuéramos de porcelana, algo tan valioso que no se atrevía a tocarlo. Si Luc hubiera sabido cómo deseaba yo que me tocara... Recuerdo estar tumbada a su lado en la pasarela, sintiendo el calor del sol en la espalda, y haberme vuelto para mirarlo, con un intenso deseo de que abriera los ojos y alargara una mano hacia mí, un deseo tan intenso que creí que me consumiría.

Pero no lo hizo. Así que, con el corazón latiéndome con tanta fuerza que temí que él pudiera oírlo, me acerqué y posé mis labios sobre los suyos.

No sé qué esperaba que pasara, pero desde luego no lo que ocurrió.

Luc abrió los ojos al instante y me empujó, gritando «*Ne me touche pas!*». Luego se levantó de un salto y retrocedió tan bruscamente que estuvo a punto de caerse al agua. Respiraba de manera entrecortada y me miraba con los ojos muy abiertos, como si me hubiera aprovechado de que dormía para tenderle una emboscada.

Me puse muy colorada, como si el sol me estuviera quemando viva; me levanté yo también e involuntariamente di un paso hacia atrás para apartarme de su furia y su incomprensión.

—Lo siento, Luc... —atiné a decir.

No me contestó, sólo miró a su alrededor como si tratara de saber dónde estaba y qué había pasado. Parecía que no me reconociera; por la forma en que me miraba, habría podido ser una completa desconocida. Y de pronto vi que volvía en sí y que sentía vergüenza o algo parecido. Se dio la vuelta y echó a correr, sin hacerme caso cuando le grité «¡Luc! ¡Lo siento, Luc!».

Entonces no lo entendí. No entendí qué había hecho mal, ni cómo podía ser que él hubiera reaccionado de una forma tan violenta a lo que, al fin y al cabo, no era mucho más que un beso fraternal como los que le había dado cientos de veces.

Sin embargo, ahora... Ahora creo saber qué clase de experiencias provocaron aquella reacción tan brusca y siento una gran pena por él. Pero también siento recelo, porque aquel suceso fue un pequeño anticipo de lo que he vuelto a sentir hoy en la oficina de Correos.

Sé lo que siente un enemigo de Luc. Lo he visto atacar.

Y una y otra vez regresa a mi mente la imagen de la oveja muerta, de la rabia y el dolor que hay detrás de un acto semejante, de las vísceras desparramadas por la pasarela, que goteaban como secretos supurantes en las aguas transparentes y azuladas.

Y tengo miedo.

—¿Qué vas a hacer? —me pregunta Fatima en voz baja, pasándome una taza de porcelana agrietada.

Ya hemos comido. Fatima y yo estamos lavando los platos, o, mejor dicho, ella los friega y yo lo seco. Freya juega sobre una alfombra delante de la chimenea.

Kate y Thea han salido a fumar un cigarrillo y a pasear a *Shadow*. Las veo por la ventana: caminan despacio por la orilla del Estero mientras charlan con las cabezas gachas y el humo de sus cigarrillos se desvanece en la atmósfera veraniega. Es curioso, porque van en dirección opuesta a la que habría tomado yo: hacia el norte, hacia la carretera principal que lleva a Salten, en lugar de hacia el sur, hacia la playa. Ese paseo no es tan agradable.

—No lo sé. —Seco la taza y la dejo encima de la mesa—. ¿Y tú?

—Yo... no lo sé, la verdad. Mi instinto me grita que vuelva a casa. Por el hecho de estar aquí no vamos a cambiar nada, y por lo menos en Londres las probabilidades de que la policía venga a llamar a nuestra puerta son más bajas.

Sus palabras hacen que me estremezca, y miro de manera involuntaria hacia la puerta y me imagino a Mark Wren recorriendo la estrecha pasarela y llamando con los nudillos en la madera ennegrecida. Intento pensar qué le diría. Recuerdo las órdenes imperiosas que nos dio Kate anoche: nosotras no sabemos nada, no hemos visto nada. Ése ha sido el guión desde hace diecisiete años. Si todas nos ceñimos a él, nunca podrán demostrar lo contrario, ¿no?

142

—Bueno, yo quiero apoyar a Kate —continúa Fatima. Deja el estropajo y se retira el pañuelo, y al hacerlo se mancha de espuma blanca la mejilla—. Pero una reunión de antiguas alumnas, cuando nunca hemos ido a ninguna... ¿De verdad te parece buena idea?

—Ya lo sé. —Dejo otra taza en la mesa—. Yo tampoco quiero ir. Pero si no nos presentamos en el último momento, aún parecerá más sospechoso.

—Lo sé. Todo eso ya lo sé. Regla número dos: cíñete a tu relato. En serio, lo entiendo. Para bien o para mal, Kate ya ha comprado las malditas entradas y le ha contado a todo el mundo que hemos venido por eso. Comprendo que lo mejor es ir. Pero lo de la oveja...

Niega con la cabeza y sigue fregando los platos de la comida. Le lanzo una mirada rápida.

—¿Qué habrá pasado? Tú has visto el cuerpo de la oveja mejor que yo. ¿Crees de verdad que ha sido *Shadow*?

Fatima vuelve a negar con la cabeza.

—No lo sé. Sólo he visto un par de casos de mordedura de perro, y puede que cuando ataquen a personas sea diferente, pero no lo parecía...

Se me encoge el estómago y no estoy segura de si debo ser sincera. Si interviene la policía, quizá sea mejor que Fatima no lo sepa, que no tenga nada que ocultar, pero juramos que nunca nos mentiríamos unas a otras, ¿no? Y esto viene a ser como mentir, aunque sea por omisión.

—Había una nota —digo por fin—. Kate la vio, pero se la guardó en el bolsillo. La encontré cuando fui a lavar su chaqueta.

—¿Qué? —Fatima levanta la cabeza, alarmada. Suelta el estropajo, se da la vuelta y me mira—. ¿Por qué no nos dijiste nada?

—Porque no quería preocuparos. Y porque no quería...

—¿Qué decía la nota?

—Decía... —Trago saliva. Pronunciar esas palabras me resulta casi insoportable, tengo que hacer un gran esfuerzo para sacarlas de dentro de mí—. Decía: «¿Por qué no la tiras también al Estero?»

Fatima suelta la taza que tiene en la mano, que se rompe, y de pronto se le apagan el color y la expresión de la cara, que ahora, enmarcada por el pañuelo oscuro, se asemeja a una horrible máscara *noh*.

—¿Qué has dicho? —me pregunta con voz ronca.

Pero no me siento capaz de repetírselo y sé perfectamente que me ha oído, aunque esté demasiado asustada para admitir lo que yo ya he comprendido: que alguien lo sabe y se ha propuesto castigarnos por lo que pasó.

—No. —Niega con la cabeza—. No. No puede ser.

Dejo el paño, voy hasta la alfombra donde he colocado a Freya jugando, y me dejo caer a su lado, tapándome la cara con las manos.

—Esto lo cambia todo —dice Fatima, con tono de urgencia—. Tenemos que marcharnos, Isa. Tenemos que irnos inmediatamente.

Fuera se oyen ruidos, patas que corretean, pasos por la pasarela, y levanto la cabeza justo a tiempo de ver cómo Kate y Thea abren la puerta que da a la orilla y entran, dando pisotones para sacudirse la arena y el barro de los pies. Kate se ríe, parte de la tensión que se reflejaba en su cara estas últimas veinticuatro horas ha desaparecido, pero vuelve a ponerse alerta cuando mira a Fatima, luego a mí y después vuelve a mirarla a ella.

—¿Qué pasa? —pregunta—. ¿Va todo bien?

—Me marcho. —Fatima recoge la taza rota del suelo y deja los trozos en el escurridor, a continuación se seca las manos con un paño y se acerca a mí—. Debo volver a Londres e Isa también.

—No —dice Kate con vehemencia—. No podéis iros.

—¡Ven conmigo! —me pide Fatima, desesperada. Agita una mano señalando el molino y añade—: Aquí no estás a salvo y lo sabes. ¡Isa, cuéntale lo de la nota!

—¿Qué nota? —Ahora Thea también está alarmada—. ¿Alguien puede explicármelo?

—Kate recibió una nota —le suelta Fatima—. Decía: «¿Por qué no la tiras también al Estero?» ¡Alguien lo sabe, Kate! ¿Es Luc? ¿Se lo contaste? ¿Es eso lo que está pasando?

Kate no contesta. Niega con la cabeza y su silencio revela un dolor mudo, pero no sé muy bien a qué dice que no: ¿a la idea de contárselo a Luc, a la insinuación de que haya sido él? Ni siquiera sé si le está contestando a Fatima.

—Alguien lo sabe —repite Fatima, con una voz más aguda—. ¡Tienes que irte!

Kate vuelve a negar con la cabeza, cierra los ojos y aprieta los párpados, como si no supiera qué decir, pero cuando Fatima insiste diciendo «Kate, ¿me escuchas?», levanta la cabeza.

—No puedo irme, Fati. Ya sabes por qué.

—¿Por qué? ¿Por qué no puedes hacer las maletas y largarte?

—Porque no ha cambiado nada. Quienquiera que haya escrito esa nota no ha ido a la policía y eso significa que sólo está especulando, o que tiene más que perder que nosotras. Seguimos estando a salvo. Pero si huyo, la gente sabrá que escondo algo.

—Bueno, pues quédate si quieres. —Fatima se da la vuelta y empieza a recoger su bolso y sus gafas de sol de la mesa—. Pero yo me marcho. No hay ninguna razón para que me quede aquí.

—Sí la hay —dice Kate, endureciendo el tono de voz—. Al menos una noche. Sé razonable, Fatima. Ve a la cena de antiguas alumnas. Si no vais, será más difícil justificar vuestra presencia aquí. ¿Cómo se explica que de repente hayáis venido todas, después de tanto tiempo?

No dice cuál es la razón. No necesita decirlo, porque el titular todavía aparece en la primera plana de todos los ejemplares del periódico local.

—Joder —dice Fatima de pronto, con ímpetu y con rabia. Deja caer el bolso al suelo, va hasta la ventana y golpea suavemente con la frente la hoja de cristal ondulado—. Joder.

Cuando se da la vuelta, su expresión es acusadora.

—¿Por qué demonios nos has hecho venir, Kate? ¿Para asegurarte de que estamos todas tan implicadas como tú?

—¿Qué? —Kate da un paso atrás como si Fatima le hubiera dado una bofetada—. ¡No! Joder, Fatima, claro que no. ¿Cómo te atreves a insinuarlo siquiera?

—Entonces, ¿por qué? —le grita Fatima.

—¡Porque no se me ocurría ninguna otra forma de explicároslo! —le grita también Kate. La piel aceitunada de sus mejillas se tiñe de rojo, aunque no sabría decir si es de vergüenza o de ira. Cuando vuelve a hablar lo hace mirando a *Shadow*, como si no soportara mirarnos a nosotras—. ¿Qué alternativa tenía? ¿Enviaros un correo electrónico? Porque vosotras no sé, pero yo prefiero que eso no quede registrado en mi ordenador. ¿Llamaros por teléfono y contároslo todo, arriesgándome a que vuestros maridos oyeran la conversación? Os pedí que vinierais porque pensé que os merecíais que os lo explicara en persona, y porque me pareció que era el medio más seguro. Y sí, si he de ser sincera, también porque soy una zorra egoísta y os necesitaba.

El pecho le sube y baja muy deprisa, y tengo la impresión de que va a romper a llorar, pero no lo hace. Fatima se acerca a ella y la abraza.

—Lo siento —consigue decir—. No he debido... Lo siento mucho.

—Yo también lo siento —contesta Kate y el pañuelo de Fatima amortigua su voz—. Todo es culpa mía.

—Basta —la corta Thea. Se acerca a ellas y las rodea con los brazos—. Kate, todas somos responsables, tú no eres la única. Si no hubiéramos hecho lo que hicimos...

No termina la frase, pero no hace falta. Todas sabemos qué hicimos, todas sabemos cómo aquel verano lento y soleado se nos escurrió de entre los dedos y se llevó con él a Ambrose.

—Me quedaré a dormir —concede Fatima—, pero no quiero ir a la cena. Después de todo lo que pasó, de lo que hizo el colegio... ¿Cómo puedes pensar en volver, Kate?

—Tenemos las entradas —interviene Thea, pensativa—. ¿No bastará con eso? ¿No podemos decir que en el último momento decidimos no ir, que el coche de Fati no se ponía en marcha? Isa, ¿tú qué crees?

Las tres se vuelven hacia mí, tres caras tan diferentes físicamente y sin embargo las expresiones son idénticas: preocupación, miedo, esperanza.

—Tendríamos que ir —digo al fin—. No quiero ir, quiero quedarme aquí, disfrutando del calor y la tranquilidad del molino. Salten House es el último sitio al que quiero volver, pero Kate ya ha comprado las entradas y ha dado nuestros nombres, y ya no hay vuelta atrás. Si no vamos, quedarán cuatro sillas vacías en nuestra mesa, y cuatro tarjetas no reclamadas en la entrada. La gente sabe que estamos aquí, porque en un pueblo pequeño como éste todo se sabe. Si no vamos, se preguntarán por qué hemos cambiado de idea. O peor aún, por qué hemos venido a Salten para luego no ir a la cena. Y no podemos arriesgarnos a que la gente se haga esas preguntas.

—Pero ¿y Freya? —pregunta Fatima, y me doy cuenta de que tiene razón. Ni siquiera he pensado qué iba a hacer con ella. Todas la miramos. Mi hija, tumbada boca arriba en la alfombra, mordisquea tranquilamente un juguete de plástico de colores chillones. Al darse cuenta de que la observamos, nos mira y se ríe, y su risa alegre y cantarina hace que me den ganas de cogerla y abrazarla con todas mis fuerzas.

—¿No puedo llevármela? —pregunto, sin convicción.

Kate me mira con gesto inexpresivo y dice:

—Mierda, no se me ocurrió pensar en ella. Espera. —Coge su teléfono, y me asomo por detrás de su hombro mientras abre la página web del colegio y pulsa sobre la pestaña de «antiguas alumnas».

—Cena... Cena... Aquí. Preguntas frecuentes... Entradas para invitados... Oh, no.

Leo en voz alta:

—«Os animamos a venir a la cena acompañadas de vuestros cónyuges e hijos mayores, pero se trata de una velada formal, por lo que no os recomendamos acudir con bebés ni niños menores de diez años. A quien lo solicite le proporcionaremos una lista de canguros de Salten, así como B&B con servicio de guardería.»

—Estupendo.

—Lo siento, Isa. Pero en el pueblo hay varias chicas que podrían quedarse con Freya.

No es tan sencillo como parece, pero me callo. A Freya nunca le han gustado los biberones y, además, aunque los aceptara, no me he traído un sacaleches.

Podría echarles la culpa a los biberones, pero eso vendría a ser como mentir, porque lo cierto es que, sencillamente, no quiero separarme de ella.

—Tendré que dormirla antes de que llegue la canguro —digo de mala gana—. Es imposible que se quede dormida con ella. No se queda dormida ni con Owen, así que, con una desconocida, ni por asomo. ¿A qué hora es la cena?

—A las ocho —contesta Kate.

Mierda. No tendré mucho tiempo. A veces Freya se duerme antes de las siete y otras todavía está despierta y haciendo gorgoritos a las nueve. Pero eso no voy a poder cambiarlo.

—Dame un número —le digo a Kate—. Ya llamo yo. Prefiero hablar con la chica directamente, así me aseguro de que tiene alguna experiencia.

Kate asiente con la cabeza.

—Lo siento, Isa —repite.

—Ya verás como no pasa nada —dice Fatima, comprensiva. Me pone una mano en el hombro y me da un apretón suave—. La primera vez siempre es la más dura.

Me irrita un poco. No es que Fatima vaya de madre experta, pero no puede evitarlo, y lo peor es que sé que tiene razón: ella tiene dos hijos y mucha más experiencia que yo, ha pasado por esta situación otras veces y sabe de lo que habla. Pero Fatima no conoce a Freya y, aunque crea que se acuerda del nerviosismo que sintió la primera vez que dejó a su hijo con un desconocido, en realidad no lo recuerda, ni tampoco la angustia visceral que siento en este momento.

He dejado a Freya con Owen varias veces, pero nunca con alguien a quien no conozco de nada.

¿Y si pasa algo?

—Dame los números —le digo otra vez a Kate, ignorando a Fatima y quitándome su mano del hombro.

Cojo en brazos a Freya y subimos a la habitación. Aprieto con fuerza el puño en el que llevo la lista de números e intento que no se me salten las lágrimas.

Es tarde. Conforme el sol va hundiéndose en el horizonte, se alargan las sombras que caen sobre el Estero. Freya cabecea en mis brazos, con una mano alrededor de la frágil cadena de plata *tourbillon*, que ya casi nunca me pongo por temor a que la niña tire de ella y me rompa el cierre.

Oigo hablar a mis amigas, que están abajo. Hace ya mucho que están listas. Mientras tanto, yo intento dormir sin éxito a Freya. La niña, que se ha contagiado de mi nerviosismo, arruga la cara disgustada por el olor del perfume que me he puesto detrás de las orejas y al que no está acostumbrada, y golpea con sus manitas la resbaladiza seda negra del vestido de tubo y demasiado ceñido que me ha prestado Kate. Todo está en mi contra: a Freya le resulta extraña la habitación, la cuna, la luz que entra, sesgada, a través de las cortinas demasiado finas.

Cada vez que la dejo en la cuna, da un respingo, se sacude y se agarra a mí, y sus berridos furiosos se elevan como una sirena por encima del murmullo del río y de las voces amortiguadas que llegan de abajo.

Pero esta vez... Esta vez parece que se ha dormido de verdad; tiene la boca abierta sobre mi hombro y le sale un poquito de leche por una comisura.

Le limpio los labios con la muselina antes de que me manche el vestido prestado y entonces me levanto con sigilo y voy despacito hacia el rincón donde está la cuna.

Me inclino un poco y luego otro poco y un poco más; me duele la espalda, pero por fin consigo dejarla sobre el colchón y le pongo una mano abierta sobre el pecho para paliar la transición de mi presencia a mi ausencia.

Me enderezo conteniendo la respiración.

—¡Isa! —me llaman desde abajo, sin subir mucho la voz, y yo aprieto los dientes y pienso «¡Calla!».

Pero Freya sigue durmiendo, así que me dirijo al pasillo de puntillas, haciendo el menor ruido posible, y bajo la desvencijada escalera con un dedo sobre los labios. Mis amigas están a punto de ponerse a aplaudir, flojito, pero al verme la cara se contienen.

Están las tres apiñadas al pie de la escalera. Fatima lleva un *shalwar kameez* precioso, de seda de color rubí con pedrería; lo ha encontrado esta tarde, no sé cómo, en una tienda de ropa de vestir de Hampton's Lee. Thea se ha negado a rendirse a los dictados de la invitación, que especifica que la cena es de etiqueta, y lleva sus vaqueros pitillo de siempre y una camiseta de tirantes finos, de color dorado por la parte de abajo, pero que a medida que sube va oscureciéndose hasta el negro, y me recuerda tanto a cómo llevaba el pelo cuando íbamos al colegio, con aquel teñido degradado, que se me corta la respiración. Kate se ha puesto un vestido pañuelo suelto, de color rosa, que lo mismo podría haberle costado unos peniques como varios cientos de libras, y lleva el pelo suelto sobre los hombros y todavía mojado de la ducha.

Cuando llego abajo tengo un nudo en la garganta y ni siquiera sé por qué. Quizá sea porque de pronto soy consciente de lo mucho que las quiero, y eso me enternece, o porque me doy cuenta de que en un abrir y cerrar de ojos se han convertido en mujeres. Quizá sea porque la imagen de aquellas niñas que guardo en la memoria se superpone en sus caras bajo la luz de la tarde: unas caras refinadas, un tanto recelosas, con cierto cansancio en los ojos, aunque más bellas de como recuerdo que eran entonces. Y sin embargo, al mismo tiempo tienen el rostro limpio y esperanzado, como aves que se han posado y están a punto de echar a volar hacia un futuro incierto.

Pienso en Luc, en su ataque de ira en Correos, en sus amenazas veladas, y de pronto siento una furia intensa; no soportaría que les hicieran daño, a ninguna de ellas.

—¿Preparada? —pregunta Kate con una sonrisa, pero todavía no he dicho que sí cuando oigo toser a alguien en un rincón, y cuando me doy la vuelta veo a Liz, la chica del pueblo que ha venido a cuidar a Freya, de pie junto a la alacena.

Es espantosamente joven: eso ha sido lo primero que he pensado cuando ha llegado, después de llamar a la puerta flojito con los nudillos. Por teléfono me ha dicho que tenía dieciséis años, pero ahora que la veo no sé si creérmelo. Tiene el pelo castaño claro y un rostro redondo e inexpresivo, de difícil interpretación, pero en el que se adivina cierta ansiedad.

—Tenemos que irnos —dice Thea mirando su teléfono.

—Espera —contesto, y empiezo repetirle a Liz el discurso que ya le he dado dos veces: la taza de leche que me he sacado como he podido y he dejado en la nevera, el chupete que Freya no quiere ni ver, pero que yo espero que acabe aceptando, dónde están los pañales, qué hacer si no se calma.

—Ya tienes mi número de teléfono —le digo por enésima vez, mientras Fatima pasa el peso de su cuerpo de un pie a otro y Thea suspira—. ¿Vale?

—Vale. —Liz da una palmadita en la alacena, donde he dejado su dinero.

—Y la leche de la nevera... No sé si se la tomará, no está nada acostumbrada a los vasitos para bebé, pero si se despierta, vale la pena intentarlo.

—No se preocupe. —Tiene unos ojos pequeños y azules que transmiten candidez—. Mi madre siempre dice que soy la que mejor entiende a mi hermano pequeño. Me quedo con él muy a menudo.

La verdad es que eso no me tranquiliza mucho, pero no se lo digo.

—Vamos, Isa —me apremia Thea. Tiene una mano en el picaporte—. Hemos de irnos.

—De acuerdo. —Voy hacia la puerta y siento que esto es un error y me retuerce las entrañas, pero ¿qué puedo hacer? Separarme de mi hija me asfixia como si tiraran de una soga que me aprieta cada vez más el cuello—. Intentaré escabullirme cuanto antes, pero tú llámame, ¿vale? —le digo a Liz, y la chica asiente. Empiezo a alejarme de ella, y de Freya, y cada paso que doy va haciendo más grande el vacío que siento en el pecho.

Al cabo de un momento estoy al otro lado de la pasarela desvencijada de madera, de espaldas a los últimos rayos del sol de la tarde, y el vacío se aligera un poco.

—Bueno, supongo que tendré que conducir, ¿no? —dice Fatima, sacando las llaves del coche.

Kate mira la hora en su reloj.

—No sé qué decirte. Por carretera son dieciséis kilómetros y a esta hora es muy probable que nos encontremos algún tractor. En esta época del año trabajan hasta tarde en los campos y sólo pueden utilizar una ruta. Si encontramos uno, podríamos quedarnos detrás de él durante horas.

—Entonces ¿qué hacemos? —pregunta Fatima, tan horrorizada que casi resulta cómica—. ¿Estás proponiendo que vayamos a pie?

—Seguramente llegaríamos antes. Si atajamos por la marisma, sólo son tres kilómetros.

—Pero ¡si llevo zapatos de fiesta!

—Pues ponte las Birkenstock. —Kate señala las sandalias que Fatima ha dejado fuera, junto a la puerta—. Pero el camino no estará mal. Lleva días sin llover, el suelo está seco.

—Venga, será como en los viejos tiempos —dice Thea, para mi sorpresa—. Además, no será fácil aparcar en el colegio. Seguramente nos bloquearán el coche y no podremos sacarlo hasta que se vayan todos.

Ese detalle es el que inclina la balanza. Es evidente que a Fatima le hace tan poca gracia como a las demás quedarse atrapada en el colegio. Pone los ojos en blanco, pero se quita los zapatos y se calza las Birkenstock. Yo me quito los zapatos de tacón y me pongo las sandalias que he llevado para ir al pueblo, a pesar de que me hacen daño, porque vuelven a rozarme en la parte del talón que ya tengo dolorida. Kate lleva unos mocasines planos mucho más adecuados, igual que Thea, que no necesita tacones.

Echo un último vistazo a la ventana del cuarto donde duerme Freya y noto un doloroso aguijonazo. Y entonces miro hacia el sur, hacia el lado de la orilla donde comienza el sendero que lleva hasta la costa, e inspiro hondo.

Nos ponemos en marcha.

Como en los viejos tiempos: eso es lo que pienso cuando enfilamos el sendero que solíamos tomar para regresar a Salten House.

Hace una tarde preciosa, en el cielo hay jirones de nube en los que se refleja la luz del sol poniente y los tiñe de color rosa, y la arena devuelve a nuestros pies el calor acumulado durante el día.

Pero sólo hemos recorrido medio tramo del camino paralelo a la orilla cuando Kate se para en seco y dice:

—Vamos a acortar por aquí.

Al principio ni siquiera veo por dónde quiere pasar, pero luego sí: hay un hueco en una mata enmarañada y espinosa, y una valla con escalones algo destartalada, apenas visible entre ortigas y zarzas.

—¿Cómo? —Thea ríe un poco—. Lo dices en broma, ¿no?

—Bueno... —contesta Kate un poco turbada—. He pensado... que sería más rápido.

—No lo sería —dice Fatima, y a pesar de que lleva esas gafas de sol enormes, veo que está desconcertada—. Sabes perfectamente que no. Daríamos más vuelta y, además, yo no puedo pasar por ahí, me haría trizas el vestido. ¿Por qué no podemos salvar la valla por esos escalones que hay un poco más allá? Los que siempre utilizábamos para volver al colegio.

Kate respira hondo y al principio me parece que va a insistir, pero entonces se da la vuelta y echa a andar muy ofendida por el camino.

—Magnífico —masculla, pero tan bajo que no estoy segura de haberla entendido.

—Qué raro, ¿no? —le susurro a Fatima.

—Sí. No entiendo qué pasa. Lo que he dicho tiene sentido, ¿no? —Se señala el vestido, de seda fina y delicada, con pedrería que sin duda se le habría enganchado en las zarzas—. En serio, ¿tú crees que habría podido pasar entre esos espinos con esto?

—Claro que no —le contesto y apretamos el paso para alcanzar a Kate—. No entiendo qué pretendía.

Pero sí lo sé. Caigo en la cuenta nada más llegar al sitio donde solíamos torcer, y no puedo creer que se me hubiese olvidado. Y también entiendo por qué Kate se ha llevado a Thea hacia el norte por la orilla del Estero esta tarde, en vez de ir hacia el sur, hacia el mar.

Porque nuestra antigua ruta tuerce a la derecha y, tras salvar la valla, se adentra en la marisma antes de continuar hacia el mar;

y a lo lejos, casi oculta al abrigo de una duna, distingo una forma blanca y la cinta azul y blanca de un cordón policial.

Es una tienda de campaña. Una de esas tiendas que levantan para proteger un lugar en el que se están tomando muestras forenses.

Me quedo lívida y hasta noto una ligera sensación de mareo. ¿Cómo hemos podido ser tan tontas?

Thea y Fatima se dan cuenta al mismo tiempo que yo. Lo sé porque les cambia la cara y las tres nos miramos, afligidas detrás de Kate, que camina delante de nosotras hacia los escalones, sin dejarse distraer por la belleza agreste de la orilla ni por el mar centelleante que se extiende hacia la lejanía, hasta donde alcanza la vista, ni por una sencilla tienda de campaña que está plantada ahí en medio y que lo ha cambiado todo.

—Lo siento —digo cuando Kate pasa una pierna por encima de la valla; el viento agita la seda con estampado de rosas de su vestido—. Kate, no hemos pensado que...

—No pasa nada —dice ella, pero su voz suena tensa y brusca. Claro que pasa. ¿Cómo se nos ha podido olvidar? Lo sabíamos perfectamente. De hecho, es por lo que estamos aquí.

—Kate... —dice Fatima, suplicante, pero Kate ya ha pasado al otro lado y sigue andando a grandes zancadas, sin volver la cabeza para que no le veamos la cara, de modo que no nos queda más remedio que mirarnos unas a otras, sintiéndonos tristes y culpables, y acelerar el paso para alcanzarla.

—Lo siento, Kate —insisto, agarrándola de un brazo, pero ella se suelta.

—Olvídate de todo esto —me dice, y es como un puñetazo en el estómago, una acusación que no puedo rebatir. Porque yo ya lo había olvidado.

—Detente —interviene Thea.

Su voz tiene una nota de autoridad que llevaba años sin oír. Empleaba ese tono con toda naturalidad: un tono tajante que te instaba a escuchar, aunque después no obedecieras. «Para. Bebe esto. Dame lo otro. Ven aquí.»

Al cabo de un tiempo, no recuerdo cuándo, dejó de hacerlo: dejó de dar órdenes a diestro y siniestro, asustada de su propia autoridad. Pero ahora vuelve a hacerlo sólo un momento y Kate se da la vuelta, se detiene en medio del prado que las ovejas tienen casi pelado y nos mira con resignación.

—¿Qué?

—Mira, Kate... —Ya no emplea el mismo tono: la voz de Thea es ahora conciliadora, vacilante, refleja todo lo que sentimos las demás, ahí plantadas, sin saber qué decir ni cómo hacer más llevadero lo insoportable, cuando sabemos que eso es imposible—. Kate, nosotras no...

—Lo sentimos mucho —dice Fatima—. Deberíamos habernos dado cuenta. Pero no reacciones así. Estamos aquí por ti, lo sabes, ¿no?

—¿Y debería ser más agradecida? —Kate tuerce el gesto e intenta sonreír—. Lo sé, yo...

Pero Fatima la interrumpe.

—No. No estoy diciendo eso. Joder, Kate, ¿a qué viene eso de la gratitud? —Escupe esa palabra como si fuera un taco—. ¿Gratitud? No me insultes. Nosotras estamos por encima de eso, ¿o no? Al menos lo estábamos. Lo único que quería decir es que crees que estás sola, crees que eres la única que se preocupa, pero te equivocas. Y esto, nosotras —hace un gesto con un brazo abarcando a nuestro pequeño grupo, cuya sombra negra y alargada se derrama por la marisma bajo el sol del atardecer—, debería servirte como prueba. Te queremos, Kate. Míranos. Isa ha venido hasta aquí con un bebé, Thea ha dejado su puesto de trabajo sin dudarlo, y yo, a Ali, a Nadia, a Sam, a todos, por ti. Imagínate lo que significas para mí, para todas nosotras. Y eso demuestra que nunca vamos a dejarte en la estacada. ¿Me explico?

Kate cierra los ojos y al principio creo que está a punto de echarse a llorar, o de recriminarnos algo, pero no, estira los brazos a ciegas, nos busca las manos y tira de nosotras hacia ella; sus dedos fuertes y manchados de pintura me aprietan la muñeca, como si nos necesitara para mantenerse a flote.

—Sois... —dice, y se le quiebra la voz. Entonces nos abrazamos las cuatro, unidas como cuatro árboles que los vientos costeros han retorcido hasta formar un único ser vivo, los brazos enredados, las frentes apretadas, calor contra calor, y puedo sentir a las otras, sus pasados tan entretejidos con el mío que no hay forma de separarnos, a ninguna de nosotras.

—Os quiero —dice Kate con voz ronca, y yo también lo digo, o creo que lo hago, el coro de voces entrecortadas debe de incluir la mía, pero no estoy segura, no sé muy bien dónde termino yo y dónde empiezan las demás.

—Estamos juntas en esto —dice Fatima con firmeza—. ¿Entendido? Consiguieron separarnos una vez, pero eso no volverá a pasar.

Kate asiente y se endereza, y se enjuga las lágrimas para evitar que se le corra el rímel.

—Vale.

—¿Estamos de acuerdo pues? ¿Frente unido?

—Frente unido —contesta Thea con gravedad, y yo asiento.

—Unidas venceremos —añado, y lo lamento al instante, porque la segunda parte del dicho, «divididas, caeremos», queda suspendida en el aire como un eco silencioso.

«¿Os acordáis...?»

Ésa es la cantinela que se oye una y otra vez en nuestra conversación mientras recorremos el último kilómetro por la marisma.

¿Os acordáis de la vez que a Thea la pillaron con vodka en la bolsa de deporte cuando fuimos a jugar un partido de hockey contra el Roedean?

¿Os acordáis de cuando Fatima le dijo a la señorita Rourke que, en urdu, *queledén* significaba «bolígrafo»?

¿Os acordáis de cuando nos escapamos para ir a bañarnos por la noche y Kate quedó atrapada en una corriente de resaca y estuvo a punto de ahogarse?

¿Os acordáis...? ¿Os acordáis...? ¿Os acordáis...?

Creía que me acordaba de todo, pero ahora, cuando los recuerdos me arrastran como una crecida, me doy cuenta de que no, o no tan bien como pensaba. No así: tan vívidamente que vuelvo a oler el agua de mar, vuelvo a ver las extremidades temblorosas de Kate, blancas bajo la luz de la luna, cuando subíamos con ella, tambaleándonos, por la playa. Me acordaba, pero no recordaba los detalles, los colores, el tacto de la hierba del campo de hockey bajo mis pies, la brisa marina en la cara.

Y cuando cruzamos el último campo, saltamos la última valla y Salten House aparece ante nosotras, me asalta todo eso de golpe. Hemos vuelto. Hemos vuelto y es real. Resulta inquietante y noto que se me encoge el estómago. Las demás callan y sé que ellas deben de estar rememorando, igual que yo, otros recuerdos, todo eso que hemos intentado olvidar. Me acuerdo de la cara de Mark Wren el día que un grupo de alumnas de quinto se lo encontró en la carretera de la costa, la mancha roja que le fue subiendo por el cuello y se le extendió por la cara cuando empezaron las risitas y los susurros, y cómo bajó la cabeza y le lanzó a Thea una mirada de auténtica desdicha. Recuerdo la cara de susto de una alumna de primero al alejarse de mí y de Fatima por el pasillo, y comprendí que debía de haber oído rumores sobre nosotras, sobre nuestras lenguas afiladas, sobre nuestras habilidades para el engaño. Y la expresión del rostro de la señorita Weatherby el último día...

De repente me alegro de que Salten House haya cambiado, no como el pueblo, que parece inalterable. A diferencia del molino de marea, que con los años no ha hecho sino envejecer y deteriorarse aún más, ahora el colegio desprende una elegancia que está ausente en mis recuerdos. En mis tiempos, por mucho que el colegio intentara causar otra impresión, no era un centro de primer nivel. Como Kate dijo en una ocasión, en muchos aspectos era una «última oportunidad»: la clase de sitio donde siempre había una plaza para una alumna que se matriculaba en el último momento, porque en su casa había problemas, y donde no hacían preguntas cuando aceptaban a una chica a la que habían echado de tres colegios seguidos.

Recuerdo que cuando llegué, la primera vez que lo vi, la fachada estaba desconchada y con manchas de salitre, y el césped de los jardines amarilleaba tras un verano caluroso. El camino de grava había sido colonizado por las malas hierbas y entre los Bentleys y los Daimlers había también muchos Fiats, muchos Citroëns y muchos Volvos abollados.

Ahora, en cambio, se respira... dinero. No hay una forma mejor de describirlo.

La silueta del alto edificio que proyecta su sombra alargada por los campos de crocket y las pistas de tenis es la misma, pero han sustituido aquella pintura blanca y barata de la fachada por otra más cara, de color crema, que difumina sutilmente las aristas, un efecto realzado por las flores de las jardineras que adornan las ventanas y por las enredaderas que han plantado en las esquinas del edificio y que ya empiezan a trepar por él.

Los prados están más verdes y exuberantes, y mientras caminamos por ellos suena un «clic» casi inaudible y unos pitorros diminutos salen de debajo de la hierba y empiezan a rociarla con una fina neblina, un lujo inimaginable hace unos años, cuando estudiábamos en el colegio. Han construido edificios anexos y pasarelas cubiertas, de modo que las chicas no tengan que correr de una clase a otra bajo la lluvia intensa. Además, cuando pasamos por delante de las pistas de tenis, veo que las han modernizado y que ya no son de aquel cemento con el que nos pelábamos las rodillas, sino de un material sintético verde y menos duro.

Lo que no han cambiado son las cuatro torres, que siguen montando guardia, una en cada esquina del edificio principal; y la maraña negra de escaleras de incendios que continúa rodeándolas como si fuera hiedra industrial.

Me pregunto si las ventanas de la torre todavía se abren lo suficiente como para que pase por ellas una chica delgadita de quince años, y si las alumnas se escapan por ellas, como hacíamos entonces. Aunque, no sé por qué, lo dudo.

Son las vacaciones de mediados de trimestre y reina un silencio extraño, pero no total. Cuando atravesamos las pistas de deporte, vemos subir coches por el camino y oímos voces débiles que provienen de la entrada del edificio.

Aguzo el oído un momento y pienso «¡padres!», con una sensación de peligro parecida a la de un conejo que pensara «¡halcones!». Pero entonces caigo: no son padres, sino chicas como nosotras. Antiguas alumnas.

Pero no, no son como nosotras. Porque, de alguna manera, siempre hubo cierta distancia entre ellas y nosotras. Eso es lo malo de tener una «camarilla», como la llamó Mary Wren. Es lo que pasa cuando te defines mediante muros: los de dentro, los de fuera. Los que están al otro lado del muro no sólo son «ellos», sino que se convierten en «los otros». Los de fuera. La oposición. El enemigo.

Eso era algo que, al principio, los primeros días en Salten House, yo no entendía. Estaba tan contenta de haber hecho amigas, tan feliz de haber encontrado mi sitio, que no entendía que cada vez que me alineaba con Kate, Thea y Fatima estaba situándome contra las otras. Y las otras no tardarían en ponerse contra mí.

Al fin y al cabo, un muro no sólo sirve para dejar fuera a otros. También puede atraparte dentro.

—Oh. Dios. Mío. —La voz flota en el aire nocturno y nos damos la vuelta de golpe, las cuatro a la vez, buscando el origen del sonido.

Una mujer viene hacia nosotras, caminando un poco insegura con sus zapatos de tacón y haciendo crujir la grava.

—¿Thea? ¿Thea West? Y... Dios mío, entonces tú debes de ser Isa Wilde, ¿no?

Me quedo en blanco durante un momento, no atino a ponerle nombre a esa cara, y de pronto me acuerdo. Jess Hamilton. La capitana del equipo de hockey en quinto y aspirante a delegada en sexto. ¿Lo consiguió?, me pregunto. Sin embargo, ni siquiera puedo abrir la boca para decir «hola», porque ella sigue hablando.

—¡Fatima! ¡Casi no te reconozco con ese pañuelo! ¡Y Kate también! ¡No me lo puedo creer!

—Bueno... —Thea arquea una ceja y nos señala con un ademán un tanto despectivo—. Aunque parezca mentira, aquí estamos. ¿Tan improbable parecía que pudiéramos llegar tan lejos en la vida? Ya sé que tenía un póster con la frase «Vive deprisa, muere joven» colgado en el dormitorio, pero tampoco era para que os lo tomarais al pie de la letra.

—¡No! —Jess suelta una estridente carcajada y le da un empujoncito a Thea en el hombro—. No es eso, ya lo sabes. Pero es que... —Titubea un instante y todas sabemos qué está pensando, aunque se recompone y continúa—: Es que... Bueno, es que nunca habíais venido a ninguna de estas reuniones, ninguna de vosotras, ni siquiera Kate, y eso que vive a cinco minutos de aquí. ¡Ya no teníamos ninguna esperanza!

—Es bonito saber que se nos ha echado de menos —dice Thea con retintín.

Se produce un silencio un poco incómodo y entonces Kate echa a andar.

—¡Vaya! —dice Jess, uniéndose a nosotras mientras nos dirigimos hacia la entrada principal—. ¿Y a qué os dedicáis? Kate ya lo sé, claro. Lo raro sería que no fuera pintora. ¿Y tú, Isa? A ver si lo adivino... ¿Algo relacionado con la educación?

—No. —Esbozo una sonrisa forzada—. Trabajo para la Administración. A menos que cuente un cursillo intensivo de Derecho que les di a unos ministros. ¿Y tú?

—¡Uy, yo tengo mucha suerte! A Alex, mi marido, le fueron muy bien las cosas con la burbuja puntocom, entró y salió en el momento justo. Así que ahora somos padres a jornada completa de Alexa y Joe.

Thea arquea tanto las cejas que casi le desaparecen debajo del flequillo.

—¿Tienes hijos? —me pregunta Jess, pero no le contesto, porque tardo en darme cuenta de que la pregunta va dirigida a mí; entonces me apresuro a responder:

—Ah, sí. Una niña, Freya. Tiene casi seis meses.

—¿La has dejado en casa con la niñera?

—No. —Fuerzo otra sonrisa—. De hecho, no tenemos niñera. Está en casa de Kate, con una canguro.

—¿Y tú, Fatima? —continúa Jess—. La verdad es que no sabía que te habías hecho... —le señala el pañuelo de la cabeza—... ya sabes, musulmana. —Esa última palabra la pronuncia como quien no quiere decir algo que considera tabú.

La sonrisa de Fatima es aún más escueta que la mía, pero no se deja intimidar.

—Siempre he sido musulmana —replica en tono moderado—. Lo que pasa es que cuando iba al colegio no era tan practicante como ahora.

—Ya. Y... ¿qué fue lo que... te hizo cambiar?

Fatima se encoge de hombros.

—Los hijos. El tiempo. Ser adulta. ¿Quién sabe? —Se nota que no le apetece hablar de eso, o por lo menos no con Jess, o no ahora.

—Entonces ¿estás casada? —pregunta Jess.

—Sí. Él también es médico. Ya lo sé, ¡qué típico! Tengo dos hijos adorables, un niño y una niña. Ahora están en casa con Ali. ¿Y los tuyos?

—Yo también tengo un niño y una niña. Alexa tiene casi cinco años, ¡es increíble lo rápido que pasa el tiempo! Joe tiene dos. Están los dos en casa con la *au pair*. Alex y yo nos hemos tomado un par de noches de más para alargar el fin de semana. Hay que reservar un poco de tiempo para la pareja, ¿verdad?

Fatima y yo nos miramos con disimulo. No sé muy bien qué contestar a eso —Owen y yo no hemos tenido ni un minuto de «tiempo para la pareja» desde que nació Freya—, pero nos salva una mujer alta y rubia que aparece en el camino. Se lleva una mano al pecho, finge un vahído y entonces dice:

—¿Jess Hamilton? ¡No! ¡Imposible, eres demasiado joven para ser ella!

—La misma—responde Jess haciendo una pequeña reverencia, y entonces nos señala a nosotras cuatro y añade—: Y seguro que te acuerdas de...

Se hace un silencio repentino, y veo que la mujer reconoce poco a poco nuestras caras, recuerda nuestros nombres. Muda la expresión y la sonrisa de cortesía se borra de sus labios. Claro que se acuerda. Se acuerda perfectamente.

—Por supuesto —dice, y detecto en su voz una especie de reserva, de frialdad, que hace que se me encoja el corazón. Entonces entrelaza un brazo con el de Jess y nos da la espalda—. Jess, querida, tienes que conocer a mi marido —dice con complicidad.

Y así, sin más, se la lleva y volvemos a quedarnos las cuatro. Solas. Juntas.

Pero eso no dura mucho. Cuando doblamos un recodo del camino, vemos que la puerta de doble hoja está abierta, y la luz de dentro ilumina la noche. No para de entrar gente.

Alguien me toca la mano y cuando miro veo que es Kate; entrelaza sus dedos con los míos en busca de apoyo y me aprieta tan fuerte que me hace daño.

—¿Estás bien? —le pregunto en voz baja.

Ella asiente con la cabeza una sola vez, con cierta brusquedad, y no sé si intenta convencerme a mí o convencerse a sí misma.

—¿Armaduras preparadas? —Thea señala los zapatos que llevo en la mano que tengo libre y me doy cuenta de que todavía no me he quitado las sandalias, que están cubiertas de polvo. Me cambio el calzado, sujetándome en el hombro de Kate para no caerme, y me pongo los zapatos de tacón. Fatima hace lo mismo apoyándose en el brazo de Thea. El viento agita el vestido de Kate, que parece una bandera. Una señal de socorro, pienso de pronto; la imagen aparece en mi mente sin querer, y la ahuyento.

Nos miramos, y en los ojos de las otras vemos los mismos sentimientos que albergamos: inquietud, nerviosismo, temor.

—¿Listas? —pregunta Kate, y todas asentimos.

Subimos los escalones y entramos en el colegio que nos expulsó y nos causó tanto daño, hace tanto tiempo.

Dios mío. No llevamos ni una hora aquí y ya no sé si voy a poder aguantar más.

Estoy sentada en el váter, con la cabeza entre las manos, intentando serenarme. He bebido bastante, de los nervios, y he dejado que los camareros que pasaban me llenaran la copa una y otra vez, sin contarlas. Todo esto parece un sueño, uno de esos en los que vuelves al colegio pero todo es sutilmente diferente, con más tecnicolor, todo ha dado un salto cualitativo. El muro de rostros y voces que nos hemos encontrado nada más entrar en el vestíbulo era de pesadilla, una mezcla de completos desconocidos y caras que recordábamos vagamente y que han cambiado por la edad, con las facciones más afiladas una vez desaparecida la grasa infantil, o al contrario, más rellenas y planas, con la piel más fofa y en cierto modo descolgada, como si llevaran una máscara de látex que se les hubiera resbalado un poco.

Y lo peor es que todo el mundo nos conoce, incluidas las chicas que llegaron al colegio cuando ya nos habíamos ido. Eso no lo había previsto. Nos marchamos sin hacer ruido, antes de comenzar el nuevo trimestre, sin que se enterara nadie, con discreción. Fue una de las cosas que la directora le dijo a mi padre entonces: «Si Isa se marcha de forma voluntaria, no tiene por qué enterarse nadie.»

Pero no me acordaba de la caja de resonancia que dejábamos atrás. El vacío que dejó nuestra ausencia debió de llenarse de rumores y especulaciones, hasta que se construyó un edificio de mentiras y medias verdades, alimentado por los escasos datos sobre la desaparición de Ambrose. Y ahora... Hay bastantes ex alumnas que viven por aquí y que habrán visto el *Salten Observer*. Habrán leído los titulares. Y no son idiotas: habrán atado cabos. Lo peor son las miradas, la avidez de esas miradas. La gente se muestra muy simpática cuando hablan con nosotras, aunque las conversaciones son un poco forzadas, y detrás de sus sonrisas percibo cierta cautela, aunque quizá sean imaginaciones mías. Sin embargo, en cuanto nos damos la vuelta oigo que susurran a nuestras espaldas: «¿Es verdad? ¿No las habían expulsado? ¿Sabías que...?»

Los recuerdos que me asaltan ya no son tímidos golpecitos en el hombro; ya no son un «¿Te acuerdas?», sino auténticas bofetadas. Me siguen hostigando aunque me aparte de la multitud. Recuerdo estar sentada en ese mismo banco una noche, llorando porque una inofensiva alumna de primero nos había visto llegar a Fatima y a mí de casa de Kate. Reaccioné de forma exagerada y amenacé a la niña, le dije que si le contaba a alguien lo que había visto me encargaría de que le hicieran el vacío durante el resto de su estancia en Salten. Le aseguré que podía hacerlo. Podía convertir su vida en un infierno.

Era mentira, por supuesto. Las dos cosas. No habría podido aislarla de esa forma aunque hubiera querido. A esas alturas éramos nosotras las que ya estábamos demasiado aisladas. Cuando entrábamos en la cantina y buscábamos un sitio, todos los asientos estaban misteriosamente reservados. Si alguna de nosotras proponía determinada película en la sala común una noche, por alguna razón, la votación nunca avalaba nuestra propuesta. Además, yo habría sido incapaz de hacer eso. Sólo quería asustarla un poco, asegurarme de que no nos delataría.

No sé qué hizo ni qué dijo aquella niña, pero la señorita Weatherby me llamó a su despacho aquella misma noche y me dio una larga charla sobre el espíritu comunitario y mis obligaciones para con las alumnas más jóvenes.

—Estoy empezando a dudar —me dijo con un tono de voz que denotaba una profunda decepción— de que tengas madera para ser una chica Salten, Isa. Ya sé que la situación en tu casa es difícil, pero eso no es excusa para que maltrates a otras alumnas, y todavía menos a las que son más jóvenes que tú. No me obligues a hablar con tu padre, por favor, porque estoy segura de que ahora mismo él ya tiene bastantes problemas.

Se me hizo un nudo en la garganta, un nudo formado por una mezcla de vergüenza y rabia. Sentía rabia hacia la señorita Weatherby, sí, pero sobre todo hacia mí misma, por lo que había hecho, por la persona en que me había convertido. Recordé la primera noche en el colegio, cuando Thea nos explicó cómo había empezado el juego de las mentiras. «No escogeré a las nuevas, las que no pueden defenderse —dijo—. Se lo haré a las que sí pintan algo: a las profesoras, las alumnas más populares. A las que se creen que están por encima de todo.»

¿Qué hacía yo amenazando a niñas de once años? ¿En qué me había convertido?

Pensé qué diría mi padre si la señorita Weatherby lo llamaba; seguramente lo pillaría yendo o viniendo del hospital. Me imaginé su rostro demacrado por la preocupación, sus facciones tensas, dibujándole nuevas arrugas de decepción.

—Lo siento —dije, haciendo un esfuerzo. No porque no quisiera decir esas palabras, sino por la opresión que notaba en la garganta—. Lo siento mucho, de verdad. Me he equivocado. Le pido disculpas. Y le prometo que me esforzaré.

—Hazlo —respondió la señorita Weatherby. Había cierta inquietud en su mirada—. Y... ya sé que no es la primera vez que te digo esto, Isa, pero, por favor, procura relacionarte con más compañeras. Las amistades íntimas están muy bien y pueden ser muy útiles, pero también pueden alejarnos de otras oportunidades. A la larga, pueden resultar malsanas.

—¿Isa? —Llaman con los nudillos en la puerta del cubículo, no muy fuerte pero con decisión, y levanto la cabeza de golpe—. ¿Estás ahí, Isa?

Me levanto, tiro de la cadena y salgo de la seguridad del retrete. Voy a lavarme las manos en uno de los lavabos. Thea está de pie junto al secamanos, con los brazos cruzados.

—Estábamos preocupadas —dice con voz monótona.

Hago una mueca. ¿Cuánto rato llevaba aquí dentro? ¿Diez minutos? ¿Veinte?

—Lo siento, es que... No sé. Todo esto es demasiado.

Me lavo las manos con agua fría y la dejo correr por mis muñecas, conteniendo el impulso de echármela en la cara.

—Mira, te entiendo —dice Thea. Está muy delgada, y bajo la luz poco favorecedora de los lavabos del colegio parece un poco demacrada.

También han renovado estos aseos para las visitas y ahora hay toallas suaves y crema de manos perfumada, aunque la luz es la misma de siempre, fluorescente e intensa.

—Yo también estoy deseando largarme de aquí —continúa Thea—. Pero no puedes pasarte toda la noche escondida; están a punto de sentarse a las mesas, te echarían de menos. Relájate: cenamos y nos vamos.

—Vale —contesto.

Pero no consigo moverme. Tengo las manos apoyadas en el lavamanos y rozo la porcelana con las uñas. «Mierda», pienso. Me imagino a Freya en casa de Kate, me pregunto si estará bien y casi me puede el impulso de escabullirme y volver corriendo junto a mi niña suave, tibia y que huele a hogar.

—¿Cómo demonios pudo pensar Kate que esto sería una buena idea?

—Isa... —Thea mira hacia atrás, hacia los cubículos vacíos, y baja la voz—. Ya lo discutimos. Fuiste una de las que votaron que debíamos venir.

Asiento con la cabeza, compungida. Tiene razón. Y el caso es que entiendo la reacción de Kate, su pánico, que buscara desesperadamente algo para explicar que todas sus amigas fueran a visitarla después de tantos años, justo el fin de semana en que había aparecido un cadáver en el Estero. El reencuentro de ex alumnas debió de parecerle una casualidad caída del cielo. Pero cuánto desearía que no lo hubiera hecho.

«Mierda», pienso otra vez, y siento que otros tacos burbujean en mi interior, un veneno que no puedo contener. De pronto, me imagino que estoy sentada a la mesa con mantel blanco y que suelto: «¡Cerrad la puta boca, zorras entrometidas! No sabéis nada. ¡Nada!»

Respiro hondo e intento serenarme.

—¿Estás bien? —me pregunta Thea, esta vez con más dulzura.

—Sí, estoy bien. Puedo hacerlo. —Entonces me corrijo—: Podemos hacerlo, ¿no? Bueno, yo qué sé, pero si Kate puede, yo también. ¿Ella cómo lo lleva?

—Más o menos —contesta Thea.

Abre la puerta y me la sostiene. Salgo al vestíbulo, un espacio donde los sonidos reverberan, donde sólo quedan algunas profesoras que van arriba y abajo; el plano de las mesas está en un gran caballete, en un extremo.

—¡Daos prisa! —dice una de las profesoras al vernos. Es joven, demasiado joven para haber coincidido con nosotras en el colegio—. Ya se están sentando, van a empezar los discursos. ¿En qué mesa estáis?

—En la Pankhurst, o eso me ha dicho la profesora que estaba aquí antes —contesta Thea, y la mujer consulta la lista, deslizando el dedo por los nombres—. Thea West —añade Thea.

—Ah, sí, aquí estás. Y tú eres... —Me mira—. Lo siento, seguramente os habréis dado cuenta de que llevo poco tiempo aquí. No conozco a las antiguas alumnas, para mí todas las caras son nuevas.

—Isa Wilde —digo en voz baja, y siento alivio al ver que, cuando vuelve a consultar la lista, su cara no revela conmoción ni reconocimiento, sino sólo concentración en la tarea de revisar los nombres asignados a cada mesa.

—Ah, sí, también estás en la Pankhurst con algunas alumnas más de vuestro curso, supongo. Es una mesa de diez al fondo de la sala, junto al pasaplatos de la cantina. La mejor forma de llegar es por esta puerta y dar la vuelta pasando por debajo de la galería.

«Ya lo sé», pienso. Me conozco esto como la palma de la mano. Pero Thea y yo no le decimos nada y seguimos sus indicaciones: entramos por la puerta, que han dejado entreabierta, protegidas por el ruido de aplausos. Los discursos ya han empezado; en la tarima hay una mujer que sonríe mientras espera educadamente a que los comensales dejen de aplaudir.

Me había preparado para ver en la tarima a la señorita Armitage, la directora de nuestra época, pero no es ella. Y no me sorprende, porque debía de tener cincuenta y tantos años cuando llegué al colegio. Lo más probable es que ya se haya jubilado.

Pero lo que veo de alguna manera me sorprende más.

La que habla es la señorita Weatherby, la antigua encargada de nuestro grupo.

—Mierda —dice Thea por lo bajo mientras avanzamos rodeando las mesas, donde ya están sentadas las pudientes ex alumnas con sus maridos. Por su palidez, puedo ver que está tan turbada como yo.

Pasamos de puntillas entre sillas y bolsos, junto a placas con letras doradas con los nombres de las capitanas de hockey y otras alumnas fallecidas durante la guerra, y de retratos al óleo muy poco favorecedores de anteriores directoras, mientras la voz bien modulada de la señorita Weatherby resuena por la sala revestida de madera. Pero no oigo sus palabras. Lo único que oigo es lo que me dijo aquel último día: «Isa, esto es lo mejor para todos, lamento muchísimo que tu experiencia aquí no haya sido buena, pero todos, incluido tu padre, creemos que lo mejor que puedes hacer es empezar de nuevo.»

Empezar de nuevo. Otra vez.

Y de pronto me convertí en una de ellas, una chica como Thea, a la que habían echado de un montón de colegios. La amenaza de la expulsión planeaba sobre mí.

Me acordaba del gesto impasible de mi padre en el coche. No me hizo ninguna pregunta y yo no le mentí. Pero el reproche que estuvo en el aire durante todo el trayecto de regreso a Londres, una ciudad dominada por el olor de los hospitales y los pitidos de los vigilantes, decía: «¿Cómo has podido? ¿Cómo has podido hacerme esto, con todo lo que ya tengo encima?»

Los padres de Fatima todavía estaban en el extranjero, pero unos tíos suyos acudieron desde Londres en su Audi, muy serios, y se la llevaron en plena noche. Lo vi desde una ventana del piso de arriba. Ni siquiera pudimos despedirnos.

El padre de Thea fue el peor: escandaloso, descarado, riéndose como si sus bravuconadas fueran a minimizar aquella situación bochornosa, no dejó de hacer comentarios socarrones al tiempo que metía la maleta de Thea en el portaequipajes del coche; el aliento le olía a coñac, aunque sólo era mediodía.

Kate era la única que no tenía a nadie que fuera a recogerla. Porque Ambrose... Ambrose ya se había ido. «Ha desaparecido antes de que puedan despedirlo», se oía susurrar por los pasillos.

Tengo todas esas imágenes vívidas en la mente mientras avanzamos, pidiendo disculpas en voz baja, hacia la mesa con un pequeño letrero que reza «PANKHURST», donde nos esperan Fatima y Kate, que nos miran aliviadas cuando ocupamos nuestros asientos. Se oyen los últimos aplausos. La señorita Weatherby ha terminado y yo sería incapaz de repetir ni una sola palabra de lo que ha dicho.

Enciendo mi teléfono móvil y le mando un mensaje a Liz por debajo de la mesa: «¿Todo bien?»

—¿Con carne o vegetariano, señora? —pregunta una voz detrás de mí; me doy la vuelta y veo a un camarero con americana blanca.

—¿Perdón?

—El menú, señora. ¿Ha escogido el menú con carne o vegetariano?

—Ah... —Miro a Kate, que está muy enfrascada conversando con Fatima; ambas tienen la cabeza ligeramente inclinada sobre el plato—. Creo que con carne.

El camarero asiente con la cabeza y me pone delante un plato con una cosa que nada en una salsa marrón y espesa, acompañada de patatas duquesa gratinadas y unas verduras que, tras examinarlas un rato, identifico como alcachofas asadas. La impresión que produce podría describirse como cincuenta tonos de beige.

Kate y Fatima se han decantado por la opción vegetariana, que parece mucho más apetitosa: una especie de tartaleta con el queso de cabra de rigor, creo.

—Ah —dice una voz masculina a mi derecha—, este plato debe de ser un homenaje a esa etapa menos conocida de Picasso: la época marrón.

Alzo la mirada con timidez para ver si me está hablando a mí y, para mi desgracia, compruebo que sí. Me las ingenio para sonreír.

—Sí, bastante, ¿verdad? —Empujo un poco de alcachofa con el tenedor—. ¿Qué carne crees que es?

—Todavía no la he probado, pero me juego algo a que es pollo. En estas cenas casi siempre sirven pollo. Nadie se queja del pollo.

Corto un trozo de uno de los extremos de esa masa amorfa recubierta de salsa marrón y me lo llevo a la boca con cautela. Sí, es pollo.

—¿Qué te trae por aquí? —pregunto, después de tragar—. Porque es evidente que no eres una antigua alumna.

El chiste es bastante malo, pero él tiene el detalle de reírse como si no fuera absolutamente previsible.

—No, claro. Me llamo Marc, Marc Hopgood. Soy el marido de una compañera de tu curso, creo, Lucy Etheridge.

Ese nombre no me dice nada y al principio vacilo, porque no sé si fingir que sé de quién me está hablando, pero enseguida me doy cuenta de que no tiene sentido: bastarían un par de preguntas para revelar mi ignorancia.

—Lo siento, no me acuerdo de ella. Es que no estuve mucho tiempo en Salten House.

—¿Ah, no?

Sé que debería dejarlo aquí, pero no puedo. Ya he hablado demasiado y al mismo tiempo demasiado poco, las dos cosas, y no puedo evitar rellenar al menos algunos huecos.

—Vine a principios de quinto, pero me marché antes de empezar sexto.

Él es demasiado educado para preguntarme por qué, pero veo el interrogante en su mirada, aunque no formule la pregunta; lo leo en su mirada cuando me rellena la copa, que es lo que hace un chico que ha recibido una buena educación en un colegio privado, como él; no tengo ninguna duda.

Mi teléfono emite un pitido y agacho la cabeza un momento. Leo «Todo OK :) :) :)» en la pantalla. Es un mensaje de Liz. Y al mismo tiempo oigo que la voz de alguien que está sentado al otro lado del Marc pregunta:

—¿Isa? —Levanto la cabeza, y Marc se echa un poco hacia atrás para que su mujer pueda inclinarse hacia delante y tenderme la mano.

—¿Isa Wilde? Eres tú, ¿no?

—Sí —confirmo, y me alegro de que Marc ya haya mencionado el nombre de ella. A continuación guardo rápidamente el teléfono en el bolso y le estrecho la mano—. Y tú eres Lucy, ¿verdad?

—¡Sí! —Tiene las mejillas sonrosadas, como las de un bebé, y se la ve muy jovial y encantada de estar aquí con su marido—. ¿A que es divertido? ¡Qué recuerdos!

Sonrío y asiento, pero no digo lo que estoy pensando: que los recuerdos que yo tengo de Salten House no son todos divertidos.

—Cuéntame —dice Lucy al cabo de un momento, cogiendo de nuevo el cuchillo y el tenedor—. ¿Qué has hecho desde que te fuiste?

—Bueno, un poco de todo. Estudié Historia en Oxford y luego Derecho, y ahora trabajo para la Administración.

—¿Ah, sí? Marc también. ¿En qué departamento estás?

—En el Ministerio del Interior —le contesto—. Pero ya sabes cómo va esto. —Miro a Mark de soslayo y le sonrío—. Nos marean bastante, ya he pasado por varios departamentos.

—No me malinterpretes —dice Lucy mientras ataca al pollo de su plato—, pero siempre di por hecho que te dedicarías a alguna profesión creativa. Por lo de tus orígenes.

Al principio no entiendo nada. Mi madre era abogada antes de dejar el trabajo para tener hijos, y mi padre siempre se ha dedicado a las auditorías. Ninguno de los dos ha tenido nunca ni pizca de creatividad. ¿No me habrá confundido con Kate?

—¿Mis orígenes? —pregunto. Y entonces, antes de que Lucy me conteste, me acuerdo y voy a decir algo, pero ya es demasiado tarde.

—Isa es descendiente de Oscar Wilde —le explica con orgullo a su marido—. ¿No era tu bisabuelo o algo así?

—Lucy...

Estoy muerta de vergüenza. Noto una opresión en la garganta y me arden las mejillas, pero Mark me mira con curiosidad y sé perfectamente qué está pensando. Todos los hijos de Oscar Wilde se cambiaron el apellido después del juicio. El escritor no tuvo ninguna bisnieta y menos aún una que se apellidara Wilde. Lo sé. Sólo puedo hacer una cosa: confesar.

—Lucy, lo siento mucho. —Dejo el tenedor en el plato—. Eso... era una broma. No soy descendiente de Oscar Wilde.

Sólo quiero que se me trague la tierra. Pero ¿cómo podíamos ser tan malvadas? ¿En qué estábamos pensando cuando nos burlábamos de aquellas chicas tan amables, ingenuas y educadas?

—Lo siento —repito. No me atrevo a mirar a Marc a los ojos y me concentro en Lucy, y sé que estoy hablando con tono de súplica—. Era... Bueno, no sé por qué decíamos esas cosas.

—Ah. —Las mejillas de Lucy se han vuelto más rosadas, y no estoy segura de si está enfadada consigo misma por su candidez o conmigo, por haberle colado esa bola—. Claro, no sé cómo no me di cuenta. —Empuja la comida por el plato, pero ya no come—. Qué tonta soy. Isa y sus amigas tenían su propio... juego —le explica a Marc—. ¿Cómo lo llamabais?

—El juego de las mentiras. —Se me está encogiendo el estómago y veo que Kate me lanza una mirada inquisitiva desde el otro lado de la mesa. Hago un leve gesto negativo con la cabeza y ella se vuelve hacia la persona que tiene al lado.

—Debí sospecharlo —añade Lucy, atribulada—. No podías creerte nada de lo que dijeran. ¿Qué era aquello que contabas, Isa? Que tu padre era un fugitivo y por eso nunca iba a visitarte, ¿no? Eso me lo tragué a pie juntillas. Debías de pensar que era tonta de remate.

Intento sonreír, pero sólo logro un rictus absurdo, una mueca. Y cuando Lucy se vuelve hacia la persona que tiene al otro lado y se pone a hablar con ella, no se lo reprocho.

Después de más o menos una hora y media, la cena está llegando a su fin. En el lado opuesto de la mesa, Kate ha estado comiendo seria y con determinación, como si no fueran a dejarla marchar hasta que se lo hubiera terminado todo. Fatima ha picoteado un poco y en más de una ocasión la he visto negar con la cabeza con cierto fastidio, porque el camarero insistía en servirle vino.

Thea ha rechazado un plato tras otro sin probarlos siquiera, pero lo ha compensado bebiendo.

Aunque al fin ha llegado la hora de los discursos y siento un alivio profundo al darme cuenta de que ya enfilamos la recta final. Tomamos un café bastante malo mientras escuchamos a una mujer a la que recuerdo vagamente; se llama Mary Hardwick y debía de tener dos o tres años más que nosotras. Por lo visto ha escrito una novela, y debe de considerar que eso la capacita para pronunciar un discurso largo y enrevesado sobre la narración de la vida humana, durante el cual veo a Kate levantarse de la silla. Pasa por mi lado y me dice al oído:

—Voy al guardarropa a buscar nuestros bolsos y zapatos antes de que empiece la desbandada.

Le hago una señal afirmativa y ella se va bordeando las mesas, por el mismo camino por el que Thea y yo hemos llegado hasta nuestros asientos. Cuando está a punto de alcanzar la puerta principal, suenan aplausos y comprendo que el discurso ha terminado. Todos se levantan y recogen sus cosas.

—Adiós —se despide Marc Hopgood. Se pone la chaqueta y le da el bolso a su mujer—. Encantado de conocerte.

—Ha sido un placer —le digo—. Adiós, Lucy. —Pero Lucy Hopgood ya no me mira, y se aleja muy decidida, como si hubiera algo muy importante en el otro extremo de la sala.

Mark se encoge ligeramente de hombros, me dice adiós con la mano y la sigue. Me saco el teléfono del bolsillo y compruebo si he recibido algún mensaje, aunque no he notado que vibrara.

Cuando todavía estoy mirando la pantalla, me tocan el hombro; me doy la vuelta y veo a Jess Hamilton detrás de mí. Está un poco colorada, supongo que por el vino y por el calor que hace en la sala.

—¿Ya te marchas? —me pregunta, y cuando asiento, añade—: Ven a tomarte una copa al pueblo. Estamos en un bed & breakfast del paseo marítimo, y creo que algunas de las antiguas alumnas quieren quedar en el Salten Arms para tomar algo antes de acostarse.

—No, gracias —le digo, un poco abochornada—. Eres muy amable, pero vamos a volver a pie por la marisma hasta casa de Kate; para ir al pub tendríamos que dar una vuelta enorme. Además, he dejado a Freya con una canguro y no quiero llegar muy tarde.

No le digo lo que en realidad estoy pensando: que preferiría morirme antes que pasar un solo minuto más con estas mujeres joviales y risueñas, que guardan tantos recuerdos buenos de su época de colegialas y que sin duda estarán deseando hablar y recordar una etapa que para Kate, Thea, Fatima y para mí no fue ni de lejos feliz.

—Es una pena —dice Jess—. Pero, oye, a ver si volvemos a vernos antes de que pasen otros quince años, ¿vale? Organizan una cena casi todos los años, aunque no tan multitudinaria como ésta. De todas formas, supongo que la de los veinte años será bastante especial.

—Claro —le digo por decir algo, y hago además de marcharme, pero ella me sujeta por el hombro.

Cuando me doy la vuelta, veo que tiene los ojos muy brillantes y que se tambalea un poco, y entonces me doy cuenta de que está muy borracha. Mucho más borracha de lo que creía.

—Joder, tengo que preguntártelo —me dice—. En mi mesa nos hemos pasado toda la noche especulando. Espero que no... Bueno, no sé, espero que no te lo tomes a mal, pero... Cuando os echaron a las cuatro, ¿fue por lo que todos decían?

Siento un vacío en el estómago, como si de repente estuviera hueca por dentro y la comida y la bebida que he ingerido esta noche fuera sólo niebla.

—No lo sé —digo, intentando mantener un tono de voz neutro—. ¿Cuál era esa razón, según todos?

—Bueno, seguro que has oído los rumores —dice Jess. Baja la voz, gira la cabeza y me doy cuenta de que busca a Kate para cerciorarse de que no puede oírla—. Que... ya sabes, que Ambrose...

Deja la frase en el aire de forma harto elocuente y trago saliva con dificultad, porque de pronto tengo un doloroso nudo en la garganta. Debería darme la vuelta, fingir que he visto a Fatima o a alguien que me llama, pero no puedo, me niego a hacerlo. Quiero obligarla a decirlo, a decir esa cosa horrible que está rodeando y tocando desde lejos con la punta de un palo.

—¿Qué pasa con Ambrose? —le pregunto, e incluso consigo sonreír—. No tengo ni idea de lo que quieres decir.

Otra mentira.

—Ay, madre mía —dice Jess casi gimiendo, y no sé si su repentina turbación es real o fingida. Ya no sé distinguirlo, llevo demasiado tiempo rodeada de engaños—. Isa, yo no... ¿De verdad no lo sabes?

—A ver, dilo —contesto, esta vez sin sonreír—. Dilo.

—Mierda. —Ahora Jess está preocupada y, ante mi cara de enfado, el efecto del alcohol se le pasa de golpe—. Lo siento, Isa. No pretendía remover...

—¿No dices que os habéis pasado toda la noche especulando? Pues lo mínimo que puedes hacer es tener el valor de decírnoslo a la cara. ¿Qué rumor era ése?

—Que Ambrose... —Jess traga saliva y mira más allá de mi hombro en busca de una vía de escape, pero la sala está vaciándose rápidamente y no ve a ninguna de sus amigas—. Que Ambrose... Que él... os... dibujaba a todas. A las cuatro.

—Ya, pero no eran sólo dibujos, ¿verdad? —replico con frialdad—. ¿Verdad, Jess? ¿Qué clase de dibujos eran exactamente?

—Desnudos —me contesta con un hilo de voz.

—¿Y...?

—Y... el colegio se enteró... Y por eso Ambrose... Por eso...

—Por eso ¿qué?

Jess permanece en silencio; la agarro por la muñeca y la veo hacer una mueca de dolor cuando nota la presión de mi mano alrededor de sus finos huesos.

—Por eso ¿qué? —repito, esta vez en voz alta, y mi voz resuena por la sala casi vacía, de modo que las pocas chicas y profesoras que quedan se vuelven y nos miran.

—Que por eso se suicidó —dice Jess en voz baja—. Lo siento. No he debido sacar el tema.

Se suelta de mi mano, se cuelga el bolso del hombro y, un poco tambaleante, cruza el vestíbulo casi vacío hacia la salida, y me deja allí, jadeante, tratando de recomponerme como si hubiera recibido un puñetazo, conteniendo las lágrimas.

Cuando por fin me tranquilizo lo suficiente como para salir al vestíbulo abarrotado de gente, me mezclo entre la multitud y busco desesperadamente a Fatima, a Kate y a Thea.

Escudriño el vestíbulo, la cola del guardarropa, los lavabos; pero no están aquí. No puede ser. No puede ser que ya se hayan marchado.

El corazón me late muy deprisa y sigo colorada tras el encuentro con Jess. ¿Dónde están?

Me abro paso a empujones hacia la salida, esquivando a grupitos de ex alumnas que ríen con sus novios y sus maridos, y de pronto noto una mano en el brazo. Me doy la vuelta con cara de alivio, hasta que veo que es la señorita Weatherby.

Se me encoge el estómago al acordarme de nuestra última conversación y de lo decepcionada y enfadada que estaba conmigo.

—Isa —me dice—. Corriendo, como siempre. Me acuerdo como si fuera ayer. ¡Por eso siempre decía que tendrías que haber jugado a hockey para sacarle provecho a tanta energía!

—Lo siento. —Trato de dominarme y no ser demasiado brusca—. Tengo que irme, la canguro...

—Ah, ¿tienes un bebé? —me pregunta. Sé que sólo intenta ser educada, pero yo lo único que quiero es largarme de ahí—. ¿Qué edad tiene?

—Casi seis meses. Es una niña. Mire, lo siento, pero...

La señorita Weatherby asiente y me suelta el brazo.

—Bueno, me alegro de verte aquí, después de tantos años. Y enhorabuena por tu hija. ¡Tienes que matricularla en el colegio!

Lo dice de forma alegre, pero noto que se me tensan los músculos de la cara, a pesar de que sonrío y asiento, y por cómo me mira a señorita Weatherby sé que mis sentimientos deben de ser evidentes, que mi sonrisa debe de ser tan falsa como la sonrisa pintada de una marioneta, porque tuerce el gesto.

—Isa, no te imaginas cuánto lamento todo lo que rodeó tu marcha. No hay muchas cosas de las que me avergüence en mi carrera, pero te aseguro que ésa es una de ellas. El colegio manejó el asunto... En fin, es absurdo negarlo, lo gestionamos muy mal, y he de admitir mi parte de responsabilidad. Y no son palabras vacías decir que aquí las cosas han mejorado mucho en ese aspecto; ahora un asunto así se trataría... Bueno, creo que hoy en día un asunto así se habría tratado de forma muy diferente.

—Mire... —Trago saliva, intento hablar—. No, señorita Weatherby, por favor. Todo eso es agua pasada, de verdad.

No lo es. Pero no soportaría hablar de eso ahora. No aquí, donde todo parece todavía tan reciente. ¿Dónde están las otras?

La señorita Weatherby asiente con la cabeza una sola vez, con gesto tenso, como si ella también lidiara con sus recuerdos.

—Bueno, adiós —le digo con torpeza, y ella fuerza una sonrisa y su semblante serio parece agrietarse.

—Vuelve otro día, Isa —añade cuando ya me he dado la vuelta—. A veces... me he preguntado si pensarías que no ibas a ser bien recibida aquí, porque nada estaría más lejos de la realidad. Espero volver a verte. ¿Puedo contar contigo para la cena del año que viene?

—Claro —respondo. Tengo que hacer un esfuerzo, pero al final mis músculos obedecen y consigo sonreír y ponerme el pelo detrás de la oreja—. Claro que vendré.

Me deja marchar y, cuando por fin me escapo hacia la salida, buscando a Kate y a las otras, pienso: es curioso lo rápido que se recupera la facilidad de mentir.

Fatima es a la que encuentro primero, de pie junto a la gran puerta de doble hoja, mirando con nerviosismo a un lado y a otro del camino. Me ve casi en el mismo instante en que yo la veo a ella, y se abalanza sobre mí y me agarra con fuerza un brazo.

—¿Dónde te habías metido? Thea está completamente borracha, tenemos que llevarla a casa. Kate tiene tus zapatos, ¿por eso tardabas tanto?

—Lo siento. —Voy renqueando por el camino de grava; los tacones se me tuercen y hacen crujir las piedras—. No, no ha sido eso. Es que me ha acorralado Jess Hamilton, y luego la señorita Weatherby. No podía escabullirme.

—¿La señorita Weatherby? —Fatima parece alarmada—. ¿De qué quería hablar contigo?

—De nada especial. —Al fin y al cabo, es casi verdad—. Creo que está... no sé, que se siente mal.

—Se lo merece —dice Fatima con frialdad, y se da la vuelta y echa a andar.

Voy tras ella, aunque me falta el aliento y nos alejamos de la fachada iluminada del colegio. Fatima enfila a toda prisa uno de los caminos de grava que conducen a los campos de hockey. Cuando nosotras estudiábamos aquí, estaba completamente oscuro, pero ahora hay bombillitas solares cada pocos metros, aunque sólo sirven para amortiguar la luz de la luna y hacer que los tramos oscuros entre una y otra parezcan aún más oscuros.

Cuando teníamos quince años, nos movíamos por la marisma como por nuestra casa. No recuerdo haber tenido nunca miedo en aquellas largas caminatas nocturnas hasta el molino de marea.

Ahora, mientras intento alcanzar a Fatima, no dejo de pensar en las madrigueras de conejos que es imposible ver a oscuras y en el peligro que corro de torcerme un tobillo. De pronto imagino que me caigo en uno de los hoyos de la marisma, que me hundo en el agua hasta el cuello, que no puedo gritar, y que mis amigas siguen andando ajenas a todo y me dejan sola. Sólo que... quizá no tan sola, porque aquí fuera hay alguien. Alguien que escribió esa nota y que arrastró una oveja muerta y ensangrentada hasta la puerta de Kate.

Fatima se ha alejado bastante de mí en su prisa por alcanzar a las otras, y ahora es sólo una silueta tenue y ondulante que se funde con las sombras de la marisma.

—Fatima —la llamo—, ¿puedes ir un poco más despacio?

—Lo siento.

Se para junto a la siguiente valla y espera a que yo llegue para saltar, y esta vez no corre tanto y ajusta sus zancadas a mi ritmo, más lento, cuando entramos en la marisma propiamente dicha y mis tacones finos se hunden en el terreno blando. Caminamos en silencio, sólo se oye el sonido de nuestra respiración, y de vez en cuando tropiezo con una piedra. ¿Dónde están las otras?

—Me ha pedido que matricule a Freya en el colegio —digo por fin, más para romper el inquietante silencio de la marisma y obligar a Fatima a aminorar el paso que porque crea que le interesa saberlo. Y funciona. De hecho, Fatima se para en seco, se da la vuelta y me mira entre horrorizada e incrédula.

—¿La señorita Weatherby? ¿Me tomas el pelo?

—No. —Nos ponemos otra vez en marcha, esta vez más despacio—. No he sabido qué contestarle.

—«Por encima de mi cadáver», tendrías que haberle dicho.

—No le he dicho nada.

Se produce otro silencio y luego Fatima dice:

—Yo jamás llevaría a Sami ni a Nadia a un internado. ¿Y tú?

Lo medito. Pienso en cuáles eran las circunstancias en mi casa, en lo que estaba pasando mi padre. Y entonces pienso en Freya, y en que ni siquiera soporto pasar una noche separada de ella sin tener la sensación de que me están metiendo el corazón en una trituradora industrial.

—No lo sé —respondo por fin—. Pero no me lo imagino.

Seguimos caminando en la oscuridad, atravesamos un puente improvisado hecho con tablones podridos para pasar una zanja y por fin Fatima dice:

—Joder, ¿cómo han podido adelantarse tanto?

Nada más decir eso, oímos algo y vemos una forma que se mueve en la oscuridad, un poco más adelante. Pero no es la silueta de una persona, sino algo agazapado y encorvado, y oímos una especie de burbujeo, un ruido angustioso.

—¿Qué es eso? —digo en voz baja, al mismo tiempo que Fatima me coge la mano. El corazón me late muy deprisa.

—No tengo ni idea —me contesta—. ¿Es un... animal?

La escena que esboza mi imaginación con la información que reciben mis ojos es muy real: vísceras desparramadas, lana ensangrentada, alguien agazapado como un animal sobre el cadáver destripado...

Volvemos al oír ese sonido: un chapoteo y después algo que recuerda a un sollozo. Fatima me clava los dedos.

—¿Es...? —comienza, titubeante—. ¿Crees que las otras...?

—¿Thea? —llamo en voz alta en medio de la oscuridad—. ¿Kate?

—¡Aquí! —nos contesta una voz.

Avanzamos a oscuras, presurosas, y cuando nos acercamos más, vemos que la figura agazapada es Thea, a gatas sobre un canal de drenaje, con Kate a su lado, aguantándole el pelo.

—¡Joder! —exclama Fatima, con una mezcla de fastidio y repugnancia—. Sabía que pasaría esto. Nadie aguanta dos botellas con el estómago vacío.

—Cállate —le gruñe Thea, volviendo la cabeza, y entonces vomita de nuevo. Cuando se levanta, veo que tiene todo el maquillaje corrido.

—¿Puedes andar? —le pregunta Kate, y ella asiente.

—Estoy bien.

Fatima suelta un resoplido.

—¿A quién pretendes engañar? —la increpa—. Y te lo digo como médico.

—Oh, cállate —replica Thea con aspereza—. He dicho que puedo andar. ¿Qué más quieres?

—Quiero que hagas una sola comida como Dios manda y que llegues a mediodía sin beber nada, por lo menos una vez.

Al principio no estoy segura de que Thea la haya oído ni de que vaya a contestar. Está demasiado ocupada limpiándose la boca y escupiendo en la hierba. Pero entonces, casi para sí misma, dice:

—Joder, no sabes lo bien que me caías cuando eras normal.

—¿Normal? —repito, llena de incredulidad.

Fatima no dice nada; está demasiado sorprendida o demasiado enfadada para hablar, no sé cuál de las dos cosas.

—Espero que eso no signifique lo que creo que significa —interviene Kate.

—No lo sé. —Thea se endereza y echa a andar, más erguida de lo que yo la habría creído capaz—. ¿Qué crees que significa? Si crees que significa que utiliza ese pañuelo como una venda, entonces sí, a eso me refería. Me alegro mucho de que Alá te haya perdonado —le suelta a Fatima, volviendo la cabeza—, pero dudo mucho que la policía lo tenga en cuenta para llegar a un acuerdo.

—¡Vete a la mierda! —le espeta Fatima. Está tan furiosa que casi no puede articular las palabras—. ¿A ti qué coño te importa lo que haga yo con mi vida?

—Podría decirte lo mismo —contraataca Thea—. ¿Cómo te atreves a juzgarme? Hago lo que tengo que hacer para poder dormir por las noches. Y por lo visto, tú haces lo mismo. ¿Qué tal si respetas mis mecanismos de supervivencia y yo respeto los tuyos?

—¡Thea, tú me importas! —grita Fatima—. ¿No lo entiendes? Me trae sin cuidado lo que hagas para solucionar tus problemas. Y me da lo mismo que te hagas monja budista, que te aficiones a la meditación trascendental o que te vayas a trabajar a un orfanato rumano. Todo eso es asunto tuyo y de nadie más. Pero ver cómo te conviertes en una alcohólica es muy diferente. No pienso fingir que eso me parece bien en aras de no sé qué cuento chino sobre la libertad personal.

Thea abre la boca y creo que va a replicar, pero entonces se da la vuelta y vomita en la acequia.

—Por el amor de Dios —dice Fatima con resignación, pero esa rabia que le hacía temblar la voz ha desaparecido, y cuando Thea se incorpora, limpiándose la cara con las manos, Fatima saca un paquete de toallitas húmedas del bolso y se lo da—. Toma. Límpiate.

—Gracias —balbucea Thea. Se levanta temblorosa y está a punto de caerse, pero Fatima la sujeta por el brazo.

Caminan juntas sobre la hierba, muy despacio, y oigo que Thea le dice algo a Fatima; habla en voz muy baja para que Kate y yo no podamos oírla, pero sí oigo la respuesta de Fatima:

—Tranquila, Thee, ya sé que no. Es que... me importas, ¿no lo entiendes?

—Parece que han hecho las paces —le digo en voz baja a Kate, y ella asiente, pero bajo la luz de la luna, veo que su gesto es de preocupación.

—De todas formas, esto sólo es el principio —dice con un hilo de voz—. ¿Verdad?

Y me doy cuenta de que tiene razón.

—Ya casi hemos llegado —dice Kate cuando subimos, con bastante dificultad, los peldaños de otra valla y pasamos al otro lado.

De noche es muy difícil orientarse en la marisma, y la ruta que de día creía recordar se desdibuja entre las sombras. A lo lejos veo luces y supongo que deben de ser las del pueblo, pero los senderos tortuosos de ovejas y los puentes destartalados hacen que sea difícil trazar un camino. Si no fuera por Kate, estaríamos metidas en un buen aprieto. Me estremezco. Aquí uno podría perderse con facilidad y pasarse horas caminando en círculo.

Fatima todavía sujeta a Thea por un brazo y guía sus pasos. Thea avanza a trompicones por el terreno irregular, con la típica concentración de los borrachos, y se dispone a decir algo cuando, de pronto, me pongo en tensión y me llevo un dedo a los labios para pedirles silencio. Las cuatro nos detenemos.

—¿Qué? —pregunta Thea con la voz un poco pastosa y demasiado fuerte.

—¿Habéis oído eso?

—¿Oír? —pregunta Kate.

Suena otra vez: un grito muy lejano, tan parecido al llanto de Freya cuando está muy angustiada, que noto una tensión en los pechos y un calor húmedo que se extiende por debajo de mi sujetador.

Una parte de mi mente registra la irritación que me produce el hecho de que me haya olvidado ponerme las almohadillas de lactancia antes de salir; pero al mismo tiempo, otra parte mucho

183

mayor intenta desesperadamente aislar ese sonido e identificarlo. No puede ser Freya, ¿no?

—¿Eso? —dice Kate, después de que suene otra vez—. Es una gaviota.

—¿Estás segura? —pregunto—. Parece...

No lo digo. No puedo decir qué parece. Me tomarán por loca.

—Sí, parecen niños gritando, ¿verdad? —dice Kate—. Son un poco siniestras.

Pero entonces vuelve a oírse el gemido, esta vez más prolongado y más potente, que alcanza un tono increíblemente agudo, histérico, y ya no tengo ninguna duda de que no es una gaviota, no puede serlo.

Le suelto el brazo a Thea y echo a correr hacia la oscuridad, ignorando los gritos de Kate.

—¡Espera, Isa!

No puedo, no puedo esperar. El llanto de Freya es como un gancho que se me clava en la carne y tira de mí por la marisma oscura sin que pueda hacer nada para evitarlo. Ya no pienso, y mis pies recuerdan los caminos casi de forma automática. Salto por encima del cenagal un instante antes de recordar que está ahí. Corro por el terraplén, con una acequia llena de lodo a cada lado. Y mientras tanto no dejo de oír el lamento agudo e hiposo de Freya, que suena a lo lejos, como en los cuentos de hadas: la luz que atrae a los niños hacia la marisma, el sonido de campanillas que engaña al viajero desprevenido.

Está ya más cerca. Ahora lo distingo todo: el sonido de sirena cuando el chillido furioso alcanza la nota más aguda, y luego cómo boquea, jadeante y mocosa, para coger aire y lanzar el siguiente gemido.

—¡Freya! —grito—. ¡Ya voy, Freya!

—¡Espera, Isa! —oigo, y luego los pasos de Kate, que corre detrás de mí.

Pero casi he llegado. Subo apresuradamente los peldaños de la última valla que separa la marisma del Estero. Oigo cómo se desgarra el vestido que me ha prestado y no me importa; y entonces todo se ralentiza, como en una pesadilla: siento cómo mi propio aliento me ruge en los oídos; el latido de mi corazón, que me golpea en la garganta. Porque delante de mí no está Liz, la canguro del pueblo, sino un hombre. Está de pie, cerca del borde del agua, y su silueta es una masa oscura que se recorta sobre el estanque que la luz de la luna tiñe de plata. Y tiene a mi bebé en brazos.

—¡Eh! —le grito, con una furia primitiva—. ¡Eh, tú!

El hombre se da la vuelta y, cuando la luz de la luna le ilumina la cara, el corazón me da un vuelco. Es él. Es Luc Rochefort, y tiene a un bebé en brazos, mi bebé, como si lo usara de escudo humano, y las profundas aguas del Estero brillan detrás de él.

—Dámela —consigo decir, y casi no reconozco la voz que sale de mi garganta; un gruñido tan agresivo que Luc retrocede de forma involuntaria, al tiempo que estrecha con más fuerza a Freya. Pero la niña me ha visto y estira sus bracitos rechonchos; las lágrimas hacen brillar su carita colorada bajo la luna. Está tan furiosa que ya no puede seguir gimiendo, sólo emite una larga e ininterrumpida serie de jadeos mientras intenta tomar aire para lanzar un último y devastador chillido.

—¡Dámela! —ordeno, y me abalanzo sobre Luc y se la arranco de los brazos. Freya se aferra a mí como una cría de marsupial, me clava los dedos en el cuello, me agarra por el pelo. Huele a tabaco y alcohol, quizá bourbon, no estoy segura. Huele a él. Está impregnada de su olor—. ¡Cómo te atreves a tocar a mi hija!

—Isa —dice él. Abre las manos, suplicante. Le huele el aliento a alcohol—. No es eso...

—¿No es qué? —le grito. El cuerpecito caliente de Freya se agita y se remueve, pegado al mío.

—¿Qué sucede? —oigo detrás de mí, y Kate llega corriendo, acalorada y jadeante. Y entonces, sorprendida, añade—: ¿Luc?

—Tenía a Freya —digo—. Se la ha llevado.

—¡No me la he llevado! —exclama Luc. Da un paso adelante, y tengo que contenerme para no dar media vuelta y echar a correr. No pienso demostrarle que le tengo miedo.

—Pero ¿en qué demonios estabas pensando, Luc? —dice Kate.

—¡No es eso! —insiste él, más fuerte, casi a gritos. Y después añade, bajando el tono, tratando de serenarse y de calmarnos a nosotras—: No es eso. He ido al molino a hablar con vosotras, quería pedirle disculpas a Isa por haberme... —Se interrumpe, respira hondo, se vuelve hacia mí y, con gesto de súplica, continúa—: En la oficina de Correos. No quería que pensaras... Pero he entrado y he encontrado a Freya fuera de sí, chillando... —Señala a Freya, que todavía está colorada y sollozando, aunque más tranquila, ya que ahora puede olerme. Está muy cansada, lo sé por cómo se deja caer contra mí entre sollozo y sollozo—. Esa chica, Liz, estaba histérica, me ha dicho que había intentado llamarte, pero que se había quedado sin crédito, y le he dicho que me llevaría a Freya fuera para pasearla un poco y tratar de calmarla.

—¡Te la has llevado! —consigo decir. Estoy tan enfadada que casi no puedo articular las palabras—. ¿Cómo sé que no pensabas llevártela por la marisma?

—¿Por qué iba a hacer eso? —Me mira furioso y desconcertado—. No me la he llevado a ningún sitio. El molino está aquí al lado, sólo intentaba tranquilizarla un poco. He pensado que si le daba el aire, si veía las estrellas...

—Joder, Luc —le suelta Kate—. No se trata de eso. Isa le había confiado su hija a Liz; no puedes entrar ahí y hacer lo que te dé la gana.

—¿Ah, no? —le responde, sarcástico—. ¿Y qué piensas hacer, llamar a la policía? Lo dudo mucho.

—Luc... —dice Kate con cautela.

—Madre mía —continúa él, con tono de desprecio—. He venido a pedir perdón. Sólo intentaba ayudar. Por una vez podríais pensar que he aprendido de mis errores. Por una vez. Pero no, no habéis cambiado nada. Ella silba y las demás vais corriendo, como perritos.

—¿Qué pasa? —pregunta Fatima detrás de nosotras; Thea, tambaleante, se sujeta a ella—. ¿No es... Luc?

—Sí, soy yo —confirma él. Intenta sonreír, pero sus labios dibujan una mueca torcida y el resultado es una especie de sonrisa burlona, combinada con la expresión que se tiene cuando uno contiene las lágrimas—. ¿Te acuerdas de mí, Fatima?

—Claro que me acuerdo —dice ella en voz baja.

—¿Thea?

—Estás borracho, Luc —le suelta Thea, sujetándose a la valla.

—Mira quién habla —responde Luc, que se ha fijado en el vestido lleno de barro de Thea y en su maquillaje corrido.

Pero ella asiente sin rencor.

—Sí. Quizá tengas razón. He estado suficientes veces al borde del precipicio como para saber que ahora mismo tú también lo estás.

—Vete a casa, Luc —le dice Kate—, duerme la mona y, si tienes algo que decir, dilo por la mañana.

—¿Si tengo algo que decir? —Luc suelta una risotada histérica. Se pasa las manos, temblorosas, por el pelo oscuro y enredado—. ¿Si tengo? ¡Qué puta broma! ¿De qué te gustaría que habláramos, Kate? ¿Quieres que tengamos una agradable charla sobre papá?

—Cállate, Luc —le contesta ella con apremio. Mira hacia atrás y me doy cuenta de que no es del todo imposible que haya alguien por aquí a estas horas, y ese pensamiento me inquieta. Alguien que haya salido a pasear a su perro, alguien que haya estado en la cena, pescadores nocturnos... —¿Quieres hacer el favor de callarte? Vuelve al molino y, si prefieres, lo hablamos tranquilamente.

—¿Qué pasa, no quieres que nadie lo sepa? —pregunta Luc, burlón. Hace bocina con las manos y grita—: ¿Queréis saber quién es el responsable del cadáver que ha aparecido en el Estero? ¡Preguntad aquí!

—¿Lo sabe? —susurra Fatima. Esta pálida como la cera.

Tengo el estómago revuelto y, de repente, me siento tan mareada como lo debe de estar Thea, a juzgar por su aspecto. Luc lo sabe. Siempre lo ha sabido. Ahora, de pronto, toda su cólera cobra sentido.

—¡Luc! —Kate habla en voz baja, pero es como si gritara. Está fuera de sí—. ¿Quieres hacer el favor de callarte, por lo que más quieras? ¡Piensa lo que haces! ¿Y si alguien te oye?

—Me importa una mierda que me oigan —le espeta él con desprecio.

Kate tiene los puños apretados y por un momento pienso que le va a pegar. Pero entonces le dice con un asco profundo, como si le escupiera veneno:

—Estoy harta de tus amenazas. Aléjate de mí y de mis amigas, y no te atrevas a volver. No quiero verte por aquí nunca más.

La oscuridad no me deja ver la cara de Luc, sólo la de Kate, dura como la piedra y llena de miedo y de ira.

Él no dice nada. Se queda allí plantado largo rato, enfrente de Kate, y siento la tensión muda entre los dos: fuerte como la sangre, pero convertida en odio.

Sin embargo, al final Luc se da la vuelta. Echa a andar y se adentra en la marisma oscura, una figura alta y negra que se funde con la noche.

—De nada, Isa —dice, volviendo la cabeza poco antes de desaparecer—. Por si no lo había dicho. Cuidar a tu hija no me ha supuesto ningún esfuerzo. Me encantaría volver a hacerlo.

Y poco a poco sus pisadas van apagándose hasta que la noche se las traga por completo y nos quedamos solas.

De camino hacia el molino, intento apartar de mi mente las palabras de Luc, pero no puedo. Cada paso que doy es como un eco de aquella noche de hace diecisiete años. A veces me parece que todo ocurrió en otro lugar, en otro tiempo, y que no tiene nada que ver conmigo; sin embargo, mientras camino dando traspiés por la marisma, sé que eso no es cierto. Las plantas de mis pies tienen grabada aquella noche, por mucho que haya intentado olvidarla, y mi piel, la atmósfera bochornosa de aquel verano.

Hacía el mismo tiempo que ahora, los insectos todavía zumbaban por la turbera; la calidez de la brisa contrastaba con la fría luz de la luna. Avanzábamos dando tropezones y saltando vallas y zanjas, y los teléfonos proyectaban un resplandor fantasmagórico en nuestras caras cada vez que comprobábamos si habíamos recibido otro mensaje de Kate, uno en el que nos explicara qué estaba pasando. Pero no llegaba nada; sólo teníamos aquel primer angustiado «Os necesito».

Yo estaba cepillándome el pelo y a punto de acostarme cuando lo recibí mientras Fatima hacía los deberes de trigonometría a la luz de una lamparita de lectura.

El doble pitido interrumpió el silencio de nuestra pequeña habitación y Fatima levantó la cabeza.

—¿Ha sido el tuyo o el mío?

—No estoy segura —dije, cogiendo mi teléfono—. El mío. Un mensaje de Kate.

—A mí también me ha mandado uno —dijo Fatima sorprendida y, cuando lo abrió y lo leyó, la oí aspirar entre los dientes al mismo tiempo que yo.

—¿Qué significa? —pregunté.

Pero las dos lo sabíamos. Eran las mismas palabras que les había mandado el día que mi padre me había llamado por teléfono para decirme que mi madre tenía metástasis y que ahora la pregunta ya no era si iba a morirse, sino cuándo.

Las mismas palabras que Thea nos había mandado el día que, sin querer, se había hecho un corte demasiado profundo y no podía contener la hemorragia.

O cuando el Jeep de la madre de Fatima chocó en una remota carretera secundaria de una zona rural peligrosa; o una noche en la que, después de haberse escapado, Kate pisó un clavo oxidado al volver al colegio... Siempre habían bastado esas dos palabras para que las otras acudiésemos a consolar, a ayudar, a recoger los pedazos lo mejor que pudiéramos. Y siempre había salido bien, o todo lo bien que podía salir. La madre de Fatima había aparecido sana y salva al día siguiente. Thea había ido a urgencias con una historia con la que ocultar lo que en realidad había hecho. Con nuestra ayuda, Kate había vuelto cojeando, le habíamos desinfectado la herida y habíamos confiado en que no pasara nada.

Juntas podíamos resolver cualquier problema. Nos sentíamos invencibles. Sólo mi madre, que se moría poco a poco en un hospital de Londres, era una especie de lejano recordatorio de que no todo se solucionaba siempre.

«¿Dónde estás?», le escribí yo y, mientras esperaba a que llegara la respuesta, oímos pasos en la escalera de caracol y Thea irrumpió en nuestra habitación.

—¿Lo habéis recibido? —preguntó, alarmada. Le dije que sí con la cabeza.

—¿Dónde está? —quiso saber Fatima.

—En el molino. Ha pasado algo. Le he preguntado qué, pero no me ha contestado.

Me vestí a toda prisa, salimos por la ventana y atravesamos la marisma.

Cuando llegamos al molino, encontramos a Kate esperándonos de pie en la pasarela, abrazándose a sí misma, y, sin que dijera nada, por la expresión de su cara supe que pasaba algo muy grave.

Estaba blanca como el papel y tenía los ojos enrojecidos de llorar y las mejillas surcadas por el rastro de las lágrimas.

Thea echó a correr nada más verla y Fatima y yo la seguimos. Kate cruzó el estrecho canal a trompicones y la voz se le atascó en la garganta cuando intentó decir:

—Es... Es... Es mi padre.

Kate estaba sola cuando lo encontró. Ese fin de semana no nos había invitado; le había puesto una excusa a Thea, que le había preguntado si podía ir, y Luc estaba fuera con sus amigos de Hampton's Lee. Cuando Kate llegó al molino con su bolsa en la mano, al principio pensó que Ambrose también se había marchado, pero no. Estaba sentado en la pasarela, repantingado en su silla, con una botella de vino en el regazo y una hoja de papel en la mano. Al principio, Kate no podía creer que estuviera muerto. Lo arrastró dentro del molino e intentó hacerle el boca a boca, y al cabo de quién sabe cuánto rato suplicando y rogando e intentando hacer que su corazón volviera a latir, se derrumbó y empezó a ser consciente de la gravedad de lo que acababa de ocurrir.

«He tomado una decisión y estoy en paz con ella», había escrito Ambrose, y era verdad, parecía sentirse en paz: la expresión de su rostro era tranquila y tenía la cabeza echada hacia atrás, como quien duerme una siesta. «Te quiero...»

Las últimas palabras estaban garabateadas y apenas se entendían.

—Pero... Pero ¿por qué? ¿Y cómo? —no paraba de preguntarse Fatima.

Kate no le contestaba. Sentada en el suelo, miraba fijamente el cadáver de su padre como si, a base de contemplarlo, fuese a entender qué había pasado. Entretanto, Fatima se paseaba por la habitación detrás de ella, y yo, sentada en el sofá, con una mano en la espalda de Kate, intentaba transmitirle sin palabras todo aquello que no sabía cómo expresar.

Kate no se movía. Ambrose y ella eran el núcleo fijo de nuestro pánico y nuestra inquietud, pero yo tenía la impresión de que eso se debía sólo a que, antes de que llegáramos nosotras, Kate ya había llorado hasta el aturdimiento y la desesperación.

Fue Thea quien recogió el objeto que había en el suelo de la cocina.

—¿Qué hace esto aquí?

Kate no contestó, pero levantó la cabeza y vio que Thea tenía en la mano una cosa que parecía una lata de galletas vieja, con un delicado dibujo floral que me resultó extrañamente familiar. Al cabo de un momento comprendí dónde lo había visto antes: solía estar casi escondida en el estante más alto de la alacena, apenas visible.

La tapa se cerraba con candado, pero el endeble cierre de metal estaba forzado, como si alguien, muy alterado, no se hubiera entretenido en usar la llave. Se abrió sin ofrecer resistencia cuando Thea la levantó. Dentro había lo que parecían artículos de instrumental médico, envueltos en una vieja funda de piel y, encima de todo, un trozo de film transparente, arrugado, con restos de polvo en los pliegues. El polvo se adhirió a los dedos de Thea cuando tocó el plástico.

—¡Cuidado! —saltó Fatima—. No sabes qué es. Podría tratarse de veneno. Rápido, lávate las manos.

Pero entonces Kate habló sin levantarse del suelo. No alzó la cabeza, sino que habló con la frente apoyada en las rodillas, casi como si hablara con su padre, que estaba tendido sobre la alfombra delante de ella.

—No es veneno —dijo—. Es heroína.

—¿Ambrose? —preguntó Fatima, llena de incredulidad—. ¿Ambrose era... heroinómano?

Entendí que no pudiera creerlo. Los adictos eran personas que estaban tiradas en los callejones, como los personajes de *Trainspotting*. No como Ambrose, con su risa y su vino tinto y su creatividad desbordante.

Sin embargo, las palabras de Kate despertaron un recuerdo: una frase escrita encima de la mesa de dibujo de Ambrose, en su taller del último piso, unas palabras que había visto muchas veces, pero que nunca había intentado descifrar. «NUNCA SE ES EX ADICTO, SÓLO UN ADICTO QUE LLEVA UN TIEMPO SIN CONSUMIR.»

Y de repente esas palabras cobraron sentido.

¿Por qué nunca le había preguntado a Ambrose qué significaban? ¿Porque era joven? ¿Porque era egoísta y estaba ensimismada, y porque todavía tenía una edad en la que sólo me importaban mis propios problemas?

—Lo había dejado —dije con voz ronca—. ¿Verdad, Kate?

Ella asintió con la mirada fija en el apacible rostro de su padre, pero cuando fui a sentarme a su lado, buscó mi mano.

—Empezó a consumir en la universidad —explicó, en voz tan baja que me costó entenderla—, pero creo que la cosa no se le fue de las manos hasta que murió mi madre. Lo dejó cuando yo todavía era un bebé. Estaba limpio desde que tengo uso de razón.

—Entonces ¿por qué...? —preguntó Fatima, indecisa. No terminó la frase, pero desvió la mirada hacia la caja que Thea había dejado encima de la mesa y Kate supo qué quería decir.

—Me parece... —dijo despacio, esforzándose mucho para hacerse entender—. Me parece que era una especie de reto. Una vez intentó explicármelo. Mantener la droga fuera de casa no era suficiente. Tenía que levantarse todos los días y decidir si quería seguir limpio... por mí.

Le temblaba la voz y al final se le quebró; la abracé y evité mirar a Ambrose, tendido sobre la alfombra y con el rostro pálido como la cera.

«¿Por qué? —quería preguntar—. ¿Por qué?»

Pero por alguna razón no podía articular las palabras.

—Dios mío. —Fatima se sentó en el brazo del sofá; estaba pálida.

Sabía que debía de estar pensando, como yo, en la última vez que habíamos visto a Ambrose: sentado a la mesa y con las largas piernas estiradas, enfrente de las ventanas del molino, sonriente, dibujándonos mientras chapoteábamos en el agua. De eso sólo hacía una semana y desde entonces no había pasado nada. No había sucedido nada que pudiera hacernos sospechar lo que iba a ocurrir.

—Está muerto —dijo, como si intentara convencerse a sí misma—. Está muerto de verdad.

Y cuando pronunció esas palabras fue como si todas tomáramos conciencia de la realidad de la situación. Sentí que un escalofrío me recorría la espalda de arriba abajo y me ponía la carne de gallina, como si mi cuerpo intentara mantenerme allí, en el ahora, en el presente.

Fatima se tapó la cara con las manos y se tambaleó de una forma tan evidente que creí que iba a desmayarse.

—¿Por qué? —volvió a preguntar, con la voz embargada por la emoción—. ¿Por qué haría una cosa así?

Noté que Kate se estremecía a mi lado, como si las preguntas de Fatima fueran golpes que recibía.

—Kate no lo sabe —dije, irritada—. Nadie lo sabe. Deja de preguntarlo, ¿vale?

—Creo que necesitamos una copa —intervino Thea de pronto, y abrió la botella de whisky que Ambrose tenía en la mesa de la cocina. Se sirvió un vaso y se lo bebió de un trago—. ¿Kate?

Ésta titubeó un instante, pero asintió. Thea sirvió tres vasos más y volvió a llenar el suyo. De haber podido elegir, yo habría escogido un cigarrillo en lugar del whisky, pero levanté el vaso y me lo llevé a los labios, me bebí el licor con avidez y noté cómo me ardía la garganta y, de alguna manera, el alcohol suavizó la situación, emborronó un poco la imagen de Ambrose tendido en el suelo, sobre la alfombra, muerto.

—¿Qué vamos a hacer? —preguntó Fatima por fin, cuando nos hubimos bebido el whisky. Había recobrado algo de color; su vaso vibró un poco cuando lo dejó en la mesa, porque le temblaba la mano—. ¿Llamamos a la policía o a una ambulancia?

—Ni una cosa ni otra —dijo Kate con firmeza.

Se produjo un silencio extraño; sabía que mi cara debía de reflejar la misma perplejidad que veía en el rostro de mis amigas.

—¿Cómo que ni una cosa ni otra? —preguntó Thea por fin—. ¿Qué quieres decir?

—No puedo contárselo a nadie —insistió Kate, obstinada. Se sirvió otro vaso y lo apuró de un trago—. ¿No lo entendéis? Llevo aquí sentada desde que lo he encontrado, tratando de dar con la forma de salir de ésta, pero si alguien se entera de que ha muerto... —Se interrumpió y se llevó las manos al vientre, como si hubiera recibido una puñalada y tratara de contener la hemorragia de una herida tremenda, pero luego se obligó a continuar—. No puedo permitir que nadie lo sepa. —Hablaba con voz monótona, mecánica, como si hubiera estado ensayando esas palabras, repitiéndoselas una y otra vez—. No puedo. Si se enteran de que ha muerto antes de que yo haya cumplido dieciséis años, tendré que irme de aquí, me meterán en un centro para menores. No puedo perder mi casa. No puedo perder mi casa además de... además de...

Se interrumpió, incapaz de terminar la frase. Y tuve la impresión de hallarme ante alguien que se sostiene haciendo un gran esfuerzo, alguien que podría romperse y derrumbarse en cualquier momento. Pero no hacía falta que lo dijera: nosotras sabíamos a qué se refería.

No además de haber perdido a su padre, el único familiar que le quedaba.

—Sólo... sólo es un edificio... —dijo Fatima, insegura, pero Kate negó con la cabeza.

No, no era sólo un edificio. Era Ambrose, desde los cuadros que había en su taller hasta las manchas de vino tinto de la madera del suelo. Y era lo que nos unía. Si la enviaban a una casa de acogida, lejos de allí, lo perdería todo. No sólo a su padre, sino también a nosotras, y a Luc. Ya no tendría a nadie.

En retrospectiva... Madre mía, en retrospectiva no sólo parece una estupidez, sino además un delito. ¿En qué estábamos pensando? Pero la respuesta... es que estábamos pensando en Kate.

No podíamos hacer nada para recuperar a Ambrose, e incluso ahora, cuando sopeso las alternativas: casa de acogida para Kate, el banco quedándose con el molino... incluso ahora tiene cierto sentido. Era una injusticia. Y ya que no podíamos ayudarlo a él, por lo menos intentaríamos ayudar a Kate.

—No podemos contarle a nadie que mi padre ha muerto —insistió ella con la voz quebrada—. Por favor. Juradme que no se lo diréis a nadie.

Todas asentimos, una a una. Pero Fatima tenía el ceño fruncido.

—Y entonces... ¿qué hacemos? —preguntó, perpleja—. No podemos... No podemos dejarlo aquí.

—Lo enterraremos —dijo Kate.

Nos quedamos calladas, asimilando aquellas impactantes palabras. Recuerdo que tenía las manos frías, a pesar de que hacía una noche bochornosa. Recuerdo que miré el semblante pálido y hermético de Kate y pensé: «¿Quién eres?»

Sin embargo, en cuanto pronunció esas palabras fue como si de algún modo se convirtieran en la única posibilidad. ¿Qué alternativa teníamos?

Ahora, en retrospectiva, me dan ganas de agarrarme por los hombros y zarandearme, de zarandear a aquella cría borracha y estrecha de miras que se apuntó a un plan tan estúpido porque parecía la única solución. ¿Qué alternativa teníamos? Pues un montón de posibilidades, así de sencillo, y todas mejores que ocultar una muerte y embarcarnos en una vida de engaños y mentiras.

Pero aquella noche calurosa de verano ninguna parecía viable, y nos quedamos allí de pie, mirándonos unas a otras, alrededor del cadáver de Ambrose.

—¿Thea? —preguntó Kate, y Thea asintió, indecisa, y se llevó las manos a la cabeza.

—Parece... la única solución.

—No puede ser —terció Fatima, aunque le faltó seguridad y lo dijo más bien como quien intenta convencerse de algo que sabe que es cierto, pero que se resiste a aceptar—. No puede ser. Tiene que haber otra salida. ¿Nosotras no podemos hacer algo? ¿Reunir dinero de alguna forma?

—Es que no es una cuestión de dinero. —Thea se pasó las manos por el pelo—. Kate tiene quince años. No la dejarán vivir sola.

—Pero esto es una locura. —Fatima nos miró a todas con gesto de desesperación—. Kate, por favor, déjame llamar a la policía.

—No —contestó Kate, tajante. Se volvió hacia Fatima y en su semblante había una extraña mezcla de súplica, desesperación y reticencia—. Mira, si crees que no puedes ayudarme, no voy a pedirte que lo hagas, pero, por favor, no se lo digas a la policía. Por favor. Ya se lo diré yo, te lo juro. Informaré de su desaparición. Pero ahora no.

—Pero ¡si está muerto! —exclamó Fatima, sollozando.

Fue como si algo se partiera dentro de Kate y cogió a Fatima por las muñecas; parecía que iba a pegarle.

—¡¿Qué te crees, que no lo sé?! —le gritó, y su cara y su voz eran pura desesperación; confío en no volver a ver nunca a ningún otro ser humano viviendo algo parecido—. Precisamente por eso, esto es lo único... lo único...

Pensé por un momento que Kate estaba a punto de perder el control, y en parte habría sido un alivio verla chillar y clamar por lo que había pasado, por el gran mazazo que acababa de destrozar la seguridad de su existencia.

Sin embargo, por muy violenta que fuera la tormenta que estaba estallando en su interior, Kate la dominó con un gran esfuerzo, y cuando soltó la muñeca de Fatima estaba más calmada.

—¿Me ayudaréis? —preguntó.

Asentimos una a una: primero Fatima, después Thea y, por último, yo.

Fuimos respetuosas, o por lo menos lo intentamos. Envolvimos el cadáver con una lona y lo llevamos tan lejos como pudimos, a un sitio del Estero donde a Ambrose le encantaba dibujar, un pequeño cabo a unos cien metros en dirección al mar, con unas vistas preciosas, donde el camino se perdía y ya no podían llegar los coches, y por donde pasaba muy poca gente, salvo alguien con su perro o algún pescador con su bote y sus cañas.

Allí, entre los juncos, excavamos un hoyo. Nos turnamos con la pala hasta que no soportamos más el dolor de los brazos y la espalda, y tiramos a Ambrose dentro.

Ésa fue la peor parte. No pudimos depositarlo dentro con cuidado, con dignidad. Pesaba demasiado a pesar de que éramos cuatro, y el hoyo era demasiado profundo y demasiado estrecho. Al golpear el fondo húmedo y arcilloso hizo un ruido parecido a una bofetada. A veces todavía lo oigo en sueños.

Quedó tendido boca abajo, inmóvil, y detrás de mí oí que Kate soltaba un sollozo ahogado, espasmódico; se dejó caer de rodillas en la arena y se tapó la cara con las manos.

—Cubrámoslo —dijo Thea con voz firme—. Dame la pala.

«Plaf.» Arena húmeda arrojada a una tumba improvisada. «Plaf.» «Plaf.»

Y por encima de ese sonido, el murmullo de las olas en la orilla y los sollozos sin lágrimas de Kate, terribles, que nos recordaban lo que estábamos haciendo.

Por fin rellenamos el hoyo. Subió la marea y cubrió las huellas que habíamos dejado y borró nuestras pisadas en el barro y la cicatriz que habíamos abierto en la orilla. Regresamos dando traspiés, con la lona rota en los brazos, sujetando a Kate entre todas, e iniciamos el resto de nuestras vidas como iban a ser a partir de ese momento, con la carga de lo que habíamos hecho en la conciencia.

A veces, cuando sueño con el ruido de una pala que araña el suelo de arcilla, me despierto y me cuesta creerlo, porque llevo mucho tiempo huyendo de los recuerdos, ahuyentándolos, ahogándolos en alcohol o en la rutina diaria.

«Cómo.» Ésa es la palabra que resuena en mis oídos. ¿Cómo se te ocurrió? ¿Cómo pudiste plantearte siquiera que fuera correcto? ¿Cómo pudiste pensar que lo que hicisteis era la solución a la terrible situación de Kate?

Y, sobre todo, ¿cómo lo has sobrellevado? ¿Cómo has podido vivir sabiendo eso, convivir con el recuerdo de aquella estupidez fruto del pánico y la borrachera?

Pero aquella noche eran otras las palabras que resonaban en mi cabeza cuando fumábamos, bebíamos y llorábamos en el sofá de Kate, abrazándola mientras la luna ascendía por el firmamento y la marea borraba las pruebas de lo que habíamos hecho.

«Por qué.»

¿Por qué hizo eso Ambrose?

Lo descubrimos a la mañana siguiente.

Habíamos planeado quedarnos el resto del fin de semana allí para cuidar a Kate, hacerle compañía y consolarla, pero cuando el reloj de pie dio las cuatro, ella apagó el cigarrillo y se enjugó las lágrimas.

—Tenéis que volver.

—¿Qué? —Fatima alzó la vista de su vaso—. No, Kate.

—Sí, tenéis que iros. No habéis pedido permiso, y de todas formas es mejor que no... que tengáis...

Se interrumpió. Pero ya sabíamos qué quería decir, y sabíamos que tenía razón, y cuando el alba llegó a la marisma nos pusimos en marcha, temblorosas y mareadas por el vino y la turbación, con los músculos todavía doloridos, pero con el corazón más dolorido aún por haber dejado a Kate, pálida y desvelada, acurrucada en un extremo del sofá.

Era sábado, así que cuando nos metimos en la cama y corrimos las cortinas para que no entrara la luz intensa de la mañana, no me molesté en poner la alarma. El sábado no pasaban lista a la hora del desayuno, nadie comprobaba si estábamos o no, y se aceptaba que te lo saltaras y no aparecieras hasta la hora de comer, o que te prepararas unas tostadas en la sala común de las mayores, donde había una tostadora, uno de los privilegios de las alumnas de quinto.

Ese día, sin embargo, no pudimos quedarnos durmiendo hasta tarde. Los golpes en la puerta sonaron temprano e, inmediatamente después, el ruido de la llave maestra de la señorita Weatherby en la cerradura de nuestro dormitorio. Fatima y yo todavía estábamos tendidas boca abajo, tapadas con nuestras mantas rojas de fieltro, parpadeando y desorientadas, cuando ella entró a grandes zancadas en la habitación y descorrió las cortinas.

No dijo nada, pero tampoco se le escapó un detalle: los vaqueros con arena que había dejado colgados del respaldo de la silla; las sandalias sucias de barro; los cercos de vino tinto que teníamos en los labios o el olor inconfundible a cerezas maduras del alcohol que se filtraba por los poros de la piel de dos adolescentes resacosas.

En la otra cama, Fatima intentaba incorporarse. La vi apartarse el pelo de la cara y parpadear, deslumbrada por aquella claridad cruel. Miré a la señorita Weatherby y el corazón empezó a latirme muy deprisa. Algo iba mal.

—¿Qué pasa? —preguntó Fatima. Se le quebró un poco la voz en la última sílaba y noté que su preocupación aumentaba al mismo ritmo que la mía.

La señorita Weatherby negó con la cabeza.

—En mi despacho dentro de diez minutos —dijo de manera escueta. Entonces dio media vuelta y nos dejó a Fatima y a mí aterrorizadas pero mudas, mirándonos en busca de una respuesta.

Nos vestimos en un tiempo récord, aunque a mí me temblaban los dedos, por una mezcla de miedo y resaca, mientras intentaba abrocharme la blusa. No teníamos tiempo para ducharnos, pero nos echamos agua en la cara y nos lavamos los dientes, con la esperanza de disimular al menos un poco el olor a tabaco del aliento. Intenté no vomitar cuando el cepillo se me resbaló de los dedos y me produjo una arcada.

Nos pareció que tardábamos una eternidad, pero por fin estábamos listas, y cuando salimos del dormitorio el corazón me latía tan fuerte que casi no oí los pasos que venían de arriba. Thea bajaba a toda prisa por la escalera, pálida. Se había mordido tanto las uñas que se había hecho sangre.

—¿Weatherby? —nos preguntó, y Fatima asintió, atemorizada—. ¿Qué le...?

Pero habíamos llegado al rellano y pasó un grupo de alumnas de primero que nos miraron con curiosidad, preguntándose, quizá, qué hacíamos levantadas tan temprano, tan lívidas y ojerosas.

Fatima negó con la cabeza, abrumada, y nos apresuramos; el reloj del vestíbulo principal dio las nueve justo cuando llegamos ante la puerta del despacho de la señorita Weatherby.

«Deberíamos habernos puesto de acuerdo», pensé, pero ya no había tiempo para eso. No habíamos llamado a la puerta, pero hacía exactamente diez minutos que nos habían convocado, y se oían ruidos dentro del despacho; la señorita Weatherby que recogía sus bolígrafos, retiraba la silla...

Tenía las manos frías y temblorosas por la adrenalina, y vi que Fatima, que estaba a mi lado, parecía a punto de vomitar o desmayarse.

Thea, en cambio, aparentaba una firme determinación, como quien se dispone a ir a la batalla.

—No digáis nada de forma voluntaria —nos indicó en voz baja cuando empezó a girar el picaporte—. ¿Entendido? Contestad sí y no. No sabemos nada de Am...

Y entonces se abrió la puerta y nos hicieron pasar.

—¿Y bien? —se limitó a decir.

Estábamos sentadas enfrente de la señorita Weatherby y sentía que me ardían las mejillas por algo que no era exactamente vergüenza, pero se le parecía. A mi izquierda, Thea miraba por la ventana. Estaba pálida y tenía cara de aburrimiento, como si la hubieran llamado para hablar de tarjetas y sticks de hockey desaparecidos, pero yo veía cómo movía los dedos, inquietos, debajo de los puños de la blusa, arañándose las cutículas sin parar.

Fatima, a mi derecha, no intentaba aparentar serenidad. Parecía tan turbada como yo, hundida en la silla, como si intentara encogerse hasta desaparecer. El pelo le tapaba la cara, aunque con eso no lograba disimular su temor. Mantenía la vista fija en el regazo y evitaba a toda costa que su mirada se cruzara con la de la señorita Weatherby.

—¿Y bien? —insistió la señorita Weatherby en tono irritado, y señaló con desdén los papeles que tenía encima de la mesa.

Miré de reojo a mis amigas con la esperanza de que dijeran algo, pero no lo hicieron. Tragué saliva.

—Nosotras no... no hemos hecho nada —dije, pero se me quebró la voz, porque sí habíamos hecho algo, sólo que no era aquello.

Eran dibujos: retratos de mí, de Thea, de Fatima y de Kate. Estaban repartidos por la mesa y me hicieron sentir desnuda y expuesta como jamás me había sentido cuando Ambrose nos dibujaba.

Thea flotando en el Estero, tumbada boca arriba, con los brazos estirados descuidadamente por encima de la cabeza. Kate a punto de saltar desde la pasarela, una figura esbelta, pálida sobre el fondo borroso y azul celeste de un mar de acuarela. Luc tomando el sol en la pasarela, desnudo, con los ojos cerrados y una sonrisa perezosa en los labios. Los cinco nadando desnudos bajo la luz de la luna, un enredo de extremidades y risas, sombreados a lápiz y salpicaduras plateadas.

Fui pasando la mirada de uno a otro y cada dibujo me evocaba determinadas escenas, me traía a la mente momentos que saltaban del papel a mi imaginación con la misma claridad y la misma frescura que cuando estábamos allí, casi podía notar el frescor del agua, el calor del sol en la piel...

El último, el que estaba más cerca de la mano de la señorita Weatherby, era un retrato mío.

Tenía un nudo en la garganta y me ardían las mejillas.

—¿Y bien? —volvió a decir, y le tembló la voz.

Era evidente que alguien había escogido aquellos dibujos. De los cientos de bocetos que Ambrose había hecho de nosotras acurrucadas en el sofá, en pijama, o sentadas a su mesa comiendo tostadas, en bata, o caminando con botas y mitones por un campo salpicado de escarcha; quienquiera que hubiera enviado aquellos dibujos había escogido los más comprometedores, aquellos en los que estábamos o parecía que estuviéramos desnudas.

Miré la ilustración en la que aparecía yo, inclinada hacia delante, pintándome las uñas de los pies; la curva de mi espalda estaba dibujada con tanto detalle que parecía que si pasabas la mano por encima de las vértebras podrías apreciar su relieve. Aquel día me había puesto una camiseta sin mangas, que se anudaba al cuello. Me acordaba del calor en la espalda, del nudo de la camiseta, que se me clavaba en la nuca, del olor intenso del esmalte rosa que me penetraba en la nariz mientras lo aplicaba.

Pero en el dibujo estaba sentada de espaldas al espectador y el pelo tapaba la tela anudada al cuello. No lo habían elegido por lo que era, sino por lo que parecía. Lo habían escogido con mucho cuidado.

¿Quién habría sido? ¿Quién pretendía destruir a Ambrose y, de paso, a nosotras?

«Usted no lo entiende», quería decir. Sabía qué estaba pensando, qué habría pensado cualquiera que viera aquellos dibujos, pero se equivocaba. Se equivocaba por completo.

«No es lo que parece», quería decir.

Pero no dijimos nada. Permanecimos calladas mientras la señorita Weatherby nos soltaba un sermón sobre la responsabilidad personal y la conducta que se esperaba de las alumnas de Salten, y también cuando nos pidió una y otra vez que le diéramos un nombre.

No dijimos nada.

Ella debía de saberlo. No había nadie que pudiera dibujar de aquella forma, salvo quizá Kate. Pero Ambrose casi nunca firmaba sus bocetos y tal vez la señorita Weatherby pensó que, si conseguía hacérnoslo decir en voz alta...

—Muy bien. ¿Dónde estabais anoche? —preguntó por fin.

No le contestamos.

—No teníais permiso para salir del colegio y aun así salisteis. Os vieron.

Seguimos sin responder, refugiadas en nuestro mutismo. La señorita Weatherby cruzó los brazos y dejó que aquel silencio doloroso se prolongara. Vi que Fatima y Thea intercambiaban una rápida mirada y comprendí qué era lo que se estaban preguntando. ¿Qué significaba todo aquello y cuánto tiempo podríamos aguantarlo?

Un golpe en la puerta lo interrumpió. Dimos un respingo y volvimos la cabeza. La señorita Rourke entró con una caja en las manos.

Le hizo una seña a la señorita Weatherby y vació el contenido encima de la mesa, delante de nosotras. Entonces Thea gritó, furiosa:

—¡Han registrado nuestras habitaciones! ¡Qué zorras!

—¡Thea! —bramó la señorita Weatherby.

Pero ya era demasiado tarde. Todos los artículos de nuestro patético contrabando —la petaca de Thea, mis cigarrillos y mi encendedor, la marihuana de Kate, la petaca de whisky que Fatima guardaba debajo de su colchón, un paquete de condones, un ejemplar de *La historia de O* y todo lo demás— estaba esparcido por la mesa, acusándonos.

—No me dejáis alternativa —dijo la señorita Weatherby con severidad—. Voy a enseñarle esto a la señorita Armitage. Y, dado que buena parte de esto lo hemos encontrado en su taquilla, ¿me queréis decir dónde está Kate Atagon?

Silencio.

—¿Dónde está Kate Atagon? —gritó entonces la señorita Weatherby, tan fuerte que parpadeé y noté que me brotaban las lágrimas.

—No tenemos ni idea —respondió Thea con desprecio, y desvió la mirada de la ventana y la dirigió hacia la señorita Weatherby—. Y el hecho de que usted tampoco lo sepa dice mucho de este colegio, ¿no le parece?

Hubo una larga pausa.

—Fuera —masculló la señorita Weatherby por fin, y al pronunciarla, la palabra silbó entre sus dientes—. Fuera. Id a vuestras habitaciones y quedaos allí hasta que envíe a alguien a buscaros. Os llevarán la comida. Os prohíbo hablar con las otras alumnas. Voy a llamar por teléfono a vuestros padres.

—Pero... —dijo Fatima con voz temblorosa.

—¡Basta! —gritó la señorita Weatherby, y de pronto me di cuenta de que estaba casi tan consternada como nosotras. Aquello, fuera lo que fuese, había ocurrido durante su guardia, y ella iba a salir tan perjudicada como nosotras—. Os he dado la oportunidad de hablar y, como no habéis querido contestar mis preguntas, no pienso escuchar vuestras objeciones. Id a vuestros cuartos y pensad en vuestro comportamiento y en lo que vais a decirles a la señorita Armitage y a vuestros padres cuando ella los haga venir, porque estoy segura de que lo hará.

Se levantó, abrió la puerta y se quedó allí de pie; la mano con la que sujetaba el picaporte le temblaba ligeramente. Salimos las tres en fila, en silencio, y luego nos miramos unas a otras.

¿Qué había pasado? ¿Cómo habían llegado aquellos dibujos al colegio? ¿Y qué habíamos hecho?

No lo sabíamos, pero una cosa estaba clara. Fuera lo que fuese, nuestro mundo estaba a punto de desmoronarse y se había llevado a Ambrose con él.

Es tarde. Las cortinas, si es que esto que hay en el molino pueden llamarse «cortinas», están corridas. Liz se ha marchado a su casa hace horas: su padre ha pasado a recogerla en coche, y entonces Kate ha cerrado con llave la puerta del molino por primera vez, que yo recuerde, y les he contado la conversación que he tenido con Jess Hamilton.

—¿Cómo lo sabe? —pregunta Fatima, desesperada. Estamos apretujadas en el sofá y yo tengo a Freya en brazos. Thea fuma un cigarrillo tras otro; los enciende con la colilla del anterior y nos echa el humo a todas, pero no tengo valor para pedirle que pare.

—Como siempre, supongo —dice Thea. Tiene los pies pegados a mi cadera y los noto fríos como el hielo.

—Pero... —insiste Fatima—. Yo creía que si accedíamos a marcharnos antes de terminar el trimestre, ellas se comprometerían a que no se supiera nada. ¿No se trataba de eso?

—No lo sé —responde Kate, con hastío—. Pero ya conocéis cómo funciona el circuito de cotilleos del colegio. Quizá una antigua maestra se lo contó a una ex alumna. O se enteraron unos padres.

—¿Adónde han ido a parar los dibujos? —pregunta Thea.

—¿Los que encontró el colegio? Seguro que los destruyeron. Me imagino que a la señorita Armitage le interesaba tanto como a nosotras que no se descubrieran.

—¿Y los otros? —pregunto—. ¿Los que Ambrose tenía aquí?

—Los he quemado —responde Kate, tajante, pero detecto algo en sus ojos, un breve parpadeo que me hace dudar que esté diciendo la verdad.

Entonces, en el colegio, fue ella quien salvó la situación, en la medida en que podía salvarse. Regresó el domingo por la tarde, pálida pero serena. La señorita Weatherby, que la estaba esperando, la condujo directamente al despacho de la directora, de donde Kate tardó mucho en salir.

Cuando lo hizo, la rodeamos y la acribillamos a preguntas, pero ella se limitó a negar con la cabeza y apuntar con la barbilla hacia la torre. «Esperad —quería decirnos con eso—. Esperad a que estemos solas.»

Y luego, cuando por fin estuvimos sólo nosotras cuatro, nos lo contó mientras hacía la maleta por última vez.

Les había dicho que los dibujos eran suyos.

Ni siquiera hoy sé si la señorita Armitage se lo creyó, o si, dado que no había pruebas concretas que demostraran lo contrario, decidió aceptar aquella ficción que acarrearía menos efectos colaterales. Los bocetos eran de Ambrose, eso lo habría sabido cualquiera que entendiera un poco de arte. El estilo de Kate, o como mínimo su estilo natural, era completamente distinto: poco preciso, fluido, sin el detallismo de Ambrose.

Sin embargo, si quería, Kate sabía imitar el estilo de su padre a la perfección, y tal vez les enseñara algo que las convenció; puede que dibujara el despacho, por ejemplo. No lo sé. Nunca se lo pregunté. El caso es que ellas se lo creyeron, o dijeron que se lo habían creído, y eso fue suficiente.

Estaba claro que teníamos que irnos. Las salidas del colegio sin permiso, el alcohol y los cigarrillos que habían encontrado en nuestras habitaciones... todo eso ya constituía un motivo lo bastante grave como para que nos expulsaran. Pero los dibujos, aunque Kate hubiera confesado, añadían una peligrosísima dosis de incertidumbre a todo el asunto.

Por fin se llegó a un acuerdo tácito. Os marcháis discretamente, no habrá expulsión, era el mensaje, y fingís que nada de esto ha sucedido. Para bien de todos.

Y eso fue lo que hicimos.

Habíamos terminado los exámenes y sólo faltaban unas semanas para que empezaran las vacaciones de verano, pero la señorita Armitage no quería esperar tanto. Todo sucedió increíblemente deprisa, y al cabo de veinticuatro horas, cuando ni siquiera había terminado el fin de semana, nos habíamos ido todas. Kate fue la primera: blanca como el papel, pero con estoicismo, metió sus pertenencias en un taxi; después se marchó Fatima, pálida y llorosa, en el asiento trasero del coche de sus tíos. Luego llegó el padre de Thea, para nuestro espanto, con una actitud escandalosa y jovial, y por último el mío, tan triste y demacrado que casi me costó reconocerlo.

Mi padre no abrió la boca, y creo que su silencio durante el larguísimo trayecto de regreso a Londres fue lo más duro, lo que más me costó sobrellevar.

Nos dispersamos como pájaros: Fatima por fin se salió con la suya y se marchó a Pakistán, donde sus padres estaban terminando el voluntariado. A Thea la enviaron a Suiza, a una institución a medio camino entre una escuela de élite y un reformatorio; un sitio con muros altos y barrotes en las ventanas y un reglamento que prohibía cualquier tipo de «tecnología personal». A mí me mandaron a Escocia, a un internado tan remoto que, en otros tiempos, antes de que la clausurara el plan Beeching, hasta tenía su propia estación de ferrocarril.

Kate fue la única que se quedó en Salten, y ahora tengo la impresión de que para ella su casa fue una prisión, del mismo modo que la escuela de élite lo fue para Thea, sólo que los barrotes de la ventana los habíamos construido nosotras mismas.

Nos escribíamos —yo todas las semanas—, pero ella sólo contestaba esporádicamente, unas cartas breves, fatigadas, en las que hablaba de su lucha incesante por llegar a fin de mes y de lo sola que se sentía sin nosotras. Vendió los cuadros de su padre y cuando se le acabaron empezó a falsificarlos. Una vez, en una galería de arte de Londres, vi un grabado que tengo la certeza de que no era obra de Ambrose.

Lo único que sabía de Luc era que había regresado a Francia y que Kate vivía sola, contando las semanas que faltaban para cumplir dieciséis años, eludiendo las preguntas sobre el paradero de su padre y lo que éste había hecho, y dándose cuenta de que, poco a poco, la desaparición de Ambrose estaba convirtiendo las sospechas vagas de que algo había hecho mal en una prueba inapelable de su culpabilidad.

El día que Kate cumplió dieciséis años, todas le enviamos unas palabras de cariño y, esa vez al menos, ella nos contestó.

«Ya tengo dieciséis años —me escribió a mí—. ¿Y sabes qué he pensado cuando me he despertado esta mañana? No he pensado en regalos, ni en tarjetas de felicitación, porque eso no lo tengo. He pensado que por fin puedo decirle a la policía que está muerto.»

Sólo volvimos a encontrarnos una vez más, en el funeral de mi madre, un día gris de primavera del año en que cumplí dieciocho.

No esperaba verlas, aunque confiaba en que vinieran, no puedo negarlo. Les había escrito un correo electrónico contándoles lo que había pasado y diciéndoles la fecha y la hora del funeral, pero sin ningún tipo de explicaciones. Sin embargo, cuando llegué en el coche en el que fui con mi padre y mi hermano al crematorio, allí estaban ellas, un grupito vestido de negro bajo la lluvia, junto a la verja. Levantaron la cabeza al vernos avanzar lentamente por el camino, detrás del coche fúnebre, y había tanta compasión en sus miradas que sentí que se me partía el corazón. Sin pensarlo, busqué a tientas la manija de la puerta y oí el ruido de los neumáticos en la grava cuando el conductor se apresuró a frenar y yo bajé del coche.

—Lo siento —le oí decir al hombre—. Habría parado. No tenía ni idea de que la chica...

—No se preocupe —la voz de mi padre sonaba agotada—. Siga adelante. Ya nos alcanzará.

Y volví a oír el motor del coche, que desapareció por el camino bajo la lluvia.

No recuerdo qué me dijeron, sólo recuerdo sus abrazos, el frío de la lluvia que me mojaba la cara y ocultaba mis lágrimas. Y la sensación de estar con las únicas personas capaces de llenar el inmenso vacío que se había abierto dentro de mí, de estar con mi familia.

No volvimos a reunirnos las cuatro hasta quince años después.

—¿Él lo sabe? —La voz de Thea, cascada por el tabaco, rompe por fin el silencio de la habitación donde llevamos un buen rato pensando. Las velas se han ido consumiendo y, fuera, la marea ha subido y luego ha empezado a bajar lentamente.

Kate, que contempla las aguas tranquilas y negras del Estero, vuelve la cabeza.

—¿Quién sabe qué?

—Luc. Bueno, es evidente que sabe algo, pero ¿cuánto? ¿Le contaste lo que pasó aquella noche, lo que hicimos?

Kate suspira y apaga el cigarrillo en un platillo.

—No, no se lo conté. Ya lo sabéis, no se lo conté a nadie. Lo que... lo que...

No puede terminar.

—¿Lo que hicimos? ¿Por qué no lo dices? —pregunta Thea, levantando la voz—. Escondimos un cadáver.

Oírselo decir sin tapujos me impresiona, es una especie de bofetada de realidad; me doy cuenta de que llevamos mucho tiempo eludiendo la verdad, evitando decirla en voz alta.

Porque eso fue lo que hicimos: escondimos un cadáver, aunque los tribunales no lo expresarían así. Seguramente describirían el delito como «impedir el legal y respetuoso entierro de un cadáver». Conozco la terminología y las penas. Lo he consultado muchas veces fingiendo que buscaba otra cosa, y cada vez que leía esas palabras me temblaban las manos. Y es probable que también incluyeran «deshacerse de un cadáver con objeto de impedir la

211

investigación de un juez de instrucción», aunque eso, la primera vez que tropecé con la expresión en una revista de jurisprudencia, me arrancó una risita amarga.

¿Fue ésa, en parte, la razón por la que decidí dedicarme al derecho, ese deseo de armarme con el conocimiento del delito que había cometido y de las penas con las que estaba castigado?

—¿Lo sabe? —vuelve a preguntar Thea, subrayando cada palabra con un puñetazo en la mesa, y yo me estremezco.

—No, no lo sabe, pero sospecha algo —dice Kate con aplomo—. Hacía mucho tiempo que sabía que algo pasaba, pero con las noticias que han aparecido en el periódico... Y de alguna forma me culpa a mí, nos culpa a nosotras, de lo que le pasó en Francia. Aunque eso sea completamente absurdo.

¿Seguro? ¿De verdad es tan absurdo? Lo único que sabe Luc es que su padre adoptivo, a quien tanto quería, desapareció; que han encontrado un cadáver en el Estero y que nosotras tenemos algo que ver con eso. A mí su rabia me parece de lo más razonable.

Pero entonces miro a Freya, veo la paz angelical de su semblante y me acuerdo otra vez del miedo y la furia que se reflejaban en el de Luc cuando me ha devuelto a mi hija. ¿Seguro que eso sería lo que haría una persona completamente razonable, llevarse a un bebé que llora a pleno pulmón a dar vueltas por la marisma?

Joder, no lo sé, ya no sé nada. Hace ya mucho que perdí la capacidad de distinguir lo que es racional. Quizá la perdiera aquella noche en el molino, con el cadáver de Ambrose.

—¿Se lo contará a alguien? —consigo decir. Las palabras se me atascan en la garganta—. Nos ha amenazado... Ha dicho algo de llamar a la policía, ¿no?

Kate suspira. La luz de la lámpara acentúa las sombras de su cara y le dan un aire demacrado.

—No lo sé —dice—. Supongo que no. Supongo que si pensara hacer algo ya lo habría hecho.

—Pero ¿y la oveja? —pregunto—. ¿Y la nota? ¿Fue él?

—No lo sé —repite Kate. Mantiene un tono neutro, pero frágil; da la impresión de que cualquier día podría derrumbarse bajo tanta presión—. No lo sé. Hace ya... —traga saliva—... un tiempo que recibo cosas así.

—¿Cuánto tiempo? ¿Semanas o meses? —le pregunta Fatima.

Kate aprieta los labios y ese gesto la delata antes de que conteste:

—Meses. Incluso... años.

—Joder. —Thea cierra los ojos y se pasa una mano por la cara—. ¿Por qué no nos dijiste nada?

—¿Para qué? ¿Para que os asustarais tanto como yo? Lo hicisteis por mí, es responsabilidad mía.

—¿Cómo has aguantado, Kate? —pregunta Fatima en voz baja. Le coge una mano, delgada y manchada de pintura, y la sujeta entre las suyas; su alianza y su anillo de compromiso brillan bajo la luz de la vela—. Me refiero a cuando nosotras nos fuimos y te quedaste aquí sola. ¿Cómo te las ingeniaste?

—Ya sabes cómo me las ingenié —responde Kate, pero cuando traga saliva se le marcan los músculos del mentón—. Vendí los cuadros de mi padre y luego, cuando se terminaron, pinté imitaciones. Si quisiera, Luc podría añadir la falsificación a mi lista de delitos.

—No me refería a eso. Me refería a qué hiciste para no volverte loca viviendo sola aquí, sin nadie con quien hablar. ¿No tenías miedo?

—No, no tenía miedo... —dice Kate con un hilo de voz—. Nunca tuve miedo, pero lo otro... No lo sé. A lo mejor estaba loca. A lo mejor todavía lo estoy.

—Todas lo estábamos —salto de pronto, y ellas vuelven la cabeza hacia mí—. Lo que hicimos... Lo que hicimos...

—No teníamos alternativa —replica Thea con el rostro crispado, la piel tirante sobre los pómulos.

—¡Claro que teníamos alternativa! —grito. Y de repente me asalta todo de nuevo y siento que me atenaza el pánico, como me sucede a veces cuando me despierto de madrugada de un sueño con arena húmeda y palas, o cuando tropiezo con un titular de alguien acusado de ocultar una muerte, y la impresión hace que, durante unos segundos, me tiemblen las manos—. ¿No lo entendéis, joder? Si esto se sabe... me inhabilitarán. Está tipificado como delito: no puedes practicar la abogacía si tienes algo así en tus antecedentes. Y a Fatima le pasará lo mismo. ¿Creéis que hay alguien dispuesto a que lo trate un médico que ha ocultado una muerte? Estamos jodidas. Podríamos ir a la cárcel. Yo podría perder... —Siento una opresión en la garganta, siento que me asfixio, como si me estrangularan—. Podría perder a Fre... Fre...

No puedo decirlo.

Me levanto y voy hasta la ventana con mi hija en brazos, como si la fuerza con la que la estrecho fuera a impedir que la policía irrumpiera aquí y me la arrebatara.

—Cálmate, Isa. —Fatima se levanta del sofá y se acerca a mí, pero su expresión no me consuela, porque veo miedo en sus ojos cuando dice—: Éramos menores de edad. Eso cambia las cosas, ¿no? Eres la abogada.

—No lo sé. —Aprieto el cuerpecito de Freya—. La edad de responsabilidad criminal es diez años. Y nosotras teníamos unos cuantos más.

—¿Y los plazos de prescripción?

—Eso afecta sobre todo a las cuestiones civiles. No creo que pueda aplicarse a este caso.

—¿No crees? Pero ¿no estás segura?

—No, no lo sé —repito, impaciente—. Trabajo para la Administración, Fatima. No suelo ocuparme de casos así. —Freya, adormilada, gime un poco, y me doy cuenta de que le estoy haciendo daño. Aflojo las manos.

—¿Qué más da? —dice Thea desde el otro extremo de la habitación. Lleva rato arrancándose las cutículas y tiene la piel de alrededor de las uñas en carne viva, y la veo meterse un dedo en la boca y chupárselo—. Porque, si se descubre, estamos jodidas, ¿no? No importa de qué nos acusen. Lo que nos va a joder van a ser los rumores y la publicidad. A la prensa sensacionalista le va a encantar esto.

—Mierda. —Fatima se tapa la cara con las manos. Entonces levanta la cabeza, mira la hora en el reloj de pie y le cambia la expresión—. ¿Son las dos de la madrugada? ¿Cómo pueden ser las dos? Tengo que subir.

—¿Te marchas por la mañana? —le pregunta Kate, y Fatima asiente.

—No tengo más remedio. Debo volver al trabajo.

El trabajo. Parece imposible y de repente suelto una risa histérica y burbujeante. Y Owen. Es curioso, porque ni siquiera consigo visualizar su cara. Él no tiene ninguna relación con este mundo, con lo que he hecho. ¿Cómo puedo volver y mirarlo a la cara? Si ni siquiera me atrevo a mandarle un mensaje por teléfono.

—Claro, tenéis que iros —dice Kate. Sonríe, o al menos lo intenta—. Me ha encantado veros y, aparte de todo lo demás, ya hemos ido a la cena. Si os vais, todo parecerá más... natural. Y sí, deberíamos dormir un poco.

Se levanta y, mientras Fatima sube la ruidosa escalera, Kate se pone a apagar las velas y las lámparas.

Yo me quedo de pie entre ventana y ventana, con Freya en brazos, mirándola mientras recoge los vasos.

Parece imposible que vaya a poder dormir, pero la verdad es que necesito descansar para afrontar el viaje de mañana con mi hija.

—Buenas noches —dice Thea. Se levanta también y veo que se pone una botella debajo del brazo, con naturalidad, como si llevarse una garrafita de vino a la cama fuera lo más normal del mundo.

—Buenas noches —contesta Kate. Apaga la última vela y nos quedamos a oscuras.

Dejo a Freya, que todavía duerme, en medio de la gran cama de matrimonio, la cama de Luc, y voy al cuarto de baño. Me lavo los dientes con poca energía; noto una película amarga que me recubre la lengua, provocada por el exceso de vino.

Me quito el rímel y el perfilador de ojos delante del espejo y veo estirarse la fina piel de alrededor de mis ojos bajo el algodón. Poco a poco, mi cutis está perdiendo elasticidad. Piense lo que piense, a pesar de lo que haya sentido esta noche al entrar en mi antiguo colegio, no soy la chica de antes, y Kate, Fatima y Thea tampoco lo son. Todas tenemos casi veinte años más, y hemos llevado durante demasiado tiempo a cuestas el peso de lo que hicimos.

Después de desmaquillarme, ya con el cutis limpio, recorro el pasillo hasta mi habitación, pisando sin hacer ruido para no despertar a Freya ni a las demás, que ya deben de dormir. Pero por la rendija de la puerta del dormitorio de Fatima veo luz y, cuando me paro delante, la oigo murmurar en voz muy baja.

Al principio creo que está hablando con alguien por teléfono y me siento culpable por no haber llamado a Owen, pero entonces la veo levantarse y enrollar una esterilla que hay en el suelo y de pronto me doy cuenta de que estaba rezando.

Me siento como una intrusa por estar mirando y sigo caminando, pero el movimiento, o quizá el sonido, distrae a Fatima, que me llama en voz baja.

—¿Eres tú, Isa?

—Sí. —Me paro y empujo un poco la puerta de su habitación—. Iba a acostarme. No quería... No pienses que te estaba espiando.

—Tranquila —me dice. Deja la esterilla de oración con cuidado encima de su cama y en su semblante veo una paz que no estaba allí antes, cuando nos encontrábamos las cuatro abajo—. No estaba haciendo nada que me avergüence.

—¿Rezas todos los días?

—Sí, cinco veces al día. Bueno, cinco veces si estoy en casa. Cuando viajas es diferente.

—¿Cinco veces? —De pronto soy consciente de lo ignorante que soy respecto a su fe y me avergüenzo—. Claro, supongo que ya lo sabía. Bueno, en el trabajo tengo algunos compañeros musulmanes y... —Pero no sigo, porque la torpeza de mis palabras me produce escalofríos. Fatima es mi amiga, una de mis mejores amigas, y hasta ahora no me había dado cuenta de lo poco que sé de ese pilar central de su vida, de cuánto me queda por aprender sobre ella.

—Pero me he retrasado —dice, compungida—. Debería haber rezado la *Isha* sobre las once. Es que no me he fijado en qué hora era.

—¿Y eso es grave? —le pregunto.

—No es lo ideal, pero nos enseñan que si realmente es una equivocación, Alá nos perdona.

—Fatima... —digo, y entonces me interrumpo—. No importa.

—No, dilo. ¿Qué pasa?

Inspiro hondo. No estoy segura de si lo que voy a decir es muy grosero, ya no lo sé. Me presiono los párpados con las manos.

—Nada —respondo. Y entonces, de golpe, lo suelto—: Fatima, ¿tú crees... tú crees que Dios nos perdona? Bueno, a ti. ¿Crees que te perdona?

—¿Por lo que hicimos? ¿Te refieres a eso? —Se sienta en la cama y empieza a trenzarse el pelo, y el ritmo de sus dedos, constante, resulta confortador—. Eso espero. El Corán nos enseña que Alá perdona todos los pecados con la condición de que el pecador se arrepienta de una forma sincera. Y yo tengo mucho de lo que arrepentirme, pero he intentado expiar mi parte de culpa en lo que hicimos.

—Pero ¿qué hicimos, Fatima? —le pregunto, sin intención de ser cínica ni rebuscada, porque, si soy sincera, de pronto no lo sé. Si me lo hubieran preguntado hace diecisiete años, habría contestado que hicimos lo necesario para proteger a nuestra amiga. Si me lo hubieran preguntado hace diez, habría dicho que cometimos una estupidez imperdonable, que no dormía por las noches por temor a que un cadáver saliera a la superficie y me hicieran preguntas que me habría horrorizado contestar.

Pero ahora resulta que ese cadáver ha salido a la superficie y las preguntas... las preguntas nos están esperando, pequeñas emboscadas que todavía no podemos ver. Y ya no estoy segura.

Cometimos un delito, eso es innegable. Pero ¿le hicimos a Luc algo aún peor? ¿Algo que convirtió al chico que yo recordaba en el hombre iracundo al que me ha costado reconocer?

Quizá nuestro verdadero delito no fue lo que le hicimos a Ambrose, sino a sus hijos.

Entro en la habitación de Luc para acostarme en su cama, con Freya a mi lado, y, con la mirada fija en la oscuridad, eso es lo que no paro de preguntarme: ¿fuimos nosotras quienes le hicimos esto a Luc?

Cierro los ojos y es como si su presencia me envolviera, tan real como las sábanas que se me pegan a la piel sudada. Él está aquí igual que el resto de nosotras, y esa idea debería asustarme, pero no lo hace. Porque no puedo separar al hombre que hemos visto esta noche del chico al que conocí hace tantos años, con aquellas manos largas y aquellos ojos dorados, y su risa ronca y vacilante que hacía que se te encogiera el corazón. Y ese chico está dentro de Luc, en algún rincón, lo he visto en sus ojos, bajo el dolor, la ira y el alcohol.

Tumbada en la cama, abrazando a Freya, sus palabras dan vueltas por mi mente.

«¿Queréis saber quién es el responsable del cadáver que ha aparecido en el Estero?»

«Ella silba y las demás vais corriendo, como perritos.»

Pero es su última frase la que aparece en mi mente justo cuando estoy quedándome dormida, y ahí se mantiene y hace que mi brazo se tense alrededor de la niña, que se remueve, dormida.

«De nada, Isa. Cuidar a tu hija no me ha supuesto ningún esfuerzo. Me encantaría volver a hacerlo.»

—¿Seguro que no quieres que te lleve?

Fatima está junto a la puerta, con la maleta en una mano y las gafas de sol en la otra. Niego con la cabeza y doy un sorbo al té que estoy tomándome.

—No, tranquila. Tengo que cambiar a Freya y preparar la bolsa, y no quiero retrasarte.

Son las siete menos cuarto de la mañana. Estoy acurrucada en la parte del sofá donde da el sol que entra por la ventana, jugando con Freya: hago como si le arrancara la nariz y se la volviera a poner. Ella me da golpecitos en las manos, intenta cogérmelas y me araña con sus uñitas, y entrecierra los ojos, porque la deslumbra el sol que se refleja en las aguas del Estero. Le aparto las manos con suavidad e intento que no toque la taza cuando la dejo en el suelo.

—Vete, en serio.

Thea y Kate todavía duermen, pero Fatima está impaciente por marcharse y volver con Ali y sus hijos, es evidente. Al final asiente de mala gana, desliza las patillas de las gafas de sol por debajo del *hijab* y se palpa los bolsillos buscando las llaves del coche.

—¿Cómo irás a la estación? —me pregunta.

—En taxi, supongo. No lo sé. Ya lo hablaré con Kate.

—Vale. —Sopesa las llaves en la palma de la mano—. Despídete de ellas por mí y, por favor, a ver si consigues que venga Kate, ¿vale? Ayer estuve hablando con ella, pero no...

—No ¿qué?

La voz llega desde el piso de arriba. *Shadow* gimotea de alegría y se levanta de la isla de luz donde está tumbado, junto a la ventana. Fatima y yo miramos hacia arriba y vemos bajar a Kate por la escalera, con una bata de algodón desteñida que en su día fue azul marino. Se frota los ojos y trata de no bostezar.

—¿Ya te vas?

—Sí, lo siento —dice Fatima—. Tengo que volver. He de estar en la consulta antes del mediodía y esta noche Ali no puede recoger a los niños. Pero mira, Kate, precisamente le estaba diciendo a Isa... ¿Por qué no te lo piensas y vienes a pasar unos días con nosotros? En casa hay sitio.

—Ya sabes que no puedo —contesta Kate, tajante, pero me doy cuenta de que su determinación no es tan firme como ella quiere aparentar. Saca la cafetera de debajo del fregadero y noto que le tiemblan un poco las manos cuando la llena de agua del grifo y echa el café—. ¿Qué iba a hacer con *Shadow*?

—Podrías llevártelo —dice Fatima de forma poco convincente, pero Kate niega con la cabeza.

—Ya sé que a Ali no le gustan los perros. Además, ¿no me dijiste que Sam era alérgico?

—Pero hay canguros de perros, ¿no? —replica Fatima, sin mucha convicción. Ambas sabemos que *Shadow* es un motivo, pero no el principal. Kate no se irá de aquí, es así de sencillo.

Se produce un silencio, interrumpido sólo por el burbujeo del café en el fogón, y Kate no dice nada.

—Aquí no estás segura —suelta Fatima por fin—. Díselo, Isa. No me refiero sólo a la instalación eléctrica. ¿Y Luc? ¿Y esas notas manchadas de sangre, y esa oveja muerta? Por favor...

—No sabemos si fue él —contesta Kate en voz baja, pero sin mirarnos.

—Deberías dar parte a la policía —insiste Fatima, vehemente, pero sin necesidad de que Kate lo diga, todas sabemos que eso no va a suceder.

»Vale, me rindo. Ya he dicho lo que tenía que decir, Kate: en mi casa siempre tendrás una habitación, no lo olvides. —Se acerca y nos besa a las dos—. Despídeme de Thea, por favor —añade cuando me abraza. Nuestras mejillas se tocan y huelo su perfume

220

intenso. Me dice al oído—: Por favor, Isa, intenta convencerla. A lo mejor a ti te escucha.

Entonces se endereza y coge su bolsa y, al cabo de unos minutos, oímos música y el rugido del motor del coche, y luego la vemos alejarse bajo el sol por el camino lleno de baches que conduce a Salten y el silencio vuelve a apoderarse del molino.

—Bueno.

Kate me mira por encima del borde de su taza de café y arquea una ceja, invitándome a cerrar filas con ella ante la paranoia de Fatima, pero no puedo.

Dudo mucho que Luc sea capaz de hacerle daño, ni a ella ni a ninguna de nosotras, pero tampoco me parece bien que Kate se quede aquí. Está sometida a mucho estrés y a veces tengo la impresión de que está a punto de derrumbarse y de que ni ella misma se da cuenta.

—Fatima tiene razón, Kate —le digo. Ella mira al techo y bebe otro sorbo, pero yo insisto, escarbo en el tema como Thea escarba alrededor de sus uñas, hasta hacerse sangre—. Y también tiene razón con lo de la oveja. Eso fue de muy mal gusto.

Kate se queda mirando su café y no reacciona.

—Fue Luc, ¿verdad? —le suelto por fin.

—No lo sé —me contesta, muy seria. Deja la taza y se pasa las manos por el pelo—. Respecto a eso no os he engañado. Sí, está enfadado, pero él... él no es el único de por aquí que me guarda rencor.

—¿Qué? —Es la primera vez que la oigo decir eso y no puedo disimular mi sorpresa—. ¿Qué quieres decir?

—Las alumnas del colegio no fueron las únicas que difundieron rumores, Isa. Mi padre tenía muchos amigos. Yo, en cambio... no.

—¿Te refieres a gente del pueblo?

—Sí.

Recuerdo lo que le dijo Rick en el taxi: «Tú has tenido el valor de quedarte aquí a pesar de los rumores.»

—¿Qué dicen? —le pregunto, y de pronto noto la boca seca.

Kate se encoge de hombros.

—¿Tú qué crees? He oído de todo, te lo aseguro. Algunas cosas bastante desagradables.

—¿Como qué? —No quiero saberlo, pero lo digo sin pensar.

—¿Como qué? Pues no sé. Que mi padre recayó y huyó con una yonqui de París.

—¿Ésa es la más agradable? Joder, ¿y cuál es la peor?

Es una pregunta retórica y no esperaba que Kate me la contestara, pero ella suelta una risita amarga y dice:

—Me lo pones difícil... aunque seguramente me decantaría por esa versión según la cual mi padre abusaba de mí y Luc lo mató por eso.

—¿Qué? —Como no encuentro palabras, como no sé qué más decir, lo repito con voz estrangulada—: ¿Qué?

—Lo que oyes. —Se acaba el café y deja la taza en el escurridero—. Y, entre una cosa y otra, un amplio abanico. Y luego les extraña que no vaya al Salten Arms los sábados por la noche, como hacía mi padre. Es increíble lo que los viejos son capaces de preguntarte después de tomarse unas cervezas.

—Me tomas el pelo. ¿En serio te preguntaron si eso era verdad?

—No, no me lo preguntaron. Lo afirmaron. Por lo visto es *vox populi*. —Tuerce el gesto—. Mi padre me follaba y, según a quién se lo preguntes, a vosotras también.

—¡Joder, Kate! ¿Por qué no nos lo dijiste?

—¿Deciros qué? ¿Que después de tantos años la gente de por aquí todavía utiliza nuestros nombres como si fueran una especie de advertencia lasciva? ¿Que la opinión está dividida entre la idea de que soy una asesina y la de que mi padre todavía corre por ahí, demasiado avergonzado para volver y enfrentarse a lo que nos hizo a mí y a mis amigas? Pues no, no me apetecía mencionar nada de eso.

—Pero... ¿no puedes dejar las cosas claras? ¿No puedes negarlo?

—¿Negar qué? Ése es el problema. —Su expresión revela hastío y desesperación—. Mi padre desapareció y yo esperé cuatro semanas antes de informar a la policía. Eso es verdad, y es lógico que diera pie a rumores. Es esa pizca de verdad que los convierte en plausibles.

—En esas mentiras repugnantes no hay ni pizca de verdad —replico, furiosa—. Ni una pizca. ¿Están locos o qué? Por favor,

Kate. Por favor, ven a Londres conmigo. Fatima tiene razón, no puedes quedarte aquí.

—Tengo que hacerlo. —Se levanta y sale a la pasarela. Hay marea baja y las orillas fangosas del Estero suspiran y crepitan bajo el sol—. Ahora más que nunca. Porque, si huyo, sabrán que oculto algo.

Freya, sentada en mi regazo, intenta agarrar mi taza, vacía pero aún caliente, y gorjea de alegría cuando la dejo cogerla. Bajo la cabeza y no digo nada, porque no se me ocurre ningún argumento para rebatir lo que Kate acaba de decir.

Tardo tanto en empaquetarlo todo, en cambiar a Freya, en darle otra vez de mamar, en volver a cambiarla, que cuando ya estoy a punto de marcharme, Thea se ha despertado, ha salido de su habitación de la planta baja y recorre el pasillo tambaleándose a medio vestir y frotándose los ojos.

—¿Fati ya se ha marchado?

—Sí —contesta Kate, de manera escueta. Le acerca la cafetera a Thea—. Sírvete.

—Gracias. —Thea se echa todo el café que queda en la cafetera. Lleva unos vaqueros y una camiseta muy corta de tirantes finos, que no disimula el hecho de que debajo no lleve sujetador. También revela su delgadez y sus cicatrices blancuzcas y, sin darme cuenta, desvío la mirada.

—Yo también tengo que volver a Londres hoy —dice, ajena a mi turbación—. ¿Puedo ir contigo a la estación, Isa?

—Claro. Pero he de ir tirando. ¿Te va bien?

—Sí, casi no tengo equipaje. Lo recojo todo en diez minutos.

—Voy a pedir el taxi —contesto—. Kate, ¿me das el número de Rick?

—Está en la alacena. —Señala un montoncito de tarjetas gastadas que hay en una vieja mantequera; busco hasta que encuentro la de «TAXIS RICK» y marco el número.

Rick contesta enseguida. Quedamos en que nos recogerá en el molino dentro de veinte minutos y me dice que pedirá prestada una sillita de coche para Freya.

—Veinte minutos —le digo a Thea, que está sentada a la mesa, tomándose el café—. ¿Vale?

—Vale. Ya casi estoy. Sólo tengo que meter cuatro cosas en mi bolsa, no tardo ni un minuto.

—Voy a pasear a *Shadow* —anuncia Kate, y la miro sorprendida.

—¿Ahora?

—Pero ¡si estamos a punto de irnos! —protesta Thea.

Kate se encoge de hombros.

—Nunca me han gustado las despedidas, ya lo sabéis.

Se levanta y Thea también. Yo lo hago después de colocarme bien a Freya, y nos quedamos las tres de pie, indecisas; los rayos de sol iluminan las motitas de polvo que danzan a nuestro alrededor como una especie de tornado diminuto.

—Ven aquí —dice Kate por fin, y me abraza tan fuerte que me quedo un momento sin respiración y tengo que echarme hacia atrás para colocarme a Freya a un lado y así evitar que Kate la aplaste.

—Por favor, Kate, ven con nosotras —insisto, pese a saber que es inútil, y antes de que haya terminado la frase, ya está negando con la cabeza.

—No, no, no puedo. No vuelvas a pedírmelo, Isa, por favor.

—No soporto irme y dejarte...

—Pues no te vayas —me dice riendo, pero en su mirada veo una tristeza desgarradora—. No te vayas. Quédate.

—No puedo. —Sonrío, a pesar de que se me parte un poco el corazón—. Ya sabes que no puedo. Tengo que volver con Owen.

—Joder —dice, y me abraza de nuevo, a la vez que abraza también a Thea y juntamos las frentes—. Me ha encantado que vinierais. Pase lo que pase...

—¿Qué dices? —Thea se endereza y la mira con gesto de alarma—. ¿Qué tontería es ésa? Lo dices como si te estuvieras preparando...

—No —la corta Kate. Se frota los párpados y ríe un poco, a regañadientes—. Te lo prometo. Sólo era una forma de hablar. Pero es que... no puedo creer que haya pasado tanto tiempo. ¿A que estamos bien las cuatro juntas? ¿A que parece que fuera ayer...?

Sí, es verdad.

—Volveremos. —Le acaricio la mejilla; tiene una lágrima atrapada en las pestañas—. Te lo prometo. ¿Verdad, Thea? Esta vez no tardaremos tanto, te lo juro.

Es un lugar común, una frase que he dicho un millar de veces en un millar de despedidas, y no siempre en serio. Esta vez lo digo de todo corazón, pero cuando veo la cara de Thea, me doy cuenta de que es posible que, si las cosas se tuercen, volvamos antes de lo que querríamos, y en circunstancias muy diferentes, y mi sonrisa se vuelve un poco rígida.

—Claro —dice Thea por fin.

Antes de que podamos decir nada más, *Shadow* ladra varias veces seguidas, y cuando volvemos la cabeza hacia las ventanas de la orilla, vemos que el taxi de Rick llega dando bandazos.

—Mierda, ha tardado menos de lo que creía —exclama Thea, y corre por el pasillo hacia su habitación.

—Vale —dice Kate—. Me llevo a *Shadow* y me quito de en medio mientras termináis de recoger. —Le pone la correa al perro, abre la puerta que da a la orilla y sale a la pasarela—. Cuidaos mucho, preciosas.

Sólo después, en el coche de Rick, camino de la carretera principal, cuando Kate y *Shadow* no son más que unas manchitas sobre el verde de la marisma, me doy cuenta de lo raras y tristes que han sonado en ella esas últimas palabras. «Cuidaos mucho.»

Tristes, porque no debería ser algo que hubiera que desear, que hubiera que poner en duda.

Y raras, porque, en todo caso, deberíamos haber sido nosotras quienes se lo dijéramos a ella.

Miro por la ventana mientras el taxi sortea baches y roderas y veo cómo las siluetas de Kate y *Shadow* se alejan por la marisma; caminan sin miedo entre zanjas y cenagales traicioneros y pienso: «Cuídate mucho, Kate. No dejes que te pase nada, por favor.»

Hemos llegado a la carretera asfaltada y Rick pone el intermitente izquierdo para torcer hacia la estación, cuando Thea, que estaba hurgando en su bolso, levanta la cabeza y dice:

—Necesito sacar dinero. ¿En la estación hay cajero?

Rick quita el intermitente y yo suspiro. He dejado el dinero que saqué ayer metido en una taza, en la alacena, con la intención de que Kate lo encontrara cuando ya me hubiera ido. Es el dinero de los tickets de la cena que se negó a que le pagásemos, pero que mi conciencia no me permite aceptar. Sólo me he quedado veinte libras, para pagar a Rick, y algo más.

—No, ya lo sabes —respondo—. ¿Desde cuándo hay cajero automático en la estación? Tendremos que pasar por la oficina de Correos. Pero ¿para qué necesitas dinero? Ya pago yo el taxi.

—Sólo necesito tener algo suelto para el viaje —responde Thea—. Llévanos a la oficina de Correos, Rick, por favor.

Él pone el intermitente derecho. Cruzo los brazos y contengo otro suspiro.

—Nos sobra tiempo para coger el tren. —Thea cierra su bolso y me mira de soslayo—. No te pongas así.

—No me pongo de ninguna manera —contesto, pero es inútil que intente disimular mi enfado, y cuando Rick empieza a torcer por el puente hacia Salten, me doy cuenta del motivo: no me apetece nada volver al pueblo.

• • •

—¿Ya os marcháis?

Oigo la voz detrás de mí y me sobresalto. Thea está inclinada frente al cajero automático, introduciendo su PIN, de modo que me corresponde a mí darme la vuelta y contestar.

Es Mary Wren. Ha salido sigilosamente de la trastienda, o de dondequiera que estuviera cuando hemos llegado a la oficina de Correos, que estaba vacía.

—¡Mary! —Me llevo una mano al pecho—. Madre mía, me has asustado. Sí, volvemos a Londres. Hemos... Sólo hemos venido para la cena, ya sabes, la cena de antiguas alumnas del colegio.

—Ya me lo dijiste.

Mary me mira de arriba abajo y durante un momento tengo la inquietante sensación de que no se ha creído ni una sola palabra de lo que le he dicho, y de que puede leernos el pensamiento a todas, puede ver nuestras mentiras y nuestros engaños, y sabe exactamente qué secretos ocultamos. Mary era una de las mejores amigas de Ambrose y por primera vez se me ocurre preguntarme qué le contaría él años atrás.

Pienso en lo que nos ha explicado Kate de los rumores que circularon por el pueblo y me pregunto qué papel tendría Mary en todo eso. Cada vez que he entrado en el Salten Arms, ella estaba sentada junto a la barra y su risa sonora destacaba entre la de los otros clientes. Está enterada de todo lo que pasa en Salten. Ella habría podido acallar esos rumores si hubiera querido, habría podido defender a Kate, decirles a sus paisanos que cerraran la boca o se largaran. Pero no lo hizo. Ni siquiera para proteger a la hija de un hombre que había sido amigo suyo.

¿Por qué? ¿Será porque también ella piensa que Kate es culpable?

—Tiene gracia que hayáis escogido este momento para venir —dice entonces Mary, señalando con la barbilla el montón de periódicos, en cuya primera plana todavía aparece la fotografía.

—¿Gracia? —El nerviosismo hace que me tiemble un poco la voz—. ¿Qué quieres decir?

—Bueno, que es curioso que la cena haya coincidido con esto —dice, y permanece impasible, con una expresión insondable—. Con los rumores que corren. Debe de haber sido difícil para Kate ver a toda esa gente preguntándose...

Trago saliva. No sé muy bien qué decir.

—¿Preguntándose qué?

—Bueno, es normal, ¿no? Que se hagan... conjeturas. Y a mí nunca me pareció lógico.

—¿Qué es lo que no te pareció lógico? —le pregunta Thea. Se da la vuelta y se guarda la cartera en el bolsillo de los vaqueros—. ¿Qué intentas decir? —La mira con gesto belicoso y quiero pedirle que se tranquilice, que ésa no es la mejor manera de hablar con Mary Wren. Hay que tratarla con deferencia, fingir respeto.

—La idea de que Ambrose... desapareciera de la noche a la mañana —contesta Mary. Mira a Thea y se fija en sus vaqueros ceñidos y en su minúscula camiseta de tirantes, que a duras penas le cubre los pechos—. Puede que tuviera defectos, pero adoraba a esa chica. Habría hecho cualquier cosa por ella. Nunca me pareció lógico que se... marchara así, sin más, sabiendo a lo que tendría que enfrentarse ella sola.

—Bueno, pues no hay indicios de que fuera de otro modo —dice Thea. Es tan alta como Mary y se queda plantada delante de ella, con los brazos en jarras, imitando de manera inconsciente su postura, como si se pusiera en guardia ante ella—. Y ante la ausencia de indicios, las conjeturas no me parecen muy convenientes, ¿no crees?

Mary hace una mueca con la boca y soy incapaz de descifrar su significado. ¿Es ira contenida? ¿Asco?

—Bueno —contesta por fin—. Supongo que ya no hará falta que sigamos especulando, ¿verdad?

—¿Qué quieres decir? —pregunto. El corazón me late muy deprisa. Vuelvo un poco la cabeza hacia el taxi, donde Freya está chupándose los dedos tranquilamente en la sillita que le han prestado a Rick—. ¿Cómo que ya no hará falta?

—Supongo que no debería decíroslo, pero Mark me ha contado que la policía ha encontrado un cadáver y... bueno... —Me hace una seña con el dedo para que me acerque y, a mi pesar, me inclino hacia ella y noto su aliento caliente en la mejilla cuando me dice al oído—: Digamos que, ya que lo que queréis son pruebas, me parece que ese cadáver no tardará mucho en tener un nombre.

«No puedo perder a Freya. No puedo perder a Freya.»

Ésa es la frase que me repito una y otra vez, como un mantra, mientras el tren viaja hacia el norte, hacia Londres.

«No puedo perder a Freya.»

Las palabras siguen el compás del traqueteo de las ruedas sobre la vía.

«No puedo perder a Freya.»

Thea está sentada enfrente de mí, con las gafas de sol puestas, la cabeza apoyada en la ventanilla y los ojos cerrados. Cuando el tren toma una curva un poco más cerrada, su cabeza se separa del cristal, para luego volver a caer, dando un golpetazo cuando el tren vuelve a ir recto. Abre los ojos y se frota la cabeza.

—Ay. ¿Me he dormido?

—Sí —contesto, cortante, sin esforzarme mucho en disimular mi enfado.

No sé muy bien por qué estoy enfadada, quizá porque yo también estoy muy cansada, pero no puedo dormir. Anoche no nos acostamos hasta las dos o las tres de la madrugada y esta mañana Freya me ha despertado a las seis y media. Hace meses que no duermo una noche entera sin interrupciones y ahora no puedo hacerlo, porque llevo a Freya en un fular portabebés y no puedo relajarme, porque si me cayera hacia delante podría aplastarla. Pero no es sólo eso: además tengo los nervios a flor de piel y ver el rostro relajado de Thea es como un insulto a mi ansiedad y tensión. ¿Cómo puede dormir plácidamente cuando todo pende de un hilo?

—Lo siento —dice, y desliza los dedos por debajo de las gafas de sol para frotarse los párpados—. Anoche no dormí nada. Nada en absoluto. No podía dejar de pensar en... —Mira hacia atrás y ve que el vagón está casi vacío—. Bueno, ya sabes.

Me siento fatal. No sé por qué, pero siempre juzgo mal a Thea. Es mucho más difícil entenderla a ella que a Fatima o a Kate, porque siempre esconde sus cartas, pero debajo de esa fachada de indiferencia está igual de asustada que las demás. O incluso más. ¿Por qué siempre me olvido de eso?

—Ya —digo, arrepentida—. Lo siento. Yo tampoco he dormido bien estas últimas noches. No paro de pensar...

Pero no puedo decirlo. No puedo expresar mis temores en voz alta. ¿Y si me procesan? ¿Y si pierdo mi empleo? ¿Y si me quitan a Freya?

No me atrevo a decirlo. Hacerlo haría que esa posibilidad fuera real y ya sólo eso, pensarlo, es demasiado aterrador.

—Aunque lo descubran... —Thea se interrumpe, vuelve a mirar hacia atrás y se inclina hacia delante; se acerca más a mí y apenas oigo su voz cuando dice—: Aunque descubran que es él, no puede pasarnos nada, ¿no? Podría haberse caído a una acequia después de inyectarse una sobredosis.

—Pero ¿tan hondo? —le susurro yo—. ¿Cómo se explica que fuera a parar tan hondo?

—Esas zanjas cambian continuamente. Ya lo sabes. Sobre todo las que están más cerca del Estero. Toda esa zona está muy erosionada y ha retrocedido mucho. Las dunas cambian de forma, se mueven. Nosotras no... —Vuelve la cabeza de nuevo y cambia lo que iba a decir—. Me acuerdo muy bien, el sitio estaba a unos diez o veinte metros de la orilla, ¿no?

Intento hacer memoria. Sí, recuerdo que entonces el camino quedaba más atrás, había árboles y matorrales entre nosotras y la orilla. Thea tiene razón.

—La tienda de campaña de la policía estaba justo al borde del agua. Todo se ha desplazado. No podrán averiguar gran cosa de la ubicación exacta. Estoy segura.

No digo nada. Se me está revolviendo el estómago.

Porque, aunque la reflexión de Thea resulte en cierta medida reconfortante, y aunque quiera creerla, no estoy muy segura de que tenga razón. Hace mucho tiempo que no toco el derecho penal y sé más por lo que he visto en *Caso abierto* que por lo que recuerdo de lo que estudié en la universidad, pero estoy casi segura de que hay especialistas forenses capaces de explicar con todo detalle cómo podría haberse desplazado un objeto por la arena a lo largo de los años.

—Mejor que no hablemos de eso aquí —le digo, y Thea asiente y esboza una sonrisa forzada—. Háblame de tu trabajo.

—¿Qué quieres que te cuente? No está mal, supongo.

—¿Vuelves a estar en Londres?

Ella asiente.

—El año pasado pasé una breve temporada en uno de esos cruceros enormes. Y me encantó Montecarlo. Pero quería... —Se interrumpe, mira por la ventana—. No lo sé, Isa. Llevo mucho tiempo de un lado para otro; creo que Salten fue el colegio donde aguanté más tiempo. Pensé que tal vez vaya siendo hora de que eche raíces en algún sitio.

Asiento con la cabeza mientras pienso en mi progresión lenta y constante: colegio, universidad, examen de acceso a la abogacía, oposiciones para la Administración y una vida en Londres con Owen. Thea y yo somos polos opuestos. Yo soy tenaz como una lapa. Encontré un empleo y lo conservo. Conocí a Owen y también lo conservo. Para mí, Salten House fue un interludio breve y vertiginoso. Aunque a las dos nos ha marcado lo que sucedió allí, lo sobrellevamos de formas muy distintas. Thea huye sin cesar de la sombra del pasado. Yo me aferro a las cosas que me anclan y me aportan seguridad.

Miro su delgadez y las sombras bajo los pómulos, y luego me miro y miro a Freya, pegada a mi cuerpo como un escudo humano, y por primera vez me pregunto si de verdad estoy llevando esto mejor que Thea o si, sencillamente, me he esforzado más para olvidar.

Me quedo abstraída durante un momento hasta que oigo un gemido. Mi hija se mueve en el fular y me doy cuenta de que se está despertando.

—Chissst... —Se está enfadando por momentos y su llanto es cada vez más estridente; la saco de entre las bandas de tela con los mofletes colorados, furiosa, y decide tener una rabieta en toda regla—. Chissst...

Me abro la blusa y me acerco a la niña al pecho, y durante un minuto hay silencio, un silencio precioso. Entonces, sin previo aviso, entramos en un túnel. Freya echa la cabeza hacia atrás, extrañada, y abre mucho los ojos, oscuros ante el cambio de luz repentino. Se suelta del pezón, que queda expuesto un momento, hasta que me tapo con la muselina.

—Perdona —le digo a Thea. El tren sale del túnel y el sol inunda de nuevo el vagón. Vuelvo a colocarme bien a Freya—. Me parece que a estas alturas ya me ha visto las tetas medio Londres, pero tú, esta semana, debes de haber acabado hasta el gorro.

—A mí no me molesta, mujer. ¡Como si viera algo nuevo!

Me recuesto en el asiento y me río, con el cuerpecito tibio y pesado de Freya en los brazos, y cuando el tren pasa por otro túnel y vuelve a salir a la intensa luz del sol, me remonto al día en que nos conocimos. Recuerdo a Thea subiéndose las medias por las piernas largas y delgadas, y que me ruboricé al verle el muslo desnudo. Parece que haya pasado una eternidad. Y, sin embargo, cuando Thea estira las piernas, ocupando el espacio que separa los dos asientos, me dedica un guiño y cierra los ojos, juraría que todo eso sucedió ayer.

REGLA NÚMERO CUATRO

Prohibido mentirnos entre nosotras

—¿Isa?

Owen me llama con cautela, sin subir mucho la voz, al abrir la puerta del piso, pero no le contesto enseguida. Estoy en nuestra habitación, dejando a Freya en su cuna, y no quiero despertarla. Está justo en ese momento tan delicado en que podría quedarse dormida... o pasarse una hora más protestando y lloriqueando. Me ha costado calmarla, porque estaba desorientada ante el nuevo cambio de escenario.

—¿Isa? —repite Owen y aparece ahora en la puerta de nuestro dormitorio. Al verme, sonríe ampliamente, se descalza y entra de puntillas, a pesar de que me llevo un dedo a los labios, desesperada, para pedirle que no haga ruido.

Se acerca a mí y me abraza por la cintura, y juntos contemplamos a la criaturita que hemos creado.

—Hola, cielo —dice en voz baja, pero no a mí, sino a Freya—. Hola, corazoncito. Te he echado de menos.

—Nosotras también —respondo.

Owen me besa en la mejilla y me arrastra hasta el pasillo y, una vez allí, entorna la puerta de nuestro dormitorio.

—No te esperaba tan pronto —me dice. Bajamos a la cocina, donde he dejado unas patatas asándose en el horno—. Creía que estarías fuera más días. Sólo es miércoles, ¿qué ha pasado? ¿No han ido bien las cosas con Kate?

—Sí, sí, ha ido todo bien —contesto. Me doy la vuelta, aparentemente para sacar las patatas del horno, pero en realidad es

233

para no tener que mirarlo a la cara cuando le miento—. Lo hemos pasado muy bien. Fatima y Thea también estaban allí.

—Entonces ¿cómo es que has vuelto tan pronto? Por mí no hacía falta que te dieras prisa, ya lo sabes. Bueno, no me malinterpretes, claro que te he echado de menos, pero no he tenido tiempo de hacer todo lo que quería, ni mucho menos. El cuarto de la niña todavía está hecho un desastre.

—No importa —le digo, enderezándome. Tengo las mejillas coloradas, porque el horno desprende mucho calor. Hacer patatas asadas en un día tan caluroso como hoy es una ocurrencia bastante absurda, pero no había gran cosa en la despensa. Las pongo encima de una tabla, en la encimera, las abro por la mitad y contemplo cómo sale el vapor—. Ya lo sabes.

—A mí sí me importa. —Me abraza. Su barba de un día me roza la mejilla y sus labios me buscan la oreja y descienden por un lado de mi cuello—. Quiero recuperarte. Te quiero para mí solo.

Lo dejo besarme, pero no le digo lo que estoy pensando: que si eso es lo que quiere, nunca va a ser feliz. Porque nunca seré sólo para él. Un noventa por ciento de mí siempre será para Freya, y lo poco que sobre lo necesito para mí misma y para Fatima, Thea y Kate.

En cambio, le digo:

—Te he echado de menos, y Freya también.

—Yo os he echado de menos a las dos —murmura, con la cara hundida en mi cuello—. Quería llamarte, pero pensé que lo estarías pasando bien y que...

Me siento un poco culpable, porque me doy cuenta de que a mí no se me ha ocurrido llamarlo. Le mandé un mensaje de texto para que supiera que habíamos llegado bien, pero nada más. Menos mal que no me llamó él... Intento imaginar qué habría pasado si me hubiera sonado el teléfono... ¿Cuándo? ¿Durante aquella larga e insoportable cena? ¿Cuando estaba discutiendo con Luc? ¿O aquella primera noche las cuatro juntas, cuando estábamos aterrorizadas por lo que nos disponíamos a oír?

Imposible.

—Yo también siento no haberte llamado —le digo por fin; me separo de él y voy hacia el horno—. Quería hacerlo, pero ya sabes lo que pasa con Freya. Por la noche se pone muy pesadita, sobre todo si está en un sitio que no conoce.

—Bueno, y... ¿a qué venía la reunión? —Owen abre el cajón de la nevera para preparar una ensalada; olfatea una lechuga mustia y le arranca las hojas exteriores, las que están más feas—. Eran unos días un poco raros para quedar. Entre semana, quiero decir. Ya sé que para ti y para Kate eso no tiene mucha importancia, pero ¿Fatima no trabajaba?

—Sí. Es que había una cena, una reunión de antiguas alumnas de Salten House. La cena era el martes, no sé por qué. Supongo que porque ese día el colegio estaba vacío.

—Eso no me lo contaste. —Empieza a cortar unos tomates, rodaja a rodaja, y el jugo rojo pálido se extiende por el plato.

—Es que no lo sabía. Kate había comprado las entradas. Quería darnos una sorpresa.

—¿Ah, sí? Pues la verdad es que a mí también me sorprende —dice Owen.

—¿Por qué?

—Porque siempre te he oído decir que nunca volverías a ese colegio. ¿Qué te ha hecho cambiar de idea?

«Qué te ha hecho cambiar de idea. Qué te ha hecho cambiar de idea.» Mierda. ¿Qué me ha hecho cambiar de idea?

Es una pregunta muy lógica. Y no se me ocurre ninguna respuesta.

—No lo sé —contesto por fin, un poco brusca. Le acerco su plato a Owen—. No lo sé, ¿vale? Fue idea de Kate y me apunté. ¿Damos el tercer grado por terminado, por favor? Estoy cansada y anoche no dormí bien.

—Eh, tranquila. —Owen abre mucho los ojos y levanta las manos mostrándome las palmas. Intenta disimular, pero veo que está dolido, y me arrepiento de lo que he dicho—. Vale, vale. Lo siento. Sólo intentaba charlar un poco contigo.

Coge su plato y se lo lleva al salón sin decir nada más.

Noto que algo se retuerce dentro de mí, un dolor en las entrañas, un dolor real, físico. Y por un segundo me dan ganas de correr tras él y soltárselo todo, contarle lo que ha pasado, lo que hicimos, el peso que llevo sobre los hombros y que amenaza con arrastrarme hasta el fondo.

Pero no puedo. Porque este secreto no es sólo mío, sino de todas. Y no tengo derecho a traicionarlas.

Me trago la confesión que intenta salir de mi interior. Me la trago y sigo a Owen al salón para cenar con él, sentada a su lado en silencio.

Durante los días posteriores me doy cuenta de que el tiempo lo erosiona todo y lo convierte en una especie de nueva normalidad. Es una lección que debería haber aprendido la última vez, cuando me esforzaba para asimilar lo que había pasado, lo que habíamos hecho.

Entonces yo estaba demasiado atareada para tener miedo constantemente y todo aquel asunto empezó a parecer una especie de pesadilla poco precisa, algo que le había sucedido a otra persona, en otra época. Mi mente estaba ocupada en otras cosas: en el esfuerzo para adaptarme a un nuevo colegio, y en mi madre, que cada vez estaba más grave. No tenía tiempo para leer el periódico y nunca se me ocurrió buscar información en internet.

Ahora, en cambio, me sobra tiempo. Cuando Owen se marcha al trabajo y cierra la puerta, tengo libertad para obsesionarme cuanto quiera. No me atrevo a buscar en Google los términos que me interesan —«cadáver, Estero, Salten, identificado»—, porque sé que, aunque abras una ventana de incógnito en un buscador, no puedes borrar del todo tus consultas de internet.

En lugar de eso, navego por los alrededores, tecleo términos que selecciono con cuidado, justificables y no inculpatorios, palabras clave que no dejen un rastro digital ni huellas dactilares manchadas de sangre: «Noticias, Salten, Estero», o «Kate Atagon, Salten».

Aun así, borro el historial. Hasta me planteo ir al cibercafé del final de nuestra calle, pero no me decido. Allí, Freya y yo daríamos la nota entre tanto joven inexpresivo con sus ropas de verano. No. Pase lo que pase, no debo llamar la atención.

La noticia aparece una semana después de mi regreso, ni siquiera hace falta que la busque. La veo en la web del *Salten Observer* en cuanto la abro. También está en el *Guardian* y en las noticias de la BBC, aunque sólo ocupa un párrafo pequeño en el apartado de noticias locales.

Hallado el cadáver del pintor Ambrose Atagon, célebre por sus estudios de los paisajes costeros y la fauna y flora locales, más de quince años después de su misteriosa desaparición en las orillas del Estero de Salten, un rincón idílico cercano a su domicilio, en la costa meridional. No hemos conseguido hablar con su hija, Kate Atagon, pero Mary Wren, una amiga de la familia residente en la localidad, ha comentado que se alegra de poder pasar página después de tantos años sin saber de él.

Me quedo conmocionada. De pie, leo el párrafo una y otra vez, se me pone la piel de gallina y tengo que apoyarme en la mesa. Ha pasado. Ha pasado eso que llevaba tanto tiempo temiendo. Por fin ha pasado. Sin embargo, no es tan grave como podría haber sido. No hay nada que indique que lo estén tratando como una muerte sospechosa: no mencionan ningún tipo de pesquisas ni la intervención de un juez de instrucción. Y, a medida que transcurren los días y mi teléfono no suena y nadie llama a la puerta, me digo que puedo relajarme, aunque sólo sea un poco.

De todas formas, todavía estoy tensa, asustadiza, demasiado distraída para leer o para concentrarme cuando por la noche veo la televisión con Owen. Un día, cenando, me hace una pregunta y levanto la cabeza de golpe, porque estaba absorta en mis pensamientos y no estoy muy segura de qué me ha preguntado. Me paso el día pidiéndole perdón.

Joder, ojalá pudiera fumar. Me muero por tener un cigarrillo entre los dedos.

Sólo lo hago una vez: no aguanto más y me fumo uno, y después me odio a mí misma. Me compro un paquete, muerta de vergüenza, cuando paso por delante de la tienda de la esquina. Me engaño diciéndome que sólo voy a comprar leche y entonces, cuando voy a pagar, como si fingiera una ocurrencia tardía, pido un paquete de diez Marlboro Lights con voz aguda y falso desparpajo. Me fumo un cigarrillo en el jardín trasero, luego tiro la colilla al váter y me ducho. Me froto hasta que se me enrojece la piel, sin hacer caso a Freya, que chilla cada vez más enfadada en su hamaquita, en el umbral del cuarto de baño.

No puedo darle de mamar a mi hija apestando a tabaco.

Cuando Owen llega a casa, me siento culpable. Estoy nerviosa y se me cae una copa de vino. Me echo a llorar y él pregunta, por fin:

—¿Qué te pasa, Isa? Desde que volviste de Salten estás muy rara. ¿Sucede algo?

Al principio sólo puedo negar con la cabeza, hipando, pero entonces digo:

—Lo siento. Lo siento mucho. Me he... fumando un cigarrillo.

—¿Qué? —No es lo que él esperaba. Me doy cuenta por la cara que pone—. Joder, Isa. ¿Cómo? ¿Cuándo?

—Lo siento. —Estoy más tranquila, pero todavía se me escapa algún sollozo—. En casa de Kate di un par de caladas y hoy... no sé, no he podido resistirlo.

—Ya. —Owen me abraza y apoya la barbilla en mi cabeza. Sé que está pensando qué me va a decir—. Bueno, no voy a decir que me entusiasme. Ya sabes lo que opino del tabaco.

—Mira, es imposible que estés más enfadado de lo que yo lo estoy conmigo misma. Me he sentido asquerosa. Después he tenido que ducharme, porque no podía coger en brazos a Freya.

—¿Qué has hecho con el resto del paquete?

—Lo he tirado —digo después de una pausa.

Y la pausa está ahí porque es mentira. No lo he tirado. No sabría explicar por qué. Tenía intención de hacerlo, pero lo he guardado en el fondo de mi bolso antes de meterme en la ducha. No voy a fumarme otro, así que ¿qué más da? Al fin y al cabo, no importa, ¿no? Acabaré tirando ese paquete, de modo que lo que he dicho ahora será verdad. Pero de momento... de momento aquí estoy, rígida y avergonzada en los brazos de Owen, porque de momento es mentira.

—Te quiero —me dice sin levantar la barbilla de mi cabeza—. Por eso no me gusta que fumes. Lo sabes, ¿verdad?

—Sí, claro —respondo con la voz tomada. Y entonces Freya llora y me aparto de él para ir a buscarla.

Pero Owen está desconcertado. Intuye que pasa algo, aunque no sepa qué es.

Poco a poco los días van adquiriendo una apariencia de normalidad, aunque hay pequeños detalles que me recuerdan que eso no es del todo cierto: es una nueva normalidad, no la de antes. Por ejemplo, me duele la mandíbula, y cuando lo menciono de pasada, Owen me dice que por la noche me ha oído rechinar los dientes.

O las pesadillas. Ya no es sólo el ruido de la pala sacando arena mojada, ni el roce de una lona impermeable arrastrada por un camino de playa. Ahora hay personas, funcionarios, que me arrancan a Freya de los brazos y, cuando se la llevan, mi boca se abre en una mueca de terror y lanza un grito mudo.

Voy a tomar café con mis amigas de las clases preparto, como siempre. Voy a la biblioteca, como siempre. Pero Freya percibe mi tensión y mi temor. Se despierta por las noches, llorando, y yo me levanto de la cama y voy a tientas hasta su cuna para cogerla en brazos antes de que despierte a Owen. De día está nerviosa y se muestra exigente, levanta las manos continuamente para que la coja, y me duele la espalda de cargar con ella.

—Tal vez le estén saliendo los dientes —dice Owen, pero yo sé que no es eso, o no sólo eso.

Soy yo. Son el miedo y la adrenalina que corren por mis venas, que llegan a mi leche, salen por los poros de mi piel y que le transmito a ella. Estoy siempre en ascuas, tengo los músculos de la nuca que parecen cuerdas de acero, siempre preparados para algo, para que caiga un rayo y destruya todo este frágil *statu quo*. Pero cuando el rayo llega, no lo hace como esperaba.

Owen abre un poco la puerta de la habitación. Es sábado y todavía estoy en la cama. Freya duerme a mi lado, tumbada encima del edredón, con las piernas separadas, como una rana; tiene la boca entreabierta, los labios rojos y húmedos, y le tiemblan los párpados, que son finos y violáceos.

En la mesita de noche veo una taza de té y otra cosa. Un jarrón con flores. Rosas.

Mi modorra se esfuma de golpe. Me quedo tumbada tratando de averiguar qué puedo haber olvidado. No es nuestro aniversario, que cae en enero. Mi cumpleaños es en julio. Mierda. ¿Qué puede ser?

Me rindo. Tendré que admitir mi olvido y preguntarlo.

—¿Owen? —lo llamo sin subir mucho la voz, y él entra, coge en brazos a Freya, que empezaba a moverse, y le da unas palmaditas en la espalda mientras ella se estira y bosteza con una delicadeza felina.

—Hola, dormilona. ¿Has visto el desayuno?

—Sí. Gracias. Pero ¿y esas flores? ¿Qué celebramos?

—Eso mismo iba a preguntarte yo a ti.

—¿Qué quieres decir? ¿No me las has comprado tú? —Tomo un sorbo de té y arrugo la frente. Está tibio, pero al fin y al cabo es té y eso es lo que importa.

—No. Mira la tarjeta.

Está metida debajo del jarrón; es la típica tarjeta anónima de la floristería, dentro de un sobre blanco. Cojo el sobre y lo abro.

Isa —reza la nota, escrita con una caligrafía que no reconozco, seguramente la de la florista—. *Por favor, acepta esto como disculpa por mi comportamiento. Un abrazo, Luc.*

Oh, no.

—¿Quién es... Luc? —Owen bebe un sorbo de su taza de té y me mira por encima del borde—. ¿Debo preocuparme?

Lo dice en tono jocoso, pero yo sé que no es ninguna broma, o no del todo. Owen no es celoso, pero detecto cierta curiosidad en su mirada, una pizca de suspicacia, y no puedo reprochárselo. Si una desconocida le mandara rosas rojas a él, lo más probable es que yo también estuviera haciéndole preguntas.

—¿Has leído la tarjeta? —le pregunto, y me doy cuenta al instante de que eso era precisamente lo que no tenía que decir, porque le cambia la expresión—. Bueno, no me malinterpretes...

—En el sobre no hay ningún nombre —dice con voz apagada, ofendido—. La he leído para saber de quién era. No te estaba espiando, si eso es lo que insinúas.

—No —me apresuro a decir—, claro que no insinuaba eso. Sólo... —Me interrumpo y respiro. La conversación está dando un giro que no me gusta nada. Me he equivocado. Intento rectificar, pero ya es tarde—. Luc es el hermano de Kate.

—¿El hermano? —Owen arquea una ceja—. Creía que Kate era hija única.

—Bueno, hermanastro. —Enrollo la tarjeta. ¿De dónde habrá sacado mi dirección? Owen debe de estar preguntándose por qué Luc me pide disculpas, pero ¿qué puedo decir? No puedo explicarle lo que hizo Luc—. Verás, cuando estaba en casa de Kate hubo un malentendido. En realidad, fue una tontería.

—Vaya —contesta Owen—. Si yo tuviera que mandarte rosas cada vez que tenemos un malentendido, me habría arruinado.

—Tenía que ver con Freya —añado a regañadientes.

Necesito encontrar la forma de contárselo, pero sin que Luc parezca un psicópata. Si le digo simplemente que, sin pedir permiso, Luc le quitó a mi hija, a nuestra hija, a la persona que la estaba cuidando, Owen querrá que llame a la policía, y si hay algo que no puedo hacer es eso. Tengo que contarle la verdad, pero no toda la verdad.

—Es que... verás, es un poco complicado. Para ir a la cena llamé a una canguro, pero la chica era muy joven y se puso nerviosa cuando Freya se despertó y empezó a llorar. Fui muy tonta, no debí dejarla con una desconocida, pero Kate me dijo que la chica tenía experiencia. El caso es que Luc estaba allí y, por lo visto, se ofreció para llevarse a Freya a dar un paseo para tranquilizarla. Y me enfadé, porque no me había pedido permiso para sacar a la niña de la casa.

Owen levanta las dos cejas.

—¿Te echó una mano, tú lo abroncaste y ahora te manda flores? Un poco exagerado, ¿no?

Dios mío, lo estoy complicando aún más.

—Bueno, la situación era un poco liosa —continúo, y mi voz adquiere un tono un poco defensivo—. Es una larga historia. ¿Podemos dejarlo para después? Quiero darme una ducha.

—Claro, claro. —Owen levanta las manos—. Tranquila.

Pero cuando cojo una toalla del radiador y me pongo la bata, lo sorprendo contemplando el jarrón de rosas de la mesita de noche, y su expresión es la de un hombre que está atando cabos... y a quien no le gusta nada la conclusión a la que llega.

• • •

Ese mismo día, aprovechando que Owen se ha llevado a Freya a un Sainsbury para comprar pan y leche, saco las rosas del jarrón y las meto en el fondo del contenedor de la calle. Me clavo las espinas, pero no me importa.

Encima de las rosas tiro la bolsa de basura de la semana y la empujo hacia abajo con ímpetu, como si los desperdicios acumulados pudieran borrar la presencia de las flores; luego suelto la tapa del contenedor y vuelvo dentro.

Me lavo las manos debajo del grifo para limpiarme la sangre que me he hecho al clavarme las espinas, y veo que me tiemblan. Me dan ganas de llamar a Kate, a Fatima o a Thea, contarles lo que ha hecho Luc y analizar sus motivos. ¿De verdad intentaba disculparse? ¿O era otra cosa, algo más sutil, más dañino?

Llego incluso a coger el teléfono y buscar el número de Kate, pero no la llamo. Ella tiene ya bastantes preocupaciones, y las demás lo mismo; sólo falta que vaya yo a asustarlas con algo que, en efecto, podría no ser más que una simple disculpa.

Lo que sí me inquieta es pensar de dónde habrá sacado mi dirección. ¿De Kate? ¿Del colegio? Pero entonces me acuerdo, con desazón, de que mi nombre figura en el listín telefónico. Isa Wilde. No habrá muchas en el norte de Londres. No debe de ser difícil dar conmigo.

Camino por el piso, pensando, dándole vueltas y más vueltas al asunto, y al final me doy cuenta de que, si no hago algo para distraerme, voy a volverme loca. Subo al dormitorio, vacío el cajón de la ropa de Freya y empiezo a separar los peleles y las ranitas de hace unos meses que ya le quedan pequeños. Es una tarea absorbente y, a medida que crecen los montones, me pongo a tararear una melodía, una canción pop tonta que oí por la radio en casa de Kate. Mi ritmo cardíaco se ha normalizado y han dejado de temblarme las manos.

Decido planchar la ropa que a Freya ya no le sirve y guardarla en cajas de plástico en el altillo, para cuando tenga un hermanito, si es que algún día lo tiene. Pero justo cuando voy a recoger el montón para llevármelo abajo, donde tengo la plancha, me fijo en que las prendas se han manchado con la sangre que me he hecho al tirar las rosas.

Podría lavarlas, claro. Pero no estoy segura de que las manchas de sangre vayan a irse de una tela tan blanca y delicada, y de todas formas, miro esos puntitos rojos que ya se están oxidando y no me siento capaz de hacerlo. Estas prendas, estas cositas tan perfectas e inocentes están manchadas, estropeadas, y ya nunca podré sentir lo mismo cuando las vea.

Esa noche, en la cama, oigo respirar a Freya en su cuna y roncar a Owen a mi lado, y no puedo dormir.

Estoy cansada. Últimamente siempre lo estoy. Desde que nació Freya no he dormido ni una sola noche seguida, pero no es sólo eso: es que tengo la sensación de que ya no puedo desconectar. Me acuerdo del mantra de todas las visitas cuando Freya era una recién nacida, «¡Aprovecha para dormir cuando duerma la niña!», y me daban ganas de reír. Me habría gustado decirles: «¿Es que no lo entendéis? Ya no podré volver a dormir nunca más, o no como antes.» No volveré a caer en esa inconsciencia total y absoluta a la que podía entregarme antes de tenerla a ella, ese estado al que, por lo visto, Owen ha vuelto sin ninguna dificultad.

Porque ahora la tengo a ella. A Freya. Y ella es mía, mi responsabilidad. Podría pasar cualquier cosa: que se asfixiara mientras duerme, que se incendiase la casa, podría colarse un zorro por la ventana del cuarto de baño y atacarla. Por eso ahora duermo con el oído atento, dispuesta a levantarme de un salto, con el corazón acelerado, a la mínima señal de que pasa algo.

Y en estos momentos pasa algo. Y por eso no puedo dormir.

No paro de pensar en Luc, en el adulto alto e iracundo de la oficina de Correos y en el chico al que conocí hace muchos años, e intento juntarlos a los dos.

Ese Luc que guardo en el recuerdo era tan guapo... Aún lo veo tumbado en la pasarela, bajo la luz de las estrellas, con los ojos cerrados y acariciando el agua salada con una mano. Y me recuerdo tumbada a su lado, contemplando su perfil a la luz de la luna, con esa sensación de vacío en el estómago que provoca el deseo.

Luc fue mi primer... bueno, mi primer enamoramiento, supongo, aunque esa palabra no hace justicia a la conmoción que me produjo. Había conocido a otros chicos, amigos de Will, hermanos de mis amigas del colegio, pero nunca había estado tumbada a oscuras a escasa distancia de un chico lo bastante guapo como para que me rompiera el corazón.

Recuerdo estar allí tumbada y estirar una mano hacia su hombro; mis dedos llegaban tan cerca que notaba el calor que desprendía su piel desnuda y bronceada, que se veía plateada bajo la luz de la luna.

Ahora, acostada entre mi hija y el padre de ésta, me hago muchas preguntas. Imagino que estiro la mano y que Luc se da la vuelta, en silencio, y abre aquellos ojos suyos extraordinarios. Imagino que estira una mano y me acaricia la mejilla y que lo beso, como hice una vez hace muchos años. Pero en esta ocasión él no retrocedería, sino que me devolvería el beso. Y vuelvo a sentirlo, vuelve a inundarme esa clase de deseo capaz de ahogarnos.

Cierro los ojos, sofocada, y aparto ese pensamiento. ¿Cómo puedo estar en la cama con mi pareja, fantaseando con un chico al que conocí hace casi dos décadas? Ya no soy ninguna cría. Soy una persona adulta, una mujer adulta, y soy madre.

Y Luc... Luc ya no es aquel chico. Es un hombre, un hombre encolerizado. Y yo, una de las personas con las que está furioso.

Antes del reencuentro en Salten había pasado meses, años, sin hablar con mis amigas. Sin embargo, ahora la necesidad de hacerlo es como un prurito constante en la piel, un ansia bajo la superficie, igual que las ganas de fumar que de repente vuelvo a tener.

Todas las mañanas, al despertarme, me acuerdo del paquete de tabaco que sigue en el fondo de mi bolso y en mi teléfono móvil, donde tengo guardados los teléfonos de mis amigas. ¿Qué mal puede haber en que nos veamos?

Sé que es tentar a la suerte, pero a medida que transcurren los días y crece esa necesidad, empiezo a justificar la idea. No es sólo por el ramo de flores que me envió Luc y que preferiría no haber recibido, aunque hablar de eso con ellas realmente me aliviaría. Es también que siento la necesidad de asegurarme de que están bien, de que aguantan bien la presión. Mientras no nos movamos de nuestra versión —que no sabemos nada, que no vimos nada—, hay poquísimas pruebas contra nosotras. Y si todas nos ceñimos a ese relato les va a costar mucho demostrar lo contrario. Pero estoy preocupada. Sobre todo por Thea y su alcoholismo. Si una de nosotras desfallece, nos hundiremos todas. Y ahora que han encontrado el cadáver de Ambrose, seguramente nos llamarán. Sólo es cuestión de tiempo.

Tengo muy presente la amenaza de esa llamada. Cada vez que me suena el móvil me sobresalto y miro quién es antes de contestar. Cuando recibí la llamada de un número oculto, dejé que saltara el buzón de voz, pero no dejaron ningún mensaje. Me dije que debía de ser publicidad, pero se me encogió el estómago mientras esperaba por si volvían a llamar.

No lo hicieron. Sin embargo, no puedo dejar de imaginar una y otra vez cómo sería esa llamada. Imagino a la policía preguntando fechas y horas, desmenuzando nuestra historia. Y hay una cosa sobre la que vuelvo una y otra vez, y me imagino que me interrogan sobre ese tema con perseverancia, y que yo no tengo respuestas.

Ambrose se suicidó porque iban a despedirlo por una falta grave de mala conducta. Porque habían encontrado los dibujos en su cuaderno o en su taller, o algo así. Eso es lo que nosotras siempre hemos creído.

Pero en ese caso, ¿por qué la señorita Weatherby no nos llamó a su despacho hasta el sábado?

Es una cronología que desgrano una y otra vez de madrugada, mientras Owen ronca a mi lado, y no consigo encontrarle sentido. Ambrose murió el viernes por la noche y ese día no pasó nada fuera de lo normal en el colegio: tuvimos clase como siempre, incluso vi a la señorita Weatherby a la hora de estudio, por la tarde, y estaba tranquila.

Entonces ¿cuándo encontraron los dibujos y dónde? Hay una respuesta en el fondo de mi mente, que quiere salir y mostrarse, pero no me atrevo a afrontarla sola.

Al final, cinco o seis días después de que aparezca la noticia en el *Guardian*, no puedo más y les mando un mensaje de texto a Fatima y a Thea.

«¿Estáis por aquí? ¿Podemos quedar? Me gustaría veros.»

Fatima es la primera en contestar.

«¿Qué tal un café el sábado? Antes, imposible. ¿A las 15.00 h en algún sitio céntrico?»

«Perfecto —le contesto—. ¿Y tú, Thea?»

Thea tarda veinticuatro horas en responder, y cuando lo hace es con su brevedad habitual.

«¿P Quot, S Ken?»

Tardo unos diez minutos en descifrar su mensaje, pero al final lo capto; sin embargo, la respuesta de Fatima llega antes de que yo haya podido contestar.

«De acuerdo, 15.00 h en el Pain Quotidien de South Ken.»

—¿Podrás quedarte con Freya este sábado? —le pregunto a Owen esa noche durante la cena, fingiendo naturalidad.

—Claro. —Se lleva el tenedor a la boca y asiente mientras mastica la pasta con salsa boloñesa—. Ya lo sabes. Me gustaría que salieras más. ¿Adónde vas?

—He quedado con unas amigas —digo sin precisar.

Es verdad, pero no quiero que él sepa toda la verdad: que he quedado con Fatima y Thea. Le parecería raro que nos viésemos cuando hace tan poco que estuvimos en casa de Kate.

—¿Alguna que conozca? —me pregunta, y me fastidia un poco.

No sólo porque preferiría no contestar, sino también porque dudo mucho que hace siquiera una semana me hubiera hecho esa pregunta. Son las flores de Luc. Owen no hizo ningún comentario cuando volvió a casa y vio que habían desaparecido, pero sigue pensando en ellas. Lo sé.

—No, creo que no —contesto. Y entonces cometo el error de añadir—: Son del grupo de las clases de preparto.

—Ah, qué bien. ¿Quién va?

¿Soy tonta o qué? Me he metido en un buen lío. Owen y yo íbamos juntos a las clases de preparto y él conoce a todas mis amigas del grupo. Voy a tener que concretar y, como siempre decía Kate, los detalles son los que te delatan.

—Mmm... Rachel —digo por fin—. Y Jo, creo. No estoy segura.

—¿Vas a sacarte leche? —Coge la pimienta, al tiempo que niego con la cabeza.

—No, porque sólo serán un par de horas. Sólo vamos a tomar café.

—Vale, perfecto. Será divertido. Me llevaré a Freya al pub y le daré cortezas de cerdo.

Sé que lo dice en broma —como mínimo lo de las cortezas de cerdo—, pero también sé que lo hace para provocarme, así que le sigo la corriente, finjo que me enfurruño e intento pegarle desde el otro lado de la mesa, y los dos sonreímos mientras representamos nuestra pequeña pantomima conyugal. Cuando recojo los platos me pregunto si todas las relaciones tendrán este tira y afloja, esos pequeños rituales de llamada y respuesta.

Esa noche, cuando nos metemos en la cama, doy por hecho que Owen se quedará dormido, como suele hacer, que se sumirá en la inconsciencia con una facilidad y a una velocidad que cada vez envidio más, pero me sorprende al buscarme en la oscuridad. Su mano se desliza por mi vientre, todavía flácido, por mis muslos, y yo me vuelvo hacia él y busco a tientas su cara, sus brazos y la escasa franja de vello oscuro donde se juntan sus costillas.

—Te quiero —me dice él después, cuando nos separamos con el pulso todavía acelerado—. Tendríamos que hacerlo más a menudo.

—Sí —contesto. Y entonces, casi como una ocurrencia de último momento, añado—: Yo también te quiero.

Y es verdad. En ese momento lo quiero con toda mi alma.

Cuando estoy a punto de quedarme dormida, Owen me dice en voz baja:

—¿Va todo bien, Isa?

Abro los ojos en la oscuridad y de pronto el corazón vuelve a latirme muy deprisa.

—Sí. —Intento mantener un tono neutro, una voz adormilada—. Claro. ¿Por qué lo dices?

Owen suspira.

—No lo sé. Es que... desde que fuiste a ver a Kate, te noto un poco rara. No sé, tensa.

«Por favor. —Cierro los ojos y aprieto los puños—. Por favor, no me hagas esto, no me obligues a que te mienta otra vez.»

—Estoy bien —contesto, sin disimular mi cansancio—. Supongo que estoy cansada, nada más. ¿Te importa que lo hablemos mañana?

—No, claro —responde él, pero noto algo en su voz, quizá decepción. Sabe que le estoy ocultando algo—. Siento mucho que estés tan cansada. Tendrías que dejar que me levante más a menudo por las noches.

—Mientras todavía esté mamando no tiene sentido —le digo mientras bostezo—. Tendrías que despertarme de todas formas.

—Sigo pensando que deberíamos empezar a probar con el biberón... —empieza Owen, pero entonces la frustración se apodera de mí y lo corto con bastante brusquedad:

—Owen, por favor, ¿podemos dejarlo para otro momento? Te lo he dicho, estoy cansada, quiero dormir.

—Claro —contesta él, esta vez con voz apagada—. Lo siento. Buenas noches.

Me dan ganas de llorar. Me dan ganas de pegarle. Ahora no puedo ocuparme de esto, además de todo lo demás. Owen es mi única constante, lo único libre de paranoias y falsedades que hay en mi vida.

—Por favor —le digo, y se me quiebra un poco la voz—. No seas así, por favor.

Pero no me contesta. Permanece tumbado a mi lado, callado, y yo suspiro y me vuelvo hacia la pared.

—¡Adiós! —grito desde el vestíbulo de abajo—. Llámame si... bueno, ya sabes...

—Estaremos bien —me dice Owen desde arriba. Debe de estar harto de mi aprensión. Me asomo por el hueco de la escalera y lo veo en la puerta del piso, con Freya en brazos—. Pásalo bien y no te preocupes. Puedo cuidar de mi hija.

Ya lo sé.

Ya lo sé, ya lo sé y, sin embargo, cuando se cierra la puerta y me quedo sola en el vestíbulo, vuelvo a notar esa opresión en el pecho y el tirón del vínculo que me une a mi hija tensándose cada vez más.

Compruebo si tengo el teléfono en el bolso... sí. Las llaves... sí. La cartera... ¿dónde está mi cartera? Me pongo a hurgar y entonces me fijo en una carta que hay encima de los buzones, dirigida a mí.

La cojo con la intención de subirla cuando vuelva a buscar mi cartera, pero entonces suceden dos cosas a la vez. La primera es que noto el bulto de la cartera en el bolsillo de los vaqueros y me acuerdo de haberla puesto ahí. La segunda... La segunda es que veo que la carta lleva matasellos de Salten.

Se me acelera el corazón, pero me digo que no hay ningún motivo para que me dé un ataque de pánico. Si fuera una notificación de la policía no llevaría sello, sino que sólo estaría franqueada, y tendría un aspecto más formal: la dirección estaría escrita a máquina y el sobre sería de esos con una ventanita de plástico. Lo que tengo en las manos es otra cosa: un sobre A5 marrón que, a juzgar por su grosor, contiene varias hojas.

La dirección está escrita en mayúsculas, con una letra anónima y pulcra, que no tiene nada que ver con la caligrafía generosa y suelta de Kate.

¿Será algo del colegio? ¿Fotografías de la cena, quizá?

Dudo un momento y me pregunto si lo mejor será dejar el sobre otra vez encima de los buzones y ocuparme de él cuando vuelva. Pero entonces me puede la curiosidad. Meto un dedo por debajo de la solapa y lo abro.

Dentro hay un montoncito de hojas de papel, tres o cuatro quizá; parecen fotocopias de dibujos. Las saco del sobre y busco la primera, confiando en que me aclare de qué va esto. Las hojas se separan y caen al suelo, y en ese momento siento como si una mano me cogiera el corazón y me lo apretara, tan fuerte que hasta me duele el pecho. Me quedo pálida y noto las yemas de los dedos frías y entumecidas, y por un momento me pregunto si estaré teniendo un infarto, si es esto lo que se siente.

El corazón me late de forma errática y respiro superficial y entrecortadamente.

Entonces oigo un ruido que procede de arriba y mi instinto de supervivencia toma las riendas de la situación; me pongo a gatas y empiezo a recoger los dibujos del suelo con una desesperación que ni siquiera puedo intentar ocultar.

Vuelvo a meter las hojas en el sobre y sólo entonces empiezo a procesar lo que ha ocurrido, lo que he visto. Me llevo las manos a la cara y noto el calor de mis mejillas, y fuertes latidos en el plexo solar. ¿Quién me ha mandado esto? ¿Cómo lo sabía?

De pronto, es más urgente que nunca que hable con Fatima y con Thea, así que, con manos temblorosas, meto el sobre en el fondo del bolso y abro la puerta de la calle.

Cuando salgo a la acera, oigo un ruido y miro hacia arriba: Owen y Freya están junto a la ventana abierta. Owen sostiene la manita regordeta de Freya y, cuando ve que me doy la vuelta, la agita en un gesto de despedida solemne.

—¡Menos mal! —dice. Ríe e intenta evitar que Freya se suelte de sus brazos—. Estaba empezando a pensar que ibas a quedarte toda la tarde en la escalera.

—Lo-lo siento —balbuceo, consciente de que estoy colorada y me tiemblan las manos—. Estaba revisando los horarios del tren.

—Adiós, mami —dice Owen, pero Freya se sacude y lo golpea con sus gruesas piernecitas; le está pidiendo que la baje, y al final él se agacha y la deja en el suelo—. Adiós, cariño —me dice cuando vuelve a enderezarse.

—Adiós —consigo decir, a pesar de que tengo un nudo en la garganta, como si algo me estuviera estrangulando y me impidiera hablar o tragar—. Hasta luego.

Y me voy corriendo, porque no soporto seguir mirándolo a los ojos.

Fatima está ya en Le Pain Quotidien cuando llego, y nada más verla tiesa en la silla, tamborileando con los dedos en la mesa, lo sé.

—¿Tú también has recibido un sobre? —le pregunto al sentarme a su lado.

Ella asiente, blanca como el papel.

—¿Lo sabías?

—¿Si sabía qué?

—¿Sabías que lo íbamos a recibir? —dice con rabia.

—¿Qué? ¡No! ¡Por supuesto que no! ¿Cómo puedes preguntarme eso?

—Como ha coincidido con este encuentro... no sé, es una coincidencia un poco sospechosa.

—Fatima, no. —Madre mía, esto es peor de lo que creía. Si Fatima sospecha que he tenido algo que ver con esto...—. ¡No! —Me dan ganas de llorar. ¿Cómo puede haber pensado que yo he tenido algo que ver y no la he avisado, que no la he protegido?—. Claro que no sabía nada. ¿Cómo puedes pensar eso? Ha sido pura casualidad. Yo también he recibido uno.

Saco una esquina del sobre de mi bolso y Fatima me mira fijamente un instante. Entonces se da cuenta, verdadera cuenta, de lo que ha insinuado y se tapa la cara.

—Lo siento, Isa. No sé cómo se me ha ocurrido. Es que...

Se acerca un camarero y Fatima se calla.

—¿Qué van a tomar, señoras? ¿Café? ¿Tarta?

Fatima se pasa una mano por la cara. Me doy cuenta de que intenta poner en orden sus pensamientos y de que está tan alterada como yo.

—¿Tienen infusión de menta? —pregunta por fin y el camarero asiente, y entonces me mira con una sonrisa.

Siento la cara rígida, la expresión falsa, como si llevara una máscara de jovialidad que intenta ocultar un abismo de miedo. Aun así, y a pesar de que tengo un nudo en la garganta, consigo tragar saliva.

—Para mí... Para mí un capuchino, por favor.

—¿Comerán algo?

—No, gracias —responde Fatima, y yo me sumo a la negativa, moviendo la cabeza. Si intentara comer algo ahora, seguramente me atragantaría.

Cuando el camarero va a buscar nuestras consumiciones, se abre la puerta y suena la campanilla, y Fatima y yo vemos entrar a Thea, con gafas oscuras y un poco de pintalabios rojo, mirando angustiada a su alrededor. Entonces nos ve, da una especie de respingo y se acerca a nosotras.

—¿Cómo lo sabías? —Se planta delante de mí y me mete el sobre debajo de la nariz—. ¿Cómo coño lo sabías? —Lo dice casi gritando y el sobre tiembla en su mano.

—Thee, yo... —Pero las palabras se me atascan en la garganta y no puedo articularlas.

—Cálmate, Thee. —Fatima se levanta un poco del asiento y hace un ademán tranquilizador—. Le he preguntado lo mismo, pero no es más que una coincidencia.

—¿Una coincidencia? ¡Y una mierda una coincidencia! —dice Thea con rabia, y entonces se para un momento y añade—: Espera, ¿tú también has recibido uno?

—Sí, e Isa también. —Fatima señala el sobre que asoma de mi bolso—. Ella no tenía ni idea de que íbamos a recibirlo, igual que nosotras.

Thea me mira, se guarda el sobre en el bolso y se sienta.

—Entonces... ¿no sabemos quién nos lo ha enviado?

—No, pero creo que tenemos bastante claro desde dónde —responde Fatima.

—¿Qué quieres decir? —pregunta Thea.

—¿A ti qué te parece? Kate dijo que había destruido todos los dibujos de este tipo. O nos mintió, o esto nos lo ha mandado alguien desde el colegio.

—¡Joder! —exclama Thea con énfasis, y el camarero, que ha venido a preguntarle qué va a tomar, se aparta con discreción y decide esperar un poco—. Hijas de la gran puta. —Se coge la cabeza con las manos y veo que se ha mordido las uñas hasta hacerse sangre—. ¿Qué hacemos, se lo preguntamos? —añade al cabo de un momento—. A Kate, quiero decir.

—Yo no lo haría —dice Fatima con gravedad—. Si esto es una especie de chantaje por su parte, se ha tomado la molestia de disimular su caligrafía y enviarnos las cartas de forma anónima, de modo que no creo que vaya a confesar en cuanto le preguntemos si ha sido ella.

—No puede haber sido Kate —replico justo cuando el camarero vuelve con nuestras consumiciones.

Nos quedamos un rato calladas, sofocadas, mientras él deja las tazas en la mesa y anota el pedido de Thea: un café doble, solo. En cuanto vuelve a marcharse, bajo un poco la voz y continúo:

—Es que no puede ser. ¿Qué motivo podría tener Kate para enviarnos esto?

—A mí tampoco me hace ninguna gracia pensarlo —dice Fatima con brusquedad—. Mierda. Mierda, menudo follón. Pero si no nos los ha enviado ella, ¿quién ha sido? ¿El colegio? ¿Por qué? Los tiempos han cambiado, Isa. Los jueces ya no condenan a las colegialas por no ser unos angelitos: esto sería un escándalo de abuso sexual, puro y duro, y Salten House se colocaría en el punto de mira. Llevaron muy mal todo aquello; tienen casi tanto que perder como nosotras.

—Nosotras no sufrimos abusos sexuales —dice Thea. Se quita las gafas de sol y veo que tiene unas ojeras muy marcadas—. Ambrose podía ser muchas cosas, pero no era un abusador.

—No se trata de eso —interviene Fatima—. Fueran cuales fuesen sus motivos, se aprovechó de su posición, eso no puede negarse, y lo sabes tan bien como yo. Era un irresponsable.

—Era un artista —replica Thea—. Y jamás nos puso un dedo encima a ninguna, ¿o sí?

—Pero ¡la prensa no lo verá así! —dice Fatima en voz baja, con nerviosismo—. Despierta, Thee. Esto es un motivo, ¿no lo entiendes?

—Un motivo... ¿para que se suicidara? —Thea pone cara de no entender, pero entonces se lo aclaro.

—Un motivo para que nosotras lo asesináramos, ¿no, Fatima? Te refieres a eso.

Fatima asiente, se la ve pálida bajo el *hijab* granate, y vuelvo a notar ese nudo en la garganta que no me deja respirar. Empiezan a acudir imágenes a mi mente: los delicados trazos del lápiz de Ambrose, una curva aquí, una línea allá, un poco de pelo... El cuerpo que aparece en los dibujos ha cambiado, pero mi cara sigue siendo absoluta e inconfundiblemente mía, incluso después de tantos años, mirando desde el papel tan desinhibida y tan vulnerable...

—¿Qué? —Thea suelta una risita nerviosa—. No. ¡No! ¡Eso es absurdo! ¿Quién iba a creerse algo así? ¡No tiene ningún sentido!

—Mira —dice Fatima con hastío—, hace diecisiete años no pensábamos en nosotras mismas. Vimos el descubrimiento de los dibujos sólo desde una perspectiva: la de Ambrose. Para él eran un desastre, se mirara como se mirase. Pero piénsalo a la luz fría y dura de la experiencia. ¿Qué dirías si vieras eso en los periódicos ahora, hoy? Un grupo de chicas de un internado y un profesor que tonteaba con ellas. Y, para colmo, una de esas chicas es hija suya. Ya oíste lo que dijo Kate: los vecinos del pueblo especularon sobre si Ambrose abusaba de ella. ¿Y estos dibujos aparecen justo ahora, después de todos los intentos de Kate por hacerlos desaparecer? Esto cambia radicalmente nuestra relación con Ambrose. Pasamos de ser sus alumnas a ser sus víctimas. Y a veces las víctimas se defienden.

Habla en voz baja y apenas oímos sus palabras, ahogadas por el bullicio de la cafetería, pero de pronto me dan ganas de taparle la boca con la mano y decirle que se calle, que se calle de una vez. Porque tiene razón. Nosotras enterramos el cadáver y no tenemos coartada para la noche en que murió Ambrose. Aunque esto no acabara en los tribunales, la gente hablaría.

El café de Thea llega en el silencio que sigue a las palabras de Fatima, y cada una se toma su consumición absorta en sus pensamientos, valorando las posibles consecuencias de este escándalo para nuestras carreras, nuestras parejas, nuestros hijos...

—Entonces ¿quién? —pregunta Thea por fin—. ¿Luc? ¿Alguien del pueblo?

—No lo sé —se lamenta Fatima—. No importa lo que haya dicho antes, en realidad no creo que esto nos lo haya enviado Kate. Pero tanto si ha sido ella como si no, el hecho es que nos mintió al decirnos que había destruido los dibujos. Éstos no son los mismos que nos enseñaron en el colegio, ¿verdad?

—Pues mira, no lo sé —responde Thea un poco irritada—, aquel día mi prioridad no era admirar mis poses. ¿Tú te acuerdas, Isa?

—No. —Hago memoria, intento recordar los dibujos que había esparcidos por la mesa. Sólo eran media docena de hojas, y únicamente en una aparecía yo sola, o al menos eso creo. Joder, no me acuerdo. Aunque de una cosa sí estoy segura: el sobre que he recibido hoy contiene al menos tres o cuatro retratos míos, y esparcidos por la mesa de la señorita Weatherby no había tantos—. Pero creo que tienes razón —añado—. Me parece que estos dibujos no son los mismos que tenían en el colegio. A menos que tuvieran más y aquel día sólo nos enseñaran unos cuantos. Los que vimos entonces... No, no había tantos. Pero creo que Fatima también tiene razón: es absurdo que nos los envíe alguien del colegio, ¿no? Tienen tanto que perder como nosotras.

—Entonces ¿quién puede haber sido? ¿Luc? —especula Thea. No sé qué contestarle—. ¿Mary Wren? Y ¡qué son, una advertencia? ¿O es que alguien quiere evitar que salgamos perjudicadas? ¿Y si nos los ha enviado Kate para que no puedan perjudicarnos en el futuro?

—Lo dudo —contesto. Me encantaría creerme esa versión, la versión en la que no tenemos que preocuparnos por la pregunta que viene a continuación—. No son originales, sino copias. ¿Qué sentido tiene que nos envíe las copias? —Aunque, al mismo tiempo que argumento eso, me imagino a Kate incapaz de separarse definitivamente de los originales. Porque, al fin y al cabo, se ha aferrado a cuanto conserva de su padre.

—¿Y si nos está avisando de que existen? —sugiere Thea, pero sin convicción.

—No —le contesto—. Nos lo habría dicho en el molino. En-viárnoslos ahora por correo... no tiene sentido.

—Tienes razón —concede Fatima—. No tiene ni pies ni cabeza que nos los envíe ahora.

Sus palabras hacen que se dispare un eco incómodo en mi men-te, y de pronto recuerdo las dudas que me asaltaban de madrugada, unas dudas que han quedado soterradas temporalmente por la llegada de estos dibujos y por el miedo a lo que podrían significar.

Me termino el capuchino y, cuando dejo la taza en el platillo, tintinea un poco, lo que delata el nerviosismo que me provoca lo que estoy a punto de decir. Ojalá esté equivocada. Ojalá Fatima y Thea puedan aclarar mis dudas, pero no sé si podrán.

—Bueno, hay otro tema —digo de mala gana, y Fatima y Thea me miran. Trago saliva; de pronto siento la boca seca y amarga por la cafeína—. Es... es una cosa que he estado pensando estos días. Sobre el momento en que aparecieron los dibujos. No és-tos —añado, al ver que me miran desconcertadas—. Los que en-contró el colegio.

—¿Qué quieres decir con eso del momento en que aparecie-ron? —me pregunta Fatima, frunciendo el ceño.

—El día antes de que Ambrose muriese fue completamente normal, ¿no? —Las dos asienten—. Pues no lo entiendo. Si en el colegio sabían lo de los dibujos, si habían hablado con Ambrose de ellos, ¿por qué esperaron veinticuatro horas para hablar con nosotras? ¿Y por qué hablaron con nosotras como si no supieran con certeza de quién eran obra?

—Po-porque... —empieza Thea, y entonces se para e intenta ordenar sus ideas—. Bueno, no sé, siempre he pensado que ha-blaron con nosotras antes de hacerlo con Ambrose. ¿No? Si no, habrían sabido que los dibujos eran suyos. Él no lo habría negado, ¿no os parece?

Pero Fatima ha ido más allá. Está muy pálida y me mira fijamente, y en sus oscuros ojos veo un miedo que hace que me asuste aún más.

—Ya te entiendo. Si no habían hablado con Ambrose, ¿cómo sabía él que todo estaba a punto de descubrirse?

Asiento en silencio. Abrigaba la esperanza de que Fatima, tan fría y razonable, con esa mente tan lúcida y lógica que tiene, detectaría algún fallo en mi razonamiento. Ahora ya sé que no lo hay.

—Mi teoría... —continúo—. Bueno, en realidad no es una teoría, creo que está bastante claro: el colegio no vio aquellos dibujos hasta después de que muriera Ambrose.

Se hace un silencio. Un silencio largo y espantoso.

—Entonces, lo que estás diciendo... —Thea intenta entenderlo, intenta hacer que signifique otra cosa, llegar a otra conclusión que no sea la que todas queremos eludir—. Lo que estás diciendo...

Se interrumpe.

El silencio pesa sobre nosotras. De pronto, el ruido de la cafetería parece muy distante, es casi un murmullo en comparación con las palabras que resuenan en mi cabeza.

No puedo creer que esté a punto de decir esto en voz alta, pero alguien tiene que hacerlo. Respiro hondo y me obligo a hablar.

—Lo que estoy diciendo es que, o bien alguien le estaba haciendo chantaje... y él sabía que esos dibujos iban a salir a la luz y actuó antes de que se armara el escándalo, o...

Pero entonces yo también me interrumpo, porque la última parte es demasiado escalofriante y lo cambia todo: lo que pasó, lo que hicimos y, sobre todo, las consecuencias que eso podría tener.

Fatima se encarga de tomar el relevo. Fatima, que está acostumbrada a dar buenas y malas noticias: diagnósticos que cambian la vida de alguien de un día para otro, resultados de análisis que te dejan paralizado. Se acaba la infusión de menta y termina la frase por mí en voz baja:

—O lo asesinaron —concluye.

En el metro, de regreso a casa, los hechos dan vueltas en mi cabeza y se reordenan, como si sólo con barajar las cartas de otra manera fuera a entender todo esto.

Cómplice de asesinato. Quizá incluso sospechosa, si Fatima tiene razón.

Eso lo cambia todo y siento un sudor frío cuando pienso en el error garrafal que cometimos. Estoy enfadada. No, enfadada es poco. Estoy furiosa. Furiosa con Fatima y con Thea por no haber podido calmarme. Furiosa conmigo misma por no haberlo entendido antes. Me he pasado diecisiete años ahuyentando pensamientos sobre lo que hicimos aquella noche, intentando esconder los recuerdos bajo toneladas de preocupaciones y planes cotidianos y prosaicos.

Debería haber pensado en ello.

Debería haberlo pensado todos los días, haberme cuestionado cada detalle. Porque ahora que he tirado de un hilo, de una sola hebra, todo el tapiz del pasado ha empezado a deshilacharse.

Cuanto más lo pienso, más convencida estoy de que los dibujos aparecieron aquella mañana, la mañana que siguió a la muerte de Ambrose. Yo había hablado con la señorita Weatherby la noche anterior, a la hora de la cena, y ella me había preguntado por mi madre y también por mis planes para el fin de semana. No hubo nada que me hiciera sospechar lo que iba a suceder al día siguiente, ni rastro de la cólera y la conmoción que vimos el sábado en su cara. Cabe la posibilidad de que la señorita Weatherby disimulara muy bien, pero ¿por qué iba a hacerlo? El colegio no tenía ningún motivo para esperar a planteárnoslo. Si la señorita Weatherby hubiera visto aquellos dibujos el viernes, nos habría hecho ir a su despacho ese mismo día.

No, la conclusión es ineludible: los dibujos aparecieron después de morir Ambrose.

Pero ¿quién? Y casi más importante, ¿por qué?

¿Alguien que lo estaba chantajeando y que había acabado cumpliendo su amenaza?

¿O alguien que lo había asesinado e intentaba aportar pruebas falsas de que había sido un suicidio?

¿O...? ¿Y si los había enviado el propio Ambrose, en un ataque de arrepentimiento, antes de inyectarse aquella dosis fatal?

Pero rechazo esa idea casi de inmediato. Lo que hizo Ambrose al dibujarnos quizá no fuera ni legal ni correcto desde un punto de vista ético; quizá se aprovechara de su posición, como dijo Fatima. Hasta es posible que, con el tiempo, él mismo lo hubiera visto así.

Pero estoy absolutamente convencida de que, sintiera lo que sintiese, nunca habría enviado esos dibujos al colegio. Y no porque quisiera ahorrarse la vergüenza, sino porque jamás nos habría expuesto a la humillación pública que sufrimos después, jamás habría expuesto a Kate a eso. Sentía demasiado afecto por nosotras, nos quería demasiado, y si algo tengo claro, mientras el tren traquetea por el túnel y la corriente de aire viciado me da en la cara, es que Ambrose nos quería, porque éramos amigas de Kate y por nosotras mismas.

Entonces ¿quién?

¿Un chantajista del pueblo que un día fue al molino y vio algo de lo que creyó que podría aprovecharse?

Quiero creerlo. Porque la alternativa... la alternativa es casi inconcebible. Asesinato.

Y en ese caso hay muchas menos personas con un móvil.

No pudo hacerlo Luc. Él fue quien más perdió con la muerte de Ambrose. Perdió su hogar, a su hermana y a su padre adoptivo. Perdió la poca seguridad que tenía.

Tampoco un vecino del pueblo, al menos no se me ocurre ninguno. Quizá pudieran haberle hecho chantaje, pero nadie tenía motivos para matarlo. Ambrose era uno más, uno de los suyos.

Entonces ¿quién? ¿Quién tenía acceso a los dibujos y a la heroína de Ambrose y estaba en la casa antes de su muerte?

Me presiono las sienes y procuro no pensarlo, no pensar en la última conversación que hemos tenido Fatima, Thea y yo cuando íbamos hacia la estación de metro de South Kensington, con las gafas de sol puestas para protegernos del intenso sol veraniego.

—Escuchad, sólo una cosa más... —ha dicho Thea, y entonces se ha detenido en la entrada de la estación y se ha llevado los dedos a la boca.

—No te muerdas más las uñas —le ha dicho Fatima, pero preocupada, sin censurarla—. ¿Qué? ¿Qué ibas a decir?

—Es sobre... Kate. Y sobre Ambrose. Mierda. —Se ha apartado el pelo de la cara y tenía el rostro crispado por la aprensión—. No. No es nada, no importa.

—Ahora tienes que decírnoslo. —Le he puesto una mano en el brazo—. Además, es evidente que te está consumiendo. Suéltalo ya, sea lo que sea. Te sentirás mejor. ¿Cómo es el dicho, que un problema compartido...?

—Y una mierda —ha respondido Thea sin miramientos—. Como si a nosotras nos hubiera servido de algo. —Ha torcido el gesto, ha añadido—: Bueno, lo que voy a decir... no es lo que yo pienso... No quiero que creáis...

Ha titubeado, pinzándose el puente de la nariz por debajo de las gafas de sol, pero Fatima y yo hemos guardado silencio, porque sabíamos que sólo si esperábamos lograríamos que hablase.

Y por fin nos lo ha dicho.

Ambrose había estado pensando en enviar a Kate a otro sitio, lejos. A otro internado.

Se lo había dicho a Thea el fin de semana anterior. Kate, Fatima y yo estábamos bañándonos en el Estero, pero ella se había quedado en el molino con Ambrose, y él había estado bebiendo vino tinto con la mirada perdida en el techo abovedado mientras intentaba tomar una decisión que no quería tomar.

—Estuvimos hablando de colegios —nos ha explicado Thea—. Quería saber cómo era Salten comparado con los otros sitios donde yo había estado. Me preguntó si creía que cambiar de colegio tan a menudo me había perjudicado. Estaba borracho, muy borracho, y no sabía muy bien lo que decía, pero entonces comentó algo sobre el vínculo padre-hijo y sentí un escalofrío. Estaba hablando de Kate.

Ha inspirado hondo, como si recordar ese momento todavía le produjera desazón.

—Le dije: «No lo hagas, Ambrose. Vas a destrozar a Kate.» Él no me contestó enseguida, pero al final dijo: «Ya lo sé. Pero es que... esto no puede seguir así. Está mal.»

¿Qué era lo que no podía seguir así?, le había preguntado Thea, o lo había intentado, pero entonces se dieron cuenta de que volvíamos y Ambrose había negado con la cabeza, había cogido su botella de vino tinto, había subido a su taller y había cerrado la puerta antes de que entráramos nosotras de vuelta del Estero, escurriéndonos el pelo y riendo.

Y aquella noche, y el resto de la semana, Thea había mirado a Kate preguntándose: «¿Sabe lo que está planeando su padre? ¿Lo sabe?»

Y entonces Ambrose había muerto. Y todo se había derrumbado.

«Esto no puede seguir así.» La voz de Thea repitiendo las palabras de Ambrose resuena en mi cabeza mientras camino hacia la estación de metro. Estoy tan absorta en mis pensamientos que no noto el fuerte sol de la tarde en la nuca.

«Está mal.» ¿A qué se refería? Intento imaginar qué podía haber hecho Kate, algo lo suficientemente grave como para que su padre se planteara mandarla lejos, pero mi imaginación no da con una explicación. Aquel curso, Ambrose nos había visto avanzar a trompicones, cometer errores y tomar decisiones cuestionables, experimentar con el alcohol, las drogas y la sexualidad. Y no había dicho nada. Por una parte, era lógico, porque su pasado no le daba la autoridad como para poner muchas objeciones. Se limitaba a observarnos con amor e intentaba decirnos, no sólo a Kate sino también a las demás, cuándo nos poníamos en peligro, pero sin juzgarnos. La única vez que lo recuerdo realmente furioso fue cuando se enteró de que Kate se había tomado una pastilla en la discoteca.

«¿Estás loca? —le gritó con las manos en la cabeza, los dedos hundidos en el pelo crespo, del que tiraba hacia arriba hasta que se dejó la cabeza como un nido de ratas—. ¿Tienes idea de lo que esas porquerías pueden hacerle a tu cuerpo? ¿Qué tiene de malo fumar un poco de marihuana, por amor de Dios?»

Pero ni siquiera entonces la castigó: no hubo represalias, sino sólo decepción e inquietud. Se preocupaba por ella, por nosotras. Quería que estuviéramos bien. Chasqueaba la lengua cuando nos veía fumar, se ponía triste cuando Thea aparecía con tiritas y vendajes que le tapaban quemaduras y cortes extraños. Si le pedíamos consejo, nos lo daba. Pero nada más. No había repulsa ni indignación moral. Nunca nos hizo sentir avergonzadas ni equivocadas.

Nos quería a todas, pero por encima de todo quería a Kate; sentía por ella un afecto tan feroz que a veces me cortaba la respiración. Quizá se debiera a que habían pasado mucho tiempo los dos solos después de morir la madre de Kate, pero a veces su forma de mirarla, o el gesto con que le recogía un mechón detrás de la oreja, o incluso su forma de dibujarla, como si intentara... no exactamente atraparla, pero sí fijar su quintaesencia, preservar algo de ella para la eternidad en una hoja de papel, de donde nunca podrían arrebatárselo. Eso revelaba una adoración que yo también había vislumbrado a veces en mis padres, pero no con tanta claridad, como si la entreviera a través de un cristal empañado, o desde lejos. En Ambrose, en cambio, era una llama que ardía intensamente.

Nos quería, pero Kate era parte de él. Parecía inconcebible que quisiera mandarla lejos.

¿Qué podía ser tan grave como para que Ambrose creyera que no tenía otra alternativa que separarse de ella?

—¿Estás segura? —le he preguntado a Thea. Sentía como si todo mi mundo se hubiera agitado como una de esas bolas de cristal con nieve, y como si todo tuviera que asentarse de nuevo—. ¿Eso te dijo?

Thea ha hecho un movimiento afirmativo con la cabeza y, cuando he insistido, me ha dicho:

—¿Crees que habría entendido mal una cosa como ésta?

«Esto no puede seguir así...»

¿Qué pasó, Ambrose? ¿Fue algo que hizo Kate? ¿O...? Una idea me retorcía el estómago... ¿Fue por otra cosa? ¿Algo de lo que Ambrose estaba protegiendo a Kate? ¿Algo que había hecho él?

No lo sé. No tengo respuesta para esas preguntas, pero de todas formas dan vueltas y vueltas en mi cabeza mientras mis pies reducen la distancia entre la estación de metro y mi casa.

Estoy cerca de nuestra calle y pronto tendré que dejar a un lado estos pensamientos y convertirme otra vez en la pareja de Owen y la madre de Freya.

Pero las dudas me persiguen y me atacan como bichos con alas y garras, me golpean y, mientras camino, doy algún que otro respingo y vuelvo la cara como si pudiera evitarlos, pero no puedo.

¿Qué hizo Kate? ¿Por qué merecía que la mandaran lejos? ¿Y qué habría sido capaz de hacer ella para impedirlo?

Cómplice de asesinato.

Cómplice de asesinato.

No importa cuántas veces me lo repita mentalmente, no lo entiendo. Cómplice de asesinato. Un delito castigado con pena de cárcel. Estoy en mi dormitorio, a oscuras, con Freya en los brazos y la cortina corrida para que no entre el sol de la tarde, y esa frase repetida hasta la saciedad me produce una oleada de auténtico terror. Cómplice de asesinato.

Y entonces aparece, como una rendija en la oscuridad: la nota de suicidio. A eso es a lo que tengo que aferrarme.

Estoy dándole el pecho a Freya para que se duerma y ella está casi inconsciente, pero cuando intento soltarla, se agarra a mí con sus fuertes deditos, como un mono, y empieza a succionar otra vez con determinación renovada, hundiendo la cara en mi pecho, reacia a abandonar la seguridad de mi cuerpo.

Al cabo de un minuto me doy cuenta de que no va a soltarse sin oponer resistencia, así que suspiro y me recuesto en el respaldo de la mecedora, y mis pensamientos siguen de aquí para allá, dando vueltas y más vueltas.

La carta de Ambrose. Una nota de suicidio. Si lo asesinaron, ¿cómo pudo escribir una nota de suicidio?

La leí, aunque ahora lo único que recuerdo son algunas frases breves y fragmentos, y que hacia el final la letra se iba descomponiendo hasta quedar reducida a unas letras sueltas e inconexas. «He tomado una decisión y estoy en paz con ella... Por favor, querida Kate, debes saber que esto lo hago con amor, es lo último que puedo hacer para protegerte... Te quiero, así que sigue adelante: vive, ama, sé feliz. Y, por encima de todo, no dejes que esto haya sido en vano.»

Amor. Protección. Sacrificio. Ésas eran las palabras que se me quedaron grabadas durante años. Y tenían sentido, en el contexto de lo que yo siempre había creído. Si Ambrose no hubiera muerto, todo el escándalo de los dibujos habría salido a la luz; lo habrían despedido y su nombre, junto con el de Kate, habría quedado mancillado.

Aquel día, cuando nos ordenaron ir al despacho de la señorita Weatherby, tuve la sensación de que las piezas encajaban. Ambrose había visto venir la tormenta y había hecho lo único que podía hacer para proteger a Kate: se había quitado la vida.

Pero ahora... ya no estoy tan segura.

Miro a la niña que tengo en brazos y la idea de separarme voluntariamente de ella me parece inconcebible. Y no es que no sepa que un padre o una madre pueda quitarse la vida, ya sé que eso ocurre. Ser padre no te confiere inmunidad frente a una depresión o un estrés insoportables, sino más bien todo lo contrario.

Pero Ambrose no estaba deprimido. De eso estoy segurísima. Es más, creo que nunca he conocido a nadie a quien le importara menos su reputación. Tenía recursos. Tenía amigos en el extranjero, muchos amigos. Y sobre todo amaba a sus hijos, a los dos. No me lo imagino abandonándolos a sabiendas de que tendrían que enfrentarse a un panorama que a él le daba demasiado miedo afrontar. El Ambrose que yo conocía habría cogido a sus hijos y se los habría llevado a Praga, a Tailandia, a Kenia; y le habría dado igual el escándalo que hubiera dejado atrás, porque habría tenido su arte y a su familia, y eso era lo único que le importaba.

Creo que siempre lo supe, pero no lo entendí hasta que tuve a mi hija.

Freya duerme ya profundamente, con la boca entreabierta y la cabeza caída hacia atrás. La dejo con cuidado sobre la sábana blanca, salgo de puntillas de la habitación y bajo al salón, donde Owen está viendo un bodrio en Netflix.

Cuando entro, levanta la cabeza.

—¿Se ha dormido?

—Sí, estaba molida. Me parece que no le ha gustado nada que me marchara hoy.

—De vez en cuando tienes que quitarte el delantal —bromea Owen. Ya sé que sólo lo dice para provocarme, pero estoy cansada, estresada y nerviosa por todo lo que ha pasado hoy, todavía sigo dándoles vueltas al sobre lleno de dibujos y a las revelaciones de Thea y, sin darme cuenta, le contesto en tono cortante:

—Joder, Owen, sólo tiene seis meses.

—Ya lo sé —dice él, ofendido, y toma un sorbo de la cerveza que tiene a su lado en la mesita—. Sé perfectamente la edad que tiene. También es hija mía, ¿sabes? O eso tenía entendido.

—¿Que eso tenías entendido? —Se me encienden las mejillas de golpe y, cuando repito sus palabras, me sale la voz aguda y estrangulada por la ira—. ¿Que eso tenías entendido? ¿Qué coño insinúas?

—¡Eh! —Owen da un golpe con el vaso de cerveza—. ¡A mí no me hables así! Por Dios, Isa. ¿Qué te pasa últimamente?

—¿Que qué me pasa? ¿A mí? —Estoy tan furiosa que casi no puedo hablar—. ¿Insinúas que Freya no es hija tuya y me preguntas qué me pasa a mí?

—¿Que Freya no es...? Pero ¿qué dices? —Pone cara de perplejidad y veo cómo rebobina y repasa nuestro diálogo de hace un momento, y entonces se da cuenta—. Pero ¡Isa! ¿Te has vuelto loca? ¿Cómo iba a insinuar eso? Sólo intentaba decir que necesitas distraerte un poco. Soy el padre de Freya, pero nadie lo diría por las pocas horas que me dejas dedicarle. ¿Cómo se te ocurre pensar que estaba insinuando...?

Se interrumpe, porque no sabe cómo continuar, y entiendo lo que ha querido decir antes, pero mi rabia no se aplaca, más bien al contrario, aumenta. La mejor defensa es un buen ataque.

—Ah, vale, perfecto —le suelto—. Sólo insinuabas que soy una especie de loca obsesiva y controladora que no le deja cambiar los pañales a su marido. Esto lo varía todo. Ya no estoy enfadada, claro.

—Pero ¿quieres dejar de atribuirme cosas que no he dicho? —protesta Owen.

—Bueno, no me lo pones fácil. Te dedicas a hacer bromitas, pero sin dar la cara. —Me tiembla la voz—. Estoy harta de tus pullas continuas: si no es la guardería son los biberones, y si no, que hemos de sacar a Freya de nuestro dormitorio y llevarla al suyo. Es como si yo...

—No eran pullas, eran sugerencias —me interrumpe Owen, dolido—. Sí, lo reconozco, que duerma con nosotros es una cosa que empieza a frustrarme, sobre todo ahora que la niña tiene seis meses. Ya puede comer sólidos. ¿No tendrías que dejar de darle el pecho ahora que han empezado a salirle los dientes?

—¿Eso qué tiene que ver? Es un bebé, Owen. ¡Dale sólidos si quieres! ¿Qué te lo impide?

—¡Tú me lo impides! Cada noche es la misma historia. ¡Claro que no se queda dormida conmigo! ¿Cómo quieres que lo haga, si tú no dejas de darle el pecho?

Estoy temblando de rabia. Estoy tan furiosa que durante un minuto no puedo ni hablar.

—Buenas noches, Owen —consigo decir por fin.

—Espera. —Se levanta cuando ya me encamino a la habitación—. No te pongas así. No pretendía discutir. ¡Has sido tú la que ha sacado el tema!

No le contesto. Empiezo a subir la escalera.

—Isa —me llama con urgencia, pero al mismo tiempo con dulzura, tratando de no despertar a Freya—. ¡Isa! ¿Por qué demonios te pones así?

Pero no le contesto. No puedo contestar. Porque si lo hago, diré algo que podría dañar nuestra relación para siempre.

La verdad.

Me despierto con Freya a mi lado, pero Owen no está en la habitación, y al principio no entiendo por qué me siento tan mal, tan avergonzada. Y entonces me acuerdo.

Mierda. ¿Habrá dormido abajo o ha subido tarde a acostarse y se ha marchado temprano?

Me levanto con cuidado, doblo el edredón y lo dejo en el suelo por si Freya se despierta y se cae de la cama; me pongo la bata y bajo de puntillas.

Owen está sentado en la cocina, bebiendo café y mirando distraídamente por la ventana, pero vuelve la cabeza al oírme.

—Lo siento —digo nada más entrar, y él hace una mueca, mezcla de alivio y tristeza.

—Yo también. Soy un gilipollas. Eso que te dije...

—Mira, estás en tu derecho de sentirte así. Y tienes razón. No en lo de darle el pecho, eso es una chorrada, pero intentaré que participes más. De todas formas, es inevitable. Freya está creciendo, ya no me necesitará tanto, y además pronto volveré a trabajar.

Se levanta y me abraza. Apoya la barbilla en mi cabeza y yo apoyo una mejilla en los músculos tibios de su pecho. Tomo aire de forma entrecortada y luego lo expulso.

—Qué bien se está así —consigo decir al fin, y él asiente.

Permanecemos abrazados largo rato, pero entonces oigo un ruido en el piso de arriba, una especie de chirrido, y me aparto de Owen.

—Mierda, he dejado a Freya en la cama. Puede caerse.

Voy hacia la puerta, pero Owen me sujeta por el hombro.

—Oye, ¿te acuerdas de los nuevos propósitos? Ya voy yo.

Sube la escalera a toda prisa. Enciendo el hervidor para prepararme el té del desayuno y lo oigo arrullar a Freya cuando la coge en brazos, y a la niña riendo y soltando grititos mientras él juega con ella, tapándose la cara con el *doudou* y reapareciendo al tiempo que dice: ¡cucú!

Mientras me tomo el té, oigo las pisadas de Owen por el dormitorio. Lo oigo coger las toallitas húmedas y los pañales para cambiar a Freya y luego abrir los cajones de nuestra cómoda, donde busca una camiseta limpia para la niña.

Tarda mucho, más de lo que tardaría yo en cambiar un pañal, pero domino el impulso de subir y por fin oigo pisadas en la escalera y aparecen los dos en la puerta de la cocina: Freya en los brazos de Owen y los dos con una expresión tan parecida que me enternezco. Freya siempre se despierta con el pelo muy alborotado, igual que su padre, y los dos me sonríen, contentos, satisfechos consigo mismos y el uno con el otro y también con esta mañana soleada. Freya estira un bracito hacia mí porque quiere que la coja, pero recuerdo lo que he hablado con Owen y le sonrío y me quedo donde estoy.

—Hola, mami —dice él muy serio, mirando a Freya y luego a mí—. Freya y yo hemos estado hablando y hemos decidido que hoy deberías tomarte el día libre.

—¿El día libre? —De repente me alarmo—. ¿Cómo que el día libre?

—Un día para mimarte. Últimamente estás muy cansada, te mereces un día en el que no tengas que preocuparte por nosotros.

No es Freya la que me preocupa. De hecho, en gran medida, ella es lo único que impide que me vuelva loca. Pero eso no lo puedo decir.

—No quiero oírte protestar —dice Owen—. Ya te he hecho una reserva en un spa y he pagado por adelantado, así que, si no quieres que pierda el dinero, tienes que estar en el centro a las once. Freya y yo nos las apañaremos solitos desde... —mira la hora en el reloj de la cocina— ... desde las diez hasta las cuatro, y no queremos verte.

—Pero Freya tendrá que comer...

—Le daré un biberón de leche de continuidad. Y a lo mejor...
—la acaricia debajo de la barbilla—... a lo mejor nos volvemos locos y comemos un poco de puré de brócoli, ¿verdad, princesa? ¿Qué te parece?

No me hace ninguna gracia. La idea de pasar el día en un spa con todo esto en la cabeza es... casi una aberración. Necesito moverme, hacer cosas, ahuyentar mis miedos y mis hipótesis.

Voy a decir algo, pero... no sé qué. Y al final contesto:

—De acuerdo.

Cuando me despido, noto un vacío en el estómago ante la perspectiva de no tener nada en que pensar aparte de en Salten y lo que pasó. Y, sin embargo, al final las cosas no van como creía. En el metro estoy tensa, aprieto las mandíbulas y noto dolor de cabeza tensional en la base del cráneo y en las sienes. Pero cuando llego al spa, me entrego a las manos expertas de la terapeuta y, como por arte de magia, todos mis pensamientos obsesivos se desvanecen. Durante dos horas, mientras me da masaje, no pienso más que en cómo van desapareciendo el dolor muscular y la tensión que me agarrotaba la nuca y los hombros.

—Estás muy tensa —murmura—. Tienes muchos nudos en la parte alta de la espalda. Supongo que será por el estrés del trabajo, ¿no?

Asiento con la cabeza, pero no digo nada. Tengo la boca abierta. Noto la humedad de mi saliva en la toalla que me ha puesto debajo de la cara, pero estoy tan cansada que ni siquiera me importa.

Hay una parte de mí que no se marcharía nunca del spa, pero tengo que volver. Con Kate, Fatima y Thea. Y con Owen, y con Freya.

Al cabo de cuatro o cinco horas, salgo del centro parpadeando y aturdida, con el pelo más corto y con los músculos relajados y tibios, sintiéndome un poco embriagada tras haber recuperado el dominio de mi cuerpo. Soy otra vez yo. No hay nada que me inquiete. Hasta mi bolso parece más ligero, porque he dejado en casa el que utilizo desde que tuve a Freya —un bolso grande, con espacio para pañales y toallitas húmedas y una blusa para cambiarme— y he metido el monedero y mis llaves en el que utilizaba antes de que naciera. Es un bolsito pequeño, del tamaño de un sobre grande, con un montón de cremalleras decorativas que no sirven para nada y que resultarían irresistibles para un bebé curioso. Me siento cómoda con él, aunque dentro sólo puedo meter el monedero, el teléfono, las llaves y una barra de bálsamo labial.

Cuando salgo del metro y me dirijo a casa, me invade una oleada de amor por Owen y Freya. Es como si hubiera pasado cien años lejísimos de ellos.

Todo saldrá bien. De pronto tengo esa certeza. Todo irá bien. Lo que hicimos fue estúpido e irresponsable, pero no fue un asesinato ni nada parecido, y la policía lo entenderá, si es que las cosas llegan tan lejos.

Subo la escalera y aguzo el oído esperando oír llorar a Freya, pero no se oye nada. ¿Habrán salido?

Meto la llave en la cerradura sin hacer ruido, por si Freya duerme, y los llamo a los dos sin levantar mucho la voz. Owen no me contesta. La cocina está vacía, iluminada por el sol de verano; me preparo un café y me dispongo a llevármelo arriba.

Pero no llego a subir.

Me paro delante de la puerta del salón como si hubiera chocado con algo, y se me corta la respiración.

Owen está sentado en el sofá, con la cabeza entre las manos, y delante de él, encima de la mesita del salón, veo dos objetos, expuestos como si fueran las pruebas de un juicio. El primero es el paquete de tabaco que me guardé en el bolso grande, el que no me he llevado.

Y el otro es el sobre con el matasellos de Salten.

Me quedo quieta, con el corazón acelerado, incapaz de hablar, mientras Owen me enseña el dibujo que tiene en la mano. Un retrato mío.

—¿Puedes explicármelo?

Trago saliva. Tengo la boca seca y se me ha hecho un nudo en la garganta, como si tuviera algo atascado, algo doloroso que no consigo tragar.

—Podría preguntarte lo mismo —consigo decir—. ¿Qué haces espiándome? ¿Me has registrado el bolso?

—¿Cómo te atreves? —dice en voz baja para no despertar a Freya, pero está tan enfadado que le tiembla la voz—. ¿Cómo te atreves? Te has dejado el puto bolso aquí y Freya lo estaba revolviendo. La he encontrado masticando esto. —Me tira el paquete de tabaco a los pies y salen rodando unos cuantos cigarrillos—. ¿Cómo has podido mentirme?

—Yo... —empiezo a mascullar, pero me callo. ¿Qué puedo decir? Me duele la garganta por el esfuerzo que hago para no contarle la verdad.

—Y esto... —me muestra entonces el retrato. Le tiemblan las manos—. Ni siquiera puedo... ¿Tienes un amante, Isa?

—¿Qué? ¡No! —contesto sin siquiera pensar—. ¡Claro que no! Ese dibujo... no es... ¡No soy yo!

Nada más decirlo me doy cuenta de que ha sido una estupidez. Es evidente que soy yo. Ambrose dibujaba demasiado bien como para que pueda negar algo así. Pero ya no soy esa chica, eso es lo que quería decir. Ése no es mi cuerpo, flácido después del embarazo. Soy yo como era antes.

Pero la mirada de Owen me revela el error que he cometido.

—Lo que quiero decir... —continúo—. Soy yo, era yo, pero no es...

—No me mientas más —me interrumpe Owen, angustiado, y entonces vuelve la cabeza, como si no soportara mirarme, y va hasta la ventana—. He llamado a Jo, Isa. Me ha dicho que ayer no quedasteis en ningún sitio. Es ese hombre, ¿verdad? El hermano de Kate, el que te envió las rosas.

—¡¿Luc?! Claro que no. ¿Cómo se te ocurre pensar eso?

—Entonces ¿quién? Tiene que ser de Salten, porque he visto el matasellos. ¿Por eso fuiste a casa de Kate? ¿Para encontrarte con él?

—¡Él no hizo esos dibujos! —le grito.

—Entonces, ¿quién fue? —grita Owen, y se vuelve otra vez hacia mí. Tiene el rostro desencajado por la rabia y la aflicción, le han salido manchas en la piel y tiene los labios apretados, como un crío que intenta no llorar—. ¿Quién fue?

Titubeo lo suficiente como para que Owen haga un ruidito de reprobación y entonces rompe el dibujo por la mitad con un gesto que me impresiona, desgarrando mi cara, mi cuerpo, separando mis senos, mis piernas. Me lanza las dos mitades a los pies y se da la vuelta como si se dispusiera a marcharse.

—No, Owen —consigo decir—. No fue Luc. Fue...

Pero me callo. No puedo contarle la verdad. No puedo contarle que fue Ambrose, sin desvelarle todo lo demás. ¿Qué puedo decirle? Sólo una cosa:

—Fue... Kate. Los dibujó Kate. Hace mucho tiempo.

Owen se acerca a mí, me coge la barbilla y me mira a los ojos. Lo hace como si tratara de ver en mi interior, leer mi alma. Intento plantarle cara, devolverle la mirada, sostenérsela con fiereza, pero no puedo. Vacilo y al final tengo que desviar la vista de ese semblante donde se reflejan todo su dolor y su rabia.

Él hace una mueca y baja la mano.

—Mentirosa —dice, y se da la vuelta.

—Owen, no... —Me pongo entre él y la puerta.

—Déjame en paz. —Me aparta de un empujón y sigue andando hacia la escalera.

—¿Adónde vas?

—No es asunto tuyo. Al pub. A casa de Michael. No lo sé. A... —Pero ya no puede seguir hablando, creo que está a punto de echarse a llorar, tiene el rostro desencajado por el esfuerzo que hace para dominarse.

—¡Owen! —le grito cuando llega a la puerta del piso, y él se detiene un momento con la mano en el picaporte, esperando a que diga algo, pero entonces se oye un sonido arriba, un gemido. Hemos despertado a Freya.

—Owen... —digo, pero no puedo concentrarme, porque el llanto de Freya, agudo y exigente, me taladra el cerebro y anula todo lo demás—. Por favor, Owen, yo...

—Ve con ella —me dice casi con ternura, y luego deja que la puerta se cierre de golpe. Se ha marchado y yo me siento en la escalera intentando reprimir los sollozos mientras Freya berrea en el piso de arriba.

Owen no vuelve a casa esa noche. Es la primera vez que lo hace: marcharse, no volver a dormir, no decirme adónde piensa ir ni cuándo piensa regresar.

Ceno un poco con Freya, la acuesto y luego me paseo por el piso, por el que poco a poco se extiende la oscuridad, y trato de pensar qué puedo hacer.

Lo peor es que no puedo reprocharle nada a Owen. Sabe que le estoy mintiendo, y no sólo por ese estúpido error que cometí al decirle que iba a ver a Jo; él ya notó algo cuando fui a casa de Kate. Y tiene razón. Le estoy mintiendo. Y no sé cómo parar.

Le envío un mensaje de texto, sólo uno. No quiero suplicarle. Le digo: «Vuelve a casa, por favor. O al menos dime que estás bien, ¿vale?»

No me contesta. No sé qué pensar.

Hacia medianoche recibo un mensaje de Ella, la novia de Michael. Dice: «No tengo ni idea de qué ha pasado, pero Owen está aquí. Se queda a dormir. Por favor, no le digas que te lo he dicho. Ya sé que no debería meterme, pero no quiero que te preocupes.»

Siento un profundo alivio, una sensación real, física, como si me metiera debajo de una ducha caliente.

«¡¡¡Muchas gracias!!! —le contesto. Y añado—: No se lo diré, pero gracias.»

Son las dos y media de la madrugada cuando subo a acostarme, y aún tardo un buen rato en quedarme dormida, llorando.

Al día siguiente, mi estado de ánimo ha cambiado. Ya no estoy desesperada. Estoy enfadada. Conmigo misma, con mi pasado y con mi estupidez.

Pero también estoy enfadada con Owen.

Intento imaginarme la situación al revés: qué pasaría si él recibiera rosas de una vieja amiga, un dibujo anónimo por correo. Supongo que me subiría por las paredes. Hasta es posible que lanzara acusaciones. Pero jamás se me ocurriría marcharme de casa y dejarlos a él y a nuestra hija solos, sin decirle adónde me iba y sin intentar siquiera creerme su versión de la historia.

Es lunes, de modo que supongo que no volverá a casa hasta después del trabajo. Siempre tiene un traje de recambio en el despacho para emergencias, así que no necesita venir, excepto quizá para afeitarse, pero hoy en día la Administración ya no exige a sus empleados varones que vayan perfectamente afeitados y, además, Michael podría prestarle una maquinilla de afeitar si hiciera falta.

Voy al parque con Freya. La subo a los columpios. Hago como si no pasara nada y me niego a pensar en todas las hipótesis que se agolpan en mi cabeza.

Llegan las siete... y pasan. Ceno y vuelvo a notar ese dolor en la garganta, ese cuerpo extraño atascado ahí, que me asfixia.

Acuesto a Freya.

Y entonces, cuando me tumbo en el sofá y me tapo con una manta a pesar del calor que hace, oigo el roce de una llave en la cerradura. Y me da un vuelco el corazón.

Me incorporo y me envuelvo con la manta, como si así pudiera protegerme de lo que se avecina. Miro hacia la puerta.

Owen está de pie en el umbral, con el traje arrugado, y por su aspecto diría que ha bebido.

Ninguno de los dos dice nada. No estoy muy segura de qué estamos esperando, quizá una indicación, una señal. Que el otro se disculpe.

—En la cocina hay *risotto* —le digo por fin, con la garganta dolorida por el esfuerzo que tengo que hacer para hablar—. Si tienes hambre.

—No —me contesta, cortante, pero va a la cocina y oigo ruido de platos y cubiertos.

Está borracho, lo sé por cómo deja el plato en la encimera, con un golpe; se le caen el cuchillo y el tenedor, los recoge, y luego se le vuelven a caer.

Mierda, tengo que ir. Si sigue así se va a quemar. O se quemará la corbata.

Entro en la cocina y lo encuentro sentado a la mesa, con la cabeza entre las manos y un plato de *risotto* frío delante, aunque veo que no está comiendo. Sólo está ahí sentado, mirando el plato fijamente, con cierta desesperación ebria en la mirada.

—Déjame a mí —le digo. Cojo el plato y lo caliento unos segundos en el microondas.

Cuando se lo pongo otra vez delante, el plato está humeando, pero Owen empieza a comer de forma mecánica, como si no notara lo caliente que está la comida.

—Owen, lo de anoche...

Vuelve lentamente la cabeza hacia mí y en su semblante se refleja una especie de súplica dolorosa, y de repente veo que él tampoco quiere que pase lo que está pasando. Quiere creerme. Si ahora le ofrezco una explicación, la aceptará, porque está deseando que todo esto se acabe, que las acusaciones que me lanzó anoche no sean ciertas.

Respiro hondo. Si doy con las palabras adecuadas...

Pero justo cuando voy a empezar a hablar me suena el teléfono y los dos nos sobresaltamos.

Es Kate. Me planteo por un momento no responder, pero algo —la costumbre o la preocupación, no estoy segura— me empuja a contestar.

—¿Hola?

—¿Isa? —Suena muy asustada e inmediatamente sé que algo va mal—. Isa, soy yo.

—¿Qué pasa? ¿Qué sucede?

—Es mi padre. —Kate intenta no llorar—. Su cadáver. Me han pedido... me han dicho que...

Se interrumpe, respira muy deprisa y me doy cuenta de que está intentando controlar los sollozos.

—Kate, Kate, tranquila. Respira hondo. ¿Qué te han dicho?

—La consideran una muerte sospechosa. Quieren que vaya a la comisaría. Quieren interrogarme.

Me quedo helada. Me tiemblan las piernas, me agarro a lo que encuentro de camino a la mesa de la cocina y me siento enfrente de Owen, porque de pronto soy incapaz de tenerme en pie.

—Dios mío.

—¿Puedes venir? Tenemos... tenemos que hablar.

Sé lo que me está diciendo. Intenta que suene inocuo, por si Owen está escuchando, pero tenemos que hablar urgentemente antes de que la policía la interrogue, y quizá también a las demás. Tenemos que ponernos de acuerdo sobre lo que vamos a contarles.

—Claro —consigo decir—. Iré esta noche. El último tren sale a las nueve y media. Si voy en taxi a la estación, llegaré a tiempo.

—¿Estás segura? —pregunta con voz llorosa—. Sé que es mucho pedir, pero Fatima no puede venir, tiene guardia, y a Thea no la he encontrado. No contesta al teléfono.

—No digas tonterías. Claro que voy.

—Gracias, Isa, muchas gracias. Esto significa mucho para mí. Voy a llamar a Rick, le pediré que te recoja en la estación.

—De acuerdo, nos vemos. Un beso.

Cuando cuelgo, veo la cara de Owen, sus ojos irritados por el cansancio y el alcohol, y me doy cuenta de lo que debe de estar pensando. No puedo más.

—¿Ahora te vas a Salten? —me pregunta con desprecio—. ¿Otra vez?

—Kate me necesita.

—¡Que se vaya a la mierda! —grita, y doy un respingo. Se levanta, coge el cuenco de *risotto*, que está casi intacto, y lo lanza al fregadero. Cae arroz por las baldosas y por la encimera. Y entonces dice, más calmado, con la voz un poco quebrada—: ¿Y nosotros, Isa? ¿Y yo?

—Esto no tiene nada que ver contigo. —Me tiemblan las manos cuando recojo el cuenco y abro el grifo del fregadero—. Tiene que ver con Kate. Me necesita.

—¡Yo también te necesito!

—Han encontrado el cadáver de su padre. Está hecha polvo. ¿Qué quieres que haga?

—¿Que han encontrado qué? ¿De qué demonios estás hablando?

Me llevo las manos a la cabeza. No puedo. No puedo explicárselo todo, sortear verdades y mentiras. Además, en el estado de ánimo en que está, no va a creerme. Tiene ganas de pelea, está buscando una razón para poder ofenderse.

—Mira, todo esto es muy complicado, pero lo fundamental es que Kate me necesita. Tengo que ir.

—¡No me vengas con historias! Esto es un cuento chino. Kate se las ha apañado perfectamente sin ti durante diecisiete años, Isa. ¿Qué mosca te ha picado? No lo entiendo. ¿Hace años que no la ves y de repente chasca los dedos y vas corriendo?

Sus palabras se parecen tanto a las de Luc que me quedo un momento plantada sin saber qué responder, boquiabierta, como si me hubieran dado una bofetada. Aprieto los puños, tratando de controlarme, y me doy la vuelta.

—Adiós, Owen.

—¿Cómo que adiós? —Me sigue y pisa el *risotto* que se ha caído al suelo—. ¿Qué coño significa esto?

—Lo que tú quieras.

—Lo que yo quiero —dice Owen con voz temblorosa— es que nuestra relación sea una prioridad para ti. Desde que nació Freya, me siento como el último mono. Ya ni siquiera hablamos. ¡Y ahora esto! —No estoy segura de si se refiere a Salten y a Luc, o a Fatima, Thea y Kate. O incluso a Freya—. Estoy harto, ¿me oyes? ¡Estoy harto de ser el último en quien piensas!

Y de repente, cuando dice eso, ya no estoy asustada ni triste, sino enfadada. Muy enfadada.

—En realidad es eso, ¿verdad? No es Luc ni Kate ni un paquete de tabaco de mierda. Eres tú. Es el hecho de que no puedes soportar no ser lo más importante en mi vida.

—¿Cómo te atreves a decir eso? —replica con rabia—. Me has mentido, ahora no intentes echarme la culpa. Estoy tratando de hablar contigo, Isa. ¿Qué pasa? ¿No te importo una mierda?

Me importa. Claro que me importa. Pero ahora mismo estoy al límite, no aguanto más. No me siento capaz de afrontar esto. Si Owen sigue presionándome, me temo que acabaré contándole la verdad.

Lo aparto de un empujón, subo al dormitorio, donde Freya duerme, y empiezo a meter cosas en una bolsa. Me tiemblan las manos. No sé muy bien lo que estoy cogiendo. Pañales. Algo de ropa interior y camisetas de bebé. Unas camisetas para mí. No sé si podré cambiarme, pero ahora mismo no me importa, lo único que quiero es irme.

Cojo a Freya en brazos, siento cómo se remueve y rezonga y la envuelvo en una rebeca de lana para protegerla del frescor de la noche de verano. Entonces me cuelgo la bolsa en bandolera.

—¡Isa! —Owen está esperando en el pasillo, colorado por la rabia y la angustia contenidas—. ¡No puedes hacer esto, Isa!

—Owen, yo... —Freya se remueve en mis brazos. Mi teléfono emite un pitido dentro del bolso. ¿Será Thea? ¿Fatima? No puedo pensar. No puedo.

—Te vas a verlo a él —me suelta Owen—. Al hermano de Kate, ¿verdad? Ese mensaje es suyo, ¿verdad?

Es la gota que colma el vaso.

—¡Vete a la mierda! —le suelto, lo aparto de un empujón y doy un portazo al salir. Freya se asusta y llora.

En el vestíbulo, meto a la niña en el cochecito con las manos temblorosas; ella no deja de dar patadas, pero ignoro sus chillidos, cada vez más agudos. Entonces abro el portal, saco el cochecito de cualquier manera y bajo los escalones.

Cuando aún no he salido del jardín delantero, oigo que la puerta se abre y veo salir a Owen, muy angustiado.

—¡Isa! —me grita, pero yo sigo adelante—. ¡Isa! ¡No puedes irte así!

Pero sí puedo. Y lo hago.

A pesar de que las lágrimas resbalan por mi cara y de que esté a punto de rompérseme el corazón.

Sigo caminando.

En cuanto el tren sale de la estación Victoria, veo que ha cambiado el tiempo, y cuando dejamos atrás Londres y nos adentramos en el campo, llueve a cántaros y ha bajado mucho la temperatura. De un ambiente húmedo y bochornoso que presagiaba tormenta hemos pasado a algo más parecido al otoño.

En el tren, atontada y con frío, con Freya enganchada al pecho como una bolsa de agua caliente con vida propia, soy incapaz de analizar lo que acabo de hacer. ¿He dejado a Owen?

No es la primera vez que discutimos, ni mucho menos. Hemos tenido nuestras peleas y riñas, como cualquier pareja, pero ésta ha sido la discusión más grave y, sobre todo, la primera desde que nació Freya. Cuando tuve a la niña, algo cambió en nuestra relación: sabíamos que había mucho más en juego, éramos plenamente conscientes de que estábamos echando raíces, y dejamos de preocuparnos por tonterías, como si hubiéramos comprendido que no podíamos permitirnos el lujo de tentar a la suerte tan a menudo, no ya por nosotros mismos, sino por Freya.

Y ahora... he puesto nuestra relación en grave peligro y no estoy segura de que el daño sea reversible.

Lo que me corroe es la injusticia de sus acusaciones. Un amante. ¿Un amante? Pero si desde que nació Freya apenas he salido de casa. Mi cuerpo ya no me pertenece; la niña está enganchada a mí como con Velcro y me chupa la energía y la libido al mismo tiempo que la leche. Estoy tan agotada e ida que ni siquiera tengo fuerzas para plantearme echar un polvo con Owen. Y él lo sabe, sabe lo cansada que estoy y cómo me siento respecto a mi cuerpo después del parto. ¿De verdad cree que cogí a Freya y me la llevé conmigo para tener una aventura apasionada e ilícita? Es tan ridículo que, de no ser porque también es injusto e intolerable, me echaría a reír.

Y, sin embargo, pese a que estoy furiosa, he de admitir que en cierto sentido Owen tiene razón. No en lo del amante. Pero a medida que el tren avanza inexorable hacia el sur y mi rabia se enfría, surge dentro de mí una pizca de remordimiento. Porque, en el fondo, Owen me está diciendo que no he sido sincera con él. No en el sentido que cree, pero sí en otros igual de importantes. Le he ocultado cosas desde el día que nos conocimos, pero ahora, por primera vez en nuestra relación, estoy haciendo algo más que eso: estoy mintiendo de forma deliberada. Y Owen lo sabe. Sabe que pasa algo y que se lo estoy ocultando. Pero no sabe qué es.

Me gustaría poder contárselo. Ojalá, así me liberaría de esta especie de ansia que me oprime el pecho. Y sin embargo... una parte de mí se alegra de no poder hacerlo. No es mi secreto, y por tanto no puedo tomar esa decisión. Pero si lo fuera... si yo fuera la única implicada... no lo sé.

Porque, aunque me gustaría no verme obligada a mentirle, tampoco quiero que Owen sepa la verdad. No quiero que me mire y vea a una persona que mintió no una, sino varias veces, que escondió un cadáver, que participó en un engaño. Alguien que quizá haya ayudado a encubrir un asesinato.

Si acaba sabiéndose todo, ¿seguirá queriéndome?

No estoy segura. Y eso me atormenta.

Si sólo estuviera arriesgando el amor de Owen, me atrevería. Al menos eso es lo que me digo. Pero también he de pensar en su carrera. Los documentos de revelación obligatoria que firmas cuando entras a trabajar en la Administración son largos y detallados. Te preguntan por tus finanzas, si eres aficionado al juego, si consumes drogas y... Sí, si tienes antecedentes penales. Buscan «palancas», cosas que podrían ser utilizadas para chantajearte y así obtener de ti información que no deberías revelar, o para obligarte a cometer fraude.

Te preguntan por tu pareja. Por tu familia y amigos. Y cuanto más arriba llegas en la organización, más preguntas te hacen y más personal es la información.

La última pregunta viene a ser: ¿hay algún episodio de tu vida que pudiera ser utilizado para presionarte? Si eso es así, decláralo ahora.

Tanto Owen como yo hemos cumplimentado esos formularios montones de veces: yo, cada vez que he cambiado de departamento; Owen, cada vez que ha actualizado su acreditación de seguridad en el Ministerio del Interior. Y yo he mentido. De forma repetida. El simple hecho de haberlo hecho ya constituye motivo de despido. Pero si le digo la verdad a Owen, lo implicaré en mi mentira y pondré en juego su puesto de trabajo además del mío.

Cuando todo se reducía a haber escondido un cadáver, ya era bastante difícil. Pero si me convierto en cómplice de un asesinato...

Cierro los ojos y dejo de ver el paisaje oscuro y la lluvia que golpea el cristal de la ventana del vagón, y de pronto tengo la sensación de que estoy en la marisma, recorriendo un camino que no conozco. El terreno que piso es irregular, está blando y empapado, y con cada paso en falso que doy me alejo del sendero y me hundo más en el barro. Dentro de poco seré incapaz de encontrar el camino de regreso.

—Has dicho Salten, ¿verdad, querida? —pregunta la voz cascada de una persona mayor, y me despierto de golpe. Freya también se sobresalta y protesta con un grito.

—¿Qué? —Me seco con el pañuelo de muselina de Freya un poco de saliva que tengo en una comisura de la boca. Parpadeo y miro a la anciana que está sentada delante de mí—. Perdone, ¿cómo dice?

—Estamos llegando a Salten y te he oído decirle al revisor que te bajabas ahí, ¿no es así?

—¡Ah, sí!

Está tan oscuro que tengo que hacer visera con las manos cuando miro a través del cristal salpicado de lluvia para leer el letrero del andén, apenas iluminado, y asegurarme de que hemos llegado a mi estación.

Sí, es Salten. Me levanto, tambaleándome, y recojo a toda prisa bolsas y chaquetas. Freya, dormida, se retuerce pegada a mí mientras abro la puerta con una mano.

—Ya te aguanto la puerta —dice la anciana, cuando me ve intentando poner a Freya en su cochecito y fijar la cubierta para la lluvia.

El jefe de estación hace sonar su silbato con tono apremiante justo cuando consigo bajar el cochecito al andén mojado. La lluvia me empapa la chaqueta. Freya abre mucho los ojos, agraviada, y suelta un quejido de indignación mientras corro por el andén, con la chaqueta ondeando detrás de mí, con la esperanza de que Kate haya venido a recogerme.

Y sí, por suerte lo ha hecho. Está en el taxi de Rick, con el motor encendido y los cristales empañados. Esta vez me he acordado de coger los adaptadores de coche, de modo que puedo fijar el capazo de Freya mientras Rick enfila el camino lleno de baches hacia el pueblo.

Es imposible mantener una conversación. Freya, que en el tren dormía tranquilamente, seca y calentita, protesta ante el asalto de frío y lluvia con unos berridos que son cada vez más inconsolables, y aunque su llanto me hiere como si me arañara la piel, en parte me alegro de no tener que hablar con Rick. No puedo pensar en otra cosa que no sean los dibujos, la carta de Ambrose, las rosas y la sangre que me hice en las manos con sus espinas.

Llegamos al molino y veo que el suelo está mojado y que hay charcos bajo las jambas de las puertas. La lluvia ha conseguido colarse por las ventanas desvencijadas y se acumula en los tablones desnivelados y bajo los marcos.

—Kate... —Intento hacerme oír por encima de los berridos de Freya y del envite de las olas contra la pasarela, pero ella niega con la cabeza y señala el reloj de pie, que marca casi las doce de la noche.

—Acuéstate —dice—. Ya hablaremos por la mañana.

Y no puedo hacer otra cosa que asentir y llevarme a mi hija llorosa arriba, al mismo dormitorio que ocupamos la vez pasada, en la cama donde todavía están puestas nuestras sábanas, la cama de Luc. Me tumbo de lado hasta que, poco a poco, los frenéticos resoplidos y bufidos de mi hija se calman y me quedo dormida.

Me despierto temprano y me quedo inmóvil mientras mis ojos se acostumbran a la claridad. Entra luz en la habitación, a pesar de que es muy temprano, pero es una luz fría, difusa, y cuando miro por la ventana veo que la bruma ha entrado en el estuario y ha envuelto el molino y sus alrededores con un fino velo gris. En una de las esquinas de la ventana hay una telaraña salpicada de gotitas microscópicas y me quedo un rato contemplándola, recordando con desasosiego las redes que cubren las fachadas de las casas de Salten.

Tengo frío en los brazos, me tapo mejor y me doy la vuelta para ver qué hace Freya, porque está inusitadamente callada en la cuna, al lado de la cama.

Lo que veo hace que el corazón se me pare un momento en el pecho, para luego empezar a latir a mil por hora.

Freya no está en la cuna.

Freya no está en la cuna.

Antes de poder procesar la idea ya me he levantado de la cama. Tiemblo como si acabara de recibir una descarga eléctrica. Busco entre las mantas de la cama, como una idiota, aunque sé muy bien que anoche la acosté en la cuna de madera y que ella ni siquiera gatea todavía, por lo que es imposible que haya salido de ahí y haya trepado a la cama.

Freya. Dios mío.

Hago unos ruiditos extraños con la garganta, una especie de gemidos, porque no puedo creerme que mi hija no esté aquí, y entonces abro la puerta y salgo corriendo al pasillo.

—¡Kate! —quiero gritar, pero el pánico hace que el nombre se me atasque en la garganta, con lo que sólo consigo articular un grito de terror estrangulado—. ¡Kate!

—¡Estoy abajo! —me contesta mi amiga, y bajo la escalera dando traspiés, arañándome los talones y saltándome el último peldaño, y entro tambaleándome en la cocina. Kate, que está de pie junto al fregadero, levanta la cabeza, primero sorprendida y luego preocupada al verme allí de pie, con los ojos fuera de las órbitas y los brazos vacíos.

—Kate —balbuceo—. Freya... Freya... ¡no está!

Ella deja la cafetera que estaba lavando y veo que su cara pasa de la preocupación a la... ¿culpabilidad?

—Lo siento mucho —dice, y señala la alfombra que tengo detrás.

Me doy la vuelta de golpe y veo a mi hija. Freya está ahí. Sentada en la alfombra, con un trozo de pan en la mano; me mira y da un gritito de felicidad. Entonces tira el pan medio triturado y me tiende los brazos para que la coja.

La levanto del suelo y la estrecho contra mí. El corazón me martillea en el pecho. No puedo hablar. No sé qué decir.

—Lo siento —repite Kate, atribulada—. No se me ha ocurrido pensar que te asustarías. Debo de haberla despertado cuando he ido al cuarto de baño, porque al salir la he oído. Como tú aún dormías, he pensado... —Se retuerce los dedos—. Es que pareces siempre tan cansada... He pensado que te sentaría bien dormir un poco más.

No digo nada. Dejo que el pulso se me vaya normalizando mientras Freya juega con mi pelo con sus deditos rosados y yo aspiro el olor a bebé de su cabecita y noto su peso en los brazos... Dios mío. No pasa nada. No ha pasado nada.

De pronto se me doblan las rodillas de puro alivio y me acomodo en el sofá.

—Lo siento —insiste Kate. Se frota los párpados, todavía adormilada—. Tendría que haber pensado que te preguntarías dónde estaba la niña.

—Tranquila —consigo decir por fin. Freya me da unas palmaditas en la mejilla reclamando mi atención. Sabe que pasa algo, pero no sabe qué es. Me esfuerzo por sonreír cuando la miro y me pregunto qué me ha ocurrido, en qué clase de persona me estoy convirtiendo, si mi primera reacción al ver que mi hija no está en su cuna es pensar que la han secuestrado—. Lo siento, Kate. —Me tiembla un poco la voz y respiro hondo para tranquilizarme—. No sé por qué me he asustado tanto. Es que... no sé, estoy un poco nerviosa.

Me mira compungida.

—Yo también.

Se da la vuelta hacia el fregadero.

—¿Quieres un café?

—Sí, gracias.

Pone la cafetera en el fuego y nos sentamos a esperar en silencio, hasta que empieza a silbar.

—Gracias —dice entonces Kate.

—La miro sorprendida.

—¿Gracias por qué? ¿No debería dártelas yo a ti?

—Por venir tan deprisa. Ya me imagino que no ha debido de ser fácil.

—Qué va —le digo, aunque no es verdad. Para Owen, que yo haya escogido a Kate habrá sido la gota que colma el vaso, y eso me asusta—. Cuéntame lo de la policía —le pido, para no seguir pensando en lo que he hecho.

Kate no me contesta enseguida; en vez de eso, va hasta la cafetera, que ya ha empezado a silbar, y la aparta del fuego; luego sirve dos tacitas y me acerca una. Dejo a Freya otra vez en la alfombra y cojo la taza, procurando mantenerla lejos del alcance de sus manitas suaves y regordetas.

—Ese maldito Mark Wren —dice Kate por fin, y se hace un ovillo en una butaca enfrente de mí—. Vino a verme en plan «Esto debe de ser muy difícil para ti», pero lo sabe. No sé qué le habrá contado Mary, pero sabe que hay algo raro.

—Entonces... ¿han identificado el cuerpo? —pregunto, aunque ya sé que sí, porque lo he leído en los periódicos. Pese a todo, por alguna extraña razón necesito oírselo decir a Kate, necesito ver cómo reacciona al contármelo.

Sin embargo, no logro deducir nada de la expresión de su cara cuando, con un asentimiento escueto, me confirma la información.

—Sí, creo que sí. Me tomaron una muestra de ADN, pero lo dan prácticamente por hecho. Me comentaron algo de unos archivos dentales y me enseñaron su anillo.

—¿Te pidieron que lo identificaras?

—Sí, y les confirmé que era suyo. Pensé que... bueno, me pareció una estupidez negarlo.

Kate tiene razón, claro. Un elemento importante del juego de las mentiras consistía en saber cuándo había terminado la partida y tenías que retirarte. Era la regla número cinco: «Date cuenta de cuándo has que parar de mentir.» O, como decía Thee: «Déjalo correr antes de que la mierda te salpique.» El truco consistía en saber cuándo había llegado ese punto. Pero esta vez no estoy segura de que lo hayamos hecho bien. Me da la impresión de que, hagamos lo que hagamos, vamos a tener problemas.

—¿Y ahora qué van a hacer?

—Me han pedido que vaya a la comisaría y haga una declaración sobre la noche que desapareció. Pero antes tenemos que decidir si les cuento que estabais todas aquí. —Se pasa las manos por la cara y me fijo en sus ojeras marcadas y oscuras sobre la piel aceitunada—. No sé qué es lo mejor. Podría decirles que os llamé cuando descubrí que mi padre había desaparecido, y que os pedí que vinierais. Podríamos confirmar las unas la versión de las otras, decirles que estábamos todas aquí, pero que mi padre no estaba y que os marchasteis pronto. Pero entonces a vosotras también os pedirían que hicierais una declaración. En realidad, todo depende de lo que sepa el colegio.

—¿Lo que sepa el colegio? —repito como una tonta.

—Sobre aquella noche. ¿Os vieron salir? Si yo digo que no estabais aquí y luego se sabe que sí, podría salirnos el tiro por la culata.

Ya lo entiendo. Intento hacer memoria. Cuando la señorita Weatherby vino a buscarnos, estábamos en nuestras habitaciones, pero vio nuestra ropa, mis sandalias manchadas de barro. Y cuando fuimos a su despacho comentó que nos habían visto salir del colegio sin permiso.

—Creo que sí nos vieron —respondo con fastidio—. O al menos la señorita Weatherby dijo que nos habían visto. No especificó quién. Nosotras no admitimos nada. Bueno, yo no. No sé qué dijeron Fatima y Thea.

—Mierda. Entonces tendré que decirles que yo estaba aquí esa noche, y vosotras también. Y eso significa que seguramente os llamarán a declarar.

Está pálida, y me imagino lo que debe de estar pensando; no es sólo la preocupación por la angustia que eso nos causará a las demás, sino que también hay otro elemento más práctico y egoísta. ¿Soportarán cuatro versiones el interrogatorio? ¿Flaqueará alguna de nosotras?

Pienso en Thea, en su afición a la bebida, en las cicatrices que tiene en los brazos, en la factura que todo esto le está pasando. Y pienso en Fatima, que ha buscado refugio en la religión. Arrepentimiento sincero, me dijo. ¿Y si eso incluye la confesión? ¿Y si ésa es su forma de rectificar? Porque seguro que Alá no podrá perdonar a alguien que sigue mintiendo y encubriendo, ¿verdad?

Y también pienso en los dibujos. En esos malditos dibujos que hemos recibido por correo. En el hecho de que hay alguien más ahí fuera que sabe algo.

—Kate... —Trago saliva y hago una pausa. Ella se vuelve y me mira, y me obligo a continuar—: Tengo que decirte una cosa. Fatima, Thea y yo... hemos recibido unos dibujos. Por correo. Unas copias de dibujos.

Le cambia la cara y me doy cuenta de que ya sabe lo que voy a decir. No estoy segura de si eso me lo pone más fácil o más difícil, pero de todas maneras me obligo a continuar y se lo suelto de forma atropellada, para no echarme atrás.

—¿Seguro que destruiste todos los dibujos que nos hizo tu padre?

—Sí —contesta Kate. La desdicha se refleja en su cara—. Te lo juro. Pero no... —Se interrumpe y de repente no quiero oír lo que está a punto de decir, pero ya es demasiado tarde. Aprieta los labios hasta que se le quedan blancos—. Pero no inmediatamente.

—¿A qué te refieres?

—No los quemé inmediatamente después de que él muriera. Quería hacerlo, pero... no sé, no encontraba el momento. Un día subí a su estudio y vi que alguien había estado allí.

—¿Qué? —No intento disimular mi desconcierto—. ¿Cuándo fue eso?

—Hace años. Poco después de que pasara todo. Faltaban algunos cuadros y dibujos, era evidente que alguien había estado hurgando por allí. Después de eso, los quemé todos, te lo juro, pero entonces empezaron a llegar las cartas.

El frío se extiende por mi cuerpo como un veneno.

—¿Cartas?

—Al principio tan sólo fue una —explica Kate en voz baja—. Vendí un cuadro de mi padre. En la prensa local salió una reseña de la subasta, junto con el precio por el que se había vendido el cuadro, y al cabo de unas semanas recibí una carta pidiéndome dinero. No me amenazaban, sólo me pedían que dejara cien libras metidas en un sobre detrás de un panel que hay suelto en el Salten Arms. No hice nada y al cabo de unas semanas recibí otra carta, sólo que esta vez me pedían doscientas libras, y dentro del sobre había un dibujo.

—Un dibujo de nosotras —digo, estremecida, con un hilo de voz. Kate asiente.

—Pagué. Recibí más cartas, llegaban de vez en cuando, una cada seis meses más o menos, y seguí pagando, pero al final escribí una carta diciendo que se había acabado, que no podía pagar más, que el molino se estaba hundiendo y que ya no me quedaban cuadros de mi padre, que me podían pedir lo que quisieran, pero no tenía dinero. Y ya no recibí más cartas.

—¿Eso cuándo fue?

—Hará dos o tres años. Después dejaron de molestarme y creí que todo había terminado, pero hace unas semanas empezaron a llegar otra vez. Primero fue la oveja y luego... —Traga saliva—. Cuando te marchaste, recibí una nota que decía: «¿Por qué no se lo pides a tus amigas?» Pero jamás se me ocurrió...

—¡Joder, Kate! —Me levanto, porque estoy tan nerviosa que no puedo seguir sentada, pero no tengo adónde ir, así que me siento otra vez y me pongo a rascar la tela deshilachada del sofá. «¿Por qué no nos dijiste nada?», quiero preguntarle. Pero ya sé la respuesta: porque Kate lleva años intentando protegernos. «¿Por qué no acudiste enseguida a la policía?», quiero preguntarle. Pero esa respuesta también la sé. «Sólo son dibujos», quiero decirle. Pero las dos sabemos que eso no es cierto. Los dibujos no importan. Lo que importa es esa nota que apareció con la oveja.

—Lo que todavía no entiendo... —continúa Kate en voz baja, y entonces se para.

—Sigue —la apremio.

Se retuerce los dedos, se levanta y va hasta la alacena. En uno de los cajones hay un montoncito de papeles atados con un cordel rojo y, justo en medio del fajo, una carta dentro de un sobre viejo y arrugado. Al verlo, me palpita el corazón.

—¿Es...?

—La guardé. No sabía qué hacer con ella —me contesta Kate.

Me tiende el sobre y por un momento soy reacia a cogerlo, porque pienso en pruebas forenses y en huellas dactilares, pero ya es demasiado tarde. Hace diecisiete años, todas nosotras tuvimos esa carta en las manos. Lo cojo despacio, como si fuese más difícil seguirme la pista por el hecho de que no lo haya tocado más que con la punta de los dedos, pero no lo abro. No hace falta. Ahora que tengo la carta en las manos, las frases suben flotando desde el fondo de mi memoria: «Lo siento mucho... no culpes a nadie, cariño... lo único que puedo hacer para proteger a los míos...»

—¿Crees que debo dársela a Mark Wren? —me pregunta Kate con voz ronca—. No sé, quizá así acabaríamos con todo esto. Esta carta da respuesta a muchas preguntas.

Pero también plantea otras. Como, por ejemplo, ¿por qué no entregó Kate esta carta a la policía hace diecisiete años?

—Pero ¿qué le dirías? ¿Dónde le dirías que la has encontrado? ¿Cómo lo explicarías?

—No lo sé. Podría decir que la encontré aquella noche, pero que no se lo dije a nadie. Podría decir la verdad: que mi padre ya no estaba y que me dio miedo perder la casa. Pero no tengo por qué implicaros a vosotras; no tengo por qué mencionar lo del entierro y todo eso. O podría decir que la encontré más tarde, meses después.

—Joder, Kate, no lo sé. —Me froto los párpados con los puños y trato de eliminar los restos de agotamiento y de sueño que, por lo visto, me impiden pensar con claridad. Detrás de mis párpados aparecen chispitas de luz y manchas oscuras—. Me da la impresión de que todas esas explicaciones... plantean más preguntas de las que responden, y además...

Entonces me interrumpo.

—Además, ¿qué? —dice Kate con un deje en la voz que no consigo identificar. ¿Actitud defensiva? ¿Temor?

Mierda. No quería que la conversación tomara este derrotero, pero no se me ocurre nada más que decir. Regla número cuatro del juego de las mentiras: «Prohibido mentirnos entre nosotras», ¿no?

—Además... si les entregas la nota, querrán verificarla.

—¿Qué quieres decir?

—Lo siento, Kate, pero tengo que preguntártelo. —Trago saliva e intento hallar alguna manera de expresarlo que no dé a entender que estoy pensando lo que estoy pensando—. Me digas lo que me digas, haya pasado lo que haya pasado, no te juzgaré, pero necesito saberlo. Creo que eso nos lo debes, ¿vale?

—Me estás asustando, Isa —dice ella, pero veo algo en su mirada que no me gusta: preocupación y una actitud evasiva.

—Esa nota... no tiene sentido. Tú sabes que no lo tiene. Ambrose se suicidó por esos dibujos, eso es lo que siempre hemos pensado, ¿no?

Kate asiente, pero despacio, como si no se fiara de adónde quiero llegar.

—Y sin embargo hay algo que no encaja. Los dibujos no aparecieron en el colegio hasta después de que tu padre muriera. —Vuelvo a tragar saliva. Pienso en la habilidad de Kate para copiar el estilo de su padre, en los cuadros que falsificó durante años después de fallecer Ambrose. Pienso en los chantajes que lleva pagando más de quince años, en lugar de ir a la policía con la nota; unos chantajes que nos ha ocultado, a pesar de que habríamos tenido todo el derecho a saber lo que estaba ocurriendo—. Mira, Kate, supongo que lo que te estoy preguntando... es si estás segura de que fue Ambrose quien escribió esa nota.

—La escribió él —me contesta con gesto duro.

—Pues no tiene sentido. Y además figura que se inyectó una sobredosis de heroína, ¿no? Eso es lo que nosotras siempre creímos. Pero dime, ¿cómo es que sus utensilios estaban cuidadosamente guardados en la lata? Si se hubiera inyectado él la heroína, ¿no lo habrías encontrado todo esparcido por el suelo junto a su silla?

—La escribió él —repite Kate con obstinación—. Si alguien puede saberlo, ésa soy yo.

—Pero es que... —No sé cómo decirlo, no sé cómo expresar lo que estoy pensando.

Kate endereza los hombros y se ciñe la bata.

—¿Qué me estás preguntando, Isa? ¿Si maté a mi padre?

Nos quedamos calladas.

Dicho así, en voz alta, es escalofriante. Mis sospechas, imprecisas y amorfas, se definen y tienen unos bordes lo bastante afilados como para herir.

—No lo sé —digo al fin con voz ronca—. Te estoy preguntando... te estoy preguntando si hay algo más que deberíamos saber antes de ir a declarar a la policía.

—No, no hay nada más que deberíais saber —me contesta con tono gélido.

—¿No hay nada más que deberíamos saber o no hay nada más?

—No hay nada más que deberíais saber.

—Entonces, ¿sí hay algo más? ¿Hay algo más, pero no me lo estás contando?

—¡Por el amor de Dios, Isa, no me lo preguntes más! —Me mira con gesto angustiado y va hacia la ventana; *Shadow* percibe su turbación y la sigue—. No hay nada más que pueda contarte. Créeme, por favor.

—Thea dice... —empiezo, pero flaqueo y mi valor se debilita, sin embargo, tengo que preguntárselo. Necesito saberlo—. Kate, Thea dijo que Ambrose quería mandarte a otro sitio, lejos de aquí. ¿Es verdad? ¿Por qué? ¿Por qué iba a hacer eso?

Kate me mira fijamente, pálida, inmóvil.

De repente, hace un ruido, una especie de sollozo, y se da la vuelta. Descuelga su chaqueta, se la pone encima del pijama y se calza las botas de agua manchadas de barro que hay al lado de la puerta. Luego coge la correa de *Shadow* y el perro la sigue, nervioso, mirando a su ama como si tratara de comprender qué le pasa. Entonces Kate sale del molino y la puerta se cierra de golpe detrás de ella.

El portazo, fuerte como una detonación, resuena en el techo y hace tintinear las tazas dentro de la alacena. Freya, que juega tan contenta en la alfombra, a mis pies, se sobresalta. Arruga la carita y empieza a llorar.

Me gustaría seguir a Kate y obligarla a que me contestara. Pero no puedo. Tengo que consolar a mi hija.

Me quedo un minuto ahí plantada sin hacer nada, escuchando el llanto de Freya y las pisadas de Kate, que se alejan por la pasarela, y entonces doy un bufido de exasperación, cojo a Freya en brazos y corro hasta la ventana.

Freya, con las mejillas coloradas, patalea con una aflicción desproporcionada, alterada por ese ruido brusco e imprevisto. Mientras intento calmarla, veo cómo la silueta de Kate se aleja hasta que desaparece por la orilla con *Shadow*. Y me quedo pensando.

Me quedo pensando en las palabras que ha escogido.

«No hay nada más que pueda contarte.»

Kate es una mujer de pocas palabras, siempre lo ha sido. De modo que tiene que haber una razón para que no haya dicho simplemente: «No hay nada más que contar.»

Y mientras veo cómo se pierde en la bruma, me pregunto cuál será esa razón y si habré cometido un error fatal al ir al molino.

Ahora que Kate y *Shadow* han salido, reina un silencio extraño en la casa. La bruma empaña los cristales de las ventanas, la madera del suelo está oscura y húmeda y en algunos sitios todavía hay pequeños charcos de la lluvia de anoche.

Rodeado de neblina, el molino parece más próximo que nunca al mar, más parecido a una barca destartalada y anegada, llevada por la corriente hasta un banco de arena, que un edificio construido en tierra firme. Es como si, durante la noche, la niebla hubiera impregnado los tablones del suelo y las vigas; la casa está helada, y la madera bajo mis pies, húmeda y fría.

Le doy el pecho a Freya y luego, después de dejarla otra vez en el suelo, jugando con unos pisapapeles, enciendo la estufa de leña y me quedo mirando cómo los troncos de madera de deriva, empapados de agua salada, quedan envueltos en llamas azules y verdes detrás del cristal manchado de hollín, y entonces me acurruco en el sofá e intento decidir qué voy a hacer.

Siempre acabo pensando en Luc. ¿Sabe más de lo que dice? Kate y él estaban muy unidos, pero ahora el amor que Luc sentía por ella se ha convertido en rencor. ¿Por qué?

Me tapo la cara con las manos y recuerdo... El calor de su piel, el roce de sus extremidades con las mías... De pronto siento que me falta el aire.

· · ·

Cuando Kate regresa ya es tarde, pasada la hora de comer, pero dice que no con la cabeza al ver los bocadillos que estoy preparando, y se lleva a *Shadow* arriba, a su dormitorio, y en parte me alegro. Lo que le he dicho antes, las sospechas que he expresado, son casi imperdonables, y no estoy segura de poder mirar a mi amiga a la cara.

Cuando subo a acostar a Freya para que duerma la siesta, oigo a Kate paseándose un piso más arriba, e incluso distingo por un momento su silueta a través los huecos que hay entre los tablones del suelo, mientras pasa por delante de una ventana y tapa la luz grisácea que se cuela por los resquicios.

Me cuesta dormir a Freya, pero al final lo consigo y bajo al salón para sentarme junto a la ventana y contemplar las inquietas aguas del Estero. Todavía no son las cuatro de la tarde y la marea ya está muy alta; de hecho, asombrosamente alta, creo que nunca la había visto así. La pasarela está inundada y cuando sopla el viento desde el Estero, el agua llega hasta las puertas de la fachada del molino que da al mar.

La neblina se ha levantado un poco, pero el cielo sigue nublado y el ambiente frío y, mientras contemplo las aguas de color gris oscuro que acarician la madera de la fachada, me cuesta recordar el calor que hacía sólo unas semanas atrás. ¿De verdad nos bañamos en el estuario no hace ni un mes? Parece imposible que sean las mismas aguas templadas y agradables en las que nadábamos, flotábamos y nos reíamos. Todo ha cambiado.

Siento un escalofrío y me ciño el jersey. Me hice muy mal la bolsa, la llené casi sin mirar, y me he traído demasiados vaqueros y camisetas finas y poca ropa de abrigo, pero soy demasiado cobarde para pedirle a Kate que me preste algo. No me atrevo a mirarla a los ojos, ahora no, hoy no. Mañana quizá, cuando hayamos olvidado nuestra última conversación.

En el suelo, junto a la ventana, hay un montón de libros con las tapas sinuosas por la humedad, y me acerco y cojo uno al azar. Bill Bryson, *Notas desde una isla pequeña*. La cubierta es de colores estridentes y alegres que contrastan con los tonos apagados del molino, la madera húmeda y oscura y las telas desteñidas. Me levanto y le doy al interruptor de la luz para alegrar un poco la estancia, pero del interruptor sale un chispazo que me asusta. Detrás de mí se oye un fuerte estallido, la luz se enciende un momento, con un potente destello, y luego se apaga.

La nevera hace ruido, como si se sacudiera, y luego deja de oírse su zumbido casi imperceptible. Mierda.

—Kate —digo sin levantar mucho la voz, porque no quiero despertar a Freya, pero no me contesta. Sin embargo, oigo sus pasos y una interrupción de ese movimiento cuando la llamo, de modo que creo que me ha oído—. Kate, ha saltado un fusible.

No me contesta.

Debajo de la escalera hay un armario y meto la cabeza dentro, pero está completamente oscuro y, aunque creo ver algo que podría ser una caja de fusibles, no parece la instalación moderna que mencionó Kate. Es una caja de baquelita, montada sobre una madera, con algo semejante a un cordón embreado que sale de un lado, y una especie de tubo victoriano de plomo que sale del otro. No me atrevo a tocar nada.

Joder.

Cojo mi teléfono móvil y, cuando me dispongo a buscar en Google «Cómo arreglar una caja de fusibles», veo una cosa que hace que se me corte la respiración. Tengo un correo electrónico de Owen.

Lo abro casi temblando.

Por favor, por favor, por favor, que sea una disculpa por nuestra discusión. Me contentaría con cualquier cosa, con cualquier acercamiento que me permitiera apearme del burro. Pasado el arrebato, él debe de haberse dado cuenta de que sus acusaciones eran ridículas. ¿Desde cuándo unas rosas y un viaje para visitar a una vieja amiga significan que tienes un amante? Es una idea paranoica y seguramente Owen se habrá dado cuenta.

Pero no, no es una disculpa. En realidad, ni siquiera es un correo electrónico, y al principio no entiendo lo que dice.

No hay ningún «Hola, guapa», ni siquiera un «Querida Isa». No hay autojustificación ni súplica lastimera. De hecho, ni siquiera hay texto y me pregunto si no me habrá enviado por error un mensaje dirigido a otra persona.

Es una lista de delitos, con fechas y lugares, pero sin nombres ni ningún tipo de contexto. Un hurto en París, una sustracción temporal de vehículo en una localidad francesa de la que nunca había oído hablar, un asalto a mano armada en un centro turístico de Normandía. Al principio, las fechas de la lista corresponden a veinte años atrás, pero a medida que voy bajando van apareciendo fechas más recientes, con largos intervalos sin nada, que a veces abarcan varios años. Las últimas anotaciones corresponden al sur de Inglaterra. Conducir bajo los efectos del alcohol cerca de Hastings, advertencia por posesión de drogas en Brighton, detención tras una pelea en Kent (pero puesta en libertad sin cargos), más advertencias. El último incidente sucedió hace sólo un par de semanas: embriaguez y alteración del orden público cerca de Rye, una noche en la comisaría, sin cargos. ¿Qué significa todo esto?

Y de repente lo entiendo.

Son los antecedentes policiales de Luc.

Me siento enferma. Y ni siquiera quiero saber cómo ha conseguido Owen todo esto, y tan deprisa. Sé que conoce a gente, policías, agentes del MI5, y que tiene un cargo importante en el Ministerio del Interior, con acceso de alto nivel, pero se mire como se mire, esto es una violación grave de la conducta profesional.

No obstante, no se trata sólo de eso. Lo peor es que esto demuestra que Owen no se está calmando, sino que todavía cree que Luc es la razón por la que he venido aquí. Sigue creyendo que me acuesto con otro hombre.

Siento que me invade la ira. Se me eriza el vello de la nuca y noto un cosquilleo en los dedos.

Me dan ganas de gritar. Me dan ganas de llamarlo por teléfono y decirle que es un hijo de puta y que esa falta de confianza quizá sea irreparable.

Pero no lo hago. En parte porque estoy tan furiosa que me da miedo decir algo imperdonable.

Y también porque sé, y una pequeña parte de mí está dispuesta a admitirlo, que no toda la culpa es de Owen.

Sí, claro que es culpa suya. Llevamos casi diez años juntos y en ese tiempo ni siquiera he besado a otro hombre. No he hecho nada por lo que merezca que ahora me trate así.

Pero Owen sabe que miento. No es idiota. Lo sabe y tiene razón.

Lo que pasa es que no sabe por qué.

Aprieto el teléfono hasta que emite un débil zumbido, un gemido que me indica que estoy apretando demasiado y, haciendo un esfuerzo, relajo la mano.

Joder. Joder.

Lo que me saca de quicio es el insulto, su insinuación de que soy capaz de saltar como si nada de su cama a la de Luc. Y si no fuera el padre de Freya, sólo eso habría bastado para que hubiera puesto fin a nuestra relación. He tenido novios celosos en el pasado, y son veneno: veneno para la relación y veneno para tu autoestima. Acabas mirando por encima de tu hombro, planteándote por qué haces las cosas. ¿He estado coqueteando con ese hombre? No era mi intención. ¿Es verdad que he mirado a su amigo como si quisiera algo de él? ¿Iba demasiado escotada, llevaba una falda demasiado corta, sonreía demasiado?

Acabas por dudar de ti misma, y esa inseguridad pasa a ocupar el lugar que deberían ocupar el amor y la confianza.

Me dan ganas de llamarlo y decirle que hemos terminado, que si no puede confiar en mí, hemos terminado. Me niego a vivir así, bajo la sospecha de algo que no he hecho, obligada a negar infidelidades que sólo existen en su imaginación.

Pero... aunque no tuviera en cuenta mi parte de responsabilidad, ¿tengo derecho a hacerle esto a Freya? Sé lo que significa criarte sin uno de tus dos padres. Lo sé muy bien y no quiero que mi hija pase por eso.

Un grueso manto de nubes cubre el cielo y el molino está oscuro y frío; detrás de la portezuela de la estufa sólo arden brasas y de pronto, cuando oigo moverse a Freya en el piso de arriba, y sus gemidos al despertar, sé que tengo que salir de aquí. Iré a cenar al pub. A lo mejor me entero de algo, hablaré con Mary Wren de la investigación policial. De todas formas, es evidente que Kate no piensa bajar, al menos de momento, y, aunque lo hiciera, no estoy segura de poder hablar con ella, de poder sentarme a cenar y charlar con esa sombra suspendida entre nosotras dos, y el mensaje venenoso de Owen en mi teléfono.

Subo corriendo al dormitorio y le pongo una chaqueta a Freya. Luego me aseguro de que la cubierta para la lluvia está guardada en la parte de abajo del cochecito y salgo con la niña a la orilla. Echo a andar hacia Salten con el viento en la cara.

Tengo mucho tiempo para pensar, en el frío y ventoso camino hasta Salten, mientras, kilómetro a kilómetro, voy acortando la distancia. Mi pensamiento oscila entre obcecarme con resentimiento en los defectos de Owen como pareja y mi sentimiento de culpabilidad por no haberme portado demasiado bien con él. Repaso sus fallos mentalmente: el mal genio, el carácter posesivo, la costumbre de llevar a la práctica sus planes sin pedirme opinión.

Pero también se cuelan otros recuerdos. La curva de su espalda cuando se inclina en la bañera para echarle agua caliente en la cabeza a nuestra hija. Su bondad, su inventiva. El amor que siente por mí. Y por Freya.

Y por debajo de todo eso, como un contrapunto, está mi complicidad en esto. He mentido. Le he mentido y le he ocultado información a Owen. Le he ocultado secretos desde el día que lo conocí, pero estas últimas semanas he ido más allá y él sabe que pasa algo raro. Owen siempre ha sido posesivo, pero hasta ahora nunca se había puesto celoso, o no tanto. Y eso es por mi culpa. He hecho que sea así. Nosotras. Fatima, Thea, Kate y yo.

Camino absorta en mis pensamientos y no me fijo en la distancia, y cuando todavía no he tomado una decisión sobre qué voy a hacer, las manchas borrosas que se adivinaban en la neblina se han convertido en casas y edificios.

Doblo la esquina para ir al Salten Arms, mientras flexiono los dedos entumecidos por el frío sobre el manillar del cochecito y vacío el charquito de agua de lluvia que se ha formado en la cubierta protectora. Oigo música. No es música ambiental, sino tradicional: el sonido jadeante de un acordeón, el sonido vibrante de un banjo, las notas alegres de un violín.

Empujo la puerta de la zona de bar y el sonido se amplifica de golpe; choco contra él como contra un muro, y también contra el olor a humo de leña de la chimenea, a cerveza, a alegría, a calor humano. La edad media supera con mucho los sesenta años y casi todos los clientes son hombres.

Se vuelven muchas cabezas, pero la música no se interrumpe, y cuando entro en la sala recalentada veo a Mary Wren sentada en el borde de un taburete, junto a la barra, mirando a los músicos y moviendo el pie al compás de la giga. Ella me ve ahí parada, indecisa, y asiente y me guiña un ojo. Le sonrío, me quedo un momento escuchando, y luego voy hacia la barra del fondo y me fijo, como si los viera por primera vez, en los paneles de madera que recubren las paredes. Se me encoge el estómago al pensar en la nota de la que me ha hablado Kate, en lo fácil que lo tendría cualquiera para acercar disimuladamente un taburete a ese panel que está suelto, o meter una mano por detrás camino de los lavabos. Y todo sería aún más fácil si fueras el dueño del local.

Recuerdo aquel comentario que hizo Mary de pasada: que la fábrica de cerveza tenía intención de vender el pub para construir segundas residencias, y cuando miro a mi alrededor y veo la pintura desconchada y la moqueta y las butacas deshilachadas, pienso en lo que eso significaría para Jerry. Lleva toda la vida trabajando ahí; este pub es su sustento, su vida social y su plan de jubilación. ¿A qué otra cosa podría dedicarse? No sé si son las miradas escrutadoras, el calor y el ruido, o darme cuenta de que el chantajista que amenazó a Kate podría estar en la sala, al otro lado de la barra, pero de pronto siento una oleada de claustrofobia y paranoia. Todos esos lugareños, esos ancianos de sonrisa irónica que me lanzan miradas cargadas de significado, y la camarera, que me observa con los brazos cruzados sin decir nada, saben quién soy. Estoy segura.

Me abro paso a empujones y voy hacia los servicios; meto el cochecito de Freya y dejo que se cierre la puerta. Una vez dentro, me apoyo en la hoja y permito que me invadan el silencio y el ambiente algo más frío de los servicios. Cierro los ojos y me digo: «Puedes con esto. No dejes que se salgan con la suya.»

Cuando vuelvo a abrirlos, veo unas palabras escritas en la puerta con rotulador descolorido y borroso, y que se reflejan en el espejo sucio de enfrente:

¡MARK WREN ES UN DELINCUENTE SEXUAL!

Me recorre una oleada de vergüenza que hace que me ardan las mejillas. La inscripción es antigua y cuesta un poco leer lo que pone, pero se distingue. Y alguien, más recientemente, ha tachado la palabra «Mark» y ha escrito encima, con bolígrafo: «el sargento».

¿Por qué no me di cuenta? ¿Por qué no me di cuenta entonces de que una mentira puede durar mucho más que cualquier verdad, y de que en este pueblo la gente tiene muy buena memoria? Esto no es como Londres, donde el pasado se reescribe una y otra vez hasta que desaparece. Aquí no se olvida nada, y por eso el fantasma de mi error perseguirá a Mark Wren eternamente. Y también a mí.

Me acerco al lavabo y me mojo la cara mientras Freya me observa con curiosidad, y entonces me enderezo, me miro en el espejo y me enfrento a mi reflejo. Sí, esto es culpa mía. Ya lo sé. Pero no es sólo culpa mía. Y si puedo plantarme cara a mí misma, puedo plantarles cara a ellos.

Abro la puerta y empujo el cochecito de Freya con decisión hasta llegar a la barra.

—¡Isa Wilde! —exclama una voz cuando paso por delante de los dispensadores de cerveza; una voz que arrastra un poco las palabras—. Vaya, creía que tardarías otros diez años en volver a Salten. ¿Qué te pongo?

Me doy la vuelta y veo a Jerry, que me sonríe desde detrás de la barra. La luz del fuego de la chimenea se refleja en su diente de oro. Está secando un vaso con un paño que no está precisamente limpio.

—Hola, Jerry. —Freya da patadas, nerviosa; ahora que hemos vuelto al bar tiene calor. Consigue desabrochar la cubierta del cochecito al dar un empujón con más fuerza de lo normal y da un gritito de triunfo. La cojo en brazos y me la apoyo en el hombro—. Se puede entrar con bebés en el pub, ¿verdad?

—Sí, mientras beban cerveza —me contesta Jerry, y esboza esa sonrisa suya, patilluda y con algún diente de menos—. ¿Qué vas a tomar?

—¿Puedo comer algo?

—No hasta las seis, pero... —Mira la hora en el reloj que tiene detrás—. Bueno, ya casi lo son. Toma, aquí tienes la carta.

Me acerca una hoja de papel, arrugada y sucia, deslizándola por la barra, y le echo un vistazo. Bocadillos, pastel de pescado, cangrejo relleno, hamburguesa y patatas fritas...

—El pastel de pescado, por favor —decido—. Y... y quizá una copa de vino blanco.

¿Por qué no? Son casi las seis.

—¿Quieres que te abra una cuenta?

—Vale. ¿Te doy mi tarjeta? —Empiezo a buscar en mi bolso, pero él se ríe y niega con la cabeza.

—Sé dónde encontrarte.

No sé muy bien cómo lo hace, pero consigue que esa frase tan tópica suene ligeramente amenazadora. Aun así, sonrío y señalo con la barbilla hacia el fondo de la sala, un espacio más tranquilo, donde veo un par de mesas libres.

—Voy a sentarme allí, si no te importa.

—Claro. Ahora te llevo la bebida. Tú ya tienes bastante con la niña.

Asiento y voy hacia el fondo del pub. Una de las mesas que están libres queda al lado de la puerta y encima hay un montón de jarras de cerveza sucias. Alguien ha vaciado ahí su pipa y ha dejado la ceniza sobre la mesa; la otra, la del rincón, no está mucho mejor. Hay una avispa zumbando en un charco de cerveza derramada, atrapada bajo un vaso puesto del revés, y el asiento de polipiel está gastado y cubierto de pelos de perro, pero hay sitio suficiente para el cochecito de Freya, así que paso las jarras sucias a la otra mesa, limpio el tablero con una toallita, me siento con la niña y meto el cochecito en el hueco. Freya se retuerce en mis brazos y me da cabezazos en el pecho, y me doy cuenta de que no voy a poder hacerla aguantar hasta que volvamos al molino; ha decidido que es su hora de comer y en cualquier momento puede empezar a llorar.

No es el sitio que habría escogido para darle de mamar, aunque no sería la primera vez que lo hiciera en un pub, ni mucho menos, pero en esas ocasiones casi siempre estaba con Owen y, la verdad, en Londres nadie se extrañaría si te pusieras a darle de mamar a un gato. Aquí, yo sola, es muy diferente, y no sé cómo reaccionarán Jerry y sus clientes. Pero lo cierto es que no tengo alternativa, a menos que esté dispuesta a que Freya monte un numerito. Me desabrocho la chaqueta y me arreglo las capas de ropa para hacerlo con el máximo decoro, y entonces me la acerco al pecho y dejo que se agarre al pezón cuanto antes, para poder taparme con la chaqueta y disimular.

Cuando la niña empieza a mamar, se vuelven algunas cabezas, y un anciano con barba blanca se queda mirándome con mucho interés. De pronto, pienso en lo que dijo Kate sobre los viejos verdes que chismorreaban en el Salten Arms y se me revuelve un poco el estómago, pero entonces llega Jerry con una copa de vino blanco en una bandeja y un cuchillo y un tenedor envueltos en una servilleta de papel.

—No sé si debo cobrarte descorche por eso —bromea, señalando mi pecho con la barbilla, y me sonrojo. Hago un esfuerzo y me río un poco.

—Lo siento, tenía hambre. No te importa, ¿verdad?

—A mí no. Y sé de un par de por aquí que estarán encantados de echar un vistazo. —Suelta una risa pícara y sus amigotes que están en la barra ríen también, como si hubiera eco, y noto que me empieza a arder la cara.

Se vuelven más cabezas y el anciano de pelo blanco y ojos vidriosos me lanza un guiño y suelta una carcajada; se rasca la entrepierna al tiempo que le susurra algo a su amigo, apuntando con la barbilla hacia donde estoy.

Me planteo seriamente decirle a Jerry que anule lo de mi pastel de pescado y largarme, pero entonces él desliza la copa de vino por la mesa y señala con la cabeza hacia la barra.

—Al vino te invita tu amigo, por cierto.

¿Mi amigo? Levanto la vista y veo... a Luc Rochefort.

Está sentado a la barra y, al ver que lo miro, alza su copa hacia mí y me mira con gesto de... ¿arrepentimiento? No estoy segura.

Pienso en Owen. En el correo electrónico que me ha enviado. En lo que diría si entrara en el pub ahora mismo. Y vuelvo a notar esa desagradable sensación en el estómago, pero antes de que pueda pensar algo que decir, Jerry se ha marchado y me doy cuenta de que Luc se ha levantado y camina hacia mí.

No tengo escapatoria. Estoy acorralada por el cochecito, a mi izquierda, y un grupo de gente sentada a mi derecha, y, por si fuera poco, tengo a Freya enganchada al pezón bajo la chaqueta. No hay forma de salir de ahí antes de que Luc llegue a mi mesa. Ni siquiera puedo levantarme para saludarlo sin que algo se tuerza y Freya se ponga a llorar.

Pienso en la oveja ensangrentada.

Pienso en Freya llorando en los brazos de Luc.

Pienso en los dibujos, y en las sospechas de Owen, y me arden las mejillas, no sabría decir si de rabia o... por otra cosa.

—Escucha —digo cuando se acerca con una jarra de cerveza en la mano. Quiero ser valiente, plantarle cara, pero sin darme cuenta voy encogiéndome y pegándome cada vez más al respaldo acolchado del asiento—. Escucha, Luc...

—Lo siento —me interrumpe él—. Siento lo que pasó. Con tu bebé. —Está muy serio y sus ojos parecen muy negros en la oscuridad de esa parte del local—. Sólo pretendía echar una mano, pero fue una estupidez, ahora me doy cuenta.

No es lo que yo imaginaba que me diría, y me desinflo; no sé muy bien qué contestar, pero ya no quiero soltarle mi discurso ni amenazarlo si no se aleja de mí.

—La copa de vino... —continúa—, ya sé que no sirve de nada, pero era una oferta de paz. Lo siento. No volveré a molestarte.

Se da la vuelta y entonces surge algo dentro de mí, una especie de desesperación, y, para mi sorpresa, le digo:

—Espera.

Se vuelve de nuevo, con expresión cautelosa. No se atreve a mirarme a los ojos y sin embargo detecto algo en su cara, una especie de... ¿esperanza?

—No debiste llevarte a Freya —digo por fin—, pero acepto tus disculpas.

Luc se queda quieto, callado, de pie delante de mi mesa, y entonces inclina la cabeza para dar a entender que agradece mis palabras, y nuestras miradas se encuentran. Quizá sea su vacilación, o sus hombros encorvados, como un niño que ha crecido demasiado. O tal vez sus ojos, que sostienen mi mirada con una especie de vulnerabilidad dolorosa, pero de repente me recuerda tanto a cómo era cuando tenía quince años que me da un vuelco el corazón.

Trago saliva con dificultad y vuelvo a notar el dolor en la garganta, ese nudo que últimamente siempre está instalado ahí: mi viejo síntoma de estrés y ansiedad.

Pienso en Owen, en sus acusaciones, en la infidelidad que cree que he cometido... y siento que la temeridad se apodera de mí.

—Luc... ¿quieres sentarte?

No me contesta. Tengo la impresión de que va a hacer como si no me hubiera oído y va a marcharse.

Pero entonces él también traga saliva, la nuez de su cuello sube y baja.

—¿Estás segura? —me pregunta.

Hago un gesto afirmativo con la cabeza y él retira la silla y se sienta. Sostiene su jarra de cerveza en una mano, con la mirada fija en el líquido de color ámbar.

Hay un largo silencio y los hombres que están en la barra dejan de mirarme, como si la presencia de Luc fuera una especie de escudo que me protege de su curiosidad. Freya succiona con fuerza mi pezón al tiempo que me empuja con las manitas. Luc evita mirarnos a las dos.

—¿Te has... enterado de la noticia? —se decide a preguntarme.

—Lo de... —No termino la frase. «Lo de los huesos», quiero decir, pero no consigo articular las palabras. Él asiente.

—Han identificado el cadáver. Es Ambrose.

—Sí, lo he oído. —Vuelvo a tragar saliva—. Lo siento muchísimo, Luc.

—Gracias. —Su acento francés suena más marcado y recuerdo que eso solía ocurrirle en momentos de estrés. Mueve la cabeza como si tratara de ahuyentar pensamientos desagradables—. No pensaba que me fuese a afectar tanto.

Se me corta la respiración durante un momento y vuelvo a tomar conciencia de lo que hicimos, de la cadena perpetua que nos impusimos, no sólo a nosotras mismas, sino también a Luc.

—¿Se lo has dicho a tu madre? —le pregunto.

—No. A ella le da igual. Y ya ni siquiera merece que la llame «madre» —dice Luc en voz muy baja.

Bebo un sorbo de vino e intento concentrarme en calmar los latidos de mi corazón, que palpita descontrolado, y mitigar el dolor de mi garganta.

—Era... drogadicta, ¿verdad?

—Sí. Heroinómana. Y después se enganchó a la metadona.

Pronuncia la palabra en francés, *méthadone*, y al principio no lo entiendo; luego caigo y lamento haber sacado el tema. Me muerdo el labio. Luc permanece callado, con la vista fija en su cerveza, y no sé qué decir, no sé cómo retirar mis palabras. Ha venido a mi mesa con la intención de hacer las paces conmigo y lo único que he hecho ha sido recordarle todo lo que ha perdido.

Me salva una joven camarera que me trae un plato humeante de pastel de pescado. Me lo pone delante sin preámbulos y pregunta:

—¿Salsa?

—No —contesto con dificultad—. No, gracias. Está bien así.

Tomo una cucharada de pastel de pescado. Es un plato abundante, cremoso, y el queso de la capa superior está dorado y crujiente, pero me sabe a serrín. Se desmenuza en mi boca y una espina me araña la garganta al tragar.

Luc sigue sin decir nada, pensativo. Tiene las grandes manos apoyadas en la mesa, los dedos un poco flexionados, y me acuerdo de aquella mañana en la oficina de Correos, de su rabia contenida, los cortes que tenía en los nudillos y el miedo que me provocó su presencia. Me acuerdo de la oveja y de la sangre que le vi en las manos... y dudo.

Está furioso, de eso no tengo ninguna duda. Pero yo, en su lugar, también lo estaría.

Es muy tarde. Freya duerme sobre mi pecho y Luc y yo nos hemos quedado callados después de hablar durante horas. Estamos sentados el uno al lado del otro, viendo respirar a la niña y pensando cada cual en sus cosas.

Cuando suena la campana que anuncia la última ronda, no puedo creerlo y tengo que sacar mi teléfono para comprobar que sí, que ya son las once menos diez.

—Gracias —le digo a Luc cuando se levanta y se despereza.

Él me mira sorprendido.

—¿Por qué?

—Por este rato. Necesitaba salir, olvidarme de todo durante unas horas. —Mientras lo digo, me doy cuenta de que llevo horas sin acordarme de Owen ni de Kate. Me froto la cara y muevo las piernas, entumecidas.

—De nada. —Se agacha y coge a Freya con mucho cuidado para que yo pueda salir de detrás de la mesita. Lo veo acunarla, inexperto, y sonrío cuando la niña suelta un pequeño suspiro y se acurruca contra su pecho.

—Se te da muy bien. ¿No has pensado en tener hijos?

—No, no los tendré. —Lo dice con toda naturalidad y lo miro extrañada.

—¿En serio? ¿Por qué? ¿No te gustan los niños?

—No es eso. No tuve una infancia muy feliz. Eso te deja marcado y es fácil transmitirlo.

—No digas tonterías. —Me pasa a Freya y la cojo, la dejo con cuidado en su cochecito y apoyo suavemente una mano en su pecho; le tiemblan un poco los párpados, pero enseguida se rinde y vuelve a cerrarlos—. Si eso fuera cierto, nadie se reproduciría. Todos llevamos nuestra mochila. ¿Y todas las virtudes que tienes para transmitir?

—No tengo ninguna virtud que transmitir —replica Luc, y al principio pienso que lo dice en broma, pero luego veo que no, porque está serio y abatido—. Y no quiero arriesgarme a darle a otro niño una infancia como la mía.

—Luc, eso... eso que dices es muy triste. Estoy segura de que tú no serías como tu madre.

—Eso no lo sabes.

—No, nadie sabe con certeza qué clase de padre será. Todos los días nacen niños en familias horribles, pero la diferencia es que a esos padres les da igual. En cambio, a ti no.

Se encoge de hombros, se pone la chaqueta y me ayuda a ponerme la mía.

—No importa. No voy a tener hijos. No quiero traer hijos a un mundo como éste.

En el aparcamiento, Luc se mete las manos en los bolsillos y encorva los hombros.

—¿Quieres que te acompañe a casa?

—Te desviarías muchísimo.

Pero nada más decir eso me doy cuenta de que no tengo ni idea de dónde vive. De todas formas, el molino no está camino de ningún otro sitio, ¿no?

—En realidad no tanto —dice Luc—. Tengo un apartamento en la carretera de la costa, yendo hacia el colegio. El camino más rápido es a través de la marisma.

Eso lo explica todo. También por qué pasó cerca del molino la noche que las cuatro fuimos a la cena de antiguas alumnas. Me siento culpable por no haberme creído su historia aquel día.

No sé qué decir.

¿Confío en Luc? La respuesta es no. Pero después de la conversación que he tenido con Kate esta mañana, después de que ella se haya marchado corriendo en lugar de contestar mis preguntas... ya no estoy segura de que por aquí haya alguien en quien pueda confiar.

No se me ha ocurrido coger una linterna y, como está nublado, la noche es muy oscura. Caminamos despacio; empujo el cochecito, con Luc a mi lado. Hablamos en voz baja. Vemos pasar un camión y la luz de sus faros proyecta nuestras sombras, alargadas y negras, sobre la calzada de la carretera. Luc levanta una mano y saluda al conductor cuando pasa por nuestro lado.

—¡Buenas noches, Luc! —le oímos decir al conductor antes de que el camión vuelva a perderse en la oscuridad, y me doy cuenta de que, de alguna manera, Luc ha tenido éxito en algo en lo que Kate ha fracasado. Ha conseguido hacerse una vida aquí, integrarse en la comunidad, mientras que ella sigue siendo una forastera, tal como dijo Mary.

Estamos atravesando el Estero por el puente cuando me doy cuenta de que se me ha metido una piedra en el zapato y paramos para que pueda sacármela. Mientras salto a la pata coja y luego vuelvo a calzarme, Luc permanece apoyado con los codos en el pretil y contempla el estuario en dirección al mar. La niebla se ha levantado, pero el cielo sigue muy tapado, con nubes bajas y gruesas. El Estero está envuelto en oscuridad, no se ve nada, ni siquiera el más débil destello de las luces del molino. El semblante de Luc es insondable, y pienso en esa tienda de campaña blanca, oculta en la oscuridad, y me pregunto si él estará pensando lo mismo.

Cuando termino de ponerme el zapato, me acerco a él y apoyo también los brazos en el pretil. Aunque no nos tocamos, nuestros antebrazos están tan cerca que noto el calor de su piel, que atraviesa la fina tela de nuestras chaquetas.

—Luc... —empiezo a decir, pero de pronto él se da la vuelta y, sin preámbulos, posa sus cálidos labios sobre los míos. Me invade una oleada de deseo tan intensa que casi se me doblan las piernas, y siento un ardor, una especie de calor líquido, concentrado en la parte baja del vientre.

Al principio no hago nada, me quedo quieta, con las manos abiertas sobre las costillas de Luc y su boca caliente sobre la mía; el corazón me late como un tambor en el pecho. Pero entonces, de pronto, me doy cuenta de lo que estoy haciendo y es como si me cayera encima un jarro de agua fría.

—¡No, Luc!

—Lo siento. —Me mira afligido—. Lo siento mucho, no sé qué me ha...

Se interrumpe. Nos quedamos el uno frente al otro, respirando agitadamente, y sé que la confusión y la turbación que veo en su cara deben de reflejarse también en la mía.

—*Merde!* —exclama de pronto, dando un puñetazo en el pretil—. ¿Por qué siempre tengo que cagarla?

—No digas eso, Luc, no la has...

Vuelvo a notar ese dolor en la garganta al tragar.

—Estoy casada —le digo, a pesar de que no es verdad, porque, a fin de cuentas, es como si lo estuviera. Aunque estemos teniendo problemas, Owen es el padre de mi hija y estamos juntos. Eso es así, no tiene vuelta de hoja.

—Ya lo sé —me dice con un hilo de voz, y no me mira cuando se da la vuelta y echa a andar por el puente hacia el molino.

Va unos pasos por delante de mí cuando me habla otra vez, en voz tan baja que no estoy segura de haberlo oído bien.

—Cómo me equivoqué... Debería haberte escogido a ti.

«Debería haberte escogido a ti.»

¿Qué significa eso? Quiero preguntárselo mientras avanzamos lentamente por el camino lleno de baches que discurre paralelo al Estero, pero el silencio de Luc es como un muro.

¿Qué ha querido decir? ¿Qué pasó entre él y Kate? Pero no sé cómo preguntárselo y, además, tengo miedo. Me asusta lo que él pueda preguntarme a mí. No tengo derecho a exigirle que me diga la verdad cuando, al mismo tiempo, yo oculto tantas mentiras.

Me concentro en guiar el cochecito de Freya para esquivar los charcos y los surcos del camino. Mientras estábamos en el pub ha llovido con ganas y a ambos lados de la calzada el terreno está inundado.

Soy dolorosamente consciente de la presencia de Luc a mi lado, de sus pasos acompasados con los míos, y al final hago un intento tímido de liberarlo de su compromiso, de dejar que se vaya a su casa.

—No hace falta que me acompañes hasta el final, de verdad. Si quieres, nos separamos aquí y así te ahorras un trozo...

Pero él niega con la cabeza.

—Necesitarás ayuda.

Cuando llegamos al molino, entiendo a qué se refiere.

Hay marea alta; de hecho, nunca la había visto tan alta. La pasarela de madera es invisible, está completamente sumergida, y más allá del trecho de agua calma y oscura, la silueta negra del molino queda separada por completo de la orilla. El puente sólo está unos centímetros por debajo de la superficie, pero casi no distingo dónde termina la orilla y dónde empieza el agua, y mucho menos la forma borrosa de los tablones oscuros de madera.

Si tuviera que pasar yo sola, me arriesgaría, pero ¿con el cochecito? Pesa bastante, y si una rueda pisa más allá del borde de la pasarela, no estoy segura de tener suficiente fuerza para evitar que vuelque y caiga al agua.

Miro a Luc consternada.

—Mierda. ¿Y ahora qué hago?

Él mira hacia las ventanas, en las que no se ve luz.

—Por lo que parece, Kate ha salido. Podría haber dejado una lámpara encendida —dice con cierta amargura en la voz.

—Es que se ha ido la luz —le digo.

Se encoge de hombros con un gesto inconfundiblemente francés, a medio camino entre la resignación y el desdén, y siento el impulso de defender a Kate, pero no se me ocurre nada que decir ante la desaprobación silenciosa de Luc. Sobre todo porque en mi cabeza también hay una vocecilla que susurra con resentimiento. ¿Cómo ha podido largarse Kate y dejar que me las apañe sola, sabiendo que al volver me encontraría con esto? No podía saber que Luc estaría aquí para ayudarme.

—Coge a la niña —me dice él, señalando el cochecito, y cojo a Freya en brazos. Está dormida y, cuando la levanto, se acurruca, sólida y compacta, contra mi hombro como un amonites de carne y hueso.

—¿Qué vas a...?

Luc se descalza, levanta el cochecito y se mete en el agua, que le llega por la mitad de las pantorrillas.

—¡Ten cuidado, Luc! No sabes...

Pero sí sabe. Sabe perfectamente dónde está el puente. Camina por el agua con seguridad, mientras yo contengo la respiración, temiendo que dé un paso en falso y caiga a la parte profunda, pero eso no sucede. Llega al otro lado del canal, a la orilla ahora reducida a una estrecha franja de arena en la que apenas hay sitio para dejar el cochecito, y empuja la puerta.

No está cerrada con llave y se abre de par en par hacia el salón del molino, que está a oscuras. Luc entra con el cochecito.

—¿Kate? —Su voz resuena por la casa vacía. Oigo un ruidito cuando intenta encender la luz accionando varias veces el interruptor, sin éxito—. ¿Kate?

Sale otra vez a la orilla, se encoge de hombros y, ya con las manos libres, se remanga los vaqueros y vuelve a cruzar por la pasarela inundada hasta donde yo estoy.

—Esto parece uno de esos problemas de lógica —digo, tratando de desdramatizar un poco—. Tienes un pato, un zorro y un bote...

Luc sonríe, veo arrugarse la piel bronceada de las comisuras de sus ojos y de su boca y me doy cuenta de lo rara que resulta esa expresión en su cara. Qué poco lo he visto sonreír desde mi regreso.

—Entonces, ¿cómo lo hacemos? —me pregunta—. ¿Te fías de mí para que pase con Freya?

Titubeo y él lo ve y la sonrisa desaparece de sus ojos.

—Sí, sí, claro que me fío de ti —me apresuro a decir, aunque no es del todo verdad—. No es eso. Es que ella no te conoce y me preocupa que se despierte e intente soltarse. Tiene una fuerza asombrosa cuando no quiere que la sujeten.

—Vale. Entonces... ¿qué hacemos? Podría llevarte a ti en brazos, pero no estoy seguro de que la pasarela aguante el peso de los dos.

Me río, esta vez sinceramente.

—No voy a dejar que me lleves en brazos, Luc. Ni con pasarela ni sin pasarela.

Él vuelve a encogerse de hombros.

—No sería la primera vez.

Y, con sorpresa, me doy cuenta de que tiene razón. Lo había olvidado por completo, pero ahora que él lo dice, la imagen aparece con toda claridad en mi mente: una playa bañada por el sol, marea alta, el agua que se lleva mis zapatos. No había forma de volver, salvo por encima de las rocas llenas de lapas, y tras un cuarto de hora viéndome cojear y con las plantas de los pies ensangrentadas, con Kate, Thea y Fatima sufriendo por mí y ofreciéndome sus zapatos, que ni me iban bien ni podía aceptar, Luc, sin decir nada, me subió a caballito y me llevó así el resto del trayecto, hasta el molino de marea.

Me acuerdo muy bien: sus manos sujetándome los muslos, los músculos de su espalda moviéndose pegados a mi pecho, el olor de su nuca, a piel caliente y jabón.

Me sonrojo.

—Tenía quince años. Ahora peso un poco más.

—Quítate los zapatos —me dice.

Levanto un pie del suelo y sujeto a Freya con un solo brazo, mientras intento desabrocharme la sandalia a la pata coja. Y entonces, antes de que pueda protestar, Luc se arrodilla y empieza a desabrochármela él. Me quita una; a esas alturas tengo el rostro de color granate y doy gracias por la oscuridad. Dejo que me quite también la otra sandalia y entonces se endereza.

—Dame la mano —dice, y se mete en el agua—. Sígueme. Mantente muy pegada a mí, tan cerca como puedas.

Le doy la mano que tengo libre, mientras con el otro brazo sigo sujetando a Freya, y me meto en el mar.

El agua está tan fría que ahogo un grito, pero justo después toco algo caliente con los dedos del pie por debajo del agua: es un pie de Luc.

Nos quedamos quietos un momento, ayudándonos el uno al otro a mantener el equilibrio, y entonces él dice:

—Ahora voy a dar un paso más grande. Tienes que hacer lo mismo. Aquí es donde está aquel tablón podrido y hemos de pasar por encima.

Recuerdo los huecos que hay en la pasarela y que, antes, para salvar los más grandes, he tenido que levantar las ruedas del cochecito. Pero por suerte Luc está conmigo, porque, a ciegas, no habría sabido decir dónde están los tablones inestables ni dónde falta alguno. Lo veo dar una zancada y hago como él, pero yo tengo que estirarme más y los tablones están muy resbaladizos. Piso unas algas y me resbala el pie y empiezo a perder el equilibrio.

Se me escapa un grito agudo que resuena sobre las aguas del Estero, pero Luc me tiene bien sujeta, sus dedos se cierran alrededor de mi brazo con tanta fuerza que me hace daño.

—No pasa nada —me dice con urgencia—. No pasa nada.

Asiento, pese a que me cuesta respirar con normalidad; trato de no hacerle daño a Freya, al tiempo que recupero el equilibrio e intento serenarme. A lo lejos, un perro ladra al oírme gritar, pero después se calla. ¿Era *Shadow*?

—Lo siento —afirmo, temblorosa—. Es que esto resbala mucho.

—Tranquila. —Afloja un poco la mano con la que me agarra, pero no llega a soltarme—. No pasa nada.

Asiento de nuevo y seguimos avanzando despacio por los últimos tablones. Luc me sujeta el brazo con firmeza, pero ya no me aprieta tan fuerte como para hacerme daño.

Cuando llegamos al otro lado me doy cuenta de que estoy jadeando y de que el corazón me late a toda velocidad. Aunque parezca mentira, Freya sigue profundamente dormida.

—Gra-gracias —balbuceo. No puedo evitar que me tiemble la voz, a pesar de que ya estoy sana y salva en tierra firme—. Gracias, Luc, no sé qué habría hecho si no llegas a estar aquí.

¿Qué habría hecho? Me imagino intentando guiar el oscilante cochecito por el puente resbaladizo e inestable, las ruedas sumergidas en un palmo de agua; o bien sentada bajo la lluvia, muerta de frío, esperando a que Kate regrese de donde sea que haya ido. Vuelvo a notar el resentimiento. ¿Cómo ha podido desaparecer así, sin ni siquiera enviarme un mensaje?

—¿Sabes dónde están las velas? —me pregunta Luc, y digo que no con la cabeza.

Chasquea la lengua, pero no sé si es una señal de contrariedad, desaprobación u otra cosa, y entonces se adentra en la oscura caverna del molino. Lo sigo, pero me detengo, indecisa, en medio del salón. El bajo de mi vestido de tirantes está mojado y se me pega a las piernas. Me figuro que debo de estar manchando el suelo de barro y también me doy cuenta, con cierta desazón, de que mis sandalias se han quedado al otro lado de la pasarela. Bueno, no importa. La marea ya no puede subir mucho más, o si no el molino se iría flotando. Ya las recogeré mañana, con la bajamar.

Estoy temblando. La corriente de aire que entra por la puerta abierta empeora la sensación de frío que me produce la tela húmeda pegada a las piernas, pero Luc está ocupado rebuscando en los armarios. En ese momento oigo el roce de una cerilla y huelo la parafina, luego veo un resplandor junto al fregadero. Luc tiene una lámpara de aceite en la mano y está arreglando la mecha para que la llama arda intensa y nítidamente en el pequeño tubo de cristal de la lámpara. Cuando termina, le coloca encima un globo de cristal esmerilado y de repente la luz titilante e insegura se difumina y todo el globo de vidrio adquiere un resplandor dorado y uniforme.

Cierra la puerta y nos miramos a la luz de la lámpara. La atmósfera que crea esa pequeña isla de luz es aún más íntima que la oscuridad y nos mantiene unidos dentro de su estrecho círculo. Permanecemos de pie, tan sólo a unos centímetros de distancia, de repente inseguros. Bajo la luz suave de la lámpara veo que en el cuello de Luc una vena palpita a la misma velocidad a la que late mi corazón, y me recorre un escalofrío. Es tan difícil interpretar lo que siente, parece tan imperturbable, pero ahora sé que eso no es más que una apariencia y que detrás de esa fachada está tan nervioso como yo. De pronto ya no soporto seguir mirándolo a los ojos y tengo que bajar la vista, temerosa de lo que él pueda ver en los míos.

Carraspea y el ruido suena desproporcionado en medio de tanto silencio, y entonces los dos hablamos a la vez.

—Bueno, me parece...

—Supongo que...

Nos interrumpimos y nos reímos nerviosos.

—Tú primero —le digo.

Luc niega con la cabeza.

—No. ¿Qué ibas a decirme?

—No, nada. Yo sólo... —Señalo con la cabeza a Freya—. Ya sabes. La niña. Tendría que acostarla.

—¿Dónde duerme?

—En... —Me interrumpo y trago saliva—. En la que era tu habitación.

Luc levanta la cabeza al oír eso, pero no estoy segura de si es porque lo sorprende, porque lo impresiona, o si es por otra razón.

—Ah, ya. —La luz baja y fluctúa un poco, como si la mano que sujeta la lámpara hubiese temblado, pero también podría haber sido una corriente de aire—. Bueno, te llevaré la lámpara: no puedes subir por esa escalera con la niña y la luz. —Señala la escalera de madera desvencijada que asciende trazando una espiral desde un rincón de la sala—. Si a alguien se le cayera una vela aquí dentro, toda la casa ardería en cuestión de minutos.

—Gracias —le digo.

Él se da la vuelta sin decir nada más y empieza a subir, y lo sigo, atenta al círculo de luz que avanza por el techo.

Se detiene en el umbral de su antigua habitación y me parece oír una especie de suspiro, pero cuando lo alcanzo veo que su rostro no delata ninguna emoción y que sólo lo observa: la que antes era su cama, donde ahora está tirada mi ropa; la cuna, a los pies, con el *doudou* y el elefante de peluche de Freya. Siento que me ruborizo, avergonzada por mi contribución al desorden: mis bolsas esparcidas por el suelo, el suelo de Luc, y mis tarros y lociones encima de la mesa, la mesa de Luc.

—Lo siento mucho, Luc —le digo. De pronto me siento desbordada.

—¿Qué dices? —me pregunta con una voz tan impasible como su rostro, pero vuelvo a ver esa vena en su cuello. Niega con la cabeza, deja la lámpara encima de la mesita de noche, se da la vuelta y, sin decir nada, desaparece en la oscuridad.

Después de acostar a Freya en su cuna, cojo la lámpara y bajo con cuidado la escalera, alumbrándome para ver dónde piso, aunque me da la impresión de que la luz de la lámpara arroja más sombras de las que hace desaparecer.

Estoy casi convencida de que Luc se ha marchado, pero cuando llego al pie de la escalera veo levantarse a alguien del sofá. Alzo la lámpara y me doy cuenta de que es él.

Dejo la lámpara en la mesita que hay al lado del sofá y, sin decir nada, como si fuese algo que ya hubiéramos acordado los dos, Luc toma mi cara entre sus manos y me besa, y esta vez no digo nada. No protesto ni lo aparto, sólo lo beso también, y deslizo las manos por debajo de su camisa y siento la suavidad de su piel y la protuberancia de sus huesos y sus músculos y sus cicatrices y el calor de su boca.

Antes, cuando me ha besado en el puente, he sentido como si traicionara a Owen a pesar de que no le he devuelto el beso; ahora, en cambio, no me siento culpable en absoluto. Esta vez, este momento, se fusiona a la perfección con las horas, los días y las noches que, en el pasado, anhelé que Luc me besara, que me tocara. Me traslada a antes de conocer a Owen, antes de tener a Freya, antes de los dibujos y la sobredosis de Ambrose, antes de todo eso.

Podría enumerar los motivos por los que estoy resentida con Owen, podría contarlos con los dedos: las falsas acusaciones, la falta de confianza y el insulto final, esa lista que me ha enviado por correo electrónico de los delitos cometidos por Luc, como si eso, justamente eso, fuera a impedir que me acostara con un hombre al que he deseado —y sí, ahora no me avergüenza admitirlo— desde los quince años, y al que quizá todavía deseo.

Pero no lo hago. No intento justificar lo que estoy haciendo. Sólo dejo de aferrarme al presente, permito que la corriente me lo arranque de los dedos, y me dejo hundir en el pasado como un cuerpo que cae en aguas profundas. Siento que me ahogo, que el agua se cierra por encima de mi cabeza mientras me hundo, pero no me importa.

Nos tumbamos en el sofá, nos abrazamos y lo ayudo a quitarse la camiseta por la cabeza. Siento una necesidad apremiante, física, de notar su piel contra mi piel, una necesidad que vence mi vergüenza por las estrías, la flacidez y la palidez de una piel que en su día estuvo tersa y bronceada.

Sé que debería parar, pero la verdad es que no me siento culpable. Cuando Luc empieza a desabrocharme el vestido, botón a botón, ya no me importa nada más.

Estoy intentando abrirle la hebilla del cinturón, cuando de pronto él se detiene y se aparta de mí. Se me para el corazón. Me incorporo con el semblante rígido, muerta de vergüenza, dispuesta a abrocharme el vestido y a empezar a disculparme como sea: tienes razón, no te preocupes, no sé en qué demonios estaba pensando.

Pero Luc va hasta la puerta principal y echa el cerrojo y entonces lo entiendo y siento que me recorre una especie de calor que me marea, porque comprendo que ya está, que es verdad, que vamos a hacer esto.

Cuando se da la vuelta hacia mí, sonríe, y esa sonrisa transforma su cara seria en la cara del chico de quince años al que yo conocí, y el corazón se me acelera y hace que me cueste respirar. Sin embargo, el dolor, ese dolor que llevo dentro desde que encontré esos dibujos en el buzón, desde que Owen profirió sus acusaciones, desde que empezó todo esto... ese dolor ha desaparecido.

El sofá, blando y deforme, chirría cuando Luc se sienta otra vez a mi lado. Me tumbo y él me abraza, y siento el peso de su cuerpo sobre mí. Mis labios acarician su cuello, mis dientes mordisquean suavemente su piel tierna y mi lengua saborea su sudor salado... pero de pronto me quedo paralizada.

Porque en lo alto de la escalera, entre las sombras, algo se ha movido. Una figura en la oscuridad.

Luc para y al notar la repentina tensión de mis músculos, se incorpora apoyándose en los brazos.

—Isa, ¿estás bien?

No puedo hablar. Tengo la mirada clavada en la zona en sombras de lo alto de la escalera. Allí arriba hay algo. Alguien.

Empiezan a pasar imágenes por mi mente. La oveja destripada. La nota manchada de sangre. El sobre lleno de dibujos del pasado.

Luc vuelve la cabeza y mira hacia donde lo hago yo.

La leve corriente de aire que provoca su movimiento hace que la llama de la lámpara oscile y centellee, y durante un instante brevísimo la luz alumbra la cara de la persona que nos observa en silencio desde allí arriba.

Es Kate.

Emito un sonido, no exactamente un grito, pero algo parecido, y Kate se da la vuelta y desaparece en los pisos superiores.

Luc se pone la camiseta por la cabeza a toda prisa y se abrocha los vaqueros, pero no el cinturón, que se le queda colgando. Sube los peldaños de dos en dos, pero Kate ha sido más rápida que él y ya va por la mitad del segundo tramo. Entonces oigo que la puerta del desván se cierra y una llave gira en la cerradura. Luc golpea la puerta.

—Kate. ¡Kate! ¡Déjame entrar!

Ella no contesta.

Empiezo a abrocharme el vestido con dedos temblorosos y me levanto del sofá.

Oigo los pasos de Luc, que baja despacio la escalera, y cuando llega otra vez a la isla de luz de la lámpara, veo su cara, su expresión sombría.

—Mierda.

—¿Estaba aquí? —pregunto en voz baja—. ¿Lleva aquí todo este rato? ¿Por qué no ha salido cuando la has llamado?

—Yo qué sé. —Se tapa la cara con las manos, como si así pudiera borrar la imagen de Kate allí plantada, inmóvil y con gesto inexpresivo.

—¿Cuánto rato llevaba ahí?

—No lo sé.

Me arden las mejillas.

Nos sentamos en el sofá y nos quedamos un buen rato callados. Luc permanece inexpresivo y yo no sé qué refleja mi cara, pero mis pensamientos son un revoltijo de emociones, sospechas y desesperación. ¿Qué hacía Kate ahí arriba, espiándonos?

Evoco el momento en que ha fluctuado la luz de la lámpara y he descubierto su cara, una máscara blanca en la oscuridad: los ojos muy abiertos, los labios apretados como si intentara contener un grito. Era la cara de una extraña. ¿Qué le ha pasado a mi amiga, a la mujer a la que creía conocer?

—Tengo que irme —dice Luc por fin, pero a pesar de que se levanta, no va hacia la puerta. Se queda de pie, mirándome, con las oscuras cejas fruncidas, y las sombras que tiene bajo los anchos pómulos le dan a su cara un aspecto demacrado y angustiado.

Oigo un ruido en el piso de arriba, un gemido de Freya, y me levanto, indecisa, pero Luc habla antes que yo.

—No te quedes aquí, Isa. No es seguro.

—¿Qué? —No intento ocultar mi desconcierto—. ¿Qué quieres decir?

—Este sitio... —Extiende un brazo abarcando el molino, pero también el agua que lo rodea, los enchufes y los interruptores que no funcionan, la escalera desvencijada—. Y no es sólo eso, yo... —Se interrumpe, se frota los párpados con la mano que tiene libre, y entonces inspira hondo—. No quiero dejarte sola con ella.

—Luc, es tu hermana.

—No es mi hermana, y ya sé que tú la consideras amiga tuya, pero, Isa... no puedes... confiar en ella.

Ha bajado la voz hasta convertirla en un susurro, aunque es imposible que Kate nos oiga: está tres pisos más arriba, y tras una puerta cerrada.

Niego con la cabeza, porque no puedo dar crédito a lo que oigo. Sea lo que sea lo que Kate haya hecho, sea cual sea la presión que esté soportando ahora, es mi amiga. Lo es desde hace casi veinte años. No voy a... no puedo hacerle caso a Luc.

—No espero que me creas. —Habla atropelladamente. El llanto de Freya se intensifica y miro hacia arriba, quiero ir con ella, pero Luc todavía me sujeta por la muñeca, con suavidad aunque con firmeza—. Pero por favor, por favor, ten cuidado. Y hazme caso, creo que deberías irte del molino.

—Me iré mañana —digo con abatimiento, pensando en Owen y en lo que me espera en Londres.

Luc niega con la cabeza.

—No. Ahora. Esta noche.

—Luc, no puedo. No hay ningún tren hasta mañana por la mañana.

—Pues ven a mi casa. Puedes quedarte a dormir allí. Yo dormiré en el sofá —se apresura a añadir—, si eso es lo que te preocupa. Pero no quiero que te quedes aquí sola.

«No estoy sola —pienso—. Tengo a Kate.» Aunque ya sé que él no se refiere a eso.

Freya vuelve a gemir y tomo una decisión.

—No voy a marcharme esta noche, Luc. No voy a meterme con Freya y cargada de bolsas en la marisma en plena noche...

—Pues pide un taxi —me interrumpe, pero sigo hablando e ignoro sus protestas.

—Me marcharé mañana a primera hora. Si de verdad estás tan preocupado, cogeré el tren de las ocho, pero te aseguro que no corro ningún peligro con Kate. En serio. Nos conocemos desde hace diecisiete años, Luc, y no puedo creerlo. Confío en ella.

—Yo la conozco desde hace más tiempo —susurra Luc, tan bajito que casi no lo oigo, porque Freya llora desconsoladamente—. Y no confío en ella.

El llanto de Freya es demasiado alarmante para que siga ignorándola, así que me libero de la mano de Luc.

—Buenas noches, Luc.

—Buenas noches, Isa —me contesta.

Se queda a oscuras abajo, observándome mientras subo por la escalera con la lámpara. Entro en la habitación y cojo a Freya en brazos. Siento su cuerpecito caliente, sacudido por fuertes sollozos; cuando se calla, la casa queda otra vez en silencio. Oigo el chasquido del cerrojo de la puerta y los pasos de Luc por la grava, alejándose en la oscuridad.

Esa noche no duermo. Permanezco despierta en la cama, mientras palabras y frases se persiguen en mi cabeza. Los dibujos que Kate dijo haber destruido. Las mentiras que ha contado. La cara de Owen cuando me marché. La cara de Luc acercándose a mí bajo la cálida luz de la lámpara.

Intento darle sentido a todo, a las contradicciones, a mi congoja, pero no lo consigo. Y, entretejidos, zigzagueando como bailarinas alrededor de un mayo, los fantasmas de las chicas que fuimos, cuyas caras veo de forma fugaz cuando pasan arriba y abajo, entrelazando verdades con mentiras y sospechas con recuerdos.

Poco antes del amanecer se cuela en mi cabeza una frase, tan clara como si me la hubieran susurrado al oído.

Es Luc diciendo: «Debería haberte escogido a ti.»

Y, una vez más, me pregunto: ¿qué ha querido decir con eso?

Freya se despierta a las seis y media. Mientras le doy el pecho, tumbada con ella en la cama, me planteo qué voy a hacer. Por una parte sé que debería volver a mi casa, a Londres, y tratar de arreglar las cosas con Owen. Cuanto más lo retrase, más difícil resultará salvar lo que queda de nuestra relación.

Pero por otra no me decido a afrontarlo. Observo la cara satisfecha de Freya, que tiene los ojos cerrados y aprieta los párpados para protegerse de la luz matutina, y trato de descifrar por qué no me veo capaz de volver. No es por lo que pasó ayer con Luc, o no sólo por eso. Tampoco porque esté enfadada con Owen, porque ya no lo estoy. Es como si lo que pasó anoche hubiera mitigado mi furia y me hubiera hecho ver que llevo muchos años traicionándolo.

Es porque cualquier cosa que le diga también será mentira. No puedo contarle la verdad, ahora no, y no sólo por el riesgo que eso supone para su carrera profesional, ni porque estaría traicionando a mis amigas. Sino también porque, si lo hiciera, sería como admitir ante él lo que ya he admitido ante mí misma: que nuestra relación se construyó sobre las mentiras que llevo diecisiete años contándome.

Necesito tiempo. Tiempo para decidir qué quiero hacer, qué siento por él. Qué siento respecto a mí misma.

Pero ¿adónde voy mientras lo decido? Tengo amigas, muchas amigas, pero ninguna en cuya casa pueda presentarme con mi bebé y mis bolsas y sin saber cuántos días voy a quedarme.

Fatima me acogería sin pensárselo dos veces, no me cabe duda, pero no puedo hacerle eso, porque vive en una casa abarrotada y caótica. Podría quedarme una semana, tal vez, no más.

El estudio de alquiler de Thea está descartado.

Mis otras amigas están casadas y también tienen hijos. Necesitan sus habitaciones de invitados, si es que las tienen, para los abuelos, las *au pairs* y las niñeras.

¿Y mi hermano Will? Pero él está en Manchester; casado, con mellizos y viviendo en un piso de dos habitaciones.

No. Si decido no volver a mi casa, sólo puedo ir a un sitio.

Tengo el teléfono móvil a mi lado, encima de la almohada; lo cojo y voy pasando números de la agenda hasta que mis dedos se detienen en uno de los contactos: Papá.

Sí, mi padre tiene sitio para mí, ya lo creo. En su casa de seis dormitorios cerca de Aviemore, donde vive solo. Recuerdo lo que me dijo Will la última vez que volvió de visitarlo: «Está muy solo, Isa. Le encantaría que Owen y tú fuerais a pasar unos días con él.»

La verdad es que nunca he encontrado el momento. Está demasiado lejos para ir a pasar un fin de semana, a nueve horas en tren. Y antes de que naciera Freya siempre había algo: trabajo, vacaciones, arreglos en el piso. Y después, prepararnos para la llegada del bebé, y luego, cuando nació Freya, los inconvenientes de viajar con una recién nacida... con un bebé... o, dentro de nada, con una niña.

Mi padre vino a Londres para conocer a Freya cuando nació, por supuesto, pero de pronto me doy cuenta, con una punzada de dolor que me parte el corazón, que yo no he ido a verlo desde hace casi... ¿seis años? ¿Es posible? No me lo parece, pero sí, creo que no me equivoco. Y fui sólo porque una amiga mía se casaba en Inverness y habría sido muy grosero no pasar a verlo estando tan cerca de su casa.

El problema no es él, eso es lo que me gustaría que mi padre entendiera. Lo quiero, siempre lo he querido, pero su pena, ese vacío que le dejó la muerte de mi madre, se parece demasiado a la mía. Verlo sufrir año tras año no hace más que aumentar mi propio dolor. Mi madre era el aglutinante que nos mantenía unidos. Sin ella sólo somos personas que sufren, incapaces de ayudarnos unas a otras.

Pero él me acogería. Y creo que no sólo eso. Mi padre es el único que se alegraría de que me instalara unos días en su casa.

Son más de las siete cuando por fin me visto, cojo a Freya y bajo a la cocina. A través de las altas ventanas que dan al Estero, veo que hay marea baja, de hecho, casi lo más baja posible. El Estero no es más que un pequeño arroyo que discurre por el centro de un cauce profundo, con las orillas amplias y al descubierto. En la arena se oyen chasquidos y ruiditos de succión cuando se retira el agua, y los animalillos, las almejas, las ostras y las lombrices de tierra se apresuran a esconderse hasta que vuelva a subir la marea.

Kate sigue acostada, o por lo menos todavía no ha bajado, y no puedo evitar un estremecimiento de alivio al darme cuenta de que Freya y yo estamos solas. Cuando toco la cafetera para ver si queda algo de calor residual en ella, miro hacia la parte curva de la escalera, donde anoche vi la cara de mi amiga, de un blanco fantasmagórico en la oscuridad. No sé si algún día olvidaré esa imagen de Kate ahí de pie, observándonos. ¿Qué expresaba su semblante? ¿Ira? ¿Horror? ¿Otra cosa?

Me paso las manos por el pelo e intento explicar y comprender su forma de actuar. Kate no confía en Luc, y además no le cae bien, y ahora sé que ese sentimiento es mutuo. Pero ¿por qué se quedó ahí plantada, a oscuras? ¿Por qué no me dijo nada, por qué no evitó que cayera en el error que debió de pensar que estaba cometiendo?

¿Por qué quedarse allí quieta entre las sombras como si tuviera algo que ocultar?

Una cosa es evidente: después de lo que pasó anoche, no puedo seguir aquí. No sólo por las advertencias de Luc, sino porque la confianza entre Kate y yo ha desaparecido. Y no importa si la destruí yo anoche con lo que hice, o si fue Kate con sus mentiras.

Lo que importa es que una parte del lecho de roca de mi vida se ha agrietado y se ha roto, y siento que los cimientos sobre los que he construido mi personalidad adulta se mueven y chirrían. Ya no sé qué creer. Ya no sé qué decir si me interroga la policía. El relato que creía conocer está rasgado y hecho jirones, y en su lugar sólo hay duda y desconfianza.

Hoy es miércoles. Volveré a Londres en el primer tren que pueda coger, haré las maletas mientras Owen está en el trabajo y me marcharé a Escocia. Puedo llamar a Fatima y a Thea desde allí. No me doy cuenta de que estoy llorando hasta que una lágrima me resbala por la nariz y cae en la cabeza de Freya.

Llamo a Taxis Rick, pero no contesta nadie, y al final meto mis bolsas en el cochecito de Freya y salgo con ella fuera. Hace sol, pero el aire es frío. Descalza, empujo el cochecito por la pasarela destartalada y, cuando llego al otro lado, me pongo las sandalias, que siguen allí, como extraños restos de un naufragio. Junto a ellas hay dos huellas de unas suelas más grandes, las de los zapatos de Luc, y veo su rastro en la orilla y después perdiéndose en el barro del camino.

Abro la cancela, salgo e inicio el largo recorrido hasta la estación. Por el camino voy hablándole a Freya, le digo cosas para distraerme de lo que pasó anoche y del caos que me espera cuando llegue a Londres.

Estoy a punto de torcer para tomar la carretera principal y entonces oigo el crujido de la grava y unos bocinazos detrás de mí que me asustan. Me doy la vuelta rápidamente, con el corazón acelerado, y veo un viejo Renault negro que para en el arcén.

El conductor baja el cristal de la ventanilla despacio y veo que asoma por ella una cabeza gris oscura y una cara que me mira sin sonreír.

—¡Mary!

—No quería asustarte. —Apoya en la portezuela el brazo fuerte y desnudo, recubierto de un vello muy oscuro sobre la piel clara. Tamborilea con las uñas, siempre sucias, en la portezuela del coche—. ¿Vas a la estación?

Asiento con la cabeza y, sin pedirme mi opinión, Mary dice:

—Te llevo.

—Gracias, pero... —contesto yo, aturullada. Quiero utilizar la excusa de la sillita para el coche, pero entonces miro a Freya, que va acurrucada justamente en la sillita para coche, que he acoplado con los adaptadores. Mary me mira y arqueo una ceja.

—Pero ¿qué?

—No quiero causarte molestias —respondo sin convicción.

—No digas tonterías —replica ella, y abre la puerta del lado del pasajero—. Sube.

No se me ocurre ningún otro pretexto, de modo que ato la sillita de Freya al asiento trasero, rodeo el coche y, sin decir nada, me siento al lado de Mary. Ésta arranca el vehículo, que hace un ruido áspero, como el de una escofina, y nos ponemos en marcha.

Al principio no nos decimos nada, vamos calladas durante quizá medio kilómetro, pero cuando tomamos la curva del paso a nivel, veo que las luces parpadean y que las barreras empiezan a descender. Está a punto de pasar un tren.

—Maldita sea —protesta Mary. Deja que el coche se deslice hasta detenerse delante de la barrera y apaga el motor.

—Oh, no. ¿Esto significa que voy a perder el tren?

—Deben de haber bajado la barrera para el tren de Londres. Es bastante difícil que lo cojas. Aunque a lo mejor tienes suerte. A veces, si van un poco adelantados, esperan.

Me muerdo el labio inferior. En realidad, en Londres no tengo nada que hacer, pero la perspectiva de esperar media hora en la estación no me hace ninguna gracia.

Se vuelve a hacer el silencio dentro del coche y lo único que lo interrumpe son los resoplidos de Freya en el asiento de atrás. Entonces Mary dice:

—Qué noticia tan terrible. Lo del cadáver.

Me remuevo en el asiento y me aparto el cinturón de seguridad del cuello, porque se me ha subido y se ha tensado y me molesta.

—¿A qué te refieres? ¿A la identificación?

—Sí, aunque creo que por aquí no ha sorprendido demasiado. Nadie se había creído que Ambrose hubiera abandonado a sus hijos de esa forma. Se desvivía por esos chicos, habría hecho cualquier cosa por ellos. ¿Un pequeño escándalo a escala local? Creo que ni siquiera le habría importado y, desde luego, jamás se le habría ocurrido pirarse y dejar que sus hijos afrontaran solos las consecuencias. —Da unos golpecitos en la goma medio podrida del volante y, con un ademán que denota impaciencia, se recoge un mechón de pelo canoso que se le ha soltado de la coleta—. Pero yo me refería más bien a la autopsia.

—¿Qué quieres decir?

—¿No lo sabes? —Me lanza una mirada y luego se encoge de hombros—. No sé, a lo mejor todavía no ha salido en los periódicos. Ahora que Mark está en la policía, a veces me entero de las cosas antes de hora. Quizá no debería contártelo, por si acaso.

Hace una pausa y saborea ese momento de poder, y yo aprieto las mandíbulas, porque sé que lo que quiere es que le suplique por esa información privilegiada. No quiero darle ese gusto. Pero quiero saberlo. Necesito saberlo.

—Ahora no puedes dejarme así —le digo, haciendo todo lo posible por que suene trivial—. En fin, no quiero obligarte a hacer nada ilegal, pero si Mark no te ha dicho que no puedes contarlo...

—Bueno, la verdad es que normalmente sólo me cuenta las cosas que están a punto de publicarse... —dice, arrastrando las palabras. Se muerde una uña, escupe el fragmento y entonces se decide, o se cansa de jugar conmigo—. Han encontrado restos de heroína en una botella que llevaba en la chaqueta. Dicen que fue una sobredosis oral.

—¿Sobredosis oral? Eso... no tiene sentido —digo yo, frunciendo el ceño.

—Exacto —confirma Mary Wren. Ha dejado la ventanilla del coche abierta y oigo que se acerca un tren—. ¿Un ex adicto como él? Si hubiera querido suicidarse, se la habría inyectado, por supuesto, pero ya te digo que yo nunca me he creído que Ambrose abandonara voluntariamente a sus hijos. La hipótesis de que se suicidara no tiene más sentido que la de que huyera. A mí no me gustan los cotilleos... —añade sin sonrojarse lo más mínimo—, por eso no voy contando por ahí lo que pienso. Aunque siempre tuve claro que no pudo ser otra cosa que eso.

—¿Que no pudo ser otra cosa que qué? —le pregunto, y de pronto mi voz suena ronca, como si se me atascara en la garganta.

Mary me sonríe de oreja a oreja, mostrando sus dientes amarillentos y cuadrados. Entonces se inclina hacia mí, tan cerca que percibo su aliento rancio por el tabaco, y me dice en voz baja:

—Siempre tuve claro que no pudo ser más que un asesinato.

Mary se apoya en el respaldo del asiento y me observa. Se diría que disfruta con mi turbación y, mientras yo, desesperadamente, intento dar con las palabras adecuadas para responder a semejante afirmación, de pronto me pregunto: ¿Sabía Mary la verdad desde el principio?

—Yo... yo...

Esboza esa sonrisa suya, lenta y maliciosa, y luego vuelve la cabeza y se queda mirando las vías. El tren se acerca. Pita y las luces del paso a nivel parpadean con una regularidad desquiciante.

Tengo los músculos de la cara rígidos por el esfuerzo de disimular mi desconcierto, pero al final consigo hablar.

—No sé, eso... eso es difícil de creer, ¿no te parece? ¿Por qué iban a asesinar a Ambrose?

Mary levanta sus hombros fornidos y luego los deja caer de golpe.

—Ni idea. Pero es más verosímil que la hipótesis de que se suicidara y dejara a esos dos chicos solos. Como ya te he dicho, Ambrose habría hecho cualquier cosa por ellos, sobre todo por Kate. Aunque ella no se lo merezca, la muy zorra.

Me quedo boquiabierta.

—¿Qué has dicho?

—He dicho que Ambrose habría hecho cualquier cosa por esos chicos —repite Mary. Se está riendo de mí con todo el descaro—. ¿Qué has entendido?

Sus palabras me enfurecen. De pronto, las sospechas que últimamente he tenido sobre Kate se me antojan chismes miserables. ¿De verdad voy a permitir que los rumores y las insinuaciones me pongan en contra de una de mis mejores amigas?

—Nunca te ha caído bien, ¿verdad? —le suelto, y cruzo los brazos—. Te encantaría que la interrogaran por esto.

—¿Quieres que te diga la verdad? Pues sí —reconoce Mary.

—¿Por qué? —Sin pretenderlo, lo digo con un tono quejumbroso, una voz parecida a la que tenía cuando era pequeña—. ¿Por qué la odias tanto?

—No la odio. Pero es lo que es: una furcia. Igual que todas vosotras.

¿Una furcia? Al principio no estoy segura de haberla oído bien. Pero entonces veo su cara y comprendo que sí y siento tanta rabia que noto que me tiemblan la lengua y la voz.

—¿Qué la has llamado?

—Ya me has oído.

—No me irás a decir que te crees esos rumores repugnantes sobre Ambrose, ¿no? ¿Cómo puedes pensar una cosa así? ¡Él era amigo tuyo!

—¿Rumores sobre Ambrose? —Arquea una ceja y hace una mueca con la boca—. No, no me refiero a él. Él intentaba impedirlo. Por eso quería separarlos.

Me quedo helada. Así que es cierto. Thea tenía razón. Ambrose quería enviar a Kate lejos de Salten.

—¿Qué... qué quieres decir? ¿Impedir qué?

—¿No lo sabes? —Suelta una breve risotada, bastante amarga, una especie de ladrido—. Pues nada, que tu queridísima amiga se acostaba con su propio hermano. De eso es de lo que se enteró Ambrose, por eso intentaba separarlos. Fui al molino la noche que se lo dijo a Kate, pero la oí antes de llamar a la puerta. No paraba de gritar y de lanzarle objetos. Lo llamaba cosas que jamás creerías que una chica de esa edad pudiera decirle a su padre. «Cabrón, desgraciado de mierda», cosas así. «No lo hagas, por favor», decía, «piensa lo que estás haciendo.» Y entonces, como eso no funcionaba, le dijo que haría que se arrepintiera, lo amenazó abiertamente. Me largué de allí tan deprisa como pude y los dejé a lo suyo, desgañitándose, pero eso lo oí muy bien. Y luego, justo la noche siguiente, va y desaparece Ambrose. Ya puedes imaginarte qué pensé, doña mosquita muerta. ¿Qué iba a pensar si mi buen amigo desapareció y su hija tardó varias semanas en informar a la policía, y luego aparecen sus huesos semienterrados? Dímelo tú.

Pero no, no puedo decirle nada. De hecho, no puedo hablar. No puedo ni moverme. Estoy jadeando, pero de repente la sangre vuelve a circular por mi cuerpo y llega hasta mis dedos. Me desabrocho el cinturón de seguridad y tiro de la manija de la portezuela, antes de sacar a Freya del asiento trasero. El tren pasa a toda velocidad y es como si me gritara en la cara.

Cierro la puerta del coche temblando. Mary se inclina hacia la ventanilla y su voz ronca consigue hacerse oír por encima del estruendo del tren.

—Esa chica tiene las manos manchadas de sangre, y ya te digo yo que no es sólo sangre de oveja.

—¿Cómo...? —atino a decir, pero tengo la garganta tan tensa que las palabras no llegan a salir.

Mary no espera a que termine. Las luces dejan de destellar y las barreras empiezan a subir, y mientras sigo allí plantada, el coche arranca y empieza a cruzar las vías.

«Esto no puede seguir así... Está mal...»

Permanezco de pie sin moverme, tratando de procesar lo que Mary acaba de decir cuando las luces empiezan a destellar otra vez, lo que indica que va a pasar otro tren, esta vez en dirección sur.

Todavía tengo tiempo de cruzar. Podría correr detrás de Mary, abordarla en la estación y exigirle que me explique lo que ha querido decir.

Pero creo que ya lo sé.

«Está mal.»

O podría tomar el siguiente tren, Freya y yo solas. Podría estar en Londres dentro de dos horas, a salvo, y olvidarme de todo esto.

«Tiene las manos manchadas de sangre.»

Pero en vez de eso doy media vuelta con el cochecito y empiezo a desandar el camino. De vuelta al molino.

Kate no está en casa cuando llego; esta vez me aseguro bien. La correa de *Shadow* no está colgada en el gancho que hay al lado de la puerta, pero no me conformo con eso. Me asomo a todas las habitaciones y subo al desván. A la habitación de Kate. A la habitación de Ambrose.

La puerta no está cerrada con llave y cuando la empujo y la abro, me late el corazón con fuerza, porque está exactamente igual que cuando Ambrose vivía, juraría que no hay ni un pincel fuera de sitio. Parece imposible que Ambrose no esté, porque hasta huele a él: una mezcla de aguarrás, cigarrillos y pinturas al óleo. Incluso la colcha que hay encima del viejo diván es la misma que recordaba, blanca y azul, desteñida, con un estampado de flores que recuerda al de la porcelana. Sólo que ahora tiene los bordes deshilachados y está aún más descolorida que antes.

Cuando me doy la vuelta para salir, colgado encima de la mesa, veo aquel letrero escrito a mano. «NUNCA SE ES EX ADICTO, SÓLO UN ADICTO QUE LLEVA UN TIEMPO SIN CONSUMIR.»

Ay, Ambrose.

Se me cierra la garganta y me invade una especie de determinación furiosa que anula el miedo y el egoísmo que siento. Descubriré la verdad, y no sólo para protegerme, sino para vengar a un hombre al que quería, un hombre que me dio refugio, consuelo y afecto cuando más los necesitaba.

No puedo decir que Ambrose fuera el padre que nunca tuve, porque, a diferencia de Luc, yo sí tenía padre, aunque fuera uno que sufría, que estaba destrozado, que tenía que librar sus propias batallas. Pero Ambrose fue el padre que yo necesitaba aquel año: atento, cariñoso, infinitamente comprensivo.

Siempre lo querré por eso. Y su muerte, y mi implicación en ella, me enfurece como nada lo ha logrado hasta ahora. Me enfurece lo suficiente como para que ignore esas vocecillas que resuenan en mi cabeza y que me aconsejan que me marche, que dé media vuelta, que regrese a Londres. Me enfurece lo suficiente como para volver empujando el cochecito de Freya a un lugar donde mi hija tal vez no esté a salvo del todo.

Me enfurece lo suficiente como para que nada de todo eso importe.

Estoy tan furiosa como Luc.

Después de mirar en todas las habitaciones, bajo presurosa la escalera desvencijada, voy hasta la alacena y rezo para que a Kate no se le haya ocurrido pensar en esto y no lo haya escondido durante mi ausencia.

Pero no, no se le ha ocurrido.

En el cajón de donde ayer mismo lo sacó para enseñármelo, está el montoncito de papeles atados con un cordel rojo.

Los paso rápidamente, con manos temblorosas, hasta que por fin llego al sobre marrón donde está escrito «Kate».

Lo cojo. Y por primera vez en diecisiete años, leo la nota de suicidio de Ambrose Atagon.

Mi querida Kate, empieza, y reconozco la pulcra caligrafía de Ambrose.

Lo siento mucho. Siento muchísimo dejarte así. Quería verte crecer, quería ver cómo te conviertes en la persona que sé que serás: fuerte, cariñosa, responsable y desinteresada. Quería tener a tu hijo en el regazo como te tuve a ti, y lamento muchísimo que no voy a poder hacer nada de eso. Fui tan necio que no vi las consecuencias que tendrían mis actos, y por eso ahora estoy haciendo lo único que puedo hacer para arreglar las cosas. Hago esto para que nadie más tenga que sufrir.

No culpes a nadie, cariño. He tomado una decisión y estoy en paz con ella, y, por favor, querida Kate, piensa que esta

decisión la he tomado con amor: la obligación de un padre es
proteger a sus hijos, así que estoy haciendo lo último, lo úni-
co que puedo hacer para proteger a los míos. No quiero que
nadie viva atormentado por el sentimiento de culpabilidad,
así que sigue adelante: vive, ama, sé feliz, no mires atrás.
Y, por encima de todo, no dejes que esto haya sido en vano.
Te quiero.

Papá

Cuando termino de leerla, tengo un nudo en la garganta, un dolor tan intenso que casi no puedo tragarme las lágrimas que amenazan con emborronar la hoja.

Porque por fin, diecisiete años después, creo que lo entiendo.

Entiendo lo que Ambrose intentaba decirle a Kate, y el sacrificio que hizo. «No te culpes. Estoy haciendo lo único que puedo hacer para protegerte. He tomado esta decisión con amor. No dejes que sea en vano.»

Dios mío, Ambrose. Nada de todo esto tiene sentido. ¿Qué hiciste?

Me tiemblan los dedos cuando saco el móvil y les mando un mensaje a Fatima y a Thea.

«Os necesito. Venid, por favor. ¿Hampton's Lee, a las 18.00 h?»

Me guardo la carta en el bolsillo y salgo del molino con Freya, tan deprisa como puedo. Sin mirar atrás.

Son las seis y treinta y ocho de la tarde y la pequeña cafetería del andén de los trenes con destino a Londres de la estación de Hampton's Lee ya ha cerrado; han corrido las cortinas de la ventanilla y han colgado el letrero de «CERRADO». Freya está protegida gracias a su cochecito y a la manta de emergencia que tuve la ocurrencia de meter en la bolsa, pero está aburrida y quejosa, y yo tiemblo con mi vestido de tirantes. Me abrazo a mí misma, con la piel de los brazos de gallina, mientras paseo arriba y abajo, arriba y abajo, tratando en vano de entrar en calor.

¿Aparecerán? A las cuatro de la tarde todavía no me habían contestado, pero luego se me ha acabado la batería del móvil (demasiado rato en la cafetería de la playa de Westridge, comprobando una y otra vez si había entrado algún mensaje, nerviosa, revisando los correos electrónicos y esperando la respuesta de mis amigas).

Cuando les he enviado el mensaje, no tenía ninguna duda de que vendrían, pero ahora... ya no estoy tan segura. Y sin embargo no me atrevo a marcharme. No tengo teléfono, y por lo tanto no puedo mandarles otro punto de encuentro. ¿Y si vienen a la estación y no estoy?

He llegado al final del andén. Doy media vuelta y sigo andando, temblando de pies a cabeza, tratando de ignorar las protestas de Freya, más y más vehementes. Miro la hora en el reloj que está sobre la taquilla: las seis y cuarenta y cuatro. ¿Hasta cuándo debo esperar?

El andén está desierto, pero oigo algo a lo lejos que me hace ladear la cabeza y aguzar el oído. Es un tren. Uno que va hacia el sur.

«El tren que se detendrá en el andén número dos es el que ha salido con retraso, a las dieciocho y doce minutos, de la estación Victoria de Londres —anuncia una voz de robot por el sistema de megafonía—. Los siete vagones delanteros sólo van hasta West Bay Sands, con parada en Westridge, Salten, Riding y West Bay Sands. Los pasajeros con destino a Westridge, Salten, Riding y West Bay Sands deben subir a los siete vagones delanteros.»

Tomo una decisión. Si no llegan en este tren, me subiré e iré a Salten, y desde allí llamaré por teléfono.

Mis dedos se cierran alrededor del sobre que llevo en el bolsillo.

Oh, Kate, ¿cómo pudiste mentirnos así?

El tren se acerca y por fin se oye el silbido de los frenos neumáticos y el chirrido de las ruedas sobre los raíles, hasta que se detiene. Se abren las puertas. Sale gente y, frenética, busco por todo el andén la pareja desigual que componen Fatima y Thea, una alta y la otra bajita. ¿Dónde están?

Oigo unos pitidos y se cierran las puertas. El corazón me late muy deprisa. Si quiero volver a Salten tengo que irme ahora. No hay ningún otro tren hasta dentro de una hora. ¿Dónde están?

Dudo un momento más y entonces doy un paso y pulso el botón para abrir la puerta, justo en el momento en que el jefe de estación hace sonar su silbato.

La puerta no se abre. Pulso más fuerte el botón, golpeo la puerta con el puño. No pasa nada. La puerta sigue cerrada.

—Apártese —me advierte el jefe de estación, y el ruido de la locomotora se intensifica.

Mierda. Llevo dos horas pasando frío en este andén y mis amigas no han venido, y ahora voy a quedarme atrapada aquí una hora más.

El ruido se vuelve ensordecedor y el tren abandona la estación, ajeno a mis preocupaciones, ignorando mi grito de «¡Qué cabrón!» que le lanzo al jefe de estación, quien de todas maneras no ha podido oírme en medio de semejante estruendo.

Se me saltan las lágrimas, me resbalan por las mejillas y se enfrían con la corriente de aire provocada por el tren, y entonces oigo una voz detrás de mí.

—Cabrona tú.

Me doy la vuelta, sorprendida, y luego me echo reír, aunque en realidad es una mezcla histérica de lágrimas y alivio. ¡Es Thea!

La abrazo, emocionada, y la sujeto con fuerza por la nuca. Huele a tabaco... y a ginebra, pienso con aprensión. Noto el bulto de una lata en el bolsillo de su chaqueta y no necesito verla para saber que debe de ser una de esas latas de gin-tonic ya preparado que venden en Marks & Spencer.

—¿Dónde está Fatima? —le pregunto.

—¿No has recibido su mensaje?

—No. Me he quedado sin batería.

—No podía salir de la consulta hasta las cinco y media, pero ha cogido el tren siguiente al mío. Le he dicho que buscaríamos un sitio donde poder hablar y que le mandaríamos un mensaje diciéndole dónde estamos.

—Vale. —Me froto los brazos—. Me parece buen plan. Ay, Thee, cuánto me alegro de que estés aquí. ¿Adónde podemos ir?

—Vayamos al pub.

La miro bien y me doy cuenta de que necesita concentrarse un poco más de la cuenta para articular las palabras.

—¿Te importa si vamos a otro sitio? —le propongo—. No me parece muy justo con Fatima.

Me siento un poco culpable por utilizarla como excusa, aunque también es verdad, no creo que a Fatima le apetezca mucho quedar en un bar.

—Joder. —Thea pone los ojos en blanco—. Vale, vamos al *fish and chips*. Suponiendo que todavía exista el Fat Fryer.

Sí, todavía existe. De hecho, nada ha cambiado: ni el mostrador de melamina de color verde lima ni los expositores de acero inoxidable donde colocaban en fila los trozos de bacalao y las salchichas rebozadas.

«Elige tu Pukka Pie», dice el viejo letrero de la puerta que sirve para indicar si el local está abierto o cerrado, igual que siempre, igual que hace diecisiete años, y me pregunto si todavía existen los Pukka Pies.

Nada más abrir la puerta, me golpea una ráfaga de aire caliente con olor a vinagre; lo aspiro y noto que el frío empieza a abando-

340

nar mis huesos. Freya se ha quedado dormida camino del *fish and chips* y dejo el cochecito junto a una de las mesas de plástico y me acerco a ver el menú con Thea.

—Una ración de patatas fritas, por favor —le dice ella al empleado sudoroso y con la cara colorada que está detrás del mostrador.

—¿Para llevar o para tomar aquí?

—Para tomar aquí, por favor.

—¿Con sal y vinagre?

Thea asiente y el empleado coge el salero y espolvorea las patatas con una lluvia de sal que salpica el mostrador de melamina, como si fuera nieve, y también las dos monedas de una libra que Thea ha dejado encima.

—No puedes comer sólo patatas, Thee —le digo, consciente de que sueno como una madre, pero no puedo evitarlo—. Eso no es una cena como Dios manda.

—Es uno de los principales grupos de alimentos —replica ella, desafiante. Se lleva las patatas fritas a la mesa y saca de su bolsillo una lata sin abrir de gin-tonic.

—Nada de alcohol —dice el empleado, molesto, a la vez que señala un letrero colgado en la pared que dice «PROHIBIDO CONSUMIR ALIMENTOS Y BEBIDAS QUE NO HAYAN SIDO COMPRADOS EN EL FAT FRYER». Ella suspira y vuelve a guardarse la lata en el bolsillo.

—Vale. Beberé agua. ¿Puedes pagármela, Isa? Ya te devolveré el dinero.

—Creo que me llegará para una botella de agua —le digo—. Para mí... Mmm... abadejo rebozado, por favor. Y una ración pequeña de patatas fritas. Y un poco de puré de guisantes. Una botella de agua sin gas para mi amiga. Ah, y una Coca-Cola.

—Puaj —dice Thea cuando me siento enfrente de ella y abro el envase de puré de guisantes—. Qué asco. Parecen mocos.

Las patatas fritas están perfectas: calientes, con el punto justo de vinagre, espolvoreadas con sal. Mojo una en el puré de guisantes, la muerdo y noto cómo se abre, cremosa, en mi boca.

—Oh, qué ricas están. No me malinterpretes, me gustan las patatas chips de bolsa, como a todo el mundo, pero unas buenas patatas fritas...

Thea asiente, pero en realidad no está comiendo. Tan sólo juega con las patatas, las pasea por el envoltorio y las aplasta contra el papel absorbente, que acaba casi transparente, impregnado de grasa.

—Thea, no me digas que intentas quitarles la grasa a las patatas. ¿No te das cuenta de que son patatas fritas? Eso que haces no tiene ningún sentido.

—No —dice sin mirarme—. Es que no tengo mucha hambre.

Me callo, y durante un minuto es como si volviera a estar en el colegio, viendo, impotente, cómo la enfermera llama a Thea para que vaya a pesarse, como todas las semanas. Thea regresaba despotricando y quejándose de que la habían amenazado con llamar a su padre si adelgazaba un solo gramo más.

Ojalá Fatima estuviera aquí. Ella sabría qué decir.

—Thee, por favor. Tienes que comer.

—No tengo hambre —insiste, y esta vez aparta el papel con las patatas y cuando me mira adelanta la mandíbula inferior, una señal peligrosa—. Me he quedado sin trabajo, ¿vale?

¿Qué? No sé si lo he pensado o lo he dicho en voz alta, pero Thea continúa como si yo hubiera hablado:

—Me he quedado sin trabajo. Me han despedido.

—¿Por qué? ¿Por... todo esto?

Se encoge de hombros, pero tuerce la boca en una mueca de tristeza.

—Porque no estaba al cien por cien, supongo. ¡Que les den!

Estoy intentando pensar qué podría decir, cuando Freya hace un ruidito, se mueve y se despierta. Estira los brazos para que la coja y la saco de la sillita y me la pongo en la falda. Nos sonríe a Thea y a mí enseñándonos las encías, mirando a una y luego a la otra, una y otra vez. Tengo la impresión de estar viendo funcionar su cerebro: madre... no madre... madre... no madre...

Tiene los ojos muy abiertos y está embelesada con todo lo que ve: el reluciente mostrador metalizado, los grandes pendientes de aro de Thea, en los que se refleja la luz de los fluorescentes. Thea estira un brazo para acariciarle la mejilla y entonces suena la campanilla de la puerta de la tienda. Nos damos la vuelta y vemos entrar a Fatima, sonriente, aunque bajo su sonrisa se adivinan el cansancio y la inquietud.

—¡Fatima! —Me levanto, profundamente aliviada, y le doy un abrazo fuerte.

Ella me abraza también, luego se agacha para abrazar a Thea y se sienta a su lado.

—Come una patata —le dice Thea, y se las acerca, pero Fatima dice que no con la cabeza, un poco compungida.

—Estamos en ramadán. Empezó la semana pasada.

—¿Y te vas a quedar ahí viéndonos comer y sin probar bocado? —pregunta Thea, con incredulidad.

Fatima asiente y Thea hace un gesto de exasperación. Contengo el impulso de recordarle que ella no debería decir nada al respecto.

—Es lo que hay —contesta Fatima con resignación—. En fin... tengo que volver para las oraciones y el *iftar...* —Mira la hora mientras habla—. Así que no dispongo de mucho tiempo. ¿Podemos ir al grano?

—Sí, suéltalo ya, Isa —me apremia Thea. Bebe un sorbo de agua y me mira por encima de la botella—. Espero que sea algo importante de cojones para que nos hayas hecho venir hasta aquí.

Trago saliva.

—No sé si «de cojones» es la expresión adecuada, pero sí, es importante.

«Os necesito.» Esas dos palabras que no usábamos nunca salvo en situaciones verdaderamente comprometidas. «Ella silba y las demás vais corriendo como perritos.»

—Se trata de esto.

Me paso a Freya al otro brazo y saco el sobre del bolsillo y lo deslizo por la mesa hacia ellas.

Fatima lo coge y me mira desconcertada.

—Esto va dirigido a Kate. Espera... —Introduce un dedo por la parte superior del sobre, que está abierta, y mira dentro, entonces palidece y me mira—. ¿No es...?

—¿No es qué?

Thea se lo quita de la mano y le cambia la cara de inmediato, porque reconoce la letra de la nota que hay dentro del sobre. Son tan diferentes, polos opuestos en todo: Fatima, menuda como un pajarillo, de piel rosada, con ojos oscuros y atentos y sonrisa fácil; y Thee delgada y ceñuda, toda huesos, siempre fumando y con taconazos. Pero en ese instante la expresión de sus caras es idéntica: una mezcla de conmoción, espanto y aprensión.

La semejanza es tan curiosa que si no fuera porque esta situación no tiene absolutamente nada de graciosa, me echaría a reír.

—Leedla —les digo en voz baja y, mientras extraen la frágil hoja de papel del sobre y empiezan a leerla, les explico, en susurros, lo que me ha contado Mary Wren. Lo de la pelea. Les cuento incluso, a pesar de que me pongo colorada de vergüenza, lo que pasó anoche con Luc, y que cuando miré más allá de su hombro vi a Kate plantada en la oscuridad, observándonos en silencio, muda y horrorizada.

Les cuento qué era eso que Ambrose consideraba incorrecto y repugnante: que Kate se acostaba con Luc.

Y por último les explico lo de la botella. Lo que Mark le ha revelado a Mary. Lo de los restos de heroína que han encontrado dentro de la botella de vino.

—¿Una sobredosis oral? —repite Fatima susurrando, a pesar de que el burbujeo de las freidoras impide que puedan oír nuestra conversación—. Eso es absurdo. Es una forma estúpida de suicidarse, demasiado arriesgada. La dosis sería muy difícil de calcular y tardaría muchísimo en hacer efecto. Además, se puede revertir fácilmente con naloxona. ¿Por qué no iba a inyectársela? Ya debía de haberle bajado la tolerancia, habría muerto en cuestión de minutos, y así habría descartado la posibilidad de que lo reanimaran.

—Lee la nota —le contesto—. Léela desde la perspectiva de un hombre a quien su hija acaba de envenenar. ¿Entiendes ahora lo que quiere decir?

Todavía abrigo esperanzas de que me digan que me he vuelto loca, que estoy paranoica. Que Kate jamás habría lastimado a Ambrose. Que el hecho de que te separen del chico del que estás enamorada y te envíen a vivir a otro pueblo no es un móvil sólido de asesinato.

Pero no lo dicen. Me miran fijamente, pálidas y asustadas. Y entonces Fatima consigue decir, con la voz embargada por la emoción:

—Sí. Sí. Ya lo veo. Dios mío. ¿Qué hemos hecho?

—¿Van a pedir algo?

Levantamos la cabeza y miramos al empleado, que está de pie al final de la mesa, con el delantal manchado de grasa y los brazos en jarras.

—¿Cómo dice? —pregunta Thea con su tono más cortante.

—Pregunto... —vocaliza exageradamente, como si hablara con alguien que no oye bien— que si van a pedir algo más de comer. Llevan más de una hora aquí sentadas, ocupando la mesa, y ella —señala a Fatima con el pulgar— ni siquiera ha pedido una taza de té.

—¿Más de una hora? —Fatima se levanta de golpe, mira la hora, horrorizada, y deja caer los hombros—. No me lo puedo creer. Son las nueve menos cuarto. Madre mía. He perdido el tren. Disculpe. —Pasa al lado del empleado—. Lo siento, tengo que llamar a Ali.

Sale a la calle y la vemos pasear arriba y abajo, y algunos fragmentos de su conversación se cuelan por la puerta cuando entran y salen clientes. «Lo siento mucho», la oigo decir. «Urgencia»... y «de verdad, no creía que fuera a tardar...».

Thea y yo recogemos nuestras cosas y siento a Freya en el cochecito y le ato las correas. Thea coge el bolso de Fatima y el suyo, y yo, las patatas con las que ha estado jugando Freya, masticándolas con las encías hasta hacerlas papilla para luego ir tirándolas al suelo.

Fuera, Fatima sigue hablando por teléfono.

—Ya lo sé. Lo siento mucho, cariño. Dile a Ammi que lo siento y dales un beso a los niños de mi parte. Te quiero.

Cuelga y nos mira con gesto de contrariedad.

—Oh, qué idiota soy.

—Pero no podías marcharte —le dice Thea, y Fatima suspira.

—Supongo que no. Porque vamos a tener que hacerlo, ¿no?

—¿Hacer qué? —pregunto, aunque en realidad ya sé qué me va a contestar.

—Tenemos que hablar de esto con Kate, ¿no? Porque si estamos equivocadas...

—Espero que estemos equivocadas —la corta Thea, muy seria.

—Si estamos equivocadas —continúa Fatima—, Kate tiene derecho a defenderse. Esa carta puede interpretarse de muchas maneras.

Asiento, pero la verdad es que no estoy segura de que haya tantas interpretaciones posibles. Con las recientes revelaciones de Mary en mi mente, sólo puedo interpretarla como el intento de un padre de evitar que su hija vaya a la cárcel, un padre que sabe que está a punto de morir y que hace lo único que puede para salvarla.

He leído la carta muchas veces, muchas más que Fatima, ya he perdido la cuenta; he visto cómo la letra va haciéndose cada vez más ilegible, he visto los efectos de la droga reflejados en la caligrafía cada vez más insegura de Ambrose. La he leído en el tren que he cogido en Salten, y durante la larga espera en Hampton's Lee. La he leído mientras mi hija dormía sobre mi pecho, con la boca abierta como un capullo de rosa, y su respiración, temblorosa y delicada como una telaraña, me acariciaba la piel, y sólo veo una interpretación.

Es un padre que salva a su hija y le pide ayuda para que su sacrificio sirva de algo.

Cuando llegamos al molino son ya casi las diez. Ha habido muchos retrasos, hemos tenido que esperar trenes, hemos visto a Fatima terminar su ayuno en el andén de una estación, cuando sé que donde debería haberlo hecho es con su familia.

En Salten también tenemos que esperar después de llamar a Rick, que tiene que terminar otro trabajo, pero por fin nos metemos en el asiento trasero de su taxi. Freya se chupa los nudillos regordetes en su sillita de coche, Thea no para quieta a mi lado, y se mordisquea las cutículas, y Fatima va sentada delante, con la mirada perdida, fija en la oscuridad.

Sé que mis amigas están atrapadas en el mismo bucle de incredulidad en el que yo llevo todo el día dando vueltas. Si todo esto es cierto, ¿qué hicimos nosotras? ¿Y qué consecuencias tendrá?

Perder nuestros empleos ya me parecería bastante grave. Pero ¿nos considerarán cómplices de asesinato? Podríamos exponernos a penas de cárcel. Fatima y yo podríamos perder la custodia de nuestros hijos. Si nuestras sospechas se confirman, ¿alguien en su sano juicio se creería que no sabíamos lo que estábamos haciendo?

Intento imaginarme en la sala de visitas de una cárcel y a Owen, demacrado, poniendo a Freya en los brazos de una madre a la que la niña casi no reconoce.

Pero me falla la imaginación; lo único que sé de las cárceles es lo que he visto en *Orange Is the New Black*. No puedo aceptar que esto esté pasando. Que esté pasándome a mí. Que nos esté pasando a nosotras.

Rick llega hasta donde puede por el camino, hasta que las ruedas del coche empiezan a patinar, y entonces nos bajamos y él da marcha atrás con cuidado hasta acceder a la carretera, mientras nosotras recorremos a pie y despacio el largo trecho que queda para llegar al molino.

El corazón me late muy deprisa. Por lo visto todavía no ha vuelto la electricidad, pero veo una luz oscilante en la ventana del cuarto de Kate. No es la iluminación constante de una bombilla, sino la luz débil de una llama, y tiembla un poco cuando la brisa agita las cortinas.

Ya estamos cerca y me doy cuenta de que contengo la respiración. Supongo que temía que la pasarela volviera a estar inundada, pero todavía faltan unas horas para que suba la marea y los tablones aún no han quedado sumergidos. Pasamos por encima de las tablas viejas y deterioradas y, por la expresión de Fatima y Thea, adivino qué están pensando: que si sube la marea, quizá nos quedemos atrapadas aquí toda la noche.

Al cabo de un momento las tres estamos en la franja de tierra, enfangada y cada vez más estrecha, que hay frente a la puerta del molino.

—¿Preparadas? —pregunta Thea en voz baja.

—No estoy segura —le contesto.

—Vamos —nos apremia Fatima.

Levanta un puño y, por primera vez que yo recuerde, llamamos a la puerta del molino y esperamos a que Kate baje a abrirnos.

—Pero... ¿qué hacéis aquí?

El rostro de Kate al vernos en la puerta muestra sorpresa, pero se aparta para dejarnos pasar y entramos en el salón oscuro.

La única luz es la de la luna, que se refleja en el agua al otro lado de las ventanas que dan al Estero, y la de la lámpara de aceite que Kate lleva en la mano. Cuando paso por su lado me viene a la mente su cara, pálida, escudriñando desde las sombras, espiándonos a Luc y a mí, que estamos abrazados en el sofá, y me estremezco.

—Todavía no ha vuelto la electricidad —dice con una voz rara e indiferente—. Voy a buscar unas velas.

La observo mientras busca en la alacena y me doy cuenta de que me tiembla la mano con la que sujeto el cochecito de Freya. ¿De verdad vamos a hacer esto? ¿Vamos a acusar a una de nuestras mejores amigas de haber asesinado a su padre?

—¿Quieres dejar a Freya en el dormitorio de arriba? —me pregunta Kate.

Estoy a punto de decir que no, pero entonces hago un gesto afirmativo con la cabeza. Supongo que, después de decir lo que hemos ido a decir, no nos quedaremos a pasar la noche, pero seguramente se va a armar una buena y prefiero que Freya no esté delante.

Desengancho la sillita del chasis del cochecito y le indico en voz baja a Fatima:

—Vuelvo enseguida. Esperadme.

Freya sigue durmiendo mientras subo con ella la escalera hasta la habitación de Luc, y no se despierta cuando poso la sillita en el suelo con suavidad y dejo la puerta entornada.

Vuelvo abajo con el corazón acelerado.

Hay velas encendidas, repartidas por el salón sobre platillos, y cuando llego al sofá donde se han sentado Fatima y Thea, con las piernas recogidas y abrazándose las rodillas, Kate se endereza.

—Bueno, ¿a qué viene todo esto? —pregunta con suavidad.

Voy a decir algo, pero no sé qué. Tengo la boca seca, se me pega la lengua al paladar y noto las mejillas muy calientes, supongo que de vergüenza, aunque tampoco sabría decir de qué me avergüenzo, la verdad. ¿De mi cobardía?

—Mierda, necesito beber algo —masculla Thea. Coge la botella de vino que hay en la alacena y se sirve un vaso. El líquido lanza destellos, negro como el petróleo bajo la luz de las velas, cuando Thea apura el vaso de un trago y se seca los labios con la mano—. ¿Isa? ¿Kate?

—Sí, gracias —contesto, y me tiembla un poco la voz. A lo mejor me ayuda a sosegarme y a hacer esto tan horrible que tengo que hacer.

Thea me sirve un vaso y, cuando me lo bebo y noto la aspereza del vino en la garganta, me doy cuenta de que no sé qué es peor, si la perspectiva de que nos estemos equivocando y nos dispongamos a traicionar dos décadas de amistad por una corazonada errónea, o que tengamos razón.

Al final es Fatima quien se levanta. Le coge las manos a Kate con cariño, pero también con firmeza y determinación.

—Kate —dice en voz baja—. Cielo, hemos venido a preguntarte una cosa. Quizá ya te imaginas qué.

—Pues no, no lo sé. —De pronto, Kate se pone a la defensiva. Retira las manos de las de Fatima y acerca una silla para sentarse delante del sofá. Me recuerda a una demandante ante un jurado y nosotras somos las juezas que vamos a interrogarla y a dictar sentencia—. ¿Por qué no me lo explicáis?

—Kate —digo, haciendo un gran esfuerzo. Al fin y al cabo, he sido yo quien les he expuesto mis sospechas a las otras, lo mínimo que puedo hacer es dar la cara—. Kate, esta mañana, cuando iba a la estación, me he encontrado a Mary Wren. Y... me ha contado una cosa que ha descubierto la policía. Una cosa que yo no sabía. —Trago saliva. De nuevo noto esa opresión en la garganta—. Me ha dicho... me ha dicho... —Vuelvo a tragar y por fin lo suelto a toda prisa, como cuando te arrancas un vendaje que se te ha pegado a la herida—. Me ha dicho que la policía ha descubierto heroína en la botella de vino de la que había bebido Ambrose. Dice que la sobredosis fue oral. Que no lo consideran un suicidio, sino... sino...

Pero no puedo terminar.

Al final lo dice Thea. Mira a Kate desde detrás de la cortina de su largo flequillo. La luz de la lámpara forma sombras en su cara y hace que parezca aún más cadavérica, un cráneo que brilla en la oscuridad, y me estremezco.

—Kate, ¿mataste a tu padre? —pregunta sin más.

—¿Qué os hace pensar eso? —replica Kate, con esa voz extrañamente serena. Su cara, iluminada por la luz de la lámpara, permanece inexpresiva, casi del todo si se compara con el dolor que se refleja en el rostro de Fatima y de Thea y que ellas no intentan disimular—. Tomó una sobredosis.

—¿Una sobredosis oral? —le suelto—. Kate, sabes perfectamente que eso es absurdo. Es una forma estúpida de suicidarse. ¿Por qué iba a hacer eso si tenía sus cosas aquí mismo y podía inyectársela? Además... —y cuando llego aquí me falta valor y me siento aún más culpable por lo que he hecho, pero me obligo a continuar—, además, está esto.

Me saco la carta del bolsillo y la arrojo encima de la mesa.

—La hemos leído, Kate. La leímos hace diecisiete años, pero no la he entendido hasta hoy. No es una nota de suicidio, ¿verdad? Es la carta de un hombre a quien su propia hija ha envenenado y que intenta librarla de la cárcel. Es una carta en la que te dice lo que tienes que hacer: seguir adelante, no mirar atrás, hacer que su muerte haya valido la pena. ¿Cómo pudiste hacerlo, Kate? ¿Es verdad que te acostabas con Luc? ¿Lo hiciste por eso, porque Ambrose iba a separaros?

Ella suspira. Cierra los ojos, se lleva las manos de dedos largos y delgados a la cabeza y se presiona la frente. Y entonces nos mira a las tres con una expresión de profunda tristeza.

—Sí. Sí, es verdad. Es todo verdad.

—¡¿Qué?! —exclama Thea. Se levanta y al hacerlo vuelca su vaso, que cae al suelo y se rompe; el vino tinto se derrama por los tablones de madera—. ¿Qué? ¿Y vas a quedarte ahí sentada y admitir que nos engañaste para que encubriéramos un asesinato, sin más? ¡No te creo!

—¿Qué es lo que no te crees? —Kate mira a Thea fijamente con sus ojos azules.

—¡Nada! ¡No me creo nada! Que te follabas a Luc. Que Ambrose iba a mandarte a otro sitio. Y que lo mataste por eso.

—Es la verdad —contesta Kate. Desvía la vista, mira por la ventana y veo moverse los músculos de su garganta cuando traga varias veces seguidas—. Luc y yo... ya sé que mi padre nos consideraba como hermanos, pero yo apenas me acordaba de él. Cuando volvió de Francia, fue como... bueno, me enamoré. Y yo no veía nada malo en eso, me parecía normal. Eso era lo que mi padre no entendía. Luc me quería, me necesitaba. Y mi padre... —Vuelve a tragar saliva y cierra los ojos—. Viendo cómo actuó, cualquiera pensaría que realmente éramos hermanos. Si hubierais visto cómo me miró cuando me dijo... —Desvía la mirada hacia la otra orilla del Estero, hacia el cabo. Ahí detrás es donde está la tienda de campaña blanca, rodeada de cinta de señalización policial—. Nunca me había sentido sucia. Hasta entonces.

—Pero ¿qué hiciste, Kate? —Fatima habla con voz débil y vacilante, como si no pudiera creer lo que está oyendo—. Quiero oírtelo decir. Quiero que nos lo cuentes todo, paso a paso.

Kate alza la vista. Levanta la barbilla y explica casi desafiante, como si por fin se hubiera decidido a enfrentarse a lo inevitable:

—Ese viernes me salté las clases y me fui a casa. Mi padre había salido y Luc estaba en el colegio, y metí todo el caballo en aquella botella de vino tinto que mi padre guardaba debajo del fregadero. Sólo quedaba vino como para llenar un vaso y yo sabía que Luc no se lo bebería, porque esa noche se iba a quedar en Hampton's Lee. Era lo primero que hacía mi padre todos los viernes por la noche: llegaba a casa, se servía un vaso de vino y se lo bebía de un trago. ¿Os acordáis? —Suelta una risa nerviosa—. Y luego volví al colegio y esperé.

—Nos implicaste en esto —dice Thea con voz ronca—. Nos arrastraste a encubrir un asesinato y ¿ni siquiera vas a decir que lo sientes?

—¡Claro que lo siento! —exclama Kate, y por primera vez se altera su extraña calma. Detrás de esa fachada veo a la chica a la que sí reconozco, y está tan angustiada como las demás—. ¿Crees que no lo siento? ¿Crees que no llevo diecisiete años sufriendo y atormentándome por lo que os obligué a hacer?

—¿Cómo pudiste, Kate? —Me duele mucho la garganta y creo que en cualquier momento romperé a llorar—. ¿Cómo pudiste hacerlo? No lo que nos hiciste a nosotras, sino lo que le hiciste a Ambrose. ¿Cómo pudiste? ¿Y sólo porque tenía intención de mandarte lejos de Salten? ¡No me lo creo!

—Pues no te lo creas —responde Kate. Le tiembla la voz.

—Kate, nos lo merecemos —exige Fatima—. ¡Nos merecemos saber la verdad!

—No puedo contaros nada más —insiste Kate, pero ahora detecto una pizca de desesperación en su voz. Su respiración es más agitada y *Shadow* se le acerca, desconcertado por su nerviosismo, y le empuja la pierna con el hocico—. No puedo... —dice, y parece que vaya a echarse a llorar—. No... no puedo...

Se levanta de golpe y va hasta la puerta que da al Estero. La abre y sale, con *Shadow* pegado a sus talones, y cierra de un portazo.

Thea hace ademán de seguirla, pero Fatima la agarra por el brazo.

—Déjala —dice—. Está a punto de derrumbarse. Si la agobiamos ahora, podría hacer alguna estupidez.

—¿Como qué? —le espeta Thea—. ¿Tirarme a mí también al Estero? Joder. ¿Cómo pudimos ser tan estúpidas? No me extraña que Luc la odie, él lo sabía todo. ¡Él lo sabía y no dijo nada!

—Luc la quería —digo yo, y me acuerdo de la cara de él anoche, cuando vimos a Kate de pie en el rellano de la escalera; la mezcla de triunfo y agonía que había en sus ojos. Me miran las dos como si hubieran olvidado que yo también estoy aquí, hecha un ovillo en un rincón del sofá—. Me parece que todavía la quiere, a pesar de todo. Pero vivir con eso... vivir todos estos años sabiendo eso...

Me interrumpo y me tapo la cara con las manos.

—Kate lo mató —digo, intentando obligarme a creerlo, a entenderlo—. Mató a su padre. Ni siquiera ha intentado negarlo.

Mucho más tarde, mientras todavía estamos sentadas en el sofá, oímos un ruido fuera y Kate vuelve a entrar en el molino. Tiene los pies mojados. Ha subido la marea y ha cubierto la pasarela, y el viento ha arreciado. Veo que Kate tiene lluvia en el pelo. Se acerca una tormenta.

Sin embargo, su semblante ha recuperado la serenidad inquietante de antes cuando echa el cierre de la puerta y pone un saco terrero detrás.

—Será mejor que os quedéis —dice, como si no hubiera pasado nada—. La pasarela está inundada y se acerca una tormenta.

—Por mí no hay problema, puedo caminar con agua por las rodillas, te lo aseguro —le suelta Thea, pero Fatima le pide calma poniéndole una mano en el brazo.

—Nos quedaremos —anuncia—. Pero Kate, tenemos que...

No sé qué iba a decir. ¿Tenemos que hablar de esto? ¿Tenemos que hablarlo entre nosotras? Fuera lo que fuese, Kate la interrumpe.

—No te preocupes —dice con voz cansada—. He tomado una decisión. Mañana por la mañana llamaré a Mark Wren y se lo contaré todo.

—¿Todo? —pregunto yo, y Kate esboza una sonrisa cansada y burlona.

—No, todo no. Le diré que lo hice todo yo sola. No voy a implicaros.

—No se lo creerá —asegura Fatima con la voz estrangulada—. ¿Cómo ibas a arrastrar a Ambrose tú sola hasta allí?

—Lo convenceré —contesta Kate, decidida, y pienso en los dibujos, y en cómo consiguió que en el colegio se creyeran lo que ella quería que creyeran, a pesar de que las pruebas indicaban otra cosa—. No es tanta distancia. Creo que con una lona impermeable cualquiera podría... podría arrastrar un... —Pero se atasca. No puede decirlo. Un cadáver.

Casi se me escapa un sollozo.

—¡No tienes que hacer esto, Kate!

—Sí tengo que hacerlo. —Cruza el salón, me pone una mano en la mejilla y me mira a los ojos. Sus labios esbozan una sonrisa triste, brevísima—. Quiero que sepáis que os quiero, os quiero muchísimo a las tres. Y siento tanto haberos metido en esto, mucho más de lo que puedo expresar. Pero ya es hora de poner fin a esta historia, por el bien de todas. Ya es hora de que dé la cara.

—Kate...

Thea está muy pálida, parece conmocionada. Fatima se ha levantado y se pasa la mano por la cara, como si no pudiera dar crédito a lo que está ocurriendo, como si no pudiera creer que nuestra amistad, la amistad de las cuatro, vaya a acabar así.

—¿Y ya está? —pregunta, indecisa.

Kate asiente con la cabeza.

—Sí. Ya está. Se acabó. Ya no tendréis que vivir con miedo. Lo siento —insiste. Mira a Fatima, luego a mí y por último a Thea—. Quiero que lo sepáis. Lo siento muchísimo.

Me acuerdo de las palabras de la carta de Ambrose. «Lo siento mucho. Siento muchísimo dejarte así...»

Y cuando Kate coge la lámpara, sube la escalera y se adentra en la oscuridad con *Shadow* pegado a los talones como un destello blanco, mis lágrimas se desbordan y me surcan la cara como la lluvia que empieza a salpicar el cristal de las ventanas, porque sé que Kate tiene razón. Ya está. Se acabó. Y no puedo soportarlo.

Subo a la habitación de Luc, pero no creo que pueda dormir. Me figuro que volveré a pasarme otra noche en blanco, dándoles vueltas y más vueltas a mil interrogantes, mientras Freya duerme plácidamente a mi lado. Pero estoy cansada, o mucho más que eso, exhausta. Me tumbo en la cama vestida y tan pronto como mi cabeza toca la almohada, empiezo a tener unos sueños inquietantes.

Al cabo de un rato, no sabría decir cuánto, oigo unas voces en una habitación del piso de arriba. Están discutiendo y el tono en que lo hacen me produce un escalofrío.

Me quedo acostada un momento, sacudiéndome esos sueños desagradables que he tenido, en los que aparecían Kate, Ambrose y Luc tratando de orientarme, y entonces mis ojos se adaptan a la oscuridad. Veo luz por los resquicios de los tablones del suelo de la habitación que hay encima de la mía, una luz que parpadea mientras alguien camina arriba y abajo y las voces suben y bajan de volumen. Un porrazo hace temblar el agua del vaso de mi mesita de noche, como si alguien hubiese golpeado una pared conteniendo a duras penas su frustración.

Estiro un brazo y busco el interruptor de la lámpara de la mesita de noche, pero le doy y no se enciende, y entonces me acuerdo de que no hay electricidad. Maldita sea. Fatima se ha llevado la lámpara a su cuarto, pero de todas formas no tengo cerillas. No podría encender ni una vela.

Me quedo quieta, escuchando, tratando de discernir quién habla. ¿Es Kate, que despotrica en voz alta, o, por alguna razón que yo desconozco, ¿quizá Fatima o Thea han subido a hablar con ella?

—No lo entiendo, ¿no era esto lo que querías? —oigo. Es Kate. Tiene la voz ronca, cascada, de haber llorado.

Me incorporo, contengo la respiración y aguzo el oído. ¿Está hablando por teléfono?

—Tú querías que recibiera mi castigo, ¿verdad? —Se le quiebra la voz.

Y entonces oigo la respuesta. Pero no son palabras, al principio no.

Es un sollozo, un débil gemido que atraviesa la oscuridad y hace que se me encoja el corazón.

—No quería que pasara esto.

Es la voz de Luc y parece muy afligido.

No me lo pienso. Me levanto de la cama, voy hasta el cuarto de Fatima e intento abrir la puerta. Está cerrada por dentro, así que le hablo por el ojo de la cerradura.

—Fati, despierta. Despierta.

Me abre enseguida, con los ojos muy abiertos en la oscuridad, y escucha cuando yo señalo el techo, que cruje. Ahora somos las dos las que contenemos la respiración y aguzamos el oído tratando de determinar quién dice qué.

—Pues ¿qué querías? —Apenas consigo entender a Kate, porque está llorando, y los sollozos hacen que no pronuncie las palabras con claridad—. ¿Qué esperabas que pasara?

Fatima me agarra un brazo y la oigo inspirar.

—¿Está con Luc? —me pregunta en voz baja y le digo que sí con la cabeza, pero intento distinguir qué dice él entre gemidos.

—Nunca te he odiado —oigo—. ¿Cómo puedes decir eso? Te quiero. Siempre te he querido.

—¿Qué está pasando? —me pregunta Fatima sin levantar la voz, pero frenética.

Niego con la cabeza mientras intento repasar todo lo que hablamos anoche. «Dios mío, Kate. Por favor, dime que no estabas...»

Luc dice alguna cosa y Kate le contesta gritando, furiosa, y entonces se oye algo que se rompe y un grito de ella, de dolor o de alarma, no sé distinguirlo, y a continuación, la voz de Luc, pero muy estrangulada, y no entiendo lo que dice. Parece a punto de estallar.

—Tenemos que ayudarla —insto a Fatima, y ella asiente.

—Vamos a buscar a Thea y subimos las tres. Cuantas más seamos, mejor. Parece que esté borracho.

Sigo escuchando mientras bajo con Fatima al rellano y pienso que quizá tenga razón. Luc parece fuera de sí.

—Siempre te he querido sólo a ti —oigo que dice mientras bajamos apresuradas la escalera. Luc parece terriblemente atormentado—. Ojalá no fuera así, pero es la verdad. Habría hecho cualquier cosa para estar contigo.

—¡Y yo habría ido a buscarte! —replica Kate, llorando—. Te habría esperado, le habría hecho cambiar de idea. ¿Por qué no confiaste en él? ¿Por qué no confiaste en mí?

—No podía... —Luc se atraganta, y mientras corro por el pasillo hacia la habitación de Thea, apenas alcanzo a oír sus palabras—: No podía permitir que lo hiciera. No podía permitir que me obligara a volver.

Thea se incorpora bruscamente en la cama cuando Fatima y yo irrumpimos en su cuarto. Nos mira, primero asustada y luego extrañada de vernos allí de pie.

—¿Qué pasa?

—Es Luc —le contesto—. Está aquí. Creemos... Dios mío, no lo sé. Creo que podríamos estar muy equivocadas, Thea.

—¿Qué? —Se levanta de la cama de inmediato y se pone la camiseta—. Mierda. ¿Kate está bien?

—No lo sé. Luc está arriba con ella. Están discutiendo. Uno de los dos acaba de romper algo.

Pero Thea ya ha salido de la habitación y corre hacia la escalera.

Apenas ha llegado al primer peldaño cuando se oye otro golpe, esta vez mucho más fuerte. Suena como si alguien hubiera volcado un mueble, y nos quedamos las tres paralizadas un momento. Luego oímos un grito, una puerta que se abre y pasos de alguien que corre.

Entonces huelo algo raro. Y siento como si me estrujaran el corazón en el pecho. Huele a parafina. Y también oigo un sonido extraño que no logro identificar, pero que me produce un terror inexplicable.

Kate baja corriendo la escalera, con el rostro desencajado, y entonces, sólo entonces, me doy cuenta de qué es eso que he oído: la crepitación de las llamas.

—¡Kate! —dice Fatima—. ¿Qué pasa?

—¡Salid del molino! —Kate se aparta, va hacia la puerta y la abre de un tirón. Y entonces, al ver que no nos movemos, vuelve a gritar—: ¿No me habéis oído? ¡Salid de aquí! ¡Se ha roto una lámpara, hay parafina por todas partes!

Mierda. Freya.

Echo a correr hacia la escalera, pero Kate me agarra por la muñeca y tira de mí.

—¿No me has oído? ¡Sal de aquí ahora mismo, Isa! ¡No subas, la parafina se está colando entre los tablones!

—¡Suéltame! —le grito, retorciendo la muñeca para soltarme de su mano. *Shadow* ha empezado a ladrar, un sonido agudo y repetitivo que denota miedo y alarma—. ¡Freya está arriba!

Kate palidece de golpe y me suelta.

Hacia la mitad de la escalera, el humo me hace toser. Caen gotas de parafina encendidas entre los resquicios de los tablones del techo y me tapo la cabeza con los brazos, aunque es mucho peor el escozor de los ojos y la garganta que el dolor de las quemaduras. Es un humo denso y acre, y me duele al respirar, pero no me detengo a pensar en eso: me centro en cómo llegar hasta Freya.

Cuando casi he llegado al rellano, aparece una figura que me cierra el paso. Es Luc. Tiene las manos quemadas y ensangrentadas y va con el torso desnudo porque se ha arrancado la camisa para protegerse de las ascuas que le caen encima. Al verme le cambia la cara, y el horror y la conmoción le crispan las facciones.

—¿Qué haces aquí? —me grita con voz ronca, tosiendo, asfixiado por los vapores.

Oigo cómo se rompen cristales y me llega el olor intenso y volátil del aguarrás. Se me contrae el estómago al acordarme de las hileras de botellas que hay en el desván, la cuba de aceite de linaza, el disolvente. Todo eso está colándose entre los tablones y filtrándose a los dormitorios de abajo.

—Apártate —le digo, jadeando—. Tengo que sacar a Freya de aquí.

La cara le cambia al instante.

—¿Freya está aquí?

—¡Está en tu habitación! ¡Apártate!

Detrás de Luc hay un pasillo en llamas, un pasillo que me separa de Freya y, llorando, intento apartar a Luc, pero es demasiado fuerte.

—Por favor, Luc. ¿Qué haces?

Y entonces es él quien me aparta de un empujón. No lo hace con suavidad, sino con fuerza; me da un empujón que me hace rodar por la escalera y me desuello las rodillas y los codos.

—¡Vete! —me grita—. ¡Sal fuera! ¡Ponte debajo de la ventana!

Se da la vuelta, se tapa la cabeza con la camiseta desgarrada y ensangrentada y corre por el pasillo hacia la habitación donde está mi hija.

Me levanto como puedo con la intención de correr tras él, pero entonces cae un tablón del suelo del desván con gran estrépito y bloquea el pasillo. Miro a mi alrededor buscando algo, cualquier cosa con la que envolverme las manos, o que pueda utilizar para empujar esa madera ardiente y apartarla, y entonces oigo un sonido. Oigo llorar a Freya.

—¡La ventana, Isa! —oigo por encima del rugido de las llamas, y entonces lo entiendo. Luc no puede pasar con Freya por este infierno. Va a lanzarla al Estero.

Echo a correr con la esperanza de no equivocarme. Con la esperanza de llegar a tiempo.

Thea, Fatima y *Shadow* ya han salido y están en la orilla, pero yo no sigo por la pasarela, sino que entro en el agua. El frío me corta la respiración por un momento; noto el calor que emana del molino en la cara y el frío del Estero en los muslos.

—¡Luc! —grito, y camino con el agua por la cintura hasta colocarme debajo de su ventana. La corriente me empuja y arrastra mi ropa—. ¡Estoy aquí, Luc!

Veo su cara detrás del cristal, iluminada por las llamas. Intenta abrir la ventanita, pero la lluvia de los últimos días ha combado el marco de madera y la hoja está atascada. Con el corazón en un puño, lo veo empujar el marco con el hombro.

—¡Rompe el cristal! —grita Kate.

Camina hacia mí por el agua, pero nada más decir eso, la ventana se abre con brusquedad y Luc vuelve a desaparecer en la habitación oscura y llena de humo.

Durante un minuto pienso que ha cambiado de idea, pero entonces oigo hipidos y un llanto entrecortado y vuelvo a ver la silueta de Luc, sujetando algo: es Freya, que grita y se rebela contra él; tose, chilla y se asfixia.

—¡Ya! —le grito—. ¡Suéltala ya, Luc, deprisa!

Los hombros apenas le caben por el estrecho hueco de la ventana, pero consigue pasar un brazo, luego saca la cabeza y por último se las ingenia para pasar el otro brazo. Se asoma tanto como puede y sujeta a Freya con los brazos extendidos, de forma precaria, mientras ella se retuerce.

—¡Suéltala! —grito.

Y Luc la suelta.

En el momento de caer, Freya está completamente callada, muda ante la sorpresa de ver que nada la sujeta.

Un breve revoloteo de telas, la breve imagen de una carita redonda y asustada... y por último un fuerte chapuzón cuando cae en mis brazos y las dos nos hundimos.

La busco bajo el agua, con los dedos trato de cogerle la cara, el pelo, los bracitos, que también intentan agarrarme... pero la corriente tira de mí y me resbalan los pies.

Entonces Kate tira de mí hacia arriba; tengo a Freya en los brazos y las dos tosemos y escupimos, y el agudo grito de cólera de mi hija desgarra la noche, un grito ahogado de indignación con el que protesta por el frío y el agua salada que le escuece en los ojos y en los pulmones. Pero su rabia y su dolor son hermosos, porque significan que está viva, viva, viva, y eso es lo único que importa.

Voy tambaleándome hacia la orilla. Los pies se me hunden en el fango, y Fatima me quita a Freya de las manos mientras Thea me ayuda a subir, con la ropa empapada y manchada de barro, y no sé si río o lloro.

—Freya... ¿está bien? ¿Está bien, Fatima?

La está examinando lo mejor que puede entre los berridos atronadores de la niña.

—Está bien —la oigo decir—. Creo que está bien. Coge mi teléfono, Thea, y llama a emergencias, deprisa.

Me devuelve a la cría, que está histérica. Se dispone a ayudar a Kate a subir a la orilla.

Pero Kate ya no está allí, sino de pie en el agua, bajo la ventana de Luc, con los brazos levantados.

—¡Salta!

Luc la mira y luego mira hacia el agua. Por un momento parece que esté a punto de saltar, pero entonces niega con la cabeza con una expresión serena y resignada.

—Perdóname —dice—. Por todo.

Da un paso atrás, se aparta de la ventana y desaparece en la habitación llena de humo.

—¡Luc! —grita Kate con todas sus fuerzas. Avanza por el agua, chapoteando, bordeando la orilla y mirando ventana por ventana; busca desesperadamente la silueta de Luc contra las llamas, mientras él recorre el infierno del pasillo. Pero no lo ve. Luc no se mueve.

Me lo imagino acurrucado en su cama, con los ojos cerrados. Sintiendo que por fin ha vuelto a casa.

—¡Luc! —grita Kate de nuevo.

Y entonces, sin darme tiempo para reaccionar, antes de que ninguna de las tres podamos impedírselo, va hasta la puerta del molino y sale del agua.

—Sí, en el antiguo molino de marea —dice Thea por teléfono—. Dense prisa, por favor. Los bomberos y una ambulancia.

—¡Kate! —grita Fatima—. Kate, ¿qué vas a...?

Pero Kate ya ha llegado a la puerta del molino. Se envuelve las manos con las mangas mojadas para protegérselas del calor del picaporte, entra y cierra la puerta.

Fatima echa a correr hacia allí y al principio creo que también va a entrar. Intento agarrarla por la muñeca con la mano que tengo libre, pero se detiene al llegar al borde de la pasarela y las tres nos quedamos allí con *Shadow*, que gime junto a los pies de Thea, casi sin poder respirar, mientras nubes densas de humo salen de la casa y se extienden por el Estero.

Vemos pasar una sombra a toda velocidad por detrás de una de las ventanas altas; es Kate subiendo la escalera, encorvada para protegerse del calor. Y luego nada, hasta que Thea señala la ventana de la antigua habitación de Luc.

—¡Mirad! —dice con la voz estrangulada por el miedo y, destacadas contra una repentina llamarada, vemos dos figuras, dos siluetas oscuras sobre el infierno rojo y dorado.

—¡Kate! —grito, aunque apenas me queda voz. Pero sé que es inútil. Sé que no me oye—. ¡Por favor, Kate!

Y entonces se oye una especie de avalancha: un estruendo ensordecedor que nos obliga a taparnos los oídos y luego los ojos para protegernos del estallido de chispas, de fragmentos de cristal y de trozos de madera ardiente que salen despedidos por las ventanas del molino.

Ha cedido una de las vigas maestras del tejado y el edificio se derrumba, una hoguera que se hunde bajo su propio peso, y los cristales rotos y las astillas en llamas se esparcen por la orilla, y nosotras nos agachamos para resguardarnos de la explosión. Noto el calor de las brasas que me queman la espalda cuando cubro a Freya con mi cuerpo en un intento desesperado por protegerla.

Cuando cesa el ruido y por fin nos ponemos en pie, el molino es sólo un montón de ruinas de las que sobresalen vigas en llamas que parecen costillas. Ya no queda tejado ni pisos ni escalera. Sólo se ven las lenguas de fuego que asoman por los marcos de las ventanas rotas y lo consumen todo.

El molino ha quedado completamente destruido.

Y no hay ni rastro de Kate.

Me despierto sobresaltada y durante un largo minuto no tengo ni idea de dónde estoy. La habitación tiene una iluminación débil y oigo pitidos de máquinas y murmullos de voces, mientras huelo a desinfectante, jabón y humo.

Entonces me acuerdo.

Estoy en un hospital, en la zona de pediatría. Freya duerme en una cuna, y agarra con su manita uno de mis dedos.

Me paso la otra mano por los ojos, irritados por las lágrimas y el humo, e intento entender lo sucedido en las últimas doce horas. Hay imágenes en mi cabeza: Thea lanzándose al agua para intentar cruzar el estrecho canal y llegar al molino; Fatima sujetándola; los policías y los bomberos llegando y tratando de apagar el incendio, y sus caras cuando les decimos que había dos personas dentro.

La cara mofletuda de Freya manchada de hollín y ceniza, sus ojos muy abiertos, y las llamas que se reflejan en ellos, mientras contempla el incendio, hipnotizada por su belleza.

Y, sobre todo, aquella última imagen de Kate y Luc, sus siluetas recortadas contra las llamas.

Kate volvió para rescatarlo.

—¿Por qué? —preguntaba Thea una y otra vez con voz ronca, mientras esperábamos a que llegara la ambulancia, abrazando a *Shadow*, que temblaba asustado—. ¿Por qué?

Niego con la cabeza. Pero la verdad es que creo que lo sé. Y por fin entiendo el verdadero significado de la carta de Ambrose.

Es curioso, pero estos últimos días, estas últimas horas, he empezado a darme cuenta de que en realidad no conocí a Ambrose en absoluto. He pasado demasiado tiempo atrapada en mi yo de quince años, viéndolo a él con los ojos de una niña, ciegos de admiración. Pero ahora yo también soy una persona adulta, me estoy acercando a la edad que tenía Ambrose cuando lo conocí, y por primera vez lo he observado como lo haría un adulto, de igual a igual, y de pronto me parece muy diferente: con fallos, lleno de defectos humanos, y luchando contra demonios que yo ni siquiera conocía, a pesar de que su lucha estaba escrita en la pared, literalmente.

Sus adicciones, su afición a la bebida, sus sueños y sus miedos; ahora me doy cuenta, un poco avergonzada, de que nunca había pensado en todo eso. Ninguna de nosotras lo hacía, salvo quizá Kate. Estábamos demasiado inmersas en nuestra propia historia como para darnos cuenta de algo. Nunca entendí los sacrificios que Ambrose había hecho por Kate y por Luc, la carrera a la que había renunciado para dedicarse a ser profesor de arte en Salten House. Nunca pensé en lo que le habría costado dejar las drogas y no recaer; supongo que, sencillamente, no me interesaba.

Ni siquiera me lo planteé cuando tuvimos los problemas de Ambrose delante de las narices —aquella angustiada conversación que Thea nos refirió en la cafetería—, pues sólo los veíamos a través del prisma de nuestras propias preocupaciones. Queríamos permanecer juntas, queríamos seguir utilizando el molino, nuestro refugio privado y nuestro patio de recreo, y por eso sólo prestábamos atención a sus palabras si éstas amenazaban nuestra felicidad.

La verdad es que yo no conocía a Ambrose. Nuestras vidas coincidieron un verano, nada más, y lo quería por lo que él me daba: afecto, libertad, un descanso de la pesadilla en que se había convertido mi vida familiar. Pero no por lo que era. Ahora lo sé. Y, sin embargo, al mismo tiempo creo que por fin lo entiendo y comprendo lo que hizo.

Yo tenía razón, pero sólo en parte. Aquélla era la carta de un padre envenenado por su propio hijo y que hacía lo único que podía hacer para protegerlo y ahorrarle las consecuencias. Sólo que ese hijo no era Kate, sino Luc.

Lo habíamos interpretado al revés, eso es lo que por fin he comprendido. No sólo la carta, sino todo. No era a Kate a quien Ambrose iba a mandar lejos. Era a Luc. «¿Por qué no confiaste en él?», había dicho Kate. Pero Luc ya había sido víctima de demasiadas traiciones. Supongo que pensó que iba a suceder lo que él siempre había temido: que Ambrose se había arrepentido de su generosidad, de haberse llevado a aquel chico a su casa y haberlo acogido, de haberlo querido y haberse preocupado por él. Luc había puesto a prueba el amor de Ambrose en numerosas ocasiones: lo apartaba de sí en un intento desesperado de asegurarse de que no iba a traicionarlo, de que no iba a flaquear en su amor por él.

Mary no fue la única que oyó a Kate discutir con Ambrose. Luc también debió de oírlos, y debió de entender lo que no entendimos ni Thea ni yo: que era a él a quien Ambrose iba a enviar lejos, no a Kate. No sé adónde, seguramente a un internado, a juzgar por la conversación que Ambrose mantuvo con Thea. Pero Luc, al que habían traicionado tantas veces, debió de llegar a la conclusión que siempre había temido: creyó que Ambrose iba a enviarlo otra vez con su madre.

E hizo algo tremendamente estúpido, la estupidez de un crío de quince años enamorado, y desesperado ante la perspectiva de que lo devolvieran al infierno del que había logrado escapar.

¿Quería matar a Ambrose? No lo sé. Aquí sentada, contemplando el rostro angelical y dormido de mi hija, me lo pregunto y no me decido por una respuesta. Quizá sí quería matarlo, quizá sí tuvo un arrebato de ira, del que se arrepintió con amargura cuando ya era demasiado tarde para remediarlo. Puede que sólo quisiera castigarlo, hacerle daño. O tal vez no lo pensara y actuara movido por la rabia y la desesperación que lo consumían por dentro.

Quiero creer que fue un error. Que Luc no tenía intención de matar a Ambrose, que sólo quería humillarlo, obligarlo a llamar a emergencias y que lo encontraran en un charco de vómito de heroinómano; que lo despidieran del trabajo, que sufriera como él iba a sufrir. Era hijo de una drogadicta, se había criado rodeado de heroinómanos y debía de saber que una sobredosis oral era reversible, que Ambrose habría tardado mucho en morir, que existía la posibilidad de revertir los efectos.

Pero no estoy segura.

De alguna manera, en realidad ya no importa. Lo que importa... lo que importa es lo que hizo.

Luc hizo lo que Kate nos contó en aquel extraño frío y detallado relato, unos actos de los que ella estaba responsabilizándose. Se escapó del colegio y fue al molino durante el día; sabía que a esa hora Kate y Ambrose estarían en Salten House. Vertió la heroína de Ambrose en una botella de vino con tapón de rosca y la dejó encima de la mesa para que él la encontrara cuando volviera del colegio esa tarde; luego recogió los dibujos más comprometedores que encontró y los envió al colegio.

Ambrose. Intento imaginar lo que debió de sentir cuando se dio cuenta de lo que había hecho Luc. ¿Fue el sabor del vino lo que lo alertó? ¿O la extraña somnolencia que empezó a dominarlo? Debió de tardar un tiempo en darse cuenta de lo que estaba pasando... debió de tardar en atar cabos mientras la heroína se filtraba del estómago al torrente sanguíneo.

Aquí sentada, con la manita de Freya en torno a mi dedo, me lo imagino todo, veo pasar los fotogramas uno a uno. Ambrose examinando la botella y levantándose con dificultad. Caminando hasta la alacena, donde estaba escondida la lata. Abriéndola. Dándose cuenta de lo que había hecho Luc y de la cantidad de droga que acababa de ingerir.

¿Qué debió de pensar, qué debió de sentir mientras sus manos, torpes, garabateaban aquellas letras temblorosas para suplicarle a Kate que protegiera a su hermano de las consecuencias de lo que había hecho?

No lo sé. No me imagino el dolor que debió de sentir al darse cuenta de todo, de la magnitud del error que había cometido Luc, de su impulsiva y amarga venganza. Pero hay una cosa de la que sí estoy segura mientras contemplo a Freya y siento cómo me aprieta el dedo. Por primera vez comprendo la forma de actuar de Ambrose. Entiendo lo que hizo y al final todo tiene sentido.

Lo primero que pensó no fue cómo podía salvarse, sino cómo podía proteger a su hijo. El niño al que había criado y amado, y al que había intentado proteger sin éxito.

Había dejado que Luc, aquel crío confiado y cariñoso al que había salvado del Estero cuando sólo era un bebé, aquel crío al que le había cambiado los pañales y a cuya madre había amado antes de que ella se derrumbara, volviera a aquel infierno.

Lo había dejado marchar una vez y ahora entendía que, desde el punto de vista de Luc, Ambrose estaba planeando traicionarlo de nuevo. «Fui tan necio que no vi las consecuencias que tendrían mis actos... Hago esto para que nadie más tenga que sufrir...»

Escribió aquella carta para asegurarse de que sólo se perdería una vida: la suya. Y se la escribió a Kate, no a Luc, porque sabía que ella, que conocía a su padre mejor que nadie en el mundo, lo entendería y sabría lo que le estaba diciendo entre líneas, sabría que le estaba pidiendo que protegiera a su hermano.

No culpes a nadie, cariño. He tomado una decisión y estoy en paz con ella... Y, por encima de todo, no dejes que esto haya sido en vano.

Y Kate... Kate llevó adelante los deseos de su padre lo mejor que pudo. Protegió a Luc, mintió por él durante años. Sin embargo, hubo una parte de la carta de Ambrose que no pudo cumplir. Culpaba a Luc. Lo culpaba con amargura por lo que había hecho. Y nunca lo perdonó.

Y después de todo, Luc tenía razón. Kate habría podido esperar a que los dos cumplieran dieciséis años para decirle a la policía que Ambrose había desaparecido. Pero no esperó. Y por eso se llevaron a Luc, y tuvo que regresar a la vida de la que creía haber escapado.

Y él, que por amor a su hermana había matado a la única figura paterna real que había tenido, vio cómo ella se volvía fría y lo rechazaba. Cuando obligaron a Luc a regresar a Francia, supo que aquello era obra de Kate; que lo estaba castigando por el asesinato que sólo ella sabía que había cometido.

Recuerdo lo que gritaba Luc la noche del incendio, entre sollozos: «Habría hecho cualquier cosa para estar contigo... siempre te he querido sólo a ti...»

Y siento que se me parte el corazón.

REGLA NÚMERO CINCO

Date cuenta de cuándo has de parar de mentir

No es Owen quien viene a recogernos a Freya y a mí al hospital —todavía no lo he llamado— cuando, al más puro estilo de la sanidad pública, a las nueve de la mañana del día siguiente nos dan el alta sin previo aviso, porque necesitan la cama.

Mi teléfono se quemó en el molino, igual que todo lo demás, y me dejan llamar desde la enfermería, pero cuando estoy a punto de marcar el número de Owen, algo flaquea dentro de mí y no me siento capaz de afrontar la conversación que hemos de tener. Intento convencerme de que mi renuencia se debe a aspectos prácticos: en plena hora punta, Owen tardaría horas en atravesar Londres y el intrincado nudo de autopistas que nos separa. Pero no es eso, o no sólo eso. La verdad es que anoche, cuando vi que la vida de Freya corría peligro, algo cambió en mí. Aunque no sé exactamente cómo, no sé qué significa.

En lugar de llamar a Owen, llamo a Fatima, y mientras la espero fuera de la zona de pediatría, con Freya envuelta en una manta prestada, veo pararse un taxi, y las caras pálidas de Fatima y Thea en las ventanillas.

Subo al coche, ato a Freya en la sillita que Fatima ha tenido el detalle de traer, y veo que *Shadow* está tumbado en el suelo, a los pies de Thea, que lo sujeta por el collar.

—Nos han dado el alta muy temprano —explica Fatima, volviendo la cabeza desde el asiento delantero. Veo que tiene unas ojeras muy marcadas—. He reservado habitación en un bed & breakfast de la carretera de la costa. Me parece que Mark Wren querrá que nos quedemos por aquí, al menos hasta que hayamos declarado.

Asiento con la cabeza y mis dedos se cierran alrededor de la carta que llevo en el bolsillo. La carta de Ambrose.

—Todavía no puedo creerlo. —Thea está blanca como la cera y sus dedos acarician a *Shadow* con nerviosismo—. No puedo creer que... ¿Crees que lo hizo él? ¿Lo de la oveja?

Sé a qué se refiere. ¿Lo hizo Luc? ¿Hizo eso también, además de lo otro? Sé que ellas dos deben de haber pasado la noche igual que yo. Pensando. Elucubrando. Tratando de separar las verdades de las mentiras.

Miro a Fatima.

—No lo sé —contesto por fin—. Me parece que no.

Pero no sigo. Porque no quiero decir lo que de verdad pienso. No quiero decirlo delante del taxista. No es Rick; no lo conozco, pero debe de ser del pueblo. Y la verdad es que, de todas las cosas que Luc hizo o no hizo, creo que nos equivocamos al sospechar que eso lo había hecho él.

Creía que Luc había escrito aquella nota porque odiaba a Kate, y porque sospechaba que ella estaba ocultando la muerte de Ambrose. Creía que quería asustarnos para que confesáramos, que quería que se supiera la verdad.

Pero más tarde, cuando Kate me contó lo de los chantajes y lo del dinero, empecé a cuestionármelo. No parecía propio de Luc despojar a Kate de sus recursos de forma calculada, a sangre fría. No me parecía que a él le importara lo más mínimo el dinero; sin embargo, tal vez quisiera ajustar cuentas, hacer que Kate pagara por todo el sufrimiento que le había causado... de eso sí que me parecía capaz.

Pero ahora, después de lo que sucedió anoche, ya no lo creo. No tiene sentido. De todos nosotros, Luc era el único, con excepción de Kate, que sabía la verdad, y él había mentido más que nadie. Participaba en el juego igual que todas nosotras, y era quien más tenía que perder si la verdad salía a la luz. Además, tras la larga noche en el hospital he tenido tiempo para pensar, para recordar aquella lista de antecedentes policiales que me envió Owen, y en particular una fecha que aparecía en ella y que se me había quedado grabada.

No. Creo que esa nota no la escribió él.

En cambio, recuerdo unos dedos fuertes de mujer, con sangre debajo de las uñas, que vi en la oficina de Correos.

Y tengo la certeza, de una manera que no la tenía con Luc, de que ella sí es capaz de eso.

Cuando llego al bed & breakfast me meto en la cama con Freya y las dos nos quedamos dormidas como dos cuerpos que se hunden en aguas profundas. Emerjo horas más tarde y al principio tengo una sensación extrañísima.

El alojamiento está en la carretera de la costa, a escasos kilómetros del colegio, y la vista desde mi habitación, cuando me levanto y me arreglo un poco la ropa, arrugada y con manchas de sal, y le aparto el pelo sudado de la cara a Freya, es exactamente la misma que teníamos desde nuestra habitación de la torre 2B, años atrás.

Durante un segundo, a pesar de que mi hija duerme a mi lado, vuelvo a tener quince años y estoy de nuevo allí. Me parece oír las gaviotas y ver aquella extraña e intensa luz en el alféizar de madera de la ventana, y a mi mejor amiga acostada en la otra cama.

Cierro los ojos y escucho los sonidos del pasado; imagino que vuelvo a ser aquella chica, una chica cuyas amigas todavía están con ella, una chica cuyos errores aún están por llegar.

Soy feliz.

Y entonces Freya se mueve y gime un poco, y el hechizo se rompe y vuelvo a ser una abogada de treinta y dos años con una hija. Y me cae encima como una losa la realidad que me he pasado toda la noche tratando de eludir.

Kate y Luc han muerto.

Cojo a Freya en brazos y bajamos bostezando al salón con vistas al mar, donde nos esperan Fatima y Thea.

Estamos en julio, pero hace un día fresco y gris, y en el cielo hay unas nubes que amenazan lluvia, con jirones oscuros del mismo tono de gris que el pelo ondulado del lomo de *Shadow*. El perro está acurrucado a los pies de Thea, con el morro negro en su mano, pero levanta la cabeza al verme llegar y le brillan los ojos un instante, y luego vuelve a agacharla. Sé a quién está buscando.

¿Cómo le explicas a un perro lo irreversible e injusta que es la muerte de Kate? Apenas lo entiendo yo.

—Han llamado de la comisaría —dice Fatima. Sube las piernas a la silla y se pega las rodillas al pecho—. Quieren que vayamos esta tarde, a las cuatro. Tenemos que ponernos de acuerdo sobre qué vamos a decir.

—Ya lo sé. —Suspiro y me froto los párpados, y luego pongo a Freya en el suelo, para que juegue con unas revistas viejas que han dejado en la habitación y que le he bajado. Freya tira de la portada de una de ellas al tiempo que da un gritito de alegría. Sé que debería impedírselo, pero estoy demasiado cansada. Ya no me importa.

Nos quedamos calladas un rato observando a la niña y, sin necesidad de preguntarlo, sé que mis amigas se han pasado la noche igual que yo: intentando hallar una explicación, haciendo un esfuerzo para creer que lo que ha pasado es real. Siento como si ayer tuviera cuatro extremidades y hoy me hubiera despertado sólo con tres.

—Infringió las reglas —dice Thea. Habla despacio, perpleja—. Nos mintió. Nos mintió a nosotras. ¿Por qué no nos lo dijo? ¿No confiaba en nosotras?

—No era un secreto suyo —le respondo.

No pienso sólo en Kate, sino también en Owen. Yo también llevo años mintiéndole, años faltando a nuestras reglas tácitas. Porque no hay ninguna respuesta correcta, ¿no? Sólo un canje: una traición a cambio de otra. Kate tuvo que elegir entre proteger el secreto de Luc o mentir a sus amigas. Y eligió mentir. Eligió infringir las reglas. Eligió... Trago saliva al darme cuenta. Eligió proteger a Luc. Pero también protegernos a nosotras.

—Es que no me lo explico —estalla Fatima. Tiene los puños apretados sobre el tejido de chintz del sillón—. ¡No entiendo por qué Ambrose lo permitió! Una sobredosis oral tarda mucho en hacer efecto y, aunque no se percatara enseguida de lo que estaba pasando, es evidente que se dio cuenta a tiempo para escribir esa carta. ¡Habría podido llamar a emergencias! ¿Por qué demonios dedicó sus últimos momentos a decirle a Kate que salvara a Luc, en lugar de tratar de salvarse él?

—Quizá no tuviera alternativa —apunta Thea. Cambia de postura en el sillón y se tira de los puños del jersey de lana hasta que logra taparse los dedos despellejados—. No olvidéis que en el molino no hay teléfono fijo. Ni siquiera sé si Ambrose tenía teléfono móvil en aquella época. Kate sí, pero a él nunca lo vi utilizar ninguno.

—Podría ser que... —Miro a Freya, que juega encima de la alfombra.

—¿Qué? —me apremia Thea.

—Quizá para él salvarse no fuera lo más importante.

No hace ningún comentario. Fatima sólo se muerde el labio inferior y Thea desvía la mirada hacia la ventana y se queda contemplando el mar agitado. Me pregunto si estará pensando en su padre y planteándose si él habría hecho la misma elección. No sé por qué, pero lo dudo.

Me acuerdo de Mary Wren, de lo que me dijo en el paso a nivel. «Ambrose habría hecho cualquier cosa por esos chicos.»

Y entonces me acuerdo de otra cosa que me dijo y se me encoge el estómago.

—Tengo que deciros algo —anuncio.

Thea me mira.

—En el taxi me habéis preguntado lo de la oveja, y no os he podido contestar, pero... —Me interrumpo e intento poner en orden mis ideas, hallar la forma de explicar la certeza que ha ido extendiéndose como una sombra por mi mente desde que hice aquel trayecto con Mary en coche hasta la estación—. Nosotras creímos que había sido Luc porque encajaba con lo que sabíamos, pero creo que nos equivocábamos. Él tenía tanto como nosotras que perder si la verdad salía a la luz. Más incluso. Y, de todas formas, estoy casi segura de que aquella noche estaba castigado en Rye sin poder salir. —No me piden que dé más explicaciones y yo tampoco lo hago—. Y otra cosa más, algo que me dijo Kate el día que fui al molino sola, sin vosotras dos.

—Suéltalo ya —dice Thea con brusquedad.

—Le estaban haciendo chantaje —contesto en voz baja—. Llevaban años haciéndoselo. Lo de la oveja venía de ahí, igual que los dibujos. Era una forma de insinuarle que empezara a sacarnos la pasta a nosotras también.

—¡No! —exclama Fatima. El pañuelo oscuro realza la palidez de su rostro—. ¡No! ¿Cómo puede ser que no nos lo contara?

—No quería que nos preocupáramos —contesto, abatida. En retrospectiva, es evidente que fue en vano. Ojalá nos lo hubiera contado—. Pero no parece una cosa propia de Luc. Y, además, eso empezó hace años, cuando él todavía estaba en Francia.

—Entonces ¿quién fue? —pregunta Thea.

—Mary Wren.

Se hace un largo silencio que se prolonga durante un minuto, y entonces Fatima asiente y dice:

—Sí, siempre ha odiado a Kate.

—Pero ¿cómo lo sabes? —pregunta Thea. Sigue acariciándole las orejas a *Shadow* con movimientos nerviosos, pasándole la mano una y otra vez, y los pelos del perro, grises como el humo, se le pegan a los dedos ásperos y mordisqueados.

—Fue cuando iba a la estación. —Me presiono la frente con una mano y trato de recordar las palabras exactas. Me duele la cabeza, y los gritos de alegría de Freya, que sigue haciendo trizas la revista, no hacen sino empeorarlo—. Mary me acompañó en coche y me dijo una cosa... Entonces no le presté atención, porque estaba demasiado alterada por lo que me había dicho sobre Kate y Luc, pero mencionó algo sobre Kate y la oveja, dijo: «Esa chica tiene las manos manchadas de sangre, y ya te digo yo que no es sólo sangre de oveja.» Pero ¿cómo podía saber ella lo de la oveja?

—¿Por Mark? —especula Fatima, pero Thea hace un gesto negativo.

—Kate no llamó a la policía, ¿te acuerdas? Aunque supongo que podría haberla llamado el granjero.

—Sí, podría haber llamado él —intervengo yo—. Pero estoy segura de que Kate le pagó para que no dijera nada. Las doscientas libras eran para eso. Además, no es sólo lo que dijo Mary, sino cómo lo dijo. Fue... —Intento hallar la forma de explicarme—. Fue algo muy... personal. Lo dijo regocijándose. Como si se alegrara de que Kate estuviera pagando por lo que había hecho. Aquella nota era puro veneno, ¿me explico? Destilaba odio, y yo tuve esa misma sensación cuando Mary hizo ese comentario. Estoy segura de que fue ella quien escribió la nota. Y creo que también fue quien

nos envió los dibujos. Es la única persona que habría podido conseguir todas las direcciones.

—¿Y ahora qué hacemos? —pregunta Fatima.

—¿Que qué hacemos? —dice Thea—. ¿Qué podemos hacer?
Nada. No vamos a decir nada. No podemos contárselo a Mark,
¿no?

—Entonces, ¿lo olvidamos? ¿Dejamos que Mary nos amenace
y se quede tan tranquila?

—Seguiremos mintiendo —contesta Thea con gravedad—.
Pero esta vez lo haremos bien. Hemos de ponernos de acuerdo,
elaborar una versión de la historia y contársela a todos. A la policía, a nuestras familias, a todos. Hemos de conseguir que crean
que Ambrose se suicidó, al fin y al cabo eso es lo que él quería. Es
lo que quería Kate. Pero la verdad es que me gustaría tener algo
que respaldara nuestra historia.

—Bueno... —Me meto la mano en el bolsillo y saco el sobre
en el que está escrito el nombre de Kate. Un sobre muy viejo y con
muchos dobleces, y que ahora también tiene manchas de sal y de
agua.

Pero todavía se puede leer. La tinta se ha corrido, pero no se
ha borrado, y todavía se pueden leer las palabras que Ambrose le
escribió a su hija: «Así que sigue adelante: vive, ama, sé feliz, no
mires atrás. Y, por encima de todo, no dejes que esto haya sido en
vano.»

Sólo que ahora es como si Ambrose nos hablara a nosotras.

El taxi nos deja en el paseo marítimo de Salten y, mientras Fatima paga al conductor, me bajo y estiro las piernas. No miro hacia la comisaría de policía, un edificio bajo de hormigón situado junto al muelle, sino más allá, hacia el puerto y el mar.

Es el mismo mar que veía desde la ventana de mi habitación de Salten House, el mar de mi infancia, inmutable, implacable y, de alguna forma, ese pensamiento me tranquiliza. Pienso en todo lo que ese mar ha presenciado, en todo lo que ha acogido en su enormidad. Pienso que a él irán a parar las cenizas del molino de marea, junto con las de Kate y las de Luc. Todo lo que hicimos, nuestros errores, nuestras mentiras: el mar se lo lleva todo poco a poco.

Thea se me acerca al tiempo que consulta el reloj.

—Son casi las cuatro —dice—. ¿Estás lista?

Asiento con la cabeza, pero no me muevo.

—Estaba pensando —digo.

Fatima sale del taxi y éste arranca.

—¿Qué pensabas? —me pregunta.

—Pensaba... —La palabra me asalta de forma casi espontánea y yo sólo la articulo, sorprendida—: en la culpabilidad.

—¿En la culpabilidad? —Fatima frunce el ceño.

—Anoche me di cuenta de que llevaba diecisiete años pensando que lo que le había pasado a Ambrose, en parte, era culpa nuestra. Que había muerto por aquellos retratos, porque nos pasábamos el día en su casa.

—Nosotras nunca le pedimos que nos retratara —contesta Fatima en voz baja—. Nosotras no buscábamos nada de todo esto.

Pero Thea asiente.

—Sé lo que quieres decir. A mí me pasaba lo mismo, aunque fuera irracional.

—Pero me he dado cuenta... —continúo, y enseguida me detengo y busco las palabras adecuadas para definir un concepto que todavía no se ha formado del todo en mi pensamiento—. Anoche me di cuenta... de que su muerte no tenía nada que ver con eso. No tuvo nada que ver con los dibujos. No tuvo nada que ver con nosotras. No fue culpa nuestra.

Thea asiente despacio a mis palabras. Fatima entrelaza sus brazos con los nuestros.

—No hay nada de lo que tengamos que avergonzarnos —asegura—. Nunca ha habido nada.

Echamos a andar hacia la comisaría cuando vemos salir una figura de uno de los estrechos callejones que serpentean entre las casas de piedra. Es una figura corpulenta, envuelta en varias capas de ropa, con una coleta de pelo gris oscuro que agita la brisa marina.

Es Mary Wren.

Al vernos se para y sonríe, pero no es una sonrisa agradable, sino la de alguien que tiene poder y que está decidido a utilizarlo. Y entonces echa a andar por el muelle, hacia nosotras.

Pero nosotras también nos ponemos en marcha, las tres juntas, cogidas del brazo. Mary desvía su trayectoria, dispuesta a cortarnos el paso, y siento que Fatima me agarra con más fuerza y oigo los tacones de Thea sobre los adoquines, que aprietan el paso.

Nos estamos acercando y veo que Mary sonríe con sorna y muestra sus grandes dientes amarillentos, como un animal que se prepara para la pelea, y el corazón empieza a latirme con fuerza.

Pero la miro a los ojos y, por primera vez desde que regresé a Salten, no me siento culpable. No tengo miedo. Y sé la verdad.

Mary Wren titubea, aminora el paso y nosotras tres pasamos por su lado cogidas del brazo. Noto el de Fatima sujetando el mío con firmeza y veo sonreír a Thea. El sol se cuela entre las nubes y hace brillar las aguas grises del mar.

Detrás de nosotras, Mary Wren grita unas palabras incoherentes.

Pero las tres seguimos adelante, juntas.

Sin mirar atrás.

Cuando Freya sea mayor, le contaré una historia. La historia del incendio de una casa, de un accidente provocado por una instalación eléctrica defectuosa y una lámpara que se cayó al suelo por la noche.

La historia de un hombre que arriesgó su vida para salvar la de ella, y la historia de mi mejor amiga, que estaba enamorada de él y entró en la casa en llamas a buscarlo a sabiendas de que sería inútil.

Es una historia sobre el valor, la generosidad y el sacrificio; sobre el suicidio de un padre y el dolor de sus hijos.

Y es también una historia sobre la esperanza, sobre la necesidad de seguir adelante después de una tragedia. De aprovechar nuestra vida al máximo, porque se lo debemos a las personas que dieron la suya.

Es la historia que Thea, Fatima y yo le contamos al sargento Wren cuando nos presentamos en la comisaría, y él nos creyó, porque era verdad.

Y también era mentira.

Llevamos las tres casi veinte años mintiendo. Pero ahora, por lo menos, sabemos por qué lo hacemos. Ahora, por lo menos, sabemos la verdad.

Han pasado dos semanas y, una vez más, Freya y yo vamos en tren, en esta ocasión a Aviemore, que es lo más lejos que puedes ir desde Salten sin atravesar el Mar del Norte.

Pienso en las mentiras que he dicho mientras el tren va a toda velocidad hacia el norte y mientras Freya duerme en mis brazos. Pienso en esas mentiras que envenenaron mi vida y mi relación con un hombre bueno, un hombre que me quiere. Pienso en el precio que tuvo que pagar Kate por ellas y cómo pusieron en peligro la vida de Freya, y la abrazo con fuerza, hasta que ella se remueve, dormida.

Quizá ya vaya siendo hora de dejar de mentir. Quizá... quizá deberíamos decir la verdad, todas nosotras.

Pero entonces miro a Freya. Y una cosa sé segura: no quiero que ella pase por lo que yo pasé. No quiero que tenga que contar una historia que compruebo con las mentiras que dijo con anterioridad buscándole posibles fallos, tratando de recordar lo que explicó la última vez y adivinar lo que dijeron sus amigas.

No quiero que tenga que mirar por encima de su hombro, que tenga que proteger a otros.

Pienso en el sacrificio que Ambrose hizo por Kate, por Luc, y sé que nunca le contaré la verdad a mi hija. Porque eso equivaldría a transmitirle mi carga.

Puedo hacerlo. Fatima, Thea y yo podemos hacerlo. Somos capaces de guardar secretos. Y sé que ellas lo harán. Se ceñirán a la historia que urdimos, entre susurros, en nuestros dormitorios del bed & breakfast, nuestra historia de horas imprecisas y coartadas mutuas. Al fin y al cabo, eso es lo menos que podemos hacer por Kate.

Mi teléfono pita cuando estamos cerca de York y Freya se remueve en mis brazos un momento. Es Owen.

«¿Cómo va todo? ¿Ya en el tren?»

Llevo todo el viaje pensando en él. En su cara cuando le he dicho adiós esta mañana, al salir con Freya camino de la estación de King's Cross.

Y, antes, en cómo le temblaban las manos cuando se bajó del coche en el aparcamiento del bed & breakfast de Salten, en cómo cogió a Freya en brazos, como si llevara semanas sin verla, igual que si hubiera atravesado un océano a nado para salvarla. Posó sus labios en la coronilla de la niña y, cuando levantó la cabeza, tenía lágrimas en los ojos.

Y aún un poco antes, en la luz que parecía alumbrarlo desde dentro cuando cogió a la niña por primera vez, la noche que nació. Miró la carita de mi hija y luego me miró a mí como maravillado, y entonces comprendí lo que ahora sé: que Owen haría cualquier cosa por ella.

Inspiro y contengo la respiración mientras contemplo el rostro dormido de Freya. Y entonces le contesto.

«Todo bien. Mi padre nos recoge en Aviemore. Te quiero.»

Es mentira, ahora lo sé. Pero puedo seguir mintiendo por ella, por Freya. Y es posible que llegue un día en que se lo diga y sea verdad.

Agradecimientos

Gracias, en primer lugar, a mis extraordinarias editoras: Liz, Jade y las dos Alisons (la de Reino Unido y la de Estados Unidos). Han aportado su ingenio y su experiencia editorial, han hecho sugerencias acertadas, han planteado preguntas incómodas pero muy pertinentes y, juntas, han conseguido que mis libros sean como mínimo un cincuenta por ciento mejores de lo que lo habrían sido sin ellas.

Bethan, September y Chloe son el mejor equipo de apoyo con el que pueda soñar un escritor, y les agradezco enormemente todo lo que han hecho por este libro y los anteriores.

En cuanto al resto del personal de Vintage (Faye, Rachel, Richard, Chris, Rachael, Anna, Helen, Tom, Jane, Penny, Monique, Sam, Christina, Beth y Alex, así como cuantos lo dan todo entre bastidores): sois inteligentes, divertidos y es un placer trabajar con todos vosotros, y me enorgullece y emociona ser una autora de Vintage.

Mi agente, Eve White, y su equipo siempre están a mi lado, y agradezco el apoyo y las palabras de ánimo de esa extensa comunidad de escritores con los que siempre puedo contar, tanto *online* como en persona, para reír un poco o pedir consejo y ayuda técnica. Si me pidieran que nombrara a todas las personas a las que tengo que darles las gracias por eso, la lista ocuparía un libro entero, así que por favor sabed que os quiero y os valoro muchísimo. Sin embargo, merece un reconocimiento especial mi querida amiga Ayisha Malik por robarles tiempo a sus libros para dedicárselo al

381

mío y asesorarme. Evidentemente, la responsable de los gazapos soy yo, pero sin su ayuda habría habido muchos más.

También quiero expresarle mi gratitud a Marc Hopgood por su generosa oferta en la subasta de CLIC Sargent, una organización benéfica dedicada al cáncer infantil, y por prestar su nombre a uno de los comensales de la cena de Salten House. ¡Espero que te guste tu personaje, Marc!

Por último, a mis queridos amigos y mi querida familia: os quiero y sin vosotros no sería nadie (en el sentido más literal de la expresión), así que muchísimas gracias, ahora y siempre. xxx